EVROPA

URSULA EL-AKRAMY

Die Schwestern Berend

Geschichte einer Berliner Familie

Europäische Verlagsanstalt

Die Deutsche Bibliothek - CIP-Einheitsaufnahme

Ein Titeldatensatz für diese Publikation ist bei
Der Deutschen Bibliothek erhältlich

© Europäische Verlagsanstalt/Rotbuch Verlag, Hamburg 2001
Umschlaggestaltung: projekt ®/Walter Hellmann, Hamburg
Motiv: Lesser Ury © AKG Berlin
Signet: Dorothee Wallner nach Caspar Neher »Europa« (1945)
Herstellung: Das Herstellungsbüro, Hamburg
Satz: H & G Herstellung, Hamburg
Druck: Freiburger Graphische Betriebe
Alle Rechte vorbehalten
ISBN 3-434-50491-5

Informationen zu unseren Verlagsprogrammen finden Sie im Internet
unter www.europaeische-verlagsanstalt.de und www.rotbuch.de

Inhalt

»Unsichtbare Geisterhände«

»Um aber den überwältigenden, unauslöschlichen ersten Eindruck des orientalischen Straßenlebens richtig zu genießen, sollte man in Kairo mit einem Tag auf dem einheimischen Basar beginnen ... Jede Geschäftsfront, jede Straßenecke, jede beturbante Gruppe ist ein fertiges Bild.

Der alte Türke, der seinen Stand mit Kuchen in dem Schlupfwinkel eines mit Ornamenten versehenen Tores aufstellt, der junge Eseltreiber, der mit seinem bunt und prächtig geschmückten Tier auf Kunden wartet, der auf den Stufen einer Moschee eingeschlafene Bettler, die verschleierte Frau, die ihren Wasserkrug an einem öffentlichen Brunnen füllt, sie alle sehen so aus, als hätte man sie so dahingestellt, um gemalt zu werden.«[1]

So farbig bildhaft beschreibt die englische Schriftstellerin und Frauenrechtlerin Amelia B. Edwards, die Ende des 19. Jahrhunderts in den Orient reiste, ihre erste Bekanntschaft mit der Riesenstadt Kairo.

Berühmt ist die Stadt am Nil zu allererst für ihre Kulturschätze, Zeugnisse einer jahrtausendealten Vergangenheit, die jeden, der ihnen gegenübersteht, in Ehrfurcht und Staunen versetzen. Keinen läßt diese unvergleichlich schöne und vielgesichtige Stadt am Nil mit ihren unzähligen Palästen und Moscheen, den Kuppeln und Minaretts, mit ihrer Farbenpracht und mit dem Lärm und den Gerüchen des Orients gleichgültig. Die »Mutter aller Städte« wurde El-Quahira, »die Siegreiche«, im Mittelalter genannt, und dem Besucher erscheint sie noch heute mit ihren Bauwerken, die zu den schönsten der islamischen Welt zählen, wie ein Märchen aus Tausendundeiner Nacht. Wer Kairo nicht gesehen habe, heißt es in einer dieser Geschichten, habe die Welt nicht gesehen. Kairo ist noch immer die erste der mittelalterlichen Städte. Jahrhundertelang war die Stadt unermeßlich reich. Weder Rom noch Istanbul bieten einen vergleichbaren Schatz an mittelalterlicher Architektur.

Künstlern, die vor mehr als einem Menschenalter in den Süden aufbrachen und über Italien hinaus wanderten, wurde das Land der Pharaonen mit seinen überwältigenden Lichtverhältnissen und die Farbenpracht des afrikanischen Kontinents zu einer Offenbarung.

»Von allem, an dem das Schiff vorüberglitt, begeisterte mich der Anblick der Küste am Golf von Korinth. Diese mürbe, zarte Lehmfarbe, das smaragdene Wasser, die feine Zeichnung eines Hauses, eines Esels, einer Ziege. Auch die edlen hohen Lehmwände des engen Golfes. Für unsichtbare Geisterhände zum Bemalen!«[2]

Als die Malerin Charlotte Berend-Corinth, von der atemberaubenden Pracht des Orients ergriffen, für die es keine Vergleiche gab, diese Zeilen im Oktober 1927 in ihr Reisetagebuch schrieb, war sie noch nicht einmal über Konstantinopel hinaus gekommen. Die überwältigenden Eindrücke des Orients standen ihr da noch bevor. Siebenundvierzig Jahre war sie alt, seit zwei Jahren Witwe. Selbst eine begabte Künstlerin, hatte sie die eigene Arbeit mehr als zwei Jahrzehnte dem Dienst an ihrem berühmten Mann untergeordnet, um sich ganz seinem Werk und seiner Gesundheit zu opfern. Lovis Corinth, der Meister der Berliner Sezession, war im Juli 1925 während einer Studienreise nach Amsterdam an einer Lungenentzündung erkrankt und in dem holländischen Nordseebad Zandvoort gestorben. Monatelang hatte sich die Witwe in ihren Schmerz vergraben.

Doch als sie im September 1927 mit ihren Kindern, der 18jährigen Wilhelmine und dem 23jährigen Thomas, in Triest einen Dampfer mit Kurs auf Konstantinopel bestiegt, ist das nicht nur der Aufbruch zu einer mehrmonatigen Studienreise, es ist auch der Beginn eines neuen Lebensabschnitts. Schon die Menge ihres Gepäcks zeigte, daß keine übliche Erholungsreise vorgesehen war. Kleidung, die sonst das wichtigste auf ihren Reisen mit Corinth gewesen war, spielte jetzt keine Rolle mehr. Diesmal kommt es nur auf Werkzeug und Utensilien an, auf Leinwand, Pinsel, Farben, Paletten und Staffeleien. Eine umfangreiche Ausrüstung mußte verstaut und auf oft mühsame Weise, zu Fuß, mit Packpferden oder Eseln, von einem Ort zum anderen transportiert werden.

Als Max Slevogt mehr als zehn Jahre zuvor in Kairo und in Luxor malte, hatte er drei Gefährten bei sich, darunter den Schriftsteller Eduard Fuchs, der ihm vollkommen ergeben war, der ihn bewunderte und sich für ihn abrackerte. Johannes Guthmann, ein anderer aus Slevogts Gruppe, beschrieb ihn in einer Mischung aus Eifersucht und Häme als einen »brauchbaren und willigen Mann« und »rechten Packesel«.[3]

Slevogt kehrte nach Deutschland zurück im Bewußtsein der Einmaligkeit und Zusammengehörigkeit seines Werkes und bestand darauf, daß der Zyklus erhalten blieb und nicht einzeln verkauft wurde. Dank seiner Hartnäckigkeit und Weitsicht hängen die Bilder, sechzehn Ölgemälde, auch ein Dokument des Impressionismus, heute fast komplett in der Dresdner Gemäldegalerie.[4]

Charlotte hatte keinen dienstbaren Packesel. Statt dessen eine reizbare Tochter, widerspenstig und aufsässig, die es verabscheute, ihr die Malausrüstung nachzuschleppen, und die sich von dieser Reise eher einen Aufenthalt in luxuriösen Hotels versprochen hatte, wo Verehrer sie umschwärmen würden. Als sich diese Erwartung nicht erfüllte, begann sie, die Mutter nachzuahmen und ein wenig zu aquarellieren. Doch im Grunde interessierten Charlottes Bilder sie nicht, von denen nur wenige heute noch erhalten sind.

Die Ölgemälde »Neger bei der Dattelernte« und »Junger Ägypter« zeigen Charlottes große Begabung als Porträtmalerin, die die Persönlichkeit des Gegenübers erfaßt und in der Beziehung zur Umgebung, zur Natur und zur Arbeit zum Ausdruck kommen läßt. Beide Male gelingt es ihr, das Besondere der ägyptischen Lebensweise und Kultur an einem einfachen Mann aus dem Volke darzustellen, der in der Armut und Bescheidenheit, in der er lebt, Stolz und Würde zeigt. Da die meisten Bilder aus diesem Zyklus verschollen sind, können uns heute nur noch Bruchstücke eine Vorstellung von Charlottes »orientalischer Perspektive« geben.

»Bisweilen«, schrieb sie im Juni 1937 in ihr Tagebuch, als sie in ihrem Exil auf Sizilien saß, »träume ich von hohen Sälen in erhabenen Museen, dort hängen schöne Bilder; ich gehe, ich sehe, ich bewundere. Wird irgendwann ein Bild von mir von diesen Wänden glänzen?«[5]

Fast vierzig Jahre waren vergangen, seit sich die Tochter einer jüdischen Fabrikantenfamilie, die aus kleinen Verhältnissen in der anhaltinischen und schlesischen Provinz zu Wohlstand und Ansehen in der deutschen Reichshauptstadt aufgestiegen war, ihr Ziel mit Hartnäckigkeit und Selbstbewußtsein, mit Talent und Fleiß erkämpft hatte. In diesem Sommer 1937, dem Jahr, in dem Hitler vor den Befehlshabern der Wehrmacht seine Kriegspläne ausbreitete, festgehalten im sogenannten Hoßbach-Protokoll, saß sie, von allen Möglichkeiten und Verbindungen abgeschnitten, an einem verlassenen Zipfel Europas. Alle Hoffnungen, mit denen sie im Herbst 1898 die Kunstschule in der Berliner Klosterstraße betreten hatte, schienen zunichte gemacht.

Auch ihre Schwester Alice, fünf Jahre älter als sie und eine bekannte Schriftstellerin, war nach Italien geflüchtet. Doch sie sahen sich nicht, und Alice Berend, die in Florenz untergekommen war, hatte zu diesem Zeitpunkt nur noch wenige Monate zu leben. Es gehört zu den tragischen Widersprüchen in ihrer Familie, daß Alice in Florenz elend zugrunde ging, während die Schwester, ohne äußere Not zu leiden, in Italien umherreiste, Landschaften malte und neue Kontakte knüpfte. Im April 1938, als Hitler Mussolini besuchte, starb Alice, einsam, an gebrochenem Herzen. Nur zwei Personen, der Geistliche und ihre Tochter, gaben ihr das letzte Geleit, als sie auf dem Friedhof »Degli Allori« vor den Toren der Stadt beigesetzt wurde. Man weiß nicht, wann und unter welchen Umständen Charlotte die Nachricht vom Tod der Schwester erfuhr, denn in ihren Erinnerungen, die sie zwischen 1947 und 1958 veröffentlichte, wird Alice mit einem geradezu eisigen Schweigen übergangen. Diese Kälte ist bedrückend, und man fragt sich, was die jüngere und schönere Schwester, die vom Glück verwöhnt schien und der die Herzen nur so zuflogen, der älteren nachzutragen hatte, die sich ihren Weg ungleich schwerer hatte erkämpfen müssen. Durch die Scheidung von ihrem zweiten Mann war Alice um ihren Besitz betrogen worden, so daß sie am Ende verstoßen und mit leeren Händen dastand. Was machte diese schwermütige, äußerlich herbe Frau, deren humoristische Romane in den zwanziger Jahren zu Bestsellern wurden, so bedrohlich für Charlotte, daß sie ihr nicht einmal die »Butter auf dem Brot« gönnte? Und dies im wahrsten Sinn des Wortes.

Wohl niemanden kann jene Szene unberührt lassen, die Charlottes Tochter Wilhelmine in ihren Erinnerungen überliefert hat und die sich im Dezember 1917, im schlimmsten Hungerwinter des Ersten Weltkriegs, abspielte, dem »Steckrübenwinter«, in dem es außer den gelben Rüben, die normalerweise Futter für das Vieh waren, so gut wie nichts zu essen gab. Da hatte Charlotte kurz vor Weihnachten bei einem Schwarzhändler Butter getauscht und empörte sich, daß die Mutter davon der anderen Tochter etwas gab. Vielleicht war Härte – in einer weniger grausamen Form – ein Grundmuster, ohne das Charlottes glänzender Aufstieg als Ehefrau eines Genies, wie die Zeitgenossen Corinth nannten, und als Malerin von Rang nicht möglich gewesen wäre. So bedingungslos, wie sie Corinth verehrte und für ihn jedes erdenkbare Opfer auf sich nahm, so unnachgiebig und verletzend stieß sie ihre Schwester von sich. Und obwohl sie vom Schicksal um so viel mehr begünstigt war als Alice, konnte sie offenbar nicht verwinden, daß Alice ihr den Mann, den sie begehrt und den sie dann auch erobert hatte, beinahe einmal streitig gemacht hätte.

In den siebziger Jahren des 19. Jahrhunderts beginnt die Geschichte der Schwestern Berend, die in Florenz und New York endet. Die Geschichte ihrer Familie aber reicht noch einmal zweihundert Jahre zurück und ist auf besondere Weise mit der Geschichte des Königreichs Preußen verknüpft.

ERSTES KAPITEL

Im Dienste Preußens

Herz Moses Gumpertz

Nicht viele können sich rühmen, einen Günstling des Preußenkönigs Friedrich II. im Stammbaum zu führen. Die Schwestern
Alice und Charlotte Berend konnten das, und es verwundert
deshalb, daß in den Aufzeichnungen zweier Frauen, deren
Leben so stark in die politischen Zeitläufte eingebunden war
und die durch ihr Werk selbst eine besondere Affinität zu den
historischen Ereignissen bekundeten, keine Spur jenes illustren
Stammvaters zu finden ist, der als ein mit allen Wassern gewa-
schener, zielstrebiger und schlauer Finanzwalter für die preußische Krone tätig war und mit dem eine bedeutende jüdische
Familie in Preußen ihren Anfang nimmt. In seiner Untersuchung *Die Hoffinanz und der moderne Staat* stellt der Historiker
Heinrich Schnee fest: »Die Gomperz (alte Schreibweise, d.V.)
sind wohl die jüdische Familie, die in Preußen und wahrscheinlich auch in Deutschland die meisten Hoffaktoren gestellt hat;
unter sechs Herrschergenerationen ... behauptete sie ihre Macht
und stellte dazu noch eine Reihe von Hoffinanziers anderen
Fürstenhöfen. Ihre Tätigkeit war sehr vielseitig; ihre Mitglieder
wurden durch hohe Titel ausgezeichnet.«[1]

Ihr Aufstieg war in den Zeiten des Dreißigjährigen Krieges erfolgt. Dieser Krieg bot vielen jüdischen Familien die Möglichkeit, zu Vermögen zu kommen, denn der Ankauf und Absatz der Kriegsbeute ging oft durch die Hände jüdischer Händler. Auf eine solche Tätigkeit ist auch der erste Reichtum der Familie Gumpertz gegründet, die in der Generation der Hoffaktoren Herz Moses Gumpertz (1716–1760) und seines Schwagers Ephraim eine bedeutende Rolle spielte.

Die Geschichte der Familie Gumpertz-Berend beginnt in der ersten Hälfte des 18. Jahrhunderts am Hof des aufgeklärten Preußenkönigs und erreicht ihren wirtschaftlichen und gesellschaftlichen Höhepunkt im Berlin der Kaiserzeit. Nach der Verfolgung und Vertreibung durch die Nationalsozialisten, nachdem ihre Spuren in alle Welt zerstreut waren, endet die Geschichte in den sechziger Jahren des letzten Jahrhunderts in New York. Die Spuren, neu entdeckt und miteinander verknüpft, zeigen mehr als zweihundert Jahre deutsch-jüdischen Lebens, symbolisiert durch eine Familie, die einen besonderen Beitrag zum wirtschaftlichen und geistigen Leben in Deutschland vor dem Zweiten Weltkrieg leistete und sich dem kulturellen Leben in Deutschland eng verbunden fühlte.

»Außen Friedrich, innen Ephraim«

Im Sommer des Jahres 1759, drei Jahre nachdem Friedrich der Große mit dem Überfall auf Sachsen den Siebenjährigen Krieg ausgelöst hatte, stand Preußen am Abgrund.

Der Siebenjährige Krieg war der letzte der drei Schlesischen Kriege gewesen, mit denen das Königreich Preußen seinem Rivalen Österreich den Besitz Schlesiens streitig gemacht hatte.

14

Nach dem Tod Karls VI. und der Thronbesteigung seiner Tochter Maria Theresia im Oktober 1740 hatte Friedrich, der im selben Jahr an die Macht gekommen war, die Stunde für gekommen gehalten, sich unter Berufung auf ungeklärte Ansprüche des Hauses Brandenburg die österreichische Provinz Schlesien einzuverleiben.

Nachdem die beiden ersten Kriege (1740–42 und 1744–45) ihm bereits den erwünschten Gebiets- und Machtzuwachs gebracht hatten, entschied er sich im August 1756 gegen den Rat seiner Generäle, die preußische Armee in Sachsen einmarschieren zu lassen. Damit hoffte er sich eine Ausgangsbasis zu verschaffen, um Österreich im kommenden Jahr durch eine große Offensive in die Knie zwingen zu können. Tatsächlich drang die preußische Armee bis zum darauffolgenden Sommer weit nach Böhmen vor, ohne von Österreich und seinen Verbündeten, Frankreich und Rußland, aufgehalten zu werden. Im November und Dezember 1757 wurden die Franzosen bei Roßbach und die Österreicher bei Leuthen geschlagen. Im August des folgenden Jahres brachte die preußische Armee den Russen bei Zorndorf in der Nähe von Küstrin eine Niederlage bei, doch diesen Sieg mußte Preußen bereits mit hohen Verlusten bezahlen. Zorndorf wurde zum Wendepunkt des Krieges.

Nach dem Sieg Österreichs in der Schlacht bei Hochkirch, in der Nähe von Bautzen in Sachsen, und nachdem sich die Heere der Russen und Österreicher im darauffolgenden Sommer an der Oder vereinigt hatten, schien Preußens Schicksal besiegelt. Am 12. August 1759 wurde Friedrichs Armee bei Kunersdorf vernichtend geschlagen. Doch auch jetzt dachte der König weder an Rückzug noch an Kapitulation. Die Erhöhung von Kriegssteuern und Eingriffe in die Münzprägung sollten den Krieg finanzieren. Münzverschlechterung, eine Verringerung des Edelmetalls bei gleichbleibendem Nennwert, galt seit dem Altertum als ein Mittel der Staatsfinanzierung in Krisenzeiten. Friedrich hatte die Münzprägung an seine Schutzjuden, sogenannte Münzjuden, verpachtet. In der feudalen, ständischen Gesellschaft waren Juden sowohl durch ihre Religion als auch durch wirtschaftliche Beschränkungen Fremde und standen außerhalb der staatlichen Rechtsprechung. Rechte erhielten sie in Form von Privilegien und Schutzbriefen, die der König oder ein Stadtherr ihnen verlieh. Ein Schutzbrief war an Gegenleistungen wie Geldzahlungen oder andere wirtschaftliche Leistungen geknüpft. Im Zeitalter des Absolutismus war die kleine Gruppe privilegierter Hofjuden für den Fiskus ebenso bedeutsam, wie es die Pfandleiher für die städtischen Kleinbürger und die Viehhändler für die Bauern auf dem Lande waren.

Die preußischen Münzjuden waren verpflichtet, der Schatulle des Königs pro Jahr eine bestimmte Summe »in gutem Gelde« aus Umprägungen zuzuführen, und prägten dabei auf eigenes Risiko nach dem vereinbarten Fuß. In dem Maße, in dem das Münzmetall verschlechtert wurde, stieg der Münzgewinn, der sogenannte Schlagschatz, für Staat und Unternehmer. Die Leidtragenden waren die Wirtschaft und die Bevölkerung. Nicht zuletzt führte die Münzverschlechterung in Preußen auch dazu, daß sich bei den Bürgern Unmut gegen die Münzjuden bemerkbar machte. Minderwertige Münzen, die gegen Ende des Siebenjährigen Krieges immer mehr in Umlauf kamen, wurden als »Ephraimiten« bezeichnet – nach dem Münzunternehmer Veitel Ephraim. Dieser beschäftigte in seiner Werkstatt eine Reihe von Glaubensbrüdern, deren Aufgabe es war, höherwertige Münzen im Ausland aufzukaufen, nach Preußen zu schmuggeln und dort umzuschmelzen. Die neuen Münzen bestanden meist aus versilbertem Kupfer.

»Außen schön und innen schlimm – außen Friedrich, innen Ephraim«, spottete der Volksmund.[2]

Mit Ephraim teilten sich noch drei andere Schutzjuden die staatliche preußische Münze. Dies waren sein Schwager Herz Moses Gumpertz, Daniel Itzig und Moses Isaac. Gumpertz besaß ein florierendes Unternehmen, das übrigens nach seinem frühen Tod im Jahre 1760 von seiner Witwe Klara weitergeführt wurde. Gumpertz verfügte außerdem auch über einflußreiche verwandtschaftliche Beziehungen, die nach Holland, Österreich und Ungarn, nach London, Hamburg, Prag und Metz reichten.[3]

Ein Zweig dieser ansehnlichen Sippe, die Familie des Herz Elias Gumpertz, hatte sich in einer kleinen schlesischen Stadt im Landkreis Schwiebus, etwa hundert Kilometer südöstlich von Frankfurt an der Oder, angesiedelt.

Die alte Provinz Schlesien mit der Hauptstadt Breslau, die zum Zankapfel zwischen dem preußischen König und der österreichischen Kaiserin geworden war und die durch drei Kriege erschüttert und verheert wurde, existiert heute nur noch als historischer und geographischer Begriff. Nach dem Zweiten Weltkrieg verschwand der Name Schlesien sowohl in der Tschechoslowakei (seit 1949) als auch in Polen (seit 1950). Im Grenzgebiet dieser beiden Länder, von Südosten nach Nordwesten, mit dem Gebirgszug der Sudeten als »Rückgrat« und der parallel dazu verlaufenden Oder, muß man sich das ehemalige Schlesien denken. Im Süden zieht das Beskiden-Gebirge, der westliche Teil der Karpaten, die Grenze zu Ungarn. Im Norden, wo die Ausläufer der Sudeten enden, bildet die Tiefebene der Lausitz mit ihren weitverzweigten Nebenarmen der Spree und der Stadt Bautzen als Zentrum die Grenze.

Die Stadt Züllichau (heute polnisch: Sulechów), im nördlichen Zipfel der Provinz gelegen, war eine Gründung der Herzöge von Schlesien, die im elften Jahrhundert an einer Heerstraße, einige Kilometer nördlich des Oderlaufs, und auf einer künstlichen Anhöhe eine Festung erbaut hatten. Begünstigt durch den nahen Übergang über den Fluß, entwickelte sich am Fuß der Burg ein Markt, der 1319 erstmals urkundlich erwähnt wird und der zu einem wichtigen Umschlagplatz für den Handel mit Polen und Rußland wurde.

Als Friedrich vier Jahrhunderte später Schlesien eroberte, kam er in den Besitz einer reichen Provinz, die in dieser Zeit eine führende Stellung im Textilgewerbe Europas innehatte.

Die Weberei, die in häuslichen Kleinbetrieben stattfand und auch nach der Annexion durch Preußen nachhaltig gefördert wurde (so durch die Leinwand- und Schleierordnung von 1788), war neben der Steinkohleförderung der bedeutendste Wirtschaftsfaktor Schlesiens. Den größten Teil der textilen Produktion machte dabei die Leinwandweberei aus. Leinwand und Schleier wurden durch Unternehmen in alle europäischen Länder, ja, sogar bis nach Westindien vertrieben. Winfried Irgang gibt in seinem Buch *Schlesien. Geschichte, Kultur und Wirtschaft* für das 18. Jahrhundert eine Größenordnung von etwa 17 000 Webstühlen in ganz Schlesien an. In der zweiten Hälfte des 19. Jahrhunderts setzte dann, bedingt durch die industrielle Revolution, der Niedergang der schlesischen Heimindustrie ein. Gerhart Hauptmann – in seinem Drama *Die Weber* – und Käthe Kollwitz – mit ihren Radierungen – setzten sich in ihrem Werk mit dem Elend der schlesischen Weber auseinander.

Auch in Züllichau war die Weberei ein wichtiger Faktor des städtischen Gewerbes. Um 1750 zählte die Stadt 4300 Einwohner, von denen die Hälfte in Heimarbeit an Webstühlen arbeitete. Während des Siebenjährigen Krieges wurde die Stadt von zwei großen Bränden heimgesucht, 1759 wurde sie von russischen Truppen besetzt. Nach der Schlacht bei Kunersdorf lag Preußen am Boden, seine militärische Lage schien aussichtslos. Doch dann starb im Januar 1762 die Zarin Elisabeth, eine erbitterte Gegnerin Friedrichs, und ihr Tod machte den Weg für Verhandlungen frei. Der neue Herrscher auf dem Zarenthron wurde Elisabeths Neffe, der als Peter III. regierte. Peter war ein Bewunderer Friedrichs. Er machte nicht nur Frieden, sondern schloß sogar ein Bündnis mit Preußen.

Der Friede, der durch die Vermittlung Sachsens zustande gekommen war und im Februar 1763 auf Schloß Hubertusburg bei Dresden vereinbart wurde, beendete den Kampf zweier bis zur Erschöpfung aufgeriebener Gegner. Er festigte aber auch Preußens Rolle als Großmacht gegenüber Österreich und bestätigte endgültig die schlesische Annexion.

Kaiserin Maria Theresia starb am 29. November 1780. Ihr ältester Sohn, der als ein entschiedener Verfechter der Aufklärung galt, folgte ihr als Joseph II. auf den Thron. Die Aufklärung – das bedeutete ein Zeitalter, das auf einer neuen Vorstellung von Staat und Gesellschaft gegründet war. Religiöse Toleranz, Trennung von Staat und Kirche, Förderung von Industrie und Handel, Meinungsfreiheit und Rechtsstaatlichkeit waren die Grundlagen. Nicht zuletzt wurden damit auch Forderungen nach einer verbesserten Stellung der Juden erhoben.

Im Jahr 1781 hatte der preußische Staatsrat Christian Wilhelm Dohm (1751–1820) in seinem Buch *Über die bürgerliche Verbesserung der Juden* die Aufhebung aller Sondergesetze für Juden gefordert. Dohm war Schriftsteller und Archivar, und er gehörte mit dem Philosophen Moses Mendelssohn und dem Verleger Friedrich Nicolai zu den bedeutenden Aufklärern in Berlin. Seine reformerischen Ideen fielen aber zuerst im benachbarten Österreich auf fruchtbaren Boden. So erließ Joseph II., inspiriert durch die Dohmsche Schrift, in den Jahren 1782 bis 1789 sechs Toleranzpatente für die Juden in den Ländern der Habsburger Monarchie. Diese Patente umfaßten Schulreformen, eine teilweise Aufhebung der Berufsbeschränkungen und die Pflicht bzw. das Recht zum Militärdienst.

Nachdem 1791 die französische Nationalversammlung die Gleichstellung der Juden proklamiert hatte, erhielten sie bald auch in den von den Revolutionstruppen annektierten Gebieten ihre bürgerlichen Rechte. So verkündete die Verfassung des Königreichs Westfalen, die 1808 von Napoleons Bruder Jérôme verkündet wurde, ihre volle Gleichstellung.

In Preußen hatte die neuere Geschichte der Juden mit dem Jahr 1671 begonnen, als Friedrich Wilhelm von Hohenzollern (1620–1688), den man später den Großen Kurfürsten nannte, fünfzig wohlhabende Familien, die aus Wien vertrieben worden waren, aufgenommen hatte. In einem Edikt vom 21. Mai 1671 sicherte der Kurfürst diesen Familien, die über je ein Vermögen von zehntausend Talern verfügen mußten, für zunächst zwanzig Jahre freie Niederlassung und freien Handel auf seinem Gebiet zu. Nach der Entvölkerung und Verarmung durch den Dreißigjährigen Krieg waren ihm die reichen Juden zum Wiederaufbau der Wirtschaft höchst willkommen. Insbesondere wurde ihnen der Handel mit Wolle, Tuch und Konfektionswaren empfohlen. Nach 1671 kam es zur Gründung von jüdischen Gemeinden in Berlin, Potsdam und Landsberg. Die »Wiener Juden« sahen sich als »Aristokraten« unter den preußischen Juden, sie orientierten sich in ihren Lebensgewohnheiten zunehmend an der christlichen Oberschicht und nahmen sich das Recht, auf ihre ärmeren Glaubensgenossen herabzublicken. Um die neuen jüdischen Untertanen zentral zu erfassen und möglichst hohe Abgaben zu erzielen, wurde zu Beginn des 18. Jahrhunderts in Berlin eine »Judencommission« eingesetzt.

Die »Emanzipation«, d.h. die rechtliche Gleichstellung der Juden in Preußen, wurde erst im Rahmen der allgemeinen Reformpolitik nach der Niederlage gegen Napoleon vollzogen, durch das letzte Reformgesetz des Staatskanzlers Karl Freiherr von Hardenberg (1750–1822). Das »Edikt betreffend die bürgerlichen Verhältnisse der Juden« vom 11. März 1812 machte sie zu preußischen Staatsbürgern. Die neue Freizügigkeit ermöglichte ihnen die Niederlassung in den Städten, wo sie nun am allgemeinen wirtschaftlichen Aufschwung im Zuge der Industrialisierung Preußens teilnahmen. Das Edikt sicherte ihnen freie Berufswahl zu, allerdings blieben sie auch jetzt noch von allen Staatsämtern und von der Offizierslaufbahn ausgeschlossen. Sie verlegten sich in erster Linie auf die freien Berufe, auf die private Industrie und den Handel. Dies waren Bereiche, in denen sie aufgrund ihres jahrhundertealten Ausschlusses vom Grundbesitz und von den Zünften ihre Stärken ausgebildet hatten.

Im Jahr 1784, in einer Zeit, in der in Österreich die Toleranzpatente Josephs II. ein neues Zeitalter für die Juden einläuteten, wurde im schlesischen Züllichau David Herz Gumpertz geboren. Seine Eltern waren Voegelchen Pollack und Herz Elias Gumpertz, dessen Stiefvater Marcus Moses Schlesinger Schutzjudenältester in Frankfurt/Oder war. Die Familie Gumpertz besaß ein Haus in der Schuhmacherstraße. Hier hatte sie ein Unternehmen aufgebaut, dessen Schwerpunkt auf dem Handel mit Textilien lag und in dessen Führung David Herz hineinwachsen sollte. Man muß ihn sich als einen umtriebigen und vielseitig interessierten Unternehmer vorstellen, der es sich zur Aufgabe machte, das väterliche Erbe mit Ehrgeiz und Fortune zu mehren.

So weist eine Akte der Regierung Frankfurt/Oder aus dem Jahr 1828 ihn als Inhaber eines »Universalhandels in ziemlichem Umfange mit äußerst modernen Schnittwaren in großer Auswahl, Farbe-Material-Waren, Liqueurs, Tuche, Wolle, Leder, Eisen pp. Diskonto und mit Staatspapieren« aus. Aus einem Schreiben des Ministeriums des Innern von 1834 geht der Besitz von »drei Häusern und einem ausgebreiteten Detail- und Engros-Handel« und einem »Wechsel- und Darlehn-Geschäft« hervor.[4]

Das Personal, das das große Anwesen zu versorgen half, lebte mit in seinem Haus. »Er schien wohl viele Bereiche des kaufmännischen Lebens abdecken zu wollen und hatte im heutigen Sinne mehrere berufliche Standbeine«, schreibt dazu Jeanette Spahn, Diplom-Archivarin des Brandenburgischen Landeshauptarchivs in Potsdam, das die Akten in seinem Bestand führt.[5]

Sechs Kinder entstammten der Ehe mit seiner Frau Rosalie, einer geborenen Abel. Im Jahr 1838 meldet eine Steuererhebung, daß neben seiner Frau noch eine erwachsene Tochter und zwei Söhne in seinem Betrieb mitarbeiten. Gumpertz' ältester Sohn, der nach ihm den Namen Herz David erhalten hatte, war am 4. Dezember 1814 geboren worden. Es folgte die Tochter Line im Juli 1817, und fünf Jahre später, im Juli 1822, brachte Rosalie Gumpertz Zwillinge auf die Welt. Von den beiden Söhnen überlebte nur einer, den sie Julius nannten.

Das Zeitalter des Vormärz, die kurze Episode zwischen dem Wiener Kongreß und der bürgerlichen Revolution, war gekennzeichnet durch äußeren Frieden auf der einen und reaktionäre Unterdrückung aller fortschrittlichen Strömungen auf der anderen Seite.

Die Verelendung einer breiten Schicht von Handwerkern

und Kleinbürgern durch die industrielle Revolution verschärfte die Unzufriedenheit. Für die Bauern in Preußen und anderen deutschen Territorialstaaten war die Leibeigenschaft in mehreren Reformstufen aufgehoben worden, doch umfaßten diese Reformen zunächst nur die persönliche Befreiung der Bauern ohne die Ablösung ihrer Lasten.

Als Forderungen nach Pressefreiheit, Vollendung der Bauernbefreiung und Verfassungsreform von den deutschen Fürsten nicht erfüllt wurden, kam es im Frühjahr 1848 in nahezu allen deutschen Staaten zu Demonstrationen, Kundgebungen und Versammlungen.

Auch viele deutsche Juden kämpften für die nationale Einheit und eine demokratische Verfassung, zumal ja die Frage ihrer Emanzipation unmittelbar damit zusammenhing. Ihr wohl bedeutendster Vertreter war der Königsberger Arzt und Politiker Johann Jacoby (1805–1877), der sich 1841 mit seiner Schrift *Vier Fragen beantwortet von einem Ostpreußen* in die Debatte um die preußische Verfassung eingeschaltet hatte. Als Deputierter der preußischen Nationalversammlung machte sich Jacoby später für ein Bündnis zwischen Bürgertum und Arbeiterschaft stark. Bei den Berliner Barrikadenkämpfen, die im März 1848 ausbrachen, gab es mehr als zweihundert Tote, unter ihnen zwanzig Juden. Der Rabbiner Dr. Michael Sachs aus Berlin hielt bei der Totenfeier der Märzgefallenen eine Ansprache.

Angesichts des wachsenden Drucks sahen sich die Regierungen nun überall veranlaßt, Parlamente zu berufen. Am 31. März 1848 trat in der Frankfurter Paulskirche ein Vorparlament zusammen, die erste gesamtdeutsche, frei gewählte Volksvertretung, um dem zu schaffenden Nationalstaat eine Verfassung zu geben.

Während sich die Beratungen aber durch die aufbrechenden

Gegensätze von liberalen und radikalen Parteien in die Länge zogen, rüsteten die alten Mächte bereits wieder zum Gegenschlag. Zuerst in Österreich am 31. Oktober 1848 eroberte der Feldmarschall Alfred Fürst zu Windischgrätz (1787–1862) das aufständische Wien. Er setzte ein erbarmungsloses Strafgericht durch, bei dem auch Robert Blum, der in der Frankfurter Nationalversammlung die demokratische Linke geführt hatte, verurteilt und erschossen wurde. Daraufhin setzte der preußische König Friedrich Wilhelm IV. im Dezember seine Truppen gegen die preußische Nationalversammlung ein und erließ eine eigene Verfassung. Im April 1849 wurde ihm von einer Abordnung des Frankfurter Parlaments, angeführt von Eduard Simson (1810–1899), einem getauften Juden, die Kaiserkrone angetragen. Der König lehnte die Krone, »diesen Reif aus Blut und Dreck geschmiedet«, wie er sie nannte, vehement ab, sah er sich doch als König von Gottes Gnaden. Nachdem die meisten deutschen Staaten, unter ihnen Preußen, ihre Abgeordneten bereits früher aus der Paulskirche abgezogen hatten, wurde das verbliebene »Rumpfparlament« von etwa hundert radikalen Abgeordneten nach Stuttgart verlegt und zwei Monate später mit Waffengewalt aufgelöst.

Die preußische Verfassungsurkunde vom Dezember 1848 gewährte den Juden die staatsbürgerlichen Rechte. Jedoch existierte daneben eine Vielzahl ministerieller Vorschriften, die ihnen den Zugang zu öffentlichen Ämtern erschwerten, ohne dabei ihre Gleichstellung ausdrücklich in Frage zu stellen. In Züllichau werden die Kaufleute Herz David Gumpertz und sein Bruder Julius am 29. November 1849 in die Bürgerrolle der Stadt eingetragen und als Bürger vereidigt. Solche Bürgerrollen waren Listen, in die alle männlichen Einwohner mit ihrem Namen, ihrem Gewerbe und Besitz eingetragen wurden und in denen sie den Empfang des Bürgerbriefes zu bestätigen hatten. Herz David, der seinen Namen in Herrmann ändert, heiratet im August des folgenden Jahres Rosalie Stargardt, die Tochter eines Kaufmanns aus Schwerin.

Sein Bruder Julius vermählt sich zwei Jahre später, am 7. Juli 1852, mit Selma Lachs aus Oppeln. Sie bekommen drei Töchter. 1853 wird Hedwig geboren, 1855 kommt Elise auf die Welt. Die jüngste Tochter Gertrud, deren Geburtsdatum nicht mehr zu ermitteln ist, wird in Berlin geboren, wohin die Familie ungefähr um das Jahr 1860 übersiedelt.

Hedwig und Elise sind erst wenige Jahre alt, als ihr Großvater David Herz Gumpertz im Januar 1858 mit dreiundsiebzig Jahren am Schlaganfall, damals nannte man es »Schlagfluß«, stirbt. Herrmann, der Älteste und inzwischen Vater von vier Kindern – drei weitere sollten noch folgen –, übernimmt als sein Nachfolger das Unternehmen. Für Julius aber war die Zeit gekommen, Züllichau zu verlassen und ein eigenes Unternehmen zu gründen.

1858, in dem Jahr, in dem David Herz Gumpertz in Züllichau starb, wurde im ostpreußischen Tapiau, einer kleinen Stadt bei Königsberg zwischen Frischem und Kurischem Haff an der Ostsee, dem Gerbermeister Franz Heinrich Corinth und seiner Frau Amalie Wilhelmine ein Sohn geboren. Franz Heinrich Louis, der sich später Lovis nannte, sollte sich ein halbes Jahrhundert später mit einer Urenkelin des David Gumpertz aus Züllichau verbinden.

ZWEITES KAPITEL

Emanzipation

Von Züllichau und Dessau nach Berlin

Die sechziger Jahre des 19. Jahrhunderts waren geprägt von Industrialisierung und wirtschaftlichem Aufschwung, von technischen Neuerungen, gesellschaftlichem Aufbruch und Fortschritt. An Rhein, Main und Neckar, im Ruhrgebiet, in Sachsen und Schlesien entstehen ausgedehnte, bedeutende Industriegebiete. Durch die traditionelle Festlegung auf den Handel und die freien Berufe waren viele Juden auf das neue Leistungs- und Konkurrenzsystem besser vorbereitet als andere soziale Gruppen. Das liberale System brachte nun alle ihre Talente zur Entfaltung, und der Vorsprung ermöglichte ihnen einen günstigen Start in die neue Industriegesellschaft. Beispielhaft dafür steht die Erfolgsgeschichte der Familie Meyer-Kauffmann aus dem schlesischen Schweidnitz, die 1824 ein Weißwarengeschäft eröffnet hatte, das durch den Ankauf anderer Betriebe, durch die Umstellung auf mechanische Webstühle und die Gründung einer Färberei und Druckerei in wenigen Jahrzehnten zu einem florierenden Unternehmen gedieh.

In dieser Zeit, die von Fortschritt, Wachstum und Optimismus geprägt war, konnte sich die Emanzipation der Juden nahezu ohne Schwierigkeiten durchsetzen. Die immer schneller vor sich gehende Industrialisierung, die Erschließung neuer Märkte, Fortschrittsglaube und Kosmopolitismus bewirkten ein Klima, das ihre Assimilation förderte. Ein Beispiel dafür ist der unternehmerische Erfolg von Emil Rathenau (1838–1915), der 1881 in Paris die Patente für Edisons Kohlefadenlampe erwarb. Zwei Jahre später gründete er in Berlin die Deutsche Edison-Gesellschaft, später in Allgemeine Elektrizitäts-Gesellschaft umbenannt, die die Versorgung der Reichshauptstadt mit Elektrizität übernahm und Berlin im Lauf der nächsten Jahre zu einer leuchtenden Metropole machte. In dieser Zeit mußte es liberalen Kreisen erscheinen, als sei die sogenannte Judenfrage gelöst, und die vollständige Integration müsse sich nunmehr zwangsläufig einstellen.

In dieser Zeit kommt Julius Gumpertz mit seiner Frau, den beiden Töchtern und der Großmutter Rosalie in Berlin an. Er bezieht eine Wohnung in feinster Lage, am Schloßplatz, und nur wenige Meter entfernt, am Molkenmarkt, firmiert sein Bankhaus, das er zusammen mit einem Kompagnon gründet: »Gumpertz und Samuel«. Wie im Handel, waren jüdische Unternehmer auch im Bankgeschäft und an der Börse stark vertreten, wo sie ein modernes, auf die Bedürfnisse der neuen Industriegesellschaft abgestimmtes Finanzwesen etablierten. Die neuen Warenhäuser und Handelsgesellschaften waren auf Kredite angewiesen. So waren an der Gründung der Edison-Gesellschaft das Bankhaus Gebrüder Sulzbach in Frankfurt/Main, das Bankhaus Jacob Landau in Berlin und die Nationalbank für Deutschland beteiligt. Die erste Eisenbahnlinie von Berlin nach Potsdam wurde von dem Bankier Levin Arons (1773–1840) finanziert. Sein Enkel Leo Arons (1860–1919), Physiker und Dozent an der Berliner Universität, war 1912 Mitbegründer und Finanzier der ersten genossenschaftlichen Arbeitersiedlung »Ideal« in Berlin-Neukölln und weiterer Konsumgenossenschaften für Arbeiter. Der bekannteste jüdische Bankier war Gerson von Bleichröder (1822–1893). Sein Vater Samuel hatte sich in der Zusammenarbeit mit der Bankiersfamilie Rothschild etabliert und 1803 in Berlin eine Bank gegründet. 1859 wurde er der persönliche Berater Bismarcks, den er auch bei der Kriegsfinanzierung und dem Friedensschluß mit Frankreich beriet. Nach 1871 war er der renommierteste Bankier, einer der reichsten Bürger Berlins und Symbolfigur für die Assimilation und den Aufstieg der Juden. 1872 wurde er als erster Jude in Preußen in den erblichen Adelsstand erhoben.

Daß Julius Gumpertz' Wechsel von der Provinz in das Zentrum einer aufstrebenden Großmacht, ja in die Reihen der großstädtischen Elite gelungen war, beweist ein Foto seiner beiden Töchter aus dem Jahr 1860. Vor einem Gobelin mit einer weiten Parklandschaft posieren sie in ihren festlichen schwarzen Taftkleidern mit den ausgestellten Röcken, den Rüschenärmeln und weiten Dekolletés, Perlenketten um den Hals. Hedwig, mit sieben Jahren, hält den Kopf leicht geneigt und hat den Arm fürsorglich um die Schulter der jüngeren Schwester gelegt. Mit ihrem schmalen Gesicht, dem spitzen Näschen, den schmalen Lippen und dem verschleierten Blick schaut Hedwig sehr geziert, beinahe affektiert.

Elise, einen halben Kopf kleiner, wirkt natürlicher, etwas herausfordernd Burschikoses übertönt die steife Pracht. Die dunklen Augen unter den dichten Brauen lassen auf ein lebhaftes Temperament schließen und bilden einen Kontrast zu Hedwigs »vornehmer Scheu«.

Die beiden Mädchen werden auf ein Lyzeum geschickt, und daheim wird ihre Erziehung Gouvernanten anvertraut. Klavierspielen, englische und französische Konversation gehören zu den täglichen Lektionen. Dabei entwickelte Hedwig eine Vorliebe für die Musik. In ihrem Tagebuch freut sie sich einmal über ihren »tüchtigen Musiklehrer«, bei dem sie schon gute Fortschritte gemacht habe. Bald konnte sie die Familie an den Festtagen mit Chopin und Weber, Mendelssohn und Rossini erfreuen. Und Jahrzehnte später erinnerte sich auch ihre Tochter Charlotte an den schönen Vortrag ihrer Mutter. Die Töne seien unter ihren Fingern »geperlt«, schrieb sie, »geschult erklang die Stimme. Ich lehnte ganz verzückt am Klavier und war begeistert, wenn sie sang ... Es rieselte mir ein Schauer den Rücken entlang vor Ergriffenheit.«[1]

Die Familie Gumpertz blieb dem jüdischen Glauben treu. Doch hat die zwölfjährige Hedwig in ihrem Tagebuch ein Weihnachtsfest beschrieben, das sich in seinen Vorbereitungen und in seinem Ablauf in nichts von einem Fest bei christlichen Mitschülern unterscheidet. »Schon Tage lang freuten wir uns unendlich auf den Heiligen Abend. Dieser nahte auch schon, und ehe ich mich versah, war der herrliche Tag da. Nein, diese Freude. An dem Tage hatte ich noch einiges zu besorgen. Ich habe auch so viele Geschenke verteilt.«[2]

Ausführlich zählt Hedwig nun die »Geschenkchen« auf, für die sie ihre »magere Geldbüchse« geplündert hatte. Darunter waren Lampenschleier für »Papachen und Großmamachen«. Ihr »Mamachen« aber bekommt einen gehäkelten Hoseneinsatz (!). Wie Mamachen ein solches Teil tragen sollte, darüber hat die kleine Hedwig allerdings nichts verlauten lassen. Auch die Dienstmädchen und die Gouvernanten werden mit Basteleien beschenkt, bevor das Glöckchen die Kinder dann zur Bescherung ruft.

»Natürlich waren wir heute die Ungeduld selber«, schreibt

Hedwig, und in ihrem altklugen, gespreizten Ton fährt sie fort: »Freilich mit 12 Jahren kann man noch sehr, sehr glücklich sein. Darum freue ich mich auch sehr, daß ich noch singen kann: ›O, selig ein Kind noch zu sein.‹ ... Endlich, endlich wurden wir hineingerufen. Auf dem Tisch brannte ein niedliches Christ-Bäumchen, und um dasselbe herum lagen unsre vielen Geschenke.«

Was bringt der Weihnachtsmann einem zwölfjährigen Mädchen im Jahr 1865? Auf Hedwigs Gabentisch liegen Äpfel und Nüsse, Konfekt, ein Paar Glacéhandschuhe, eine seidene Schürze, Bücher, Schablonen für Strickarbeiten, ein Bogen Ankleidepuppen zum Ausschneiden, eine Brieftasche und ein Puppenwägelchen – lauter Dinge, die ihr Mädchenherz höher schlagen lassen. Und nachdem sich die Aufregung bei den Kindern gelegt hat, unternimmt Familie Gumpertz am zweiten Weihnachtstag einen Ausflug ins nahe gelegene Carlsbad (nicht zu verwechseln mit Karlsbad in Böhmen). »Ach es waren schöne Tage«, schwärmt Hedwig in ihrem Tagebuch, »sie sind mir sehr schnell verflossen.«

Im darauffolgenden Mai reist Familie Gumpertz in die Sommerfrische nach Böhmen. Karlsbad ist um diese Zeit der eleganteste Kurort der österreichischen Monarchie. Die Eltern seien es »ihrer Gesundheit schuldig« gewesen, »ein Bad aufzusuchen«, schreibt Hedwig in artiger Manier, zugleich gibt das Tagebuch aber auch einen Hinweis auf die politischen Unruhen, die ihre Reise überschatten. »Jetzt ist eine unangenehme Zeit, da Krieg werden soll; ganz Deutschland ist in Aufruhr. Gott gebe, daß kein Krieg wird.«

Es waren nicht die Verfechter der bürgerlichen Revolution, sondern es waren drei Kriege, die Preußen gegen andere Staaten führte, mit denen die deutsche Einheit zustande gebracht wurde. Im deutsch-dänischen Krieg von 1864 mußte Dänemark Schleswig-Holstein abtreten. Im Jahre 1866 ging es um die Vormacht zwischen Preußen und Österreich, die dem Deutschen Bund angehörten, dem auf dem Wiener Kongreß von 1815 gegründeten Bund deutscher Fürsten und freier Städte. Der Anlaß für den Krieg waren erneut Streitigkeiten um die Herzogtümer Schleswig und Holstein, die gemeinsam von Preußen und Österreich regiert wurden.

Aus der böhmischen Sommerfrische nach Berlin zurückgekehrt, wird die Familie vom Ausbruch des Krieges überrascht. Preußen – seit 1861 unter König Wilhelm I. – erklärte Österreich am 14. Juni 1866 den Krieg. Juden waren durch die Verfassung von 1848 zum Militärdienst zugelassen. So hatte auch Gumpertz einen Angehörigen im Krieg. »Mehrere Gefechte sind schon gewesen«, schreibt Hedwig am 29. Juni in ihr Tagebuch, »bis jetzt ist Preußen Sieger. Ich ängstige mich um Onkel Siegmund, da dieser mitgezogen ist.« Bei ihrem Onkel Siegmund handelte es sich um einen Bruder oder Schwager ihrer Mutter aus Züllichau, der genaue Verwandtschaftsgrad ließ sich hier nicht mehr ermitteln.

Nur wenige Tage später, am 3. Juli, siegten die Preußen, geführt von Graf von Moltke, bei Königgrätz in Böhmen. Unter den Gefallenen ist auch Julius Opitz aus Tapiau, der älteste Stiefbruder von Lovis Corinth. Der Friede von Prag besiegelte am 23. August das Ende des Deutschen Bundes. Damit verlor Österreich seine Rechte an Schleswig-Holstein, und Preußen hatte sich endgültig die politische und militärische Führung in Deutschland gesichert.

Im September erlebt die dreizehnjährige Hedwig unmittelbar vor ihrer Haustür die Siegesparade der preußischen Soldaten, »die so tapfer gekämpft haben«, wie sie treuherzig in ihr

Tagebuch schreibt. Die Berliner Kinder haben zur Feier des Tages schulfrei bekommen. »Die dazu getroffenen Dekorationen waren großartig«, schreibt Hedwig begeistert. »Alle Häuser waren mit Fahnen, Kränzen und Guirlanden, und mit den Büsten der königlichen Helden geschmückt. Wenn man in die Straßen ging, sah es wunderhübsch aus, da man überall schwarz-weiße Fahnen erblickte. – Die Linden waren wundervoll dekoriert. Überall war ein Überfluß an Fahnen und Blumen. Überall sah man Tribünen erbaut, die mit rotem Zeug beschlagen waren; es waren viele Fenster zu vermieten.«

Sie hätten auch die Möglichkeit gehabt, von einem Fenster aus die Parade zu beobachten, fährt Hedwig fort, aber nur Julius Gumpertz nutzte die Gelegenheit, aus unmittelbarer Nähe den defilierenden Truppen zuzujubeln. Im Lustgarten war ein Altar für einen Dankgottesdienst errichtet worden.

»Dies alles gewährte einen wundervollen erhabenen Anblick … Auf unserem Dönhoff Platze sahen wir viele Soldaten ankommen, auch stellten sich die Gewerke hier auf. Am Abend dieser Tage fand eine große Illumination statt, besonders am Freitag war es wunderschön«, schwärmte Hedwig.

Als preußischer Patriot hatte auch Gumpertz den Balkon seines Hauses in der Krausenstraße mit Fahnen, Ballons und den Büsten des Königs und des Kronprinzen geschmückt. Auf dem Dach wehte das preußische Banner, und am Abend der Illumination wurde das ganze Haus erleuchtet. Wie wurde eine solche Festbeleuchtung ermöglicht? Nicht anders als in den Häusern der reichen Berliner wurde bei Gumpertz mit Gas geheizt, und die Gaslampen leuchteten abends. Anfang des Jahrhunderts heizte man die Wohnungen noch mit Holz, doch das änderte sich in den zwanziger Jahren. 1826 hatte die Allee Unter den Linden die ersten Gaslaternen erhalten. Ein Jahr später wurden die ersten Wohnungen an das Gas angeschlossen, und damit begann der Bau von Gaswerken und riesigen Vorratsbehältern, sogenannten Gasometern. Bald gab es Tausende von Gaslaternen, und Berlin begann im wahrsten Sinn des Wortes zu leuchten. Die erste Straße, die elektrisch beleuchtet wurde, war die Wilhelmstraße. Am Abend der Siegesparade läßt sich Familie Gumpertz noch in einer Pferdedroschke durch die festlich illuminierten Straßen zum Brandenburger Tor fahren. »Nun habe ich meine Schuldigkeit getan, und dies Fest beschrieben«, schließt Hedwig brav ihren Bericht von diesem eindrucksvollen Tag, an dem ganz Berlin unter Preußens Gloria erstrahlte.

Einen Monat später, am 13. Oktober, wird Hedwig dreizehn Jahre alt. »Es war ein Freudentag für mich«, schreibt Hedwig, »denn ich ward reich beschenkt.« Die Geschenke richten sich schon nicht mehr an ein Kind, sondern an eine junge Dame. So erhält Hedwig ein Paar goldene Ohrringe, eine Brosche und ein Elfenbeinarmband, »reizende Anzüge«, ein Sammetband für das Haar und Briefpapier mit ihrem Namen. Am Abend läßt Mutter Selma eine Gesellschaft für ihre Älteste ausrichten. »Ich hatte mir meine Freundinnen … eingeladen«, schreibt Hedwig in ihr Tagebuch. »Auch von Elise waren einige Freundinnen da … Ich bekam noch viele Geschenke. Wir amüsierten uns ganz gut, und gingen recht spät auseinander.«

Als Hedwig zwei Jahre später das Lyzeum beendet, schickt man sie auf ein »Institut für junge Damen«. Hier erhielten die Töchter der vornehmen Gesellschaft den letzten Schliff, der sie auf ihre Rolle als Ehefrau eines Bankiers oder Fabrikanten vorbereiten sollte. Der potentielle Schwiegervater konnte im Kreise seiner Geschäftsfreunde und auch während der winterlichen Ballsaison die Augen nach einem geeigneten Bewerber offenhalten.

Auf den Bällen der Berliner Gesellschaft war die junge Hedwig kein Mauerblümchen, sondern eine begehrte Tänzerin. Das Tanzen war ihre Leidenschaft. Sie verstand es, den jungen Herren den Kopf zu verdrehen, so daß sie mit ihren »Tanzbüchlein« Schlange standen, um sich eintragen zu lassen. »Ich habe mich sehr gut amüsiert und kam erst um 1 Uhr nach Hause«, schreibt sie nach einem Ball bei ihrer Freundin Emma. »Ich hatte ein hübsches gelbes Mohairkleid mit viereckigem Ausschnitt. Im Haar, das sehr niedlich zurechtgemacht war, hatte ich rote Atlas-Schleifen, und um den Hals ebenfalls ein rotes Atlasband mit Schleifchen ...« Hedwig tanzte auch noch im hohen Alter gern, so mit ihrem Schwiegersohn Lovis Corinth, der sie auf den Bällen der Berliner Sezession zum Walzer führte.

Ein Foto aus dem Jahr 1870 zeigt das aparte, schmale Gesicht einer Siebzehnjährigen, die dunklen Augen nachdenklich, fast melancholisch abgewandt, die schmalen Lippen geschlossen, das dunkle Haar aus der Stirn gekämmt und im Nacken zu schweren Zöpfen geflochten. Um den Hals trägt sie ein schwarzes Samtband über einem weißen Spitzenkragen. Ein paar Tage nach dem Ball »bei Emmas« findet eine »große Féte« im Hause Gumpertz statt.

Sie habe »wirklich furchtbar viel getanzt«, schreibt Hedwig. »Wir gingen sehr spät zu Bett; es war wirklich ein sehr hübscher Abend ... Andern Tag gingen wir nicht zur Schule. Ein großes Vergnügen hatten wir am Sonnabend. Wir hörten in der Oper ›Fra Diavolo‹ mit Wachtel und Lucca.« Sie hätten zwar im dritten Rang gesessen, aber es sei ein »sehr anständiges Publikum« dort gewesen, schreibt Hedwig gnädig, weil man die Billets an diesem Tage mit Gold aufgewogen hätte. Die Sopranistin Pauline Lucca (1841–1908), die als »Wiener Nachtigall« gerühmt wurde und mit ihrer zweieinhalb Oktaven umspannenden Stimme als eine Sensation der Oper galt, war 1861 von Giacomo Meyerbeer, dem Direktor der Hofoper, nach Berlin geholt worden. Sie war mit Bismarck befreundet, und ein Foto zeigt sie zusammen mit dem Reichskanzler, der sich während einer Kur in Bad Ischl mit ihr hatte fotografieren lassen.

Und wieder rüstete Preußen zum Krieg. Der letzte Krieg, der die deutsche Einheit erzwingen sollte und gegen Frankreich geführt wurde, brach im Juli 1870 aus. Den äußeren Anlaß bildete der Anspruch eines Hohenzollern-Fürsten auf den spanischen Thron. Die Frage der Thronfolge verschärfte die Spannungen mit Frankreich und führte über die sogenannte Emser Depesche zum Kriegsausbruch. Nach dem Verzicht des Erbprinzen von Hohenzollern-Sigmaringen hatte der französische Botschafter Graf Benedetti von König Wilhelm I. in seinem Kurort Bad Ems eine Erklärung gefordert, daß nie wieder ein Hohenzoller Anspruch auf den spanischen Thron erheben würde. Bismarck, der durch ein Telegramm von den diplomatischen Gesprächen unterrichtet wurde, veröffentlichte eine verkürzte Fassung, die die Unterredung als eine Niederlage Frankreichs erscheinen ließ.

Der Feldzug dauerte nur ein halbes Jahr, im Januar 1871 wurde die Niederlage der Franzosen vor Paris besiegelt. Am 28. Januar kam es zum Waffenstillstand, aber schon zehn Tage zuvor war der preußische König Wilhelm I. im Spiegelsaal von Versailles zum Kaiser des Deutschen Reiches ausgerufen worden. Auf den Vorfrieden von Versailles folgte am 10. Mai der Frankfurter Friede, in dem Frankreich Elsaß und Lothringen abtreten und sich zur Zahlung von 5 Milliarden Francs an Reparationen verpflichten mußte.

Und so erlebte Hedwig Gumpertz im Mai 1871 zum zweitenmal den Einzug der siegreichen preußischen Truppen in ihre Stadt. Noch Jahrzehnte später erzählte sie ihren Enkelkindern, wie Berlin im Siegesrausch gelegen und Bismarck unter dem Hurra-Geschrei der Spalierstehenden die »Willkommen-Kränze mit seinem Degen« aufgefangen hatte.

Der Krieg hatte erreicht, was dem bürgerlichen Freiheitskampf versagt geblieben war: die deutsche Reichsgründung, die eine heftige, wenn auch nur kurze wirtschaftliche Blüte nach sich zog. »Gründerfieber« – das bedeutete einen abermaligen Aufschwung von Unternehmen und Handel. Banken, Geschäfte, Versicherungen und Verlagshäuser schossen jetzt wie Pilze aus dem Boden. Berlin, die ehemalige preußische Provinzstadt, war nun Reichshauptstadt und entwickelte sich mit immer größerer Geschwindigkeit zu einer Metropole, zu einer Drehscheibe des internationalen Handels und Verkehrs.

»Von Jahr zu Jahr mußte man seine Vorstellung von der Stadt revidieren«, schrieb der dänische Dichter Martin Andersen-Nexö, »so irrsinnig rasch war das Tempo, womit sie sich nach innen wie nach außen entwickelte ... durch ihre neugeschaffenen gewaltigen Kunstsammlungen, durch ihre weltumspannenden Finanzinstitute, durch Musik, Theater, Ausländerverkehr und ihre internationale Halbwelt (wurde sie) eine Art Weltzentrum, ja auf mehreren Gebieten *das* Weltzentrum. Die gewaltige Entwicklung der gesamten Nation – in Einwohnerzahl, Wohlstand, Geschmack – ließ sich von Jahr zu Jahr aus der Physiognomie der Stadt ablesen ...«[3]

Bis zur Jahrhundertwende sollte Berlins Einwohnerzahl, die 1870 gerade einmal 800 000 betragen hatte, die Zwei-Millionen-Grenze überschreiten. Damit gehörte die Stadt, nach London, Paris und Amsterdam, zu den vier größten Städten Europas und zu den bedeutendsten Industriezentren. Der Zuzug von etwa 40 000 Menschen jährlich stellte den Magistrat vor erhebliche Aufgaben, wie Wasserversorgung und Kanalisation, Straßenbeleuchtung und -pflasterung, Kranken- und Armenpflege, Einkaufsmöglichkeiten und Verkehr. »Alles, was in Berlin geschah, war ohne Vergleich«, schrieb Carl Sternheim über das rasante Wachstum der Stadt. »Fortgesetzt riß man erst Hingebautes ab, baute gewaltiger neu, baute in Erde und Luft. Errichtete Denkmäler reihen- und gruppenweise, demolierte, um größere Apotheosen hinzusetzen.«[4]

Das Zentrum des großstädtischen Lebens war die Friedrichstadt. Die Doppelreihen der Linden und Kastanien zwischen dem Pariser Platz und der Schloßbrücke luden zum Promenieren und Verweilen ein. Zu den architektonischen Neuigkeiten zählte die »Kaisergalerie«, eine 1873 errichtete Passage, die von der Straße Unter den Linden zur Behrensstraße führte, wo das Finanz- und Bankenviertel begann. Mit zahlreichen Läden, einem Wiener Café, einem Konzertsaal, einem Postamt und einem Telegraphenbüro wurde die Ladenpassage eine Attraktion Berlins. Abwechslung boten auch die modernen Geschäfte mit ihren bunten Auslagen in der Leipziger Straße, die parallel zu den Linden verlief. Ein beliebter Treffpunkt war hier das Café Bauer, an dessen künstlerischer Gestaltung Anton von Werner, der Direktor der Königlichen Akademie der Bildenden Künste, mitgewirkt hatte.

Im Westen wurde die Friedrichstadt von der Wilhelmstraße begrenzt, in der die wichtigsten staatlichen Behörden lagen, neben dem Auswärtigen Amt das Reichskanzleramt, das Reichskanzlerpalais, das Handels- und das Justizministerium. Und in dieser exzellenten Lage, in der Wilhelmstraße Nummer 43, bezog der Bankier Julius Gumpertz im Sommer 1872 seine neu erbaute Stadtvilla.

Seine Tochter Hedwig ging auf die Zwanzig zu, und es wurde

Zeit, an ihre Verheiratung zu denken. Das Mädchen war behütet aufgewachsen und hatte eine gute Erziehung genossen. Ihr gesellschaftlicher Status, ihre Schönheit und der Reichtum ihres Elternhauses machten sie zu einer begehrten Partie. Wie aber fand man einen passenden Bräutigam für die älteste Gumpertz-Tochter?

Heiratsvermittler, im Jiddischen Schadchan oder Schadchen, besaßen eine lange Tradition im Judentum. In den kleinen Gemeinden der Diaspora war es nicht immer leicht gewesen, Ehepartner zu finden. Die Schadchen, die diese Tätigkeit neben ihrem eigentlichen Beruf als Händler oder Lehrer ausübten, reisten über die Dörfer und Städte, wo sie bei den Familien einkehrten. Sie hielten die Ohren offen, knüpften Verbindungen mit anderen Vermittlern, erfuhren immer, wenn eine Familie einen Sohn oder eine Tochter im heiratsfähigen Alter hatte. Und so konnte man das Kind bald unter die »Chuppa«, den Hochzeitsbaldachin, führen.

Julius Gumpertz wollte so eine wichtige Sache wie die Verheiratung seiner Tochter nicht dem Zufall überlassen und entschied nach alter Sitte. Man weiß nicht, wen er mit seiner Mission beauftragte, und man weiß auch nicht, wie seine Tochter sich dabei fühlte, denn Hedwig hatte ihr Tagebuch im August 1869, kurz vor dem Verlassen der Schule, abgebrochen. Fest steht nur, daß diese Art der Brautwerbung nichts Ungewöhnliches in ihrer Familie – wie in den meisten bürgerlichen Familien – war.

So erzählt Hedwigs Tochter Charlotte später einmal in ihren Kindheitserinnerungen, wie eine Cousine mit Hilfe eines Vermittlers unter die Haube gebracht wurde. Geschickt hatte er ein »zufälliges Treffen« mit der ganzen Familie in einem Biergarten arrangiert. Eine Blaskapelle spielte »Preußens Gloria«, die Kinder nippten aufgeregt an ihrer Zitronenlimonade, und dann saß auf einmal ein lustiger kleiner Herr an ihrem Tisch. Charlottes Vater, Ernst Berend, konnte sich nachher den Spott über den Ehekandidaten, vor allem über seinen lächerlichen Anzug, nicht verkneifen. Doch dann stellte sich heraus, der Ausersehene in dem unmöglichen Aufzug war – ein Fabrikbesitzer! Da war Ernst Berend bereit, sogar über einen gelben Anzug mit Karos, einen weißen Hut mit gelbem Band und gelbe Glacéhandschuhe hinwegzusehen.

Solchen Spott hatte Hedwig Gumpertz als junge Braut nicht fürchten müssen, denn Ernst Berend, der für sie Auserwählte, war ein Gentleman vom Scheitel bis zur Sohle, dem eine vollendete Erscheinung und Etikette über alles gingen. Aus dem fernen Hamburg hatte man ihn nach Berlin geholt, wo er die Tochter des Bankiers Gumpertz freien sollte.

Familie Berend aus Dessau

In Hamburg lebte der Kaufmann Jakob Berend mit seiner Frau Jenny, einer geborenen Neustadt. Von den sieben Kindern, die der Ehe entstammten, starben drei schon im Kindesalter. Den Eltern blieben die beiden Töchter Charlotte und Emilie und die Söhne Ernst und Mosche, der seinen Namen später in Martin änderte. Martin, 1832 geboren, war das älteste Kind. Ernst, der Jüngste, kam am 6. September 1842 auf die Welt.

Jacob Berend stammte aus Dessau, einer Stadt im Anhaltinischen, die seit 1603 Hauptstadt und Residenz des Fürstentums Anhalt-Dessau war. Dessau hatte eine der ältesten jüdischen Gemeinden in Deutschland und war berühmt als Geburtsstadt des Philosophen Moses Mendelssohn (1729–

1786), auf den die erste fruchtbare Begegnung zwischen jüdischer Tradition und aufklärerischer Bildungswelt zurückzuführen war. Seine Freundschaft und Zusammenarbeit mit Gotthold Ephraim Lessing, dem Sohn eines evangelischen Predigers aus Kamenz, wurde im Berlin Friedrichs des Großen zum Symbol der Toleranz zwischen Christen und Juden.

Jacob Berend, der als ein großer kräftiger Mann mit braunen Haaren und blauen Augen beschrieben wird, hatte ein Unternehmen gegründet, das auf den Import von Baumwolle spezialisiert war. Seine Enkelin Charlotte Berend beschrieb ihn als einen strengen Mann. »Seine Schiffe, beladen mit Baumwolle, umkreisten die fernen Erdteile. Er erzog seine beiden Söhne so hart, um sie nicht durch Reichtum verweichlicht aufwachsen zu lassen.«[5]

Aber auch Jenny Berend, die aus einer Hamburger Kaufmannsfamilie stammte, regierte ihr Haus mit Sparsamkeit und Strenge, und sie lehnte es ab, ihre Kinder durch zu großen Komfort zu verwöhnen.

Statt in seidene Kittelchen und samtene Höschen wurden die Söhne in Schürzen aus grobem Sackleinen gesteckt, die in den Lagerhallen ihres Mannes abgefallen waren. Und so kam es vor, daß dann das Wort »Manchester« in dicken schwarzen Lettern auf den Kindern prangte. Ein anderes Beispiel für die Sparsamkeit seiner Eltern gab Ernst Berend selbst zum besten. Die Geschwister mußten ihren alten Bleistift vorweisen, wenn sie um einen neuen baten. »Wenn dieser noch so weit reichte, daß wir ihn zwischen den Fingern halten konnten, gab's keinen neuen. Vater sagte: ›Die Dinge sind dazu da, daß sie verbraucht werden, und nicht, daß sie achtlos fortgeworfen werden.‹«[6]

Jacob Berend, dessen Haus an der Börsenbrücke Nummer 8 lag, hatte geschäftliche Beziehungen nach England, und in den

40

fünfziger Jahren gründete er Filialen in London und Manchester, mit deren Leitung er seinen Sohn Martin betraute. Aber auch Ernst stieg früh in das Baumwollunternehmen mit ein. Als er sechzehn Jahre alt war, reiste er allein nach Breslau und Leipzig, um dort Geschäfte zu tätigen. Später schickte der Vater ihn auf Geschäftsreisen nach Frankreich, England und Italien.

Am 7. Juni 1874 heiratete er die zwölf Jahre jüngere Hedwig Gumpertz. Die Hochzeitsreise des jungen Paares geht nach Italien. Über das genaue Ziel der Reise lassen die Aufzeichnungen leider nichts verlauten. Weder erfährt man, ob sie den Lido von Venedig oder den Schiefen Turm von Pisa sahen, noch, wie das junge Paar den Aufenthalt unter dem südlich heiteren Himmel genoß. Nach Berlin zurückgekehrt, scheint der Alltag sie jedoch schnell wieder eingeholt zu haben. Für den Einzug in die neue Wohnung in der Kochstraße Nummer 49 hatte sich der Ehemann eine Überraschung ausgedacht und alle Zimmer mit Körben von roten Rosen schmücken lassen. »Seine junge Frau sollte ›auf Rosen gebettet‹ in die Ehe schreiten«[7], schrieb Wilhelmine Corinth, Hedwigs Enkeltochter. Doch die Reaktion seiner Angetrauten fiel anders als erwartet aus.

Sie soll beim Anblick der Blütenpracht, aufgeregt über die Verschwendung, gerufen haben: »Das ist ja fürchterlich! Wenn es wenigstens Töpfe wären!« Da habe ihr Großvater wohl eine Ahnung von der Lebensart seiner jungen Frau bekommen, schrieb Wilhelmine, und sie fuhr fort: »Allerdings muß man natürlich die Umstände berücksichtigen. Sie hatte Geld, stammte aus einer wohlhabenden Familie. Ihre Aussteuer dürfte nicht kleinlich ausgefallen sein. Aber so wie es damals Brauch war, konnte nach der Eheschließung nur noch der Ehemann über alles verfügen. Wann immer sie Geld brauchte, mußte sie ihn fragen: Das Schicksal aller Frauen zu dieser Zeit, egal ob es sich um das Wirtschaftsgeld handelte oder um das Kleidergeld. So blieb nichts anderes übrig, als heimlich, still und leise ein paar Groschen ›um die Ecke zu bringen‹, wollte man sich selbst etwas gönnen.«[7]

In Berlin gründet Ernst Berend ein Baumwollgeschäft am Alexanderplatz.

Ein Jahr nach der Hochzeit, am 30. Juni 1875, wird Alice geboren. Noch einmal fünf Jahre später, am 25. Mai 1880, kommt Charlotte auf die Welt. »Mein Vater warf ein schweres Adreßbuch auf den Fußboden«, schrieb Charlotte. »Mein Zusammenzucken bewies ihm, daß ich nicht taub geboren sei. Diese Besorgnis hegte er.«[8]

DRITTES KAPITEL

Gründerzeit

Kindheit und Jugend in Berlin

Die Eltern

»Von meinem Elternhaus her war ich wohl, wenigstens solange mein Vater lebte, an die Gediegenheit eines tadellos geführten feinbürgerlichen Haushalts gewöhnt«, schreibt Charlotte Berend in ihren Erinnerungen. »Auch Delikatessen wie Kaviar, womit Lovis mich dann ... fütterte, waren mir bekannt. Derlei Genüssen gab man sich im Elternhaus freilich nur aus besonderem gesellschaftlichem Anlaß hin. Man wußte das Gute zu schätzen, war jedoch keineswegs verschwenderisch.« (S. 110)[1]

1884, als Charlotte vier Jahre alt war, zogen die Berends in eine größere Wohnung um. »Mein Vater war einer der ersten, der aus dem Kreise der Bekannten nach dem Westen zog, späterhin die feinste Gegend Berlins«, schrieb Charlotte. »Wir wohnten nun in der Burggrafenstraße 18. Dieses schöne Haus hatte einen Garten, den ich liebte!« (S. 13)[2] Im Keller seines Hauses legte Ernst Berend ein Weindepot an, in dem der Pommery, der feine Mosel und der edle Burgunder lagerten. »Die mit Spinnenfasern überdeckten durften nicht gereinigt werden.«

(S. 25) Die Kinder durften sie nicht berühren, sondern nur mit Ehrfurcht bestaunen.

Die Ausstattung des neuen Domizils war gediegen, ja, geradezu luxuriös. »Die Stühle waren für uns geschnitzt worden«, schreibt Charlotte, »ebenso das riesenhafte Büfett.« (S. 19) Darin befanden sich all die Kostbarkeiten, die man hervorholte, wenn Gäste kamen. Dort lag die wertvolle Aussteuer, die Hedwig Berend von ihren Eltern mit in die Ehe bekommen hatte.

Dort stapelten sich die schweren Damasttücher, dort standen in Reihen die geschliffenen Sektschalen, die hauchdünnen Rotwein- und Rheinweingläser. Dort glänzte das polierte Tafelsilber neben dem englischen Geschirr und dem Meißner Porzellan.

Mit dem Umzug hatte sich auch die Zahl der Dienstboten vergrößert. Ein Stubenmädchen war für die Wohnung zuständig, in der Küche herrschten die Köchin Marie, die »Perle« des Hauses, und Minna, die Kaltmamsell. Ein Gärtner wurde für die Pflege des weitläufigen Gartens eingestellt, und der Hausdiener Friedrich verrichtete die gröberen Arbeiten, bohnerte Dielen, polierte das Treppengeländer und klopfte die Teppiche. Doch als sei dies alles noch nicht genug, mischte sich auch Hedwig Berend ein und war ständig irgendwo im Haus mit Putztüchern und Besen bewaffnet anzutreffen, die Reinigungsprozeduren mit Argusaugen überwachend. Was war aus dem hübschen, jungen Mädchen geworden, das sich so gern und ausgelassen auf den Bällen der feinen Berliner Gesellschaft vergnügt hatte? Folgt man den Schilderungen ihrer Tochter Charlotte, so stellt man mit Erstaunen fest, daß die Ehe in wenigen Jahren aus einem unbeschwerten, lebensfrohen Backfisch einen zu notorischer Sparsamkeit, zu Nörgelei und Pedanterie neigenden Putzteufel gemacht hatte.

»Mama war eine Musterhausfrau«, schreibt Charlotte resigniert. »Mama ging ganz auf im Hauswesen ... ein richtiger Hausdrache. Sie schimpfte im Haus herum, nie war es sauber und waren wir artig genug. Und diese Sparsamkeit! Papa war großzügig und elegant. Mama war bescheiden ... sie verstand nicht, den Vater zu unterhalten. Dem Haus vorzustehen als schöne elegante junge Frau. Und dabei war sie schön.« (S. 18/ 23/32/69)

Waren es die ständigen Sorgen um den Haushalt, um das Geld und die Familie, die sie krank machten? Offenbar hatte ein Gallenleiden hier seine Wurzel. Aber auch die Bäderkuren im thüringischen Friedrichroda und Franzensbad oder im westfälischen Bad Pyrmont, zu denen ihre Töchter sie dann begleiteten, konnten keine Abhilfe schaffen. »Sie grämte sich, daß ihre Kur soviel Geld kostete, und wollte es mit billigen Zimmern einsparen« (S. 104), schreibt Charlotte. So mietete sich Hedwig Berend mit den Kindern auf einem entlegenen Bauernhof ein. Das Ergebnis war, daß sie nun täglich weite Fußmärsche zum Bäderhaus in Kauf nehmen mußte, während Charlotte vergnügt mit ihrem Zeichenblock durch die Wiesen und Wälder streifte. »Wenn sie nach Hause kam, war sie überreizt. Weinte, schimpfte – ich war entsetzt über ihr Benehmen« (S. 104), wunderte sich ihre Tochter.

Ernst Berend aber war das ganze Gegenteil von seiner Frau. Mit seinem eleganten Auftreten, mit seiner Großzügigkeit und seinem weltmännischen Charme fiel es ihm leicht, Freunde zu gewinnen und zu unterhalten. Ihre Mutter sei vollkommen undiplomatisch gewesen, schrieb Charlotte. Sie hätte die »unheilvolle Eigenschaft« besessen, anderen Menschen unangenehme Wahrheiten unverblümt ins Gesicht zu sagen und sie dadurch zu verletzen.

Während Hedwig Berend außerdem keine besonderen Ansprüche an ihre Garderobe stellte, sich mit einem schlichten Kostüm und dem obligatorischen Kapotthut begnügte, legte ihr Mann großen Wert auf seine äußere Erscheinung. Niemals habe sie ihn nachlässig gekleidet gesehen, schrieb seine Tochter. »Seine Anzüge, vom besten englischen Stoff und vom besten Schneider, wurden jede Woche abgeholt zum Reinigen. Seine Hemden waren vom feinsten Linnen, und sein großer Schrank war voll davon.« (S. 13)

Er liebte die Geselligkeit, und wenn Besuch kam, war es ihm eine Ehre und ein Vergnügen, die Gäste mit Weinen und ausgesuchten Delikatessen zu verwöhnen. Und um sich von seiner kosmopolitischen Seite zu zeigen, hätte er alles stets »von woanders« herkommen lassen (S. 113), schreibt Charlotte. So bestellte er Gemüse aus Belgien und Holland, er ließ den Schinken aus Westfalen, den Weihnachtsstollen aus Dresden und den Kaviar aus Sankt Petersburg kommen. Wenn Besuch aus dem Ausland da war, aus England, Holland oder Dänemark, richtete man sich nach den Gästen und führte die Konversation auf englisch. Das Englische sei ihrem Vater ebenso geläufig über die Lippen gegangen wie seine Muttersprache, schreibt Charlotte.

»Des Abends liebte er es, Freunde zu Besuch zu haben, hatte gern seine Partie Skat. Mama verstand es nicht, den Abend interessant oder festlich zu gestalten. Papa langweilte sich, wenn kein Besuch kam. Dann legte er Patience.« (S. 11) Oder er begann aus Langeweile und Mißmut, seiner Frau Vorhaltungen zu machen. Kinder haben ein feines Gespür für Verstimmungen zwischen den Eltern, und Charlotte behielt all diese Streitigkeiten ihr Leben lang in trauriger Erinnerung.

»Es ist nicht die richtige Art zu arbeiten‹, hörte ich Papa

sagen. ›Man muß Angestellten Befehle geben. Man muß das Ganze lenken. Aber sich nicht abrackern.‹ – ›Im Büro, im Lagerraum, im Packerraum kannst du deinen Hausknechten und all den Männern Befehle geben, im Haushalt kann man das nicht!‹ – ›Eben doch ...‹« (S. 69) Aber auch wenn sie das Thema wechselten, von Harmonie konnte keine Rede sein. Bald kamen sie auf eine Cousine namens Marie zu sprechen, die in den Augen des Vaters eine charmante, modebewußte Frau war. Die Mutter aber hielt sie für eine frivole Person, denn Marie genierte sich nicht, ein knallrotes, enges Jackett zu tragen und die Blicke der Männer auf sich zu ziehen.

In Paris, klärte Ernst Berend seine Frau auf, sei ein rotes Jackett ganz »en vogue«. Dort würde sich keine Dame mit einem Kapotthut, wie Hedwig ihn trug, auf die Straße wagen. Von Geschäftsreisen nach London und Paris brachte er seiner Frau ausgefallene, elegante Stoffe mit. »Er hoffte den allzu soliden Geschmack etwas zu beleben.« (S. 113) Doch statt eine neue Garderobe schneidern zu lassen, ließ Hedwig die Geschenke in der Tiefe einer ihrer Truhen verschwinden. Ihre Mutter habe einfach nicht »den Dreh« gekannt, »der einer Frau jenes gewisse Etwas verleiht« (S. 113), schreibt Charlotte bedauernd.

Und deshalb konnte Hedwig ihrer Tochter auch kein Vorbild sein. Am schlimmsten aber hatte sie unter der Sparsamkeit ihrer Mutter zu leiden, wenn sie die abgelegten und umgeänderten Kleider ihrer Schwester auftragen mußte. »Ich wurde abscheulich, ganz geschmacklos gekleidet« (S. 112), erinnerte sich Charlotte mit Schrecken. »Immer ausgewachsene Kleider von Alice. Sie wurden gekürzt, auch enger gemacht ... so sah ich alttantig aus, und die Mitschülerinnen ließen es mich fühlen.« Eines Tages läßt die Mutter ihr aus einem abgelegten Kostüm einen Mantel schneidern, mit dem der Schulweg zu einem wahren Spießrutenlaufen wird. Noch nach Jahren erinnerte sich Charlotte an sämtliche Details jenes Monstrums, das das arme Kind zur Vogelscheuche machte.

»Er war nur etwas zu kurz, nur etwas. Es fand sich eine breite, schwere, schwarze Seidenborte, wie man sie für Portieren verwendet. Die wurde quer unten gegengesetzt. Nun war er zu lang ... Das wäre rasch ausgewachsen. In diesem sackartigen, leuchtendblauen, schweren Mantel schlich ich zur Schule. Die Kinder steckten die Köpfe zusammen und flüsterten über mein Aussehen.« (S. 114)

Irgendwann muß Ernst Berend dem Sparsamkeitstick seiner Frau ein Ende gesetzt und das Mädchen von seiner Pein erlöst haben. Für ihn war das Beste gerade gut genug, warum sollte seine Tochter ausgelacht werden? Großzügig bestellte er Seide aus Lyon und Schweizer Spitzen, damit Alice und Charlotte hübsche Kleider bekamen. »Ich habe später im Kreise der Familie keinen gesehen«, schreibt Charlotte, »dem das Geld leichter durch die Finger gerollt und entglitten wäre. Beide Männer (Ernst und sein Bruder Martin, d.V.) liebten es, sich das Leben hübsch zu gestalten. Geld wurde lieber verschwendet als gespart.« (S. 12)

Zwar wurde nicht bei der Ausstattung des Hauses und der Unterhaltung der Gäste gespart, zu kurz kamen jedoch Bildung und Kultur.

Obwohl die Berends ihrem Vermögen und ihrem Ansehen nach zur Schicht der Privilegierten gehörten, legten sie wenig Wert auf Bildung und Teilnahme am kulturellen Leben. Charlottes Sohn, Thomas Corinth, beschrieb später einmal das Haus seiner Großeltern als eine Welt, in der Künstler »ein vollkommen fernstehender Begriff« waren, »obwohl man in gute Theater und Konzerte ging, den Kindern Klavierunterricht gab und in der Wohnung einige ordentliche Ölbilder unbekannter Meister hängen hatte und einen Druck des Selbstporträts von Arnold Böcklin mit dem fiedelnden Tod ... Dies alles verriet wenigstens eine gewisse Sehnsucht nach den bildenden Künsten und einen Schönheitssinn.«[3]

Eine Jahreskarte für den Zoologischen Garten und gelegentlich einmal eine Vorstellung des Lessingtheaters – darauf beschränkten sich Hedwig Berends kulturelle Interessen. Im Lessingtheater am Friedrich-Karl-Platz wurden hauptsächlich Lustspiele gegeben. Zwar hatte das Theater im Oktober 1889 spektakulär Gerhart Hauptmanns *Vor Sonnenaufgang* uraufgeführt, doch hatte sich das Programm unter der Leitung des Schriftstellers und Theaterkritikers Oskar Blumenthal immer mehr am volkstümlichen Geschmack ausgerichtet. Wenn er schon keine Zeit und keine Leidenschaft für die große Kunst aufbringen konnte, für diese populäre Art der Unterhaltung war Ernst Berend erst recht nicht zu gewinnen.

So mußte seine Frau seine Geschäftsreisen nutzen, um sich einen Herzenswunsch, den Besuch einer Operette, zu erfüllen. Eines Abends nahm sie ihre Schwester Elise und die Kinder mit in die Aufführung eines Stücks von Jacques Offenbach, und mit dem Eifer und der Naivität eines Kindes beschreibt Charlotte den Reigen, den die Cancan-Tänzerinnen auf der Bühne eröffneten: »Da begann die Musik. Es schien ein Marsch. Denn als mitten in der Musik der Vorhang hochging, stand eine lange Reihe junger Damen da und turnte nach den Klängen dieser flotten Musik. Sie hoben alle gleichzeitig ein Bein ganz hoch und winkten dann über ihren Köpfen mit dem Fuß. Sowas ist verflucht schwer, wir (Charlotte und Alice, d.V.) probten das auch. Natürlich sah man die Hosen von den Damen ... Außerdem, ich mußte das zugeben, diese Hosen waren derart niedlich, wie ich noch nie welche gesehen hatte. Zufällig hatten alle die jungen Damen ganz gleiche Hosen an. Mit viel Spitzen – wirklich sehr niedlich. Und alle trugen dieselben schwarzseidnen Kleider.« (S. 80)

Niedlich! – wie mochte ein solches Wort wohl in den Ohren von Ernst Berend klingen, der die »Gemütlichkeit« seiner Frau ebenso verabscheute wie jede »Süßlichkeit« in der Kunst. Hedwigs Geheimnis wurde entdeckt, als Charlotte dem Vater nach seiner Rückkehr aus London, noch ganz unter dem Eindruck der »niedlichen Fräulein vom Theater«, den Cancan im Wohnzimmer vorführen wollte. Doch statt sich über das harmlose Spiel seiner Tochter zu freuen, verliert Ernst Berend die Fassung.

»Kaum schloß ich die Tür hinter mir, da hörte ich Papa brüllen, wie den Löwen im Zoo, so entsetzlich! ›Aufklärung‹, brüllte er. ›Aufklärung, ich verlange Aufklärung!‹ Mama sprach so leise, daß ich es nicht verstand.« (S. 86) Hatte Charlotte nun Schuldgefühle, weil sie – wenn auch arglos – diesen Streit ausgelöst hatte? Nein; froh, dem brüllenden Löwen entkommen zu sein, lief sie in den Garten hinaus und überließ die Eltern ihrem Streit.

Charlotte

Diese Unbeschwertheit war es, die ihr half, den Streit im Elternhaus zu ertragen und sich nicht ständig zu Herzen zu nehmen. Charlotte war ein fröhliches, temperamentvolles und sensibles Kind mit einem genauen Blick für ihre Umgebung, konnte sich aber auch ganz in sich zurückziehen.

»Schon vom vierten Jahre an lag ich auf dem Fußboden und malte alles ab, was ich gesehen hatte«, schrieb sie in ihren Erinnerungen. »Am meisten Zahlen und Buchstaben. Nie wurde ich dessen überdrüssig ... Unersättlich war ich im Betrachten der Bilder. Lag auf dem Fußboden, sah und hörte nichts. Wenn sie mich nur nicht riefen! Sie konnten schwatzen, was sie wollten. Ich war in einer Welt, die sie nicht kannten. Ein A, ein B war ganz in Gold gemalt. Mit Ranken von Blumen umgeben. Ich verfolgte diese Linien.« (S. 27 f.)

Lesen und Schreiben lernte sie mühelos, auf dem Lyzeum war sie ihren Freundinnen rasch voraus. Vierzig Minuten brauchte sie zur Charlottenschule, die in der Steglitzstraße in der Nähe des Magdeburger Platzes lag. Heute gibt es diese Schule nicht mehr; zu Charlottes Zeiten muß es eine vorbildliche, fortschrittliche Lehranstalt gewesen sein.

Zusammen mit ihrer Freundin Käte, die im selben Haus in der Burggrafenstraße wohnte, machte sie sich jeden Morgen auf den Weg. Die Entfernung störte die Mädchen nicht, im Gegenteil, manchmal reichte die Zeit kaum für all die Dinge, die sie zu beschwatzen hatten. »Bei Sonne, Wind, Regen, Schnee, Hitze oder Kälte: uns war es recht, wir hatten soviel zu schwatzen, zu gickern und zu gackern, daß keine Zeit reichte.« (S. 87)

Auf einer Fotografie der siebenjährigen Charlotte ist der Liebreiz eines wachen, lebhaften Kindes eingefangen. Die großen, dunklen Augen erwartungsvoll nach oben gerichtet, ein Lächeln um den Mund, die schweren, dunklen Haare fallen in Wellen über die Schultern. Natürlich schmeichelte es ihrer Eitelkeit, wenn sie auf Familienfeiern oder Festen im Kreis von Freunden mit ihrem Talent im Mittelpunkt stand und alle mit ihrem Charme verzauberte. Als eine Cousine ihrer Mutter

Hochzeit feiert, tritt Charlotte in einem Kinderballett auf. Als »Schneeflocke« in einem weißen Tüllröckchen umtanzt sie dabei einen kleinen Jungen, der als »Eiszapfen« im weißen Atlas vor ihr steht. Das Ballett hieß *Die vier Jahreszeiten.*

Ostern 1892 veranstaltet ein Freund der Familie ein »Fest der Schlesier«, auf dem Charlotte als schlesisches Bauernmädchen in einem Tanz- und Singspiel erscheint. In einem Brief berichtet sie ihrem Vater, der sich zu dieser Zeit wieder einmal auf einer Geschäftsreise befindet, von dem Fest. »Geliebtes Vatelchen: Nun ist es vorbei das schöne Fest ... Ein wunderschönes Kleid hatte ich, ganz aus Seide ... Der Vorhang ging auf, und wir liefen raus. In der einen Hand einen Baum und auf dem Rücken eine Kiepe mit Mehlweißen, einem schlesischen Gebäck. Dann sangen wir unser Lied und mußten es da Kapo singen ... So verlief der Abend sehr angenehm.«[4]

Es gibt ein Foto von Charlotte in ihrer schlesischen Tracht mit dem schwarzen, bestickten Mieder, der weißen Spitzenbluse und der weißen, bestickten Schürze, die rechte Hand dem Betrachter entgegengestreckt, die linke auf die Hüfte gestützt. Das gibt ihrer Haltung etwas Selbstbewußtes und herausfordernd Kokettes. Man könnte sie sich in der Rolle der »Unschuld vom Lande« in einem Lustspiel vorstellen. Die dunkle Haarpracht fällt ihr in langen Korkenzieherlocken über die Schulter. Immer wieder habe sie sich als Kind im Spiegel betrachtet, schrieb Charlotte, so daß ihre Mutter sie der Eitelkeit gescholten habe. »Das hat nichts mit Eitelkeit zu tun«, konterte sie. »Bei Menschen, die malen, ist der Spiegel wie ein Magnet. Er ist wie ein Wunder. Wer wüßte ohne ihn von sich selbst?« (S. 112)

Wie ihre Haarpracht wohl beim Turnen gebändigt wurde? Der Sport wurde Charlottes Lieblingsfach. Ballspielen, klettern, laufen, springen – dabei war sie in ihrem Element. »Fräulein Post, die Turnlehrerin, spannte den Lappen zwischen den Stangen immer höher und höher für mich, und ich flog wie ein Reh im Sprunge drüber weg« (S. 120), erinnerte sich sich. »Nur flüchtig sah ich auf den Lappen, dann erfaßte mich eine so heftige innere Freude, daß ich mich einfach laufen ließ – drüber war ich.«

Charlotte konnte sich glücklich schätzen, eine fortschrittliche Schule zu besuchen, an der aufgeklärte Pädagoginnen sich der Schützlinge annahmen. Zwar begann der Sport seit der Mitte des Jahrhunderts durch die Bewegung des »Turnvaters« Jahn und die Gründungen von Turnvereinen, die wie Pilze aus dem Boden schossen und in denen Arbeiter und Bürger sich körperlich ertüchtigten, immer mehr zu einer Massenerscheinung zu werden. Doch für das weibliche Geschlecht galt sportliche Betätigung als unschicklich, mehr noch, Ärzte und Pädagogen wollten Sport sogar für schädlich erklären und verbieten lassen. Radfahren und Rudern, sorgte sich ein Berliner Turnlehrer namens Karl Euler Ende der achtziger Jahre, würden nicht nur die Anmut der Frauen beeinträchtigen, sondern auch ihre Heiratschancen und ihre Gebärfähigkeit. Doch die Frauen ließen sich durch solche Tugendwächter nicht um ihr Vergnügen und ihren Ehrgeiz bringen; mit Ausdauer und Schwung eroberten sie sich auch diese Bastion.

Immer wieder suchte Charlotte nach Möglichkeiten, der strengen Mutter und dem »Privatfräulein« zu entfliehen, und so gelang es ihr an manchen Tagen, sich vor den lästigen Schulaufgaben zu drücken und sich im Freien auszutoben. »Ich hatte inzwischen meine Erfahrung gemacht, daß alle Mütter immer schimpfen, daß man sie beschwindeln müßte an allen Ecken und Enden, sonst käme man nie zu seinem Ziele« (S. 121), er-

klärt Charlotte dreist und ungerührt. Laufen, hüpfen, Purzel-
bäume schlagen – das alles entsprach ihrem Temperament und
ihrem Freiheitsdrang. Sogar Tennisspielen und Schwimmen
lernte sie; leider schreibt sie nicht, wo sie die Möglichkeiten
dazu fand.

Noch war das Baden an den Ufern von Havel und Spree nicht
erlaubt, und bis zur Eröffnung des ersten großen Freibades am
Wannsee sollten noch einige Jahre vergehen. Erst 1907 war es
dann soweit. Da wurde auch den Berliner Schutzmännern, die
zur »Wahrung der öffentlichen Ordnung« abgestellt waren, Abwechslung geboten. Sie sahen, wie in den Zeitungen berichtet
wurde, fast nackte Männer und durften zusehen, wie Frauen ein
Kleidungsstück nach dem anderen ablegten. Wahrscheinlich
aber übertrieben auch hier die Chronisten. Denn ein züchtiges
Badekostüm, das den Körper vom Hals bis zu den Waden umschloß, war natürlich für Männer und für Frauen Pflicht.

An warmen Sommertagen rudert Charlotte mit ihrer Schwester und ihren Freundinnen auf dem Neuen See im Tiergarten.
»Das tat ich kraftvoll, meine Muskeln waren vom Turnen gut
erstarkt.« (S. 158) War der See im Winter zugefroren, ging es
mit Schlittschuhen zum »Holländern«, wie der Volksmund
den Eislauf nannte. »... genug von der scheußlichen Schule«,
schreibt Charlotte im Januar 1895 in ihr Tagebuch. »Auf der
Eisbahn war's himmlisch ... Ich kann nun auch allein holländern ... Ach je, zu morgen habe ich nichts für die Schule gearbeitet.«[4]

Die Schule war vergessen, wenn die Jungen vom Wilhelm-
Gymnasium um die Ehre wetteiferten, Charlotte beim Eislau-
fen und Pirouettendrehen zu begleiten. Hier war erlaubt, was an
den Schulen noch streng verboten war. Noch am 16. November
1900 meldet die *Vossische Zeitung* eine Verfügung des Magi-

strats, welche Jungen und Mädchen das gemeinsame Benutzen der Eisbahn untersagte. Das sei sonderbar, wunderte sich der Redakteur, da »doch nirgendwoher, auch nicht aus dem allerprüdesten Winkel des weiten Deutschen Reichs, von solcher Scheidung der Geschlechter beim Schlittschuhlauf etwas verlautet hat«.[6]

Zu Beginn der neunziger Jahre war die Familie Berend noch einmal umgezogen, noch ein Stück weiter nach Westen, in die Kantstraße. Die Kaiser-Wilhelm-Gedächtniskirche war soeben erbaut worden. Der nahe gelegene Savignyplatz, schreibt Charlotte, sei noch ein Buddelplatz für Kinder gewesen, doch ihr Vater habe auf den Spott seiner Freunde nur gleichmütig gekontert. »›Na, Berend, hier sagen sich ja die Füchse Gute Nacht!‹ Papa lachte: ›Das wird in Kürze der elegante Westen von Berlin sein.‹ – ›Sie sind ja vis-à-vis vom Zoo, nachts werden Sie die Löwen brüllen hören!‹ – ›Das habe ich mir immer gewünscht.‹« (S. 134)

Löwen waren nicht zu hören, dafür sorgten bald die Scharen von Ausflüglern für Lärm. Die Allee im Zoologischen Garten mit ihren beiden Musikpavillons wurde zu einem beliebten Treffpunkt für jung und alt.

Die Schriftstellerin und Sozialistin Lily Braun (1865–1916) hat diese berühmte »Lästermeile« der Berliner in ihren Memoiren verewigt und dabei ein lebendiges Sittenbild entworfen. »Täglich, am frühen Nachmittag, gingen wir vier (Lily und ihre Freundinnen, d.V.) in den nahen Zoologischen Garten ... Hier traf sich der behäbige Spießbürger mit Freunden und Verwandten, im stillen beglückt, nach der vorschriftsmäßigen Sommerreise wieder ruhig am rotgedeckten Tisch zu sitzen, statt schwitzend und prustend Ausflüge abzuklappern. Hier erschien in schäbiger Eleganz die Offiziers- und Beamtenwitwe, um ihre schon stark angejahrten, interessant verschleierten Töchter vor Männeraugen spazieren zu führen. Hier ließen sich mit der Stickerei und dem mitgebrachten Kuchen zu stundenlangem Klatsch all die Überflüssigen nieder, an denen das weibliche Geschlecht so reich ist. Droben aber vor dem Restaurant, wo die weißen Tischtücher weithin sichtbar die Klassen schieden, tauchten elegante Toiletten und bunte Gardeuniformen auf ... Sie alle sahen unten auf der Lästerallee den bunten Strom kokettierender Jugend an sich vorüberfluten.«[7]

Und in diesem »Strom kokettierender Jugend« schwamm auch Charlotte selbstbewußt und munter mit. Hier steckten sie und ihre Freundinnen – Käte und Liese, Grete und Frieda – die Köpfe zusammen. Es wurde getuschelt und gekichert und den Jungen hinterhergerufen, und zuweilen gefiel sich Charlotte auch in der Rolle einer kleinen Moralistin.

»Manche Mädels trieben es schon arg im rückwärtigen Teil des Zoo, der noch eine Wildnis war«, entrüstete sie sich. »Sie kamen dann zum Lampenlicht der Kurkapelle mit schiefsitzendem Schlips und zerdrückter Bluse. Das alles tat ich nie.« (S. 150) Dennoch – mit dreizehn, vierzehn Jahren habe sie für nichts anderes mehr Interesse gehabt als für Jungen, bekannte Charlotte. Die Schwärmerei brachte Herzklopfen, Eifersucht und Tränen mit sich. Und sie ging so weit, daß Charlottes Versetzung gefährdet schien und die schockierten Eltern eines Tages einen »blauen Brief« von der Schulleitung in ihrer Post fanden.

»Ach, ich könnte heulen«, schreibt Charlotte ins Tagebuch, »wenn ich an Emil denke, für dieses Untier von Frieda schwärmt er wie verdreht. Neulich hat er mich nicht gegrüßt beim ersten Mal Vorbeikommen, und als er nachher noch zweimal grüßte, habe ich nicht wieder gegrüßt.« Ihren Zeichenblock und die Malstifte trug Charlotte stets in einer Mappe mit sich. So konnte sie zeichnen, wo immer es ihr gefiel und wo sie ein interessantes Objekt fand. Das trug ihr viele neugierige Blicke und viel Anerkennung ein, und so muß auch der umschwärmte Emil seine Bewunderung für »Fräulein Berends« Talent gestehen. »Ich könnte ihn abknutschen«, jubelt Charlotte, »heute hatte er einen neuen Anzug an, er sah fressig aus. Sonntag Vormittag war Arthur im Zoo mit 'nem Sommerhut; er sah endlich mal wieder süß aus.«[8]

Doch so sehr sie es auch genoß, die verliebten jungen Herren »am Bändel« zu führen, den Kopf verlor Charlotte darüber nicht. Ihr Tagebuch zeigt auch eine andere Seite: ein ernsthaftes, diszipliniertes Mädchen, das in seine Malstudien vertieft ist und sein Taschengeld für den Besuch der Gemäldegalerie spart. Dort steht Charlotte dann überwältigt vor den Werken Leonardo da Vincis oder des Spaniers Bartolomé Murillo. »Ich habe sehr viel gelernt. Es ist sehr viel Schönes da«, schreibt sie im Juni 1896. »Besonders einige Bilder haben einen großen Eindruck auf mich gemacht. Eines: ›Das Mädchen mit dem Apfel‹ von Besnard: Ein junges Mädchen liegt halb, halb sitzt sie auf einem Divan, bis zur Hüfte entblößt, von hinten und ein wenig von der Seite sichtbar; großartige Farben. Auch da: ›Idyll‹ von Ludwig von Hofmann ist herrlich.«[8]

Da in ihrem Elternhaus niemand besonderes Interesse an der bildenden Kunst fand und sie weder Anregung noch Förderung erwarten konnte, kann man annehmen, daß es die Lehrerin Eva Stort war, die Charlottes Interesse für Gemälde und Ausstellungen geweckt hatte.

Eva Stort (1855–1936), Kunsterzieherin an der Charlottenschule, war nicht nur eine begabte Malerin, sondern auch eine engagierte Streiterin für die Rechte der Frauen. Nach ihrer Ausbildung am Kunstgewerbemuseum hatte sie sich durch

Privatunterricht bei den Malern Karl Stauffer-Bern und Max Liebermann weitergebildet, der Mitbegründer und Wortführer der Berliner Sezession wurde. Sie war Mitglied im Deutschen Lyceum-Club und im Reichsverband Bildender Künstlerinnen. Außerdem gehörte sie dem Verein Berliner Künstlerinnen an, in dem sie regelmäßig ihre Werke – Landschaften und Stilleben – ausstellte.

Der Verein unterhielt eine eigene Malschule, er unterstützte Künstlerinnen mit Stipendien und Ankäufen von Bildern. Nach diesem Vorbild wurden in München und in Karlsruhe zu Beginn der achtziger Jahre ähnliche Vereine gegründet.

Zweifellos wurde Eva Stort zum Vorbild für ihre Schülerin. Sie half mit, den Grundstein für Charlottes Laufbahn zu legen. Fräulein Stort habe ihr imponiert, schrieb Charlotte in ihren Erinnerungen. Sie habe nicht geschimpft, nicht gedroht und nicht gezankt, wie manch andere Lehrerin es häufig tat. Sie habe das Herz ihrer Schülerin mit ihrer großen Kenntnis und mit Lob und Freundlichkeit erobert. »Fräulein Eva Stort sah sehr angenehm aus. Groß und schlank. Große graublaue Augen, die uns durchdringend ansahen.« (S. 100)

Nun hatte Charlotte schon alle ihre Freundinnen und fast ihre ganze Familie gezeichnet – nur Hedwig Berend fehlte noch in ihrer kleinen »Galerie«. – »Mama blickte mir über die Schulter und sagte gereizt: ›Immer zeichnest du andere! Warum niemals mich? ... Bin ich denn so häßlich?‹ – ›Mutti! Wie kannst du so etwas denken!‹« (S. 139) Und um sie zu versöhnen, stimmte Charlotte rasch und ein wenig schuldbewußt zu, auch von ihr ein Porträt zu machen. Doch wie sollte das gelingen: Charlottes Pflichtgefühl und die Gereiztheit ihrer Mutter belasteten das Modellsitzen von Beginn an. Es kam, was kommen mußte: Zweifelnd und mürrisch versuchte Mutter Hedwig immer wieder in Charlottes Arbeit einzugreifen und das Bild nach ihrem Willen zu dirigieren, bis das Mädchen am Ende die Lust und die Geduld verlor. Mit beiden Händen, so schreibt Charlotte, hätte sie plötzlich ihr schweres Zeichenbrett, ein Geschenk des Vaters, gepackt und es ihrer Mutter mit aller Wucht an den Kopf geschleudert. Dann flüchtete sie, überwältigt von Zorn und Schrecken, so rasch sie konnte auf ihr Zimmer. Hedwig Berend erholte sich von ihrem Entsetzen über den Jähzorn ihrer Tochter, doch das Experiment wurde nie mehr wiederholt.

Als Charlotte im Sommer 1897 das Lyzeum beendet, steht ihr Entschluß unwiderruflich fest. Sie will Malerin werden. »Lieber Gott, hilf mir, eine richtige Künstlerin zu werden!« betete sie nun am Abend vor dem Einschlafen. Ein Selbstporträt aus dieser Zeit zeigt die Siebzehnjährige ernst und nachdenklich, den Blick ein wenig skeptisch zur Seite. Man schaut in ein flächiges, rundes Gesicht, in dem ein Paar große, dunkle Augen dominieren. Selbstbewußtsein, aber auch eine Spur Eigensinn sprechen aus diesem Bild. Bevor Charlotte sich zur Aufnahmeprüfung in der Kunstschule Klosterstraße melden konnte, mußte sie aber noch den Vater überreden, seine Einwilligung zu geben. Das war keine leichte Aufgabe. Zwar stand ihr Talent außer Zweifel, dennoch brachte Ernst Berend dem Wunsch der Tochter Sorge und Skepsis entgegen. Charlotte hat das Gespräch mit ihrem Vater in ihren Erinnerungen nachgezeichnet:

»›Dann willst du eine Emanzipierte werden?‹ – ›Ich will Malerin werden, Papa.‹ – ›Eine Künstlerin? So eine von diesen verwahrlosten?‹ – ›Papa!!‹ – ›Es mag sein, daß darunter auch ordentliche und anständige Menschen sind; ich kenne sie eigentlich nicht.‹ ... ›Es ist ein Lehrgang, strenger als auf der Schule. Man muß ein Examen bestehen. Man kann froh sein, wenn man überhaupt aufgenommen wird.‹ – ›Wie lange dauert der Lehrgang?‹ – ›Viele Jahre.‹ ... ›Jahre? Darüber vergeht deine Jugend! Also dann doch ein Blaustrumpf? Eine alte Jungfer!‹« (S. 163)

Wie alle Väter hätte auch Ernst Berend seine Tochter lieber unter der Haube gesehen. Doch es gelang Charlotte, ihr »geliebtes Vatelchen« zu überreden, und so durfte sie sich zur Prüfung in der Kunstgewerbeschule in der Klosterstraße anmelden. »Diese Woche war die schönste meines sechzehnjährigen Lebens!« jubelte sie und sah sich am Ziel ihrer Wünsche. Aber wo stand Alice, ihre Schwester?

Alice

Was bedeutete es für die Schwester, während der ganzen Kindheit (ja, eigentlich das ganze Leben) im Schatten der hübschen und bezaubernden Jüngeren zu stehen, die alle Herzen im Sturm eroberte und die stets vorgezogen wurde, an deren Charme, Temperament und Selbstbewußtsein sie selbst nicht heranreichen konnte? Prall gefüllt sind die Briefe, die Tagebücher und Memoiren aus dem Nachlaß der Familie mit Charlottes lustigen Streichen, mit ihren gekonnten Auftritten und gewagten Abenteuern. Sie ist der strahlende Mittelpunkt bei Familienfesten und im Kreis ihrer Freundinnen, der umschwärmte Liebling in der Tanzstunde, im Schulchor und auf der Eisbahn.

Doch es gibt keine Briefe, keine Tagebücher und keine Fotos, die einem vermitteln könnten, wie Alice im Alter von sechs, zehn oder vierzehn Jahren aussah, wie sie das Elternhaus und die Umgebung erlebt hat und wie sie zu dem jungen Mädchen heranreifte, das dann im Alter von zwanzig Jahren mit ersten schriftstellerischen Arbeiten beim *Berliner Tageblatt* debütierte. So ist man auf Vermutungen angewiesen, und die lassen ein trauriges, bedrückendes Bild aufkommen. Menschen, die äußerlich anziehend sind, haben anderen gegenüber, die von der Natur nicht so großzügig bedacht worden sind, einen unübersehbaren Vorteil. Sie haben es leicht, die Gunst und die Zuneigung ihrer Umgebung zu gewinnen.

Daß die kleine Alice schon äußerlich hinter der Schwester zurückstehen mußte, erschließt sich aus den Bemerkungen ihrer späteren Freunde. Von Lovis Corinth, der sie zweimal porträtierte und der für seinen »bärbeißigen Charme« berüchtigt war, stammt das Wort, Alice habe ein Kinn wie der »Große Kurfürst«, was kein Kompliment für eine junge Frau war.[9]

Auch ihr Freund Ulrich Leiner, Apotheker in Konstanz am Bodensee, charakterisierte sie als »äußerlich eher hart und männlich«. Und ein anderer Freund, der für Ullstein tätige Lektor Max Krell, bezeichnete sie als eine »schwere, männlich-robuste Frau«.

Kein Schabernack und kein Ungehorsam der älteren Berend-Tochter sind überliefert, keine Flirts und keine Tändeleien der jungen Alice bekannt geworden. Brav und zuverlässig erfüllte sie ihre Rolle als Beschützerin der kleinen Schwester. Sie las ihr beim Einschlafen Geschichten vor und tröstete sie, wenn die Auseinandersetzungen der Eltern den Familienalltag belasteten. Sie half bei den Hausaufgaben und vermittelte in der Schule, wenn Charlotte wieder einmal durch ihren Leichtsinn bei einer Lehrerin in Ungnade gefallen war. Sie stand ihr gegen die humorlose, strenge Mutter bei und nahm sie überhaupt unter ihre Fittiche. So berichtet Charlotte in ihrem Tagebuch, wie die Mutter ihr einen Theaterbesuch verboten hatte und Alice zu Hilfe kam und schwindelte, sie habe noch ein Freibillet geschenkt bekommen, und sie möge Charlotte das Vergnügen doch gönnen!

Alice war unauffällig, bescheiden und still. War es nicht ungerecht, daß die kleine Schwester stets und überall im Mittelpunkt stand? Konnte Alice ihre Eifersucht so tief verbergen, daß sie niemals zum Ausbruch kam? Und wie ertrug sie die Einsamkeit, wenn sich alles um Charlotte drehte?

Vielleicht sind ja die Großmütter dazu da, das Unrecht und das Leid, das Kindern in ihren eigenen Familien zugefügt wird, auszugleichen. Selma Gumpertz war eine solche Großmutter, und offenbar fand Alice bei ihr das, was sie zu Hause entbehren mußte. Charlotte mußte eingestehen, daß Alice Großmutters »Liebling« war. Das Eingeständnis fiel ihr nicht schwer, denn ihre Sache wäre es ohnehin nicht gewesen, ihre Nachmittage im Salon der alten Dame zu verbringen. Doch Alice zog es regelmäßig dorthin, um der Großmutter zuzuhören, wenn sie Geschichten aus längst verflossenen Tagen erzählte, Erinnerungen an die Biedermeierzeit in einer kleinen preußischen Stadt. Eine große Zahl von Alice Berends heiteren Romanen, die ihr später so großen Erfolg bescherten, ging ganz gewiß auf jene Teestunden in Großmutter Selmas Salon zurück.

Und während es Charlotte immer wieder gelang, der strengen Mutter zu entwischen, um ja kein Rendezvous auf der berühmten »Lästermeile« zu versäumen, verbrachte Alice die Abende zurückgezogen in ihrem Zimmer und widmete sich den Büchern. Sie hatte ihr Herz für die Literatur entdeckt. Die Literatur konnte sogar darüber hinwegtrösten, daß ihr als der Älteren, Vernünftigen solche »Ausschweifungen«, von denen Charlotte nie genug bekommen konnte, versagt geblieben waren.

Was aber war Alices bevorzugte Lektüre? Ende des 19. Jahrhunderts war eine geradezu revolutionäre literarische Mode,

»Naturalismus« genannt, entstanden, deren Ziel die minutiöse Beobachtung und die exakte Abbildung der Wirklichkeit war. Hatten zuvor die Mitglieder der untergehenden adligen und großbürgerlichen Klasse die Hauptrolle in der Literatur gespielt, so geriet jetzt mehr und mehr eine neue Schicht, die der Kleinbürger, Bauern und Proletarier, in den Blickpunkt der Dichtung. Ihr wirtschaftliches und moralisches Elend, Ausbeutung, Armut und Krankheit, Laster und Verbrechen, wurde zum Thema in der Literatur, zum Gegenstand von Prosa und Theaterstücken. Das Gewöhnliche, Häßliche und Brutale der gesellschaftlichen Außenseiter und Verlierer, die vom allgemeinen Wohlstand und Fortschritt ausgeschlossen waren, sollte dargestellt werden. Das Publikum sollte sich ein Bild von der Härte und Ausweglosigkeit ihres Alltags machen. Der »Held« des naturalistischen Dramas oder Romans ist der einzelne, gefangen in seinen elenden, bedrückenden Verhältnissen, gegen die er sich auflehnt, an denen er zuletzt scheitern und zugrunde gehen muß. Emile Zola (1840–1902), unbestritten das Haupt des europäischen Naturalismus, forderte, genaueste Milieustudien zu betreiben und die Protagonisten in ihren alltäglichen Verstrickungen und Niederlagen darzustellen. In seinem Roman *Germinal* beschreibt er das harte, an Strapazen und Gefahren reiche Leben von Bergleuten, die Ausbeutung und Unterdrükkung, unter der die Menschen leiden und gegen die sie sich verzweifelt zur Wehr setzen.

In Deutschland wurde Gerhart Hauptmann (1862–1946), der in Dramen wie *Vor Sonnenaufgang*, *Die Ratten* und *Fuhrmann Henschel* die sozialen und psychischen Mechanismen seiner Protagonisten aufzeigte und detaillierte Bühnenanweisungen gab, der führende Vertreter des Naturalismus.

Bevorzugt spielen auch Frauen Hauptrollen. So schildert

Hauptmann in *Rose Bernd* eine gedemütigte und verlassene Frau, die an der kleinbürgerlich-selbstgerechten Welt der Männer zerbricht und, selbst vom eigenen Vater verstoßen, keinen anderen Ausweg mehr sieht, als ihr neugeborenes Kind umzubringen. In der Diebeskomödie *Der Biberpelz* gelingt es der Mutter Wolffen, die auf der gesellschaftlichen Leiter ganz unten steht, mit Tricks und Gaunereien, ihre Familie über Wasser zu halten.

Besonders kraß brachten die Skandinavier Strindberg und Ibsen in ihren Stücken die Verlogenheit und Brüchigkeit der bürgerlichen Ehe zum Ausdruck, in der die Frau in Abhängigkeit von einem gleichgültigen, lieblosen und ihr innerlich fernstehenden Ehemann lebt und verzweifelt um einen Ausweg aus ihrer deprimierenden Lage kämpft. Mit Ibsens Nora konnte sich eine ganze Generation von Frauen identifizieren, die zur Unmündigkeit und Untertänigkeit dem Mann gegenüber erzogen war und in denen der Wunsch nach Emanzipation, nach Flucht aus dem Gefängnis der Ehe, immer stärker wurde. Mit Frauen wie Nora Helmer und Hedda Gabler brachte Ibsen starke, außergewöhnliche Persönlichkeiten auf die Bühne, die sich von ihren Fesseln befreiten und gegen die Moral der Väter und Ehegatten aufbegehrten.

Beide, Ibsen und Strindberg, hielten sich Ende der achtziger Jahre und Anfang der neunziger Jahre auch in Deutschland auf. Ibsen machte nach einem mehrjährigen Rom-Aufenthalt in München und in Dresden Station. Strindberg kam im Herbst 1892 nach Berlin. In Friedrichshagen, einem idyllischen Flekken vor den Toren der Stadt, am Ufer des Müggelsees gelegen, lebte sein Freund, der Schriftsteller Ola Hansson, mit seiner Frau Laura Marholm, einer aus dem Baltikum stammenden Schriftstellerin. Die Hanssons führten in Friedrichshagen einen

literarischen Salon, wo neben geistigen Genüssen auch der
»Toddy« geboten wurde, den Strindberg aus drei Vierteln ko-
chenden Wassers und einem Viertel Whisky mischte und nach
jedem Schluck mit Cognac auffüllte. Heute sagt man »Grog«
dazu. Man traf sich in »Gustav Türkes Wein- und Probierstube«
in der Neuen Wilhelmstraße, wo als Aushängeschild über dem
Eingang ein gefüllter Weinschlauch hing, der in der Dunkelheit
wie ein kleines Ungeheuer wirkte, und so taufte Strindberg das
Lokal »Zum schwarzen Ferkel«. Hier war der Stammtisch des
Malers Edvard Munch und des Dichters Knut Hamsun, die
beide aus Norwegen stammten. Gefördert durch seinen deutschen Verleger Albert Langen, erlangte Hamsun Weltruhm,
1920 erhielt er den Nobelpreis für Literatur. Weitere Gäste waren Richard Dehmel, bedeutender Lyriker des Naturalismus
und Expressionismus, der Dramatiker Otto-Erich Hartleben
und der Kunsthistoriker Julius Meier-Graefe. Auch Lovis Corinth und die Schriftsteller Lou Andreas-Salomé und Christian
Morgenstern waren hin und wieder dabei. Andreas-Salomé, die
mit ihrem Mann, dem Orientalisten Friedrich Carl Andreas,
eine Villa in Tempelhof bewohnte, schrieb in ihren Erinnerungen über den Friedrichshagener Kreis: »Ich besinne mich noch
auf das erste Beisammensein bei uns, auf der umblühten Terrasse und im Eßzimmer dahinter, sehe Max Halbe, noch sehr
jugendlich schlank neben seiner kleinen Braut, die wie eine Psy-
che ausschaute, Arno Holz, Walter Leistikow… Richard Dehmel, der sich am eigenen Namen noch ärgerte, und sonstige.
›Vor Sonnenaufgang‹ hatte alle gesinnungsgemäß zusammen-
getan; im unaufhaltsam durchbrechenden Naturalismus hatte
Gerhart Hauptmanns Erstling, mitten in der entfesselten Empörung, auch schon etwas von dem gebracht, womit die neue
Richtung siegen sollte.«[10]

Wilhelmine Corinth vermutet, daß auch Alice Berend zu den Gästen des Lokals zählte, wo sie vielleicht ihren späteren Ehemann, den schwedischen Schriftsteller und Journalisten John Jönsson-Hertz, kennenlernte. Ihre Behauptung, Alice habe mit Ibsen »korrespondiert«, ist dagegen wohl eher Wunschdenken. Viel mehr als die Leidenschaft für Ibsens Werk läßt sich bei Alice nicht belegen – für ein Werk, das auch an die Wurzeln ihrer eigenen Existenz, an Fragen der Emanzipation, rührte.

Von diesem Aufbruch, der eine ganze Generation junger Frauen in den Bann zog, ließen sich auch die Schwestern Berend anstecken. Der Wunsch, sich von der traditionellen Frauenrolle und der bürgerlichen Familie zu emanzipieren, ergriff Alice und Charlotte so stark, daß die Ablehnung der eigenen Familie Züge von Verachtung annahm. Alices Stoßseufzer ist überliefert: »Was es uns kostet aus dieser Philister-Familie auszubrechen! Wenn wir doch in einer Atmosphäre wie Fontanes geboren wären; da könnten wir schon auf einer vorhandenen Basis von Künstlertum aufbauen.«[11]

Und Charlotte ging noch weiter, wenn sie im Tagebuch flehte: »Lieber Gott ... Führe mich heraus aus dieser Familie, laß mich nicht schwatzhaft werden. Nicht alltäglich ... Führe mein Leben woanders hin ... laß mich eine Künstlerin werden, bringe mich woanders hin.« (S. 159)

So waren sich die beiden Schwestern, verschieden, wie sie ihrem Äußeren und ihrem Wesen nach waren, in diesem Punkt vollkommen einig. Und ihre Bitten, ihre Gebete sollten erhört werden.

VIERTES KAPITEL

Jahrhundertwende

Aufbruch der Frauen

Wie überall in Europa hatte sich auch in Deutschland um die Mitte des 19. Jahrhunderts eine Frauenbewegung formiert, die nach der bürgerlichen Revolution von 1848 an Zulauf und Aufschwung noch gewann. 1865 lud die Schriftstellerin Louise Otto, Tochter eines Gerichtsdirektors aus dem sächsischen Meißen, zur ersten deutschen Frauenkonferenz nach Leipzig ein, auf der es zur Gründung des Allgemeinen Deutschen Frauenvereins kam. In ihrem Buch *Das Recht der Frauen auf Erwerb* forderte sie die Frauen auf, einen Beruf zu erlernen, um nicht auf Heirat und Versorgung durch den Mann angewiesen zu sein. Louise Otto (1819–1895) war durch den frühen Tod der Eltern gezwungen, sich auf eigene Füße zu stellen. Sie begann mit dem Schreiben von Romanen, und ab 1849 gab sie eine eigene Zeitung, die *Frauen-Zeitung,* heraus. Ihren Verlobten August Peters, der wegen seiner Beteiligung an der Revolution von 1848 zu einer siebenjährigen Zuchthausstrafe verurteilt worden war, konnte sie erst im Alter von vierzig Jahren heiraten. Sechs Jahre später war sie schon wieder Witwe.

In den folgenden Jahren entstanden immer mehr Vereine, die für die Gleichstellung der Frau, für ihre Ausbildung und Berufstätigkeit kämpften. Und es fanden sich Männer, Angehörige der liberalen Bewegung, die die Frauen dabei unterstützten. So unterhielt der Berliner Lette-Verein, gegründet von Wilhelm-Adolf Lette, der als Studentenführer am Wartburgfest teilgenommen hatte, seit 1865 eine Schule für »unverheiratete Frauenzimmer derjenigen mittleren wie höheren Stände«.[1]

An der Lette-Schule, die auch heute noch als eine angesehene Einrichtung in der Frauenbildung tätig ist, wurden Lehrerinnen für die Höheren Töchterschulen ausgebildet. Doch eine akademische Laufbahn blieb den jungen Frauen versagt, da die Mädchenschulen ihren Absolventinnen keine Studienberechtigung verliehen. Bis zur Jahrhundertwende gab es für Mädchen keine zum Abitur führenden Schulen, und der Besuch eines Jungengymnasiums war nur in Ausnahmefällen gestattet, wenn der Direktor auf Antrag der Eltern eine Sondergenehmigung erteilte.

Zu diesen Ausnahmen gehörte Hertha Einstein, die spätere Ärztin und Psychotherapeutin Hertha Nathorff, die 1939 in die USA emigrierte und 1967 für ihre zahlreichen Aktivitäten in der Krankenhilfe und Flüchtlingshilfe mit dem Bundesverdienstkreuz geehrt wurde. Sie war als einziges Mädchen am Jungengymnasium in Ulm zugelassen. Die Eltern hatten sich für die musisch und künstlerisch hochbegabte Tochter eingesetzt, doch konnten sie nicht verhindern, daß sie an ihrer Schule als Mädchen und Jüdin doppelt stigmatisiert wurde. Die Schriftstellerin Marieluise Fleißer, die das Gymnasium in ihrer Heimatstadt Ingolstadt nicht besuchen durfte, mußte auf ein Regensburger Internat ausweichen.

Doch auch wenn es Mädchen durch solche Auswege gelang, das Abitur abzulegen, bedeutete dies noch nicht, daß sie sich mit ihren Geschlechtsgenossen messen und sich nun auch an einer Universität immatrikulieren konnten. Für die Teilnahme an akademischen Kursen mußte die Erlaubnis eines Professors eingeholt werden, die dieser nach eigenem Gutdünken erteilte.

1888 hatte die aus Oldenburg stammende Lehrerin Helene Lange (1848–1930) den Vorsitz im Allgemeinen Deutschen Frauenverein. Zusammen mit der Schriftstellerin Hedwig Dohm (1831–1919), die in Weimar den Frauenverein »Reform« gegründet hatte, reichte sie in diesem Jahr bei den Kultusministern der Länder Preußen, Bayern und Württemberg eine Petition ein, die die Zulassung von Mädchen zum Abitur an Knabengymnasien und zum Studium und die Einrichtung von Mädchengymnasien forderte.

Hedwig war die Tochter des jüdischen Tabakfabrikanten Gustav Adolph Schlesinger aus Berlin. Mit einundzwanzig Jahren hatte sie Ernst Dohm geheiratet, den Chefredakteur des damals bekannten Satiremagazins *Kladderadatsch*. Eine ihrer Enkeltöchter sollte später die Frau des Schriftstellers Thomas Mann werden. Durch ihre Arbeit im Verein »Reform« setzte Hedwig Dohm sich unermüdlich für das Frauenwahlrecht ein und forderte das Recht für Frauen, nicht nur pädagogische und soziale, sondern auch wissenschaftliche und technische Berufe ergreifen zu können. In ihrer Romantrilogie *Schicksale einer Seele*, *Sibilla Dalmar* und *Christa Ruland* beschrieb sie den Aufbruch der Frauen in die Selbständigkeit.

In *Meine ungeschriebenen Memoiren* berichtet Katja Mann von einem Besuch mit ihrem Mann bei ihrer Großmutter in Berlin. Sie erwartete damals ihr erstes Kind, und Thomas Mann habe auf Hedwig Dohms Frage nach dem Kind geantwortet, er wünsche sich einen Jungen. Ein Mädchen sei doch »nichts Ernsthaftes«. Das sei schlimm gewesen, schrieb Katja Mann, aber trotzdem hätten sie sich dann sehr gut vertragen.

In Deutschland mußten die Frauen länger als in anderen europäischen Staaten oder in Amerika um ihre Rechte auf Ausbildung und Berufstätigkeit kämpfen. In Amerika konnten Frauen schon seit 1833 an einzelnen Universitäten und Colleges studieren. 1860 war in Vassar das erste Frauen-College gegründet worden, das von Beginn an ein hohes wissenschaftliches Niveau verfolgte. 1866 erhielt eine Frau, Maria Mitchel, den Lehrstuhl für Astronomie und Mathematik. Kurze Zeit später wurde Arabella Mansfield durch den obersten Gerichtshof von Iowa gestattet, eine Praxis als Rechtsanwältin zu eröffnen.[2]

In England waren Mädchen seit 1869 zum Studium zugelassen, und auch die philosophischen Fakultäten in Frankreich verliehen schon in den sechziger Jahren Universitätsgrade an Frauen. In Deutschland gelang es den starken berufsständischen Verbänden von Medizinern, Juristen und Lehrern noch bis nach der Jahrhundertwende, die Zulassung von Frauen zum Studium zu verhindern.

Preußen war ihre letzte Bastion; hier öffneten sich die Universitäten für Mädchen erst im Jahre 1908. Und noch im Frühjahr 1906, so schrieb Helene Lange in ihren Erinnerungen, hatten mehr als hundert Direktoren von preußischen Mädchenschulen, organisiert im Bund zur Bekämpfung der Frauen-Emanzipation, gegen die Berufung von Frauen in leitende Stellungen protestiert. Die Standesorganisation verpflichtete die Oberlehrer darauf, unter keinen Umständen eine Stellung an einer Schule mit weiblichem Direktorat anzunehmen. Andere Berufsverbände, wie die von Handelsangestellten und Militäranwärtern, sicherten ihnen ihre Unterstützung zu. »Das Publikum wurde mit allen Mitteln zur Unterzeichnung von Petitionen bearbeitet, die dartun sollten, daß das Volksempfinden sich dagegen auflehne, daß ein Mann eine Frau, ›noch dazu eine ledige‹, zur Vorgesetzten habe«, schrieb Helene Lange über die Kampagne der »Herrenliga«.[3]

Für sie war die Konsequenz aus einem solchen »Feldzug« klar. Man könne, so schloß sie, die Erziehung von Mädchen nicht länger Männern anvertrauen, die öffentlich eine solche Geringschätzung von Frauen bekundeten.

Aber woher sollten Frauen kommen, die imstande, in der Lage waren, leitende Aufgaben in Wissenschaft und Lehre zu übernehmen? Vor der Jahrhundertwende hatte es für Frauen nur einen Ausweg gegeben: Sie mußten auf eine ausländische Universität ausweichen. Das war mit hohen Kosten verbunden und mit Entbehrungen erkauft. Wer nicht aus einer reichen Familie stammte oder Vermögen hatte, mußte das Studium mit einer Tätigkeit als Hausdame oder Privatlehrerin, mit äußerster Sparsamkeit und eiserner Disziplin erkämpfen.

Das ersehnte Ziel lag nicht allzu weit von der deutschen Grenze entfernt. Die Stadt Zürich an der Nordspitze des Zürichsees war in der zweiten Hälfte des Jahrhunderts eine wahre Hochburg des Frauenstudiums. Zürich stand im Ruf einer aufgeklärten, reformfreudigen Stadt, seitdem die liberale Partei dort in den sechziger Jahren die Mehrheit im Magistrat erlangt hatte. An der Universität hatten viele sogenannte Achtundvierziger, liberale Professoren, die nach der niedergeschlagenen Revolution von 1848 aus Deutschland verdrängt worden waren oder freiwillig in die Emigration gingen, eine neue Wirkstätte gefunden. Als erste Universität im deutschsprachigen Raum und als zweite in Europa – nach Paris – ließ Zürich seit 1867 Mädchen zum Studium zu, nachdem dort schon in den vierziger Jahren Gasthörerinnen aufgenommen worden waren. Im Lauf

der siebziger Jahre folgten Bern, Genf, Lausanne und Neuchâ-
tel.

In Zürich fand auch die Russin Vera Figner, die 1869, mit
einer Goldmedaille ausgezeichnet, als beste Schülerin das Kasa-
ner Mädchenpensionat abgeschlossen hatte, »neue, weite, freie
Horizonte«. Veras Vater hatte versucht, ihre Pläne zu vereiteln,
indem er die Tochter, knapp achtzehnjährig, mit dem Unter-
suchungsrichter Fillipow verheiratet hatte. Doch Alexander
Fillipow schlug sich auf die Seite seiner Frau. Ein Teil seines
Gehaltes wurde für ihr Studium zurückgelegt, ihre Aussteuer
verkauft. Im Frühjahr 1872, dem Jahr, in dem Bakunin nach
Zürich kam, begleitete er Vera und ihre Schwester Lydia in die
Schweiz. Vera Figner brach das Studium jedoch nach einigen
Semestern wieder ab, kehrte nach Petersburg zurück und schloß
sich der revolutionären Gruppe »Narodnaja Volja« an, die mehrere Attentate auf Zar Alexander II. verübte. 1883 wurde sie
verhaftet und zum Tode verurteilt. Das Urteil wurde in eine
lebenslängliche Gefängnisstrafe umgewandelt, die sie auf der
gefürchteten Festung Schlüsselburg, einer Sankt Petersburg
vorgelagerten Insel im Meer, verbrachte, die seit der Zeit Peters
des Großen als Staatsgefängnis diente. 1904 wurde sie nach
zwanzig Jahren aus der Haft entlassen. Die Figners hatten vier
Töchter und zwei Söhne. Alle vier Mädchen wurden Revolutionärinnen und ins Gefängnis oder in die Verbannung nach
Sibirien geschickt, während die beiden Söhne als Bergwerks-
direktor und Opernsänger eine bürgerliche Karriere machten.

Die Schriftstellerin Käthe Schirmacher aus Danzig, die nach
einer Ausbildung als Lehrerin an der Pariser Sorbonne studiert
hatte und Anfang der neunziger Jahre in Zürich Germanistik
und Romanistik studierte, rühmte Zürich als eine Stadt, die
»eine bedeutende Rolle in der Erziehung des Menschenge-

schlechts« spielte. Und die Schweizer Schriftstellerin Hedwig Waser war einfach stolz darauf, in dieser »frauenfreundlichen« Stadt geboren zu sein.[4]

Zu Beginn der achtziger Jahre studierte auch Lou Andreas-Salomé in Zürich. Als Tochter des russischen Generals Gustav von Salomé war sie 1861 in Sankt Petersburg geboren worden. Als sie zum Studium der Theologie, Philosophie und Kunstgeschichte nach Zürich ging, wurde sie noch von ihrer Mutter als »Anstandsdame« begleitet. 1882 begegnete sie Nietzsche, mit dem sie eine fruchtbare Auseinandersetzung verband und der einen starken Einfluß auf ihre schriftstellerischen Arbeiten ausübte. Fünfzehn Jahre später lernte sie in München durch die Vermittlung des Schriftstellers Jacob Wassermann Rainer Maria Rilke kennen, mit dem sie um die Jahrhundertwende zwei Reisen nach Rußland unternahm. 1910 nahm sie Kontakt zur Wiener psychoanalytischen Schule auf und begann ein Studium bei Sigmund Freud.

1887 kam Ricarda Huch (1864–1947), begleitet von ihrem Bruder, aus Braunschweig nach Zürich. Sie war aufgewachsen in der großbürgerlichen Villa ihrer Großeltern mütterlicherseits, wo sie schon als kleines Mädchen mit der Welt der Kunst und Dichtung in Berührung gekommen war. Der Vater kommt nur selten zu Besuch, er lebt in Brasilien, wo er ein Handelsunternehmen leitet. Die Firma macht Bankrott, die Mutter stirbt früh, und das Haus der Großeltern wird verkauft. In dieser Situation, durch den Niedergang der Familie verunsichert und in ihrer Existenz bedroht, entscheidet sich Ricarda für ein Studium und schreibt sich an der philosophischen Fakultät in Zürich ein. Vier Jahre später promovierte sie über »Die Neutralität der Eidgenossenschaft in den Spanischen Erbfolgekriegen«. Da sie gleichzeitig das Oberlehrerinnen-Examen ablegte, konnte sie eine Lehrtätigkeit an der Höheren Töchterschule von Zürich annehmen und damit für einige Jahre ihren Lebensunterhalt sichern, bevor sie von ihren Einkünften als Schriftstellerin leben konnte. Ricarda Huch gehörte später zu den wenigen Schriftstellern in Deutschland, die sich nicht durch den Nationalsozialismus korrumpieren ließen und die sich im Gegensatz zu zahlreichen anderen mit Recht zur sogenannten »Inneren Emigration« zählen konnten.

Geradezu atemberaubend war der Werdegang Anita Augspurgs (1857–1943), Deutschlands erster Rechtsanwältin. Um ihrer Familie zu entfliehen, gab sie vor, Lehrerin werden zu wollen. »Rettung schuf nur eine Doppelexistenz«, schrieb sie in ihren Erinnerungen, »das heißt, das äußerliche Leben vollzog sich völlig getrennt vom innerlichen. Man atmete, schlief, aß, vegetierte in einer Familie, mit Menschen, mit denen man sich nicht nur durch nichts verbunden fühlte, sondern die von Tag zu Tag unverständlicher, fremder wurden.«[5]

In Berlin bestand sie 1879 pflichtgemäß und ohne Mühen die Prüfung für das Höhere Lehramt an Mädchenschulen, machte aber nebenbei noch eine Ausbildung als Schauspielerin. Ihre Lehrerin war die Sängerin und Hofschauspielerin Johanna Frieb-Blumauer (1814–1886), die am Königlichen Schauspielhaus engagiert war. 1881 ist Anita Augspurgs Ausbildung zur Schauspielerin beendet. Sie spricht am Meininger Theater vor, das als eines der berühmtesten Tourneetheater in Europa gilt, und wird für die laufende Spielzeit engagiert. Weitere Engagements führen sie nach Riga, Amsterdam und Altenburg, wo sie die Elisabeth in *Don Carlos* und die Ismene in der *Antigone* spielt. Die Eltern in Verden geben sich alle Mühe, die Karriere ihrer Tochter vor der Verwandtschaft geheimzuhalten. 1884, nach dem Tod ihrer Mutter, gab Anita Augspurg die Schauspielkarriere wieder auf und gründete 1887 in München mit ihrer Freundin Sophia Goudstikker, einer aus Amsterdam gebürtigen Fotografin, ein Atelier. Die Fotografie ist eine junge Kunstform, es gibt keine vorgeschriebene Ausbildung und keine Schranken für Frauen.

Durch Anitas Kontakte zur Bühne erhalten sie Aufträge für Rollen- und Szenenfotos. Bald gilt es als schick, sich im »Atelier Elvira« fotografieren zu lassen. Schauspieler, Maler und Schriftsteller zählen zu ihren Kunden, sie porträtieren Thomas und Heinrich Mann, Rainer Maria Rilke, Ernst von Wolzogen und Hedwig Dohm.

Als Anita Augspurg Verbindung zur Frauenbewegung fand, gab sie auch das wieder auf, um sich im Herbst 1893, inzwischen sechsunddreißigjährig, an der juristischen Fakultät in Zürich zu immatrikulieren. Fünf Jahre später kehrte sie als Doktor der Rechte nach Berlin zurück. Von da an taucht ihr Name immer wieder in Verbindung mit Kampagnen zur Gleichstellung der Frau auf. 1902 gründet sie mit ihrer Lebensgefährtin Lida Gustava Heymann den Deutschen Verein für Frauenstimmrecht. Das Jahr 1914 ist für die deutsche Frauenbewegung ein schwarzes, denn die Frauenverbände stimmen in das patriotische Kriegsgeschrei mit ein, und ein Jahr später werden Anita Augspurg und Lida Heymann, die an einer Internationalen Frauenfriedenskonferenz in Den Haag teilnehmen, sogar aus dem Bund Deutscher Frauenvereine ausgeschlossen. Nach Kriegsende geben sie von 1919 bis 1933 gemeinsam *Die Frau im Staat* heraus, die erste feministisch-pazifistische Zeitschrift. Als 1933 die Nationalsozialisten an die Macht kommen, befindet sich Anita Augspurg auf einer Reise in Südeuropa. Sie wird ausgebürgert, ihr Besitz wird konfisziert, darunter ihre Bibliothek mit wertvollen Goethe-Ausgaben. Ihr bedeutendes Archiv zur Geschichte der Frauenbewegung wird zerstört. Anita Augspurg läßt sich mit ihrer Gefährtin Lida in Zürich nieder, wo sie vierzig Jahre zuvor ihre politische Karriere begonnen hatte. Im Dezember 1943, nur vier Monate nach dem Tod ihrer geliebten Freundin Lida Heymann, starb sie in Zürich. Anita Augspurg war eine der intellektuellsten und radikalsten Vertreterinnen der bürgerlichen Frauenbewegung und eine der ersten Frauen, die Politik zu ihrem Beruf gemacht haben. Heute gilt sie als eine Pazifistin und Frauenrechtlerin, deren Texte über Demokratie, Emanzipation und das Recht auf Arbeit, über Sexualität und Liebe immer noch modern erscheinen.

Die prominenteste Absolventin der Züricher Universität war Rosa Luxemburg. 1889 kam die Tochter einer jüdischen Kaufmannsfamilie aus Warschau nach Zürich, um sich dem Studium der Philosophie und Volkswirtschaft zu widmen, 1892 wechselte sie an die juristische Fakultät, und 1897 promovierte sie mit einer Doktorarbeit »Über die industrielle Entwicklung Polens«. Um die deutsche Staatsbürgerschaft zu erhalten, geht sie eine Scheinehe mit Gustav Lübeck in Basel ein. Im Mai 1898 wird sie Chefredakteurin der *Sächsischen Arbeiter-Zeitung* in Dresden. Sie nimmt am SPD-Parteitag in Stuttgart teil und begibt sich im Auftrag der Partei auf Agitationsreisen nach Oberschlesien. Im August 1904 nimmt sie am Internationalen Sozialistenkongreß in Amsterdam teil, ein Jahr später tritt sie in die Redaktion des *Vorwärts* ein. Als die Sozialdemokraten im August 1914 jedoch in die Kriegseuphorie einstimmen, kommt es zum Bruch, und im Januar 1916 gründet sie zusammen mit dem ehemaligen SPD-Abgeordneten Karl Liebknecht die »Gruppe Internationale«, die sich später nach dem Anführer des römischen Sklavenaufstandes Spartakus nannte. Während des Krieges wurde sie mehrmals zu langen Haftstrafen verurteilt, weil sie sich in ihren Reden und Aufsätzen vehement und mit Leidenschaft gegen die deutsche Kriegspolitik geäußert hatte. Im Dezember 1918 nahm sie in Berlin am Gründungsparteitag der KPD teil. Anfang Januar 1919 kommt es zu Demonstrationen der Berliner Arbeiterschaft, dem sogenannten Spartakusaufstand, der blutig niedergeschlagen wird. Am 15. Januar werden Rosa Luxemburg und Karl Liebknecht verhaftet und von Freicorps-Soldaten ermordet.

Im Kriegsjahr 1914 wurden zwei Frauen, Margaret Muehsam-Edelheim und Margarete Berent, beide jüdischer Abstammung, als einzige unter 128 Doktoranden in Erlangen promoviert. Die Zulassung beim Gericht wurde ihnen aber versagt. Muehsam-Edelheim war zunächst Redakteurin beim Ullstein-Verlag, später arbeitete sie in der Rechtsabteilung der *Berliner Morgenpost*, während Margarete Berent sich mit Hilfsdiensten in Berliner Anwaltspraxen durchschlug, wo sie für erkrankte oder zum Kriegsdienst eingezogene Kollegen die Vertretung übernehmen durfte. Erst 1922 wurden Frauen in den juristischen Berufen zugelassen.

Zu den Studentinnen der Züricher Universität zählte auch die Serbin Mileva Maric (1875–1947), die erste Frau Albert Einsteins. An der Höheren Töchterschule, die sie von 1894 bis 1896 für die Erlangung der Matura (Abitur) besucht hatte, war Ricarda Huch ihre Lehrerin im Fach »Allgemeine Geschichte« gewesen. 1896 begann die hochbegabte Maric mit dem Studium der Mathematik. Lange unter Verschluß gehaltene Briefe aus dem Nachlaß Albert Einsteins zeigen, daß sie wegen einer Schwangerschaft und durch die Beanspruchung für Einsteins Forschungen das Examen nicht bewältigen konnte und das Studium überhaupt aufgab.[6]

In Deutschland lag die Entscheidung über die Zulassung von

Frauen bei den Ländern. Baden ließ Frauen 1900 zum Studium zu, nach und nach folgten die anderen Länder, zuletzt 1908 Preußen. Welche Spuren jahrzehntelange Zurückweisungen, Demütigungen und Diffamierungen hinterlassen hatten, zeigt das Buch der 1894 in Prag geborenen Psychologin und Schriftstellerin Alice Rühle-Gerstel aus dem Jahre 1932 mit dem Titel *Das Frauenproblem der Gegenwart*.

»Die Frauen um vierzig herum wissen sich noch zu erinnern, wie sie als einzige oder mit noch ein oder zwei Leidensgenossinnen in das Knabengymnasium einzogen, dort allein, abseits von den Jungen in einer eigenen Bank sitzend, mit roten Ohren und verwirrtem Gemüt die schadenfrohe Erwartung der Kameraden und das herablassend-skeptische Wohlwollen des Lehrers in Empfang nahmen«, schreibt sie. Sie selbst hatte in Prag und München studiert und 1921 über Friedrich Schlegels Aphorismen promoviert. »Die erste Generation der Akademikerinnen denkt noch daran, wie sie vor Belegung eines Kollegs den Professor um Hörerlaubnis bitten mußten, und wie oft die Vertreter männlicher Geistigkeit den schüchternen Aspirantinnen auf Frauengeist ihr selbstgerechtes Nein entgegenwarfen. Diese Generation trägt noch im Geist den Stachel der Demütigung, den Ansporn, nur ja ebensogut in Integralrechnung und in der consecutio temporum zu bestehen wie die männlichen Altersgenossen.«[7]

Vom Staatsdienst blieben Frauen, weil sie selbst nicht wählen konnten, bis 1919, dem Jahr der Weimarer Verfassung, ausgeschlossen. Und ebenso war Frauen, die eine künstlerische Karriere anstrebten, bis zu diesem Jahr der Zugang zu den staatlichen Akademien verwehrt. Sie mußten sich mit einer Ausbildung an den weniger angesehenen Kunstschulen und Gewerbeschulen begnügen. Was ein junger Mann neben dem

Studium als Experiment oder Zeitvertreib nutzte, war für Mädchen die einzige Möglichkeit einer Ausbildung.

So besuchte die Bildhauerin Clara Westhoff (1878–1945), die 1901 Rainer Maria Rilke heiratete, Mitte der neunziger Jahre in München die private Malschule Fehr-Schmid-Reutte. In einem Brief an den bayrischen Kultusminister klagte sie darüber, daß sie Anatomiekurse aus eigener Tasche zahlen mußte, während männliche Kommilitonen kostenlos an staatlichen Kursen teilnehmen konnten. In einem Brief an in ihre Eltern in Bremen ließ sie ihrer Empörung freien Lauf: »Die ... Fehrklasse ist auf 30 Mark monatlich gesteigert ... Zahlen sie also 12 Mark für den Abendakt, macht 42 Mark und dann noch Anatomie, das ist doch haarsträubend. Aber man muß nur bedenken, wie billig die Herren studieren, dann kriegt man doch 'ne Wut. Fehr ist ja schlau und von seinem Standpunkt aus hat er recht. Uns hat er sicher, denn wohin sollen wir armen Schlucker uns sonst wenden.«[8]

War die Frage nicht eher rhetorischer Art? Viele »arme Schlucker«, darunter auch die Briefeschreiberin, wußten, wohin sie sich wenden und wo sie Abhilfe finden konnten. Sie kehrten Deutschland den Rücken und machten sich auf den Weg ins benachbarte Frankreich. Paris, die französische Metropole, die als experimentier- und innovationsfreudige Stadt galt, war um die Jahrhundertwende zu einem wahren Magneten für Künstlerinnen aus Deutschland geworden. Berühmt und begehrt waren die Académie Cola Rossi und die Académie Julian im Quatier Latin. Hier konnten Mädchen aus Deutschland studieren, lange bevor sich ihnen die Akademien im eigenen Heimatland öffneten. Paris ermöglichte ihnen, was weder Berlin, München oder Wien ihnen hatten bieten können: eine aufgeschlossene Kunstszene, Zugang zu den Akademien, renommierte Privatschulen wie die von Auguste Rodin, Henri Matisse oder Fernand Léger und dazu ein weltoffenes Klima, in dem Frauen nicht als minderwertig galten und sich nicht als exotische Wesen oder lästige Bittstellerinnen fühlen mußten.

Nach Paris kamen Clara Westhoff, Paula Becker und Gabriele Münter, die später, wie ihr damaliger Lebensgefährte Wassily Kandinsky, zur Münchner Künstlergruppe des »Blauen Reiter« zählte. Auch Louise Breslau, eine Enkeltochter des königlich-bayrischen Leibarztes Heinrich Ritter von Breslau, die 1881 durch ihr »Portrait des amis« internationale Anerkennung erlangte. Zu ihrem Porträt des schottischen Dichters John Davidson, das heute im Louvre hängt, soll Edgar Degas pikiert geäußert haben: »Es steht einer Frau nicht zu, so gut zu zeichnen wie Sie!« – Doch ihr stand sogar noch mehr zu: 1909 wurde sie für ihr Gemälde »Contrejour« mit einer Goldmedaille ausgezeichnet.

Auch Ottilie Reyländer (1882–1965), die zum Worpsweder Künstlerkreis zählte und Schülerin von Fritz Mackensen gewesen war, studierte an der renommierten Académie Julian. In ihren Briefen beklagte sie die schlechten Licht- und Luftverhältnisse und den starken Andrang in den Klassen, dennoch hatten die Pariser Studienjahre eine befreiende, inspirierende Wirkung auf ihr Schaffen. 1910 emigrierte sie nach Mexiko, wo sie auf einer Hacienda lebte, reiten lernte und Indianerdörfer besuchte, Tiere, Pflanzen und die indianische Bevölkerung malte. Im November 1910 wird die Revolution ausgerufen und das Land für zehn Jahre in einen Bürgerkrieg gestürzt. Reyländer ist oft wochenlang allein in den Bergen unterwegs, auf diesen Ausflügen entstehen Aquarelle, Gouachen und Tuschezeichnungen, die sie an durchreisende Europäer verkauft. Sie schickt ihre Bilder zu Ausstellungen nach Worpswede, Hamburg,

Bremen und Berlin. Die Zeitschrift *Die Kunstauktion* schreibt: »Ihre Art zu sehen, ist schlicht und einfach, und ihre Art zu empfinden, gänzlich undogmatisch ... Ihre Zeichnung beweist ein starkes Können. Sie trennt die Farbflächen durch kräftige Konturen und hat ein ausgezeichnetes Auge für Farb- und Tonwerte.«[9]

In den zwanziger Jahren lebt sie in Mexiko-City, wo sie Anschluß an den Kreis um Tina Modotti (1896–1942) und Diego Rivera (1886–1957) findet. Tina Modotti, die aus ärmlichen Verhältnissen im italienischen Udine stammte, war mit siebzehn Jahren nach Kalifornien emigriert. Von hier zog sie 1921 nach Mexiko, wo sie als Fotografin zur Chronistin des einfachen Volkes wurde, dessen beschwerlichen Alltag sie in ihren Bildern dokumentierte. Der gebürtige Mexikaner Rivera hatte in Mexiko-Stadt, Madrid und Paris studiert, wo er Picasso kennenlernte und sich dem Kubismus anschloß. Nach Mexiko zurückgekehrt, erhielt er staatliche Aufträge für Wandmalereien. Er zählte zu den Begründern der modernen mexikanischen Malerei, die in ihren Werken die Geschichte und das soziale und politische Leben Mexikos darstellten, das eben seine Unabhängigkeit erlangt hatte.

An der Pariser Académie Julian hatte auch Lovis Corinth drei Jahre lang studiert, von 1884 bis 1887, bevor er im Sommer 1888 in seine Heimatstadt Königsberg zurückgekehrt war. Hier fand er seinen Vater, der ihn während seines Studiums in Paris und Antwerpen besucht hatte, schwer erkrankt vor. Die Porträts, die er noch von ihm machte, sollten die letzten sein; im Januar 1889 starb Franz Heinrich Corinth im Alter von sechzig Jahren. Zwei Jahre später malte Lovis Corinth seinen »Ohm Friedrich« aus dem Dorf Moterau, den älteren Bruder seines Vaters. Das Bild zeigt einen alten Mann mit breiter Stirn, mit wulstigen Lippen und einem grauen Backenbart. Die Augen, von einem wäßrigen Blau, wirken müde und matt. Mit einem langen, braunen Schlafrock bekleidet, sitzt der Greis in einem hohen Stuhl, den man vor das Fenster gerückt hat. Der rechte Arm hängt kraftlos herab, während der linke auf der Lehne ruht. Der Alte wirkt gebrechlich und zugleich gefaßt. Angesichts des Endes, von dem seine Züge künden, hat er nichts von seiner Würde verloren. Er sieht das Ende seiner Zeit nahen, und er lebt seine letzten Tage am Rande einer Gesellschaft, die sich selbst auch ihrem Ende nähert. Das Ende einer Epoche, der Zerfall einer alten Ordnung, symbolisiert sich in der geistig-körperlichen Erscheinung, der stillen Zurückhaltung des Greises, der großartigen Darstellung sozialer Existenz.

Das Bild ging im November 1900 nach Berlin, wo die Vettern Paul und Bruno Cassirer es in ihrer Kunsthandlung ausstellten, die sie ein Jahr zuvor in der Victoriastraße im Bezirk Tiergarten eröffnet hatten. Unter den vielen Besuchern, die Cassirers Herbstausstellung besichtigten, war auch Charlotte Berend. Es war dieses Bild, der respektvolle, ja, fast demütige Blick eines Künstlers auf ein gelebtes Leben, durch das Charlotte zum erstenmal mit dem Werk Lovis Corinths in Berührung kam. Und der Eindruck auf die junge Frau war um so tiefer, als diese Begegnung in eine Zeit fiel, in der ihre eigene Existenz bis auf den Grund erschüttert worden war.

Neun Monate zuvor hatte ein Schicksalsschlag die Familie Berend getroffen. Am 28. Februar 1900 hatte sich der Vater in seinem Haus in der Kantstraße das Leben genommen und die Familie in die Katastrophe gerissen. Der Grund für den verzweifelten Schritt war geschäftlicher Leichtsinn gewesen, mit dem der strahlende Lebemann Ernst Berend Firma und Familie ruiniert hatte. Durch Spekulationen an der Börse hatte Berend nicht nur sein eigenes Vermögen, sondern auch einen treuhänderischen Teil aufs Spiel gesetzt. Den Bankrott seiner Firma und den Skandal seiner Veruntreuung vor Augen, verlor er die Nerven und griff in seiner Wohnung zur Pistole. Als seine Frau und die beiden Töchter, aufgeschreckt von einem Schuß, in den Salon stürzten, fanden sie den Vater am Boden. Hedwig Berend brach zusammen, während die Mädchen neben dem sterbenden Vater knieten. Jede Hilfe kam zu spät. Vier Tage später, am 4. März, wird er auf dem jüdischen Friedhof Weißensee zu Grabe getragen. Über die Bestattung wird nichts berichtet, so daß man nicht erfährt, ob die Familie allein an seinem Grabe stand oder ob ein großer Kreis von Freunden und Verwandten Ernst Berend das letzte Geleit gab.

So dynamisch, so optimistisch und geradezu draufgängerisch Ernst Berend gelebt und auf seine Umgebung gewirkt hatte, so grausam und niederschmetternd war sein Ende. Für seine Frau und die Töchter war dies ein Schlag, der sie aus einem sorgenfreien und gesellschaftlich anerkannten Leben in einen Abgrund der Gefühle und in ein Chaos materieller Nöte stieß. Mußten sie zuerst den Schock überwinden, daß der Vater sie zu hilflosen Zeugen seiner Verzweiflungstat gemacht hatte, so kam nun das Unglück des finanziellen Desasters hinzu, das er ihnen hinterließ. Es war ja nicht üblich, daß der Familienvater seine Frau in seine Geschäfte einweihte, und so traf das Unglück des Bankrotts die Familie unvorbereitet und aus heiterem Himmel.

Über die unmittelbare Zeit nach seinem Tod ist nichts überliefert. Natürlich mußte Hedwig Berend die herrschaftliche Wohnung in der Kantstraße aufgeben. In der Ringbahnstraße fand sie eine einfache, bescheidene Wohnung, wo man auf das Personal und auf einen Teil des früheren Besitzes verzichten konnte. Weder Alice noch Charlotte haben jemals beschrieben, wie sie diese Zeit des tragischen Verlustes, das Herausgerissensein aus allen Sicherheiten, empfanden.

Wenn es einen Trost geben konnte, so fand Alice ihn vielleicht in ihren Büchern, und Charlotte wandte sich um so intensiver der Kunst zu, um an ihrem Schmerz und ihrer Verzweiflung nicht zu ersticken. So berichtete ihr Sohn Thomas später einmal, seine Mutter habe noch im hohen Alter von dem unauslöschlichen Eindruck gesprochen, den Corinths Bildnis des dem Leben schon halb entrückten Onkels auf sie gemacht hatte. Sie sah die Ausstellung bei Cassirer im Herbst des Jahres 1900, in einer Zeit, in der sie von Trauer um den geliebten Vater erschüttert war, aber dennoch an ihrem Glauben und ihrer Hoffnung festhielt. Sie war entschlossen, sich nicht in das Schicksal einer verarmten und bemitleideten Halbwaise zu fügen. Sie nahm ihr Schicksal in die Hand, um sich eine neue Welt, die der Kunst und des Ruhmes, zu erobern.

FÜNFTES KAPITEL

Lovis Corinth

Aus dem Niemandsland in die leuchtende Stadt

Noch einmal ein Jahr mußte Charlotte Berend warten, bis sie
dem Maler, dessen Werke sie in der Galerie Cassirer bewundert
hatte, das erste Mal gegenüberstand. Nachdem sie die Kunstgewerbeschule absolviert hatte, war sie im Herbst 1901 auf der
Suche nach einem Lehrer, bei dem sie die Ausbildung in Privatstunden fortsetzen konnte. Eine ehemalige Mitschülerin, von
der nicht mehr als der Name – Fräulein Lehfeld – überliefert
ist, empfahl ihr den Maler Lovis Corinth, in dessen Malschule
sie selbst sich soeben angemeldet hatte, und Charlotte beschloß,
dem Rat und Beispiel der Freundin zu folgen.

Im Herbst des Jahres 1901 war Corinth von München in die
preußische Metropole übergesiedelt, nachdem er in den zurück-
liegenden Jahren schon mehrfach seinen Freund, den Maler
Walter Leistikow, besucht hatte. Leistikow war einer der Wortführer der avantgardistischen Kunst und die treibende Kraft bei
der Gründung der Berliner Sezession im Jahr 1898 gewesen.
Um Corinth als Verstärkung für seine Vereinigung zu gewinnen, scheute er keine Mühen und kein Opfer. Er brachte Corinth nicht nur mit den Persönlichkeiten des modernen Kunst-

betriebs in Verbindung, er überließ ihm sogar sein Atelier in der Klopstockstraße, in dem Corinth dann im Oktober seine »Malschule für Weiber« eröffnete. Malschulen waren ein lukratives Unternehmen für Künstler, die am Anfang ihrer Karriere standen und noch nicht allzu große Einkünfte für ihre Werke erzielten.

Daß Corinth dem Rat des Freundes folgte, war ein Zeichen dafür, daß er nach Jahren der Wanderschaft seßhaft werden und vom Aufstieg Berlins als neuer Kunstmetropole profitieren wollte. Doch daß er einmal zu den Spitzen des Berliner Kunstlebens zählen sollte, war dem aus einfachen Verhältnissen stammenden Handwerkerssohn Franz Heinrich Louis Corinth nicht an der Wiege gesungen worden. Geboren am 21. Juli 1858 im ostpreußischen Tapiau, einer kleinen Stadt im Landkreis Königsberg – »in einem künstlerischen Niemandsland«, wie sein Sohn Thomas später schrieb –, war er das einzige gemeinsame Kind seiner Eltern. Der Vater, der Gerbermeister und Landwirt Heinrich Corinth, hatte 1857 in den Betrieb einer vermögenden Cousine eingeheiratet, Amalie Wilhelmine Opitz. Amalie war dreizehn Jahre älter als Heinrich Corinth und hatte von ihrem ersten Mann, der Gerbermeister und Bürgermeister in Tapiau gewesen war, die Gerberei geerbt. Wie Corinth in seinen Lebenserinnerungen schreibt, war eine solche Heiratspolitik, nach der die jüngeren Söhne einer Familie an Witwen von Verwandten verheiratet wurden, in den ländlichen Gebieten Ostpreußens weit verbreitet. Man tat dies, um ein bäuerliches Anwesen in der Familie zu erhalten und um dem jüngeren, nicht erbberechtigten Sohn eine Existenz zu verschaffen.

Louis Corinths Vater hätte als das vierte von sechs Kindern keinen Anspruch auf ein Erbe gehabt, aber durch die Heirat mit Amalie Wilhelmine Opitz kam er in den Besitz eines soliden

Unternehmens, das er mit Umsicht und Erfolg bewirtschaftete und weiter ausbaute.

Seine Frau brachte fünf fast erwachsene Kinder mit in die Ehe, von denen der Nachkömmling Louis als Eindringling betrachtet und oft gequält und mit großer Brutalität drangsaliert wurde, wie Corinth in seinen Erinnerungen schrieb. Einmal hätten die Brüder ihn gegriffen, um ihn in einer Lohgrube zu ertränken. Nur dem Eingreifen seiner Stiefschwester Marie, die im letzten Moment dazwischentrat, verdankte der kleine Louis, daß er am Leben blieb.

Heinrich Corinth merkte, daß sein Sohn in dieser rauhen Umgebung nicht heranwachsen konnte. Um ihn vor der Eifersucht und den Nachstellungen seiner Geschwister zu schützen und ihn auf ein Leben vorzubereiten, so wie es die »Herrenkinder« in den bürgerlichen Familien führten, schickte er ihn Ostern 1867 nach Königsberg, wo er als Logiergast im Haus einer Tante, der Frau eines Schuhmachers, unterkam. Hier besuchte er das Gymnasium Kneiphof, das im Zentrum der Stadt neben dem Dom lag.

Doch seine Rolle als Außenseiter hatte sich bereits abgezeichnet. Daheim auf dem Dorf hatte man den ostpreußischen Dialekt gesprochen, jetzt mußte er sich an die hochdeutsche Sprache gewöhnen. »Bei uns wurde nur plattdeutsch gesprochen«, schrieb Corinth in seinen Memoiren, »und alle Menschen, welche uns umgaben, waren von der primitivsten Schulbildung ... Mein Vater ... suchte sein höchstes Streben darin, seinen Jungen in die beste Schule zu bringen.« (S. 62f.)[1]

Den heimischen Dialekt seiner Vorfahren vergaß er jedoch sein Leben lang nicht, so daß er noch in späten Jahren, wenn er in feuchtfröhlicher Runde saß, die Freunde damit unterhalten und zu wahren Begeisterungsstürmen hinreißen konnte.

Zum Außenseiter machte ihn aber auch seine künstlerische Begabung, von der er schon früh Kostproben in den Schlachthäusern von Tapiau, in der Gerberei seines Vaters und vor der malerischen Weite der ostpreußischen Landschaft gegeben hatte. So überlieferte Corinths Tochter Wilhelmine einmal den Bericht einer Bäuerin über ein tragisches Unglück, das sich in Corinths Kindheit ereignet hatte. Beim Spielen war eines der Dorfkinder in den nahen Fluß, die Deime, gefallen und ertrunken. Und während die Menschen entsetzt zusammenliefen, um das tote Kind aufzubahren und zu beklagen, habe sich der etwa zehn Jahre alte Louis still hingesetzt, ein Stück Papier und einen Stift aus der Hosentasche gezogen und damit begonnen, den kleinen Leichnam zu zeichnen.

In seiner Biographie erwähnt Corinth auch einen Schreiner, der ihn lehrte, Tiere und Menschen zu zeichnen, und er berichtet von dem Vergnügen, mit dem er heimlich die Lehrer seines Gymnasiums karikierte. »Ich hatte das Glück, an dem Gymnasium Lehrer anzutreffen, die lauter Originale waren.« (S. 49)

Heinrich Corinth verfolgte das Talent des Sohnes mit Stolz. Er fühlte sich in seinem Entschluß bestätigt und setzte alles daran, den kleinen Louis zu fördern. Daheim brachte er ihm bei, Silhouetten zu schneiden. Er ließ ihn auch ein Instrument, die Flöte, lernen und sorgte dafür, daß der Sohn dem bäuerlichen Milieu immer mehr entwuchs.

In seinen Memoiren berichtet Corinth auch, wie sich die Eltern einmal über seine Zukunft stritten. Während eines Ausflugs über Land hatte seine Mutter einen Gutshof in der Nähe von Tapiau entdeckt. Den wollte sie kaufen und dem Sohn später einmal zur Bewirtschaftung vererben. Doch der Vater war strikt dagegen. Sein Sohn sollte nicht an der heimischen Scholle kleben bleiben. »»De Lue sollte kein Bauer werden … Studieren soll er, und ein tüchtiger Mensch werden.«« (S. 28)

Und um dieses Ziel zu erreichen, bezahlte der Vater auch noch einen Studenten, der dem Gymnasiasten Privatstunden gab.

Betrachtet man die vielfältigen Anreize und Ermutigungen, die der kleine Louis von seinem Vater erfuhr, so läßt sich das Verdikt vom »Niemandsland der Kunst« zumindest für Corinth nicht aufrechterhalten. Man bewundert vielmehr die Aufgeschlossenheit und die Zielstrebigkeit eines einfachen Gerbermeisters. Später einmal bewundert der Enkelsohn Thomas Corinth die Handschrift seines Großvaters, als er eine Widmung von ihm in einer Schiller-Ausgabe findet. Die Schrift sei »die eines federgewandten Menschen, keineswegs die eines Bauern« gewesen.[2]

Mit seiner Wertschätzung für Bildung und mit großer Disziplin ermöglichte Heinrich Corinth dem Sohn den Weg, der ihn aus dem kleinbürgerlichen Milieu seiner Heimat in die Welt der Kunst und der Akademien führen sollte.

Mit sechsundfünfzig Jahren starb Corinths Mutter im April 1873. Der Vierzehnjährige, der zu dieser Zeit in den Schulferien daheim weilt, zeichnet sie auf dem Totenbett.

Heinrich Corinth wußte, was er seiner Frau zu verdanken hatte. Durch die erfolgreiche Bewirtschaftung der Gerberei hatte er ein kleines Vermögen gemacht und war zu einem angesehenen, wohlhabenden Bürger aufgestiegen. Er war nun Eigentümer mehrerer Häuser und Ratsherr im Magistrat von Tapiau. Drei Jahre nach dem Tod seiner Frau, 1876, verkaufte er die Gerberei. Nachdem er die Stiefkinder ausgezahlt hatte, ließ er sich als Privatier in Königsberg nieder. Von nun an sollte er seine Kraft nur noch der Verwaltung seiner Häuser und der Ausbildung seines Sohnes widmen.

Louis schließt in diesem Jahr als »Einjähriger«[3] das Gymnasium mit der Mittleren Reife ab. Das Zeugnis der Obersekunda bescheinigt ihm gute Kenntnisse in der römischen und griechischen Mythologie und in den alten Sprachen. Auf seinem Stundenplan hatten Lateinisch, Griechisch und Hebräisch gestanden, außerdem Geometrie und Algebra, deutsche Sprache und Literatur, Geschichte, Naturgeschichte, Musik und Religion. Zu Ostern 1876 tritt er in die Klasse des Genremalers Otto Günther (1838–1884) ein, der an der Königlichen Kunstakademie in Königsberg lehrt. Die Akademie, die sich in der Königstraße befand, war 1842 gegründet worden. Günther läßt ihn nicht nur im Atelier arbeiten; häufig schickt er ihn an den Hafen zu den Fischern und in die Dünen der Ostsee, damit er das Zeichnen nach der Natur lernt. Bald nahm Günther seine Schüler auch auf Reisen nach Berlin und Weimar mit, damit sie auch andere Maler kennenlernen, Museen besichtigen und eine erste Verbindung mit den in dieser Zeit bedeutenden Kunstzentren knüpfen.

In Weimar besuchen sie Albert Brendel, den Direktor der Kunstschule, und den Maler Friedrich Preller, der für seine klassizistischen, heroischen Landschaftsbilder berühmt war. Das bedeutendste ist eine Odyssee-Landschaft, die er in den sechziger Jahren für das Weimarer Museum ausführte. »Solche Berühmtheiten hatten wir im Leben noch nicht gesehen und ebenfalls nicht solche Prunkräume als Ateliers« (S. 94), schreibt Corinth.

In Berlin besuchen sie Museen und sehen die Bilder Alter Meister. Welche genau es sind, schreibt Corinth in seinen Erinnerungen nicht, dafür beeindrucken ihn die Vielfalt und das atemberaubende Tempo der Großstadt um so mehr. Die Linden, der Zoologische Garten, die Pferdebahn, die Wachablösung und die Truppenparade vor dem Schloß, das alles begeistert den Achtzehnjährigen und hinterläßt unauslöschliche Eindrücke in ihm. »Alles drehte sich die vierzehn Tage des Besuches in dem Kopfe des ostpreußischen Provinzlers wie ein Mühlrad herum«, schrieb er, »bis man dann glücklich wieder zu Hause ist, wo man den weniger bevorzugten daheimgebliebenen die erlebten Abenteuer herauskramt.«[4]

Nach vierjährigem Studium verläßt Corinth Königsberg im Sommer 1880, um sich auf Empfehlung von Günther an der Münchner Kunstakademie einzuschreiben. München gilt um diese Zeit als das bedeutendste Kunstzentrum in Europa nach Paris. Alfred Lichtwark, der Direktor der Hamburger Kunsthalle, glaubte, daß München diesen Ruf vor allem der Tatsache verdankte, als erste Stadt in Deutschland große Ausstellungshallen zur Verfügung zu haben, die starke Anziehungskraft auf die internationale Kunstszene hatten. Das 1845 errichtete Kunstausstellungsgebäude und der Glaspalast im Botanischen Garten, ein über zweihundert Meter langes, aus Eisen und Glas konstruiertes Bauwerk, das 1854 eröffnet worden war, waren Stiftungen des bayrischen Staates. Damit besaß die bayrische Metropole ein einzigartiges Forum für zeitgenössische Kunst, in dem seit 1869 alljährlich internationale Ausstellungen veranstaltet wurden.

In den siebziger Jahren hatte der sogenannte Leibl-Kreis, eine Gruppe von Künstlern um den Maler Wilhelm Leibl, das Münchner Kunstleben dominiert. Leibl gehörte zu den führenden Porträtisten und Vertretern des deutschen Realismus und war vor allem durch die niederländische Malerei des 17. Jahrhunderts geprägt. Er war eng befreundet mit dem Maler Wilhelm Trübner, der 1892 die Münchner Sezession, eine Gruppe freier Künstler, mitbegründet hatte und 1896 an das Städelsche

Kunstinstitut in Frankfurt/Main berufen worden war. Auch Hans Thoma gehörte dem Leibl-Kreis an. Thoma hatte nach einer Lehre als Lithograph und Uhrenschildermaler in Karlsruhe und Paris studiert, wo er von Courbet beeinflußt wurde. Später wirkte er in Frankfurt/Main und Karlsruhe und wurde zum Generaldirektor der Großherzoglichen Kunstakademie berufen.

Zu dem Kreis zählte auch Fritz von Uhde (1848–1911), ein ehemaliger Offizier, der sich der Freiluftmalerei zuwandte und seine Themen überwiegend im Alltag der kleinen Leute fand. Viele Jahre beschäftigte ihn die Aufgabe, das Evangelium in zeitgemäße Form umzusetzen; so übertrug er Szenen aus dem Leben Jesu in die Wirklichkeit der einfachen bäuerlichen Schichten, Maria erscheint bei ihm als Bauernmädchen, und er zeigt Jesus, der sich bei einer Handwerkerfamilie zum Essen niederläßt. Darstellungen wie diese fanden nicht nur Bewunderer, sondern auch Kritiker, die darin eine Befürwortung des Sozialismus sahen. Corinth schreibt in seinen Erinnerungen, daß selbst in den Landtagen heftig über die angeblich sozialdemokratische Kunst debattiert worden sei. Die Kritiker hätten dagegengehalten und bewiesen, daß die Kunst nunmehr ernst mache mit der Darstellung des Volkes. Man hätte diese Kunst als demokratisch empfunden.

Auch Max Liebermann (1847–1935), der von 1878 bis 1884 in München lebte, stellte in seinen Bildern den einfachen bäuerlichen Menschen in seinem Milieu und bei der täglichen Arbeit in den Mittelpunkt. Liebermann, der aus einer wohlhabenden jüdischen Familie von Tuchfabrikanten stammte, hatte in Berlin und Weimar Malerei studiert und sich dabei schon früh einen sachlichen Blick auf Dinge und Menschen angeeignet. 1871, im Alter von vierundzwanzig Jahren, erregte er zum erstenmal Aufmerksamkeit mit einem großen Gemälde, das eine Gruppe von Frauen beim Gänserupfen zeigt und ohne alle Romantisierung die Armut und die schweren Lebensbedingungen nüchtern wiedergibt. Anfang der siebziger Jahre ging Liebermann nach Paris, von hier aus unternahm er häufige Reisen nach Holland. Immer wieder malte er Szenen aus der Welt der einfachen, armen Leute – Schuster, Fischer und Bauern, Frauen in einer Konservenfabrik oder beim Netzeflicken, Insassen von Waisenhäusern und Altersheimen. 1878 kam Liebermann nach München, wo er Fritz von Uhde kennenlernte, dessen Werk er beeinflußte. Als Liebermann 1884 endgültig nach Berlin zurückkehrte, war er einer der bekanntesten deutschen Maler. Seine Kritiker beschuldigten ihn, ein »Apostel der Häßlichkeit« zu sein.

So schrieb Erich Hancke: »Liebermanns Bild, worin die abschreckendste Häßlichkeit in unverhülltester Abscheulichkeit thront, kann durch die virtuose Technik nicht für die gänzlich unberücksichtigt gebliebene, nicht durch den leisesten Anflug von Humor vertretene Ästhetik entschädigen.«[5]

Technische Ausgereiftheit konnte dennoch niemand bestreiten, Liebermanns Arbeit wurde von anerkannten Meistern wie Wilhelm Leibl und Adolph von Menzel gelobt. 1899 wurde er zum Präsidenten der Berliner Sezession gewählt, in der er in den folgenden zehn Jahren neben Lovis Corinth und Max Slevogt zum bedeutendsten Vertreter des deutschen Impressionismus aufstieg.

Corinth kam im Sommer 1880 an die Münchner Kunstakademie und studierte zunächst bei dem Historienmaler Franz von Defregger. Der aus Österreich stammende Defregger war vor allem durch seine großen Historienbilder der Tiroler Befreiungskriege gegen Napoleon berühmt geworden. Schon im Oktober wechselte Corinth in die Malschule von Ludwig Löfftz, der wie Leibl nach dem Vorbild der alten niederländischen Maler arbeitete.

Zwei Jahre später, im Oktober 1882, mußte Corinth die Ausbildung für ein Jahr unterbrechen, um den Militärdienst in der Türkenkaserne in der Theresienstraße abzuleisten. Während eines Besuchs im Sommer 1883 in München entsteht das »Porträt des Vaters Franz Heinrich Corinth«. Den rechten Arm auf eine Tischplatte aufgerichtet, lehnt der Vater in entspannter Haltung mit gespreizten Beinen in seinem Stuhl. Der schwere, kräftige Körper nimmt fast zwei Drittel des Bildes ein. Der Mann stützt den Kopf in die Hand, sein Blick geht gedankenversunken ins Leere. Neben ihm auf dem Tisch steht ein halbleerer Weinpokal, und vielleicht ist es der Wein, der den Anflug von Melancholie in die Gesichtszüge gezaubert hat.

Das großformatige Bild bezeugt die solide handwerkliche Ausbildung, die Corinth in der Löfftz-Schule erfahren hatte, und seine starke Anlehnung an die naturalistische Schule des Leibl-Kreises. Es offenbart aber auch die große Nähe und Vertrautheit, ja Intimität, die die beiden Männer ihr ganzes Leben lang miteinander verband – Gefühle, die Corinth über den Tod des Vaters hinaus bewahrte. So berichtete Charlotte später einmal, daß Corinth ihr beim Aufhängen von Bildern in ihrer Wohnung stets freie Hand gelassen hätte – bis auf eine Ausnahme: »... lediglich den Platz des Porträts seines Vaters bestimmte er selbst. Es mußte unveränderlich gegenüber von seinem Klubsessel hängen, ›denn ich will den Alten täglich sehen, ich denke jeden Tag an ihn‹.«[6]

Im Sommer 1883 machten Heinrich Corinth und sein Sohn eine Reise nach Italien, nach Venedig und an den Gardasee, wo Corinth Landschaften skizzierte und den Vater malte. Im Jahr darauf ging er für drei Monate nach Antwerpen zu dem Maler

Paul Eugène Gorge (1856–1941). Als Heinrich Corinth nach Antwerpen kommt, erfährt er voller Stolz, daß das Gemälde »Das Komplott« seines Sohnes in London mit einer Bronzemedaille ausgezeichnet wurde. Das Bild zeigt eine Gruppe dunkler Gestalten, die in verschwörerischer Haltung die Köpfe zusammenstecken; es wurde Corinths erster offizieller Erfolg.

Im Oktober geht er nach Paris. Er läßt sich an der Académie Julian einschreiben, wo er hauptsächlich Aktmalerei studiert. Im Frühjahr 1887 bricht er den Aufenthalt ab und kehrt nach Königsberg zurück, wohl aus Sorge um den Vater, der von einer schweren Krankheit gezeichnet ist.[6]

In diesem Frühjahr entsteht das zweite große Porträt des Vaters. Auf dem Bild hält Franz Heinrich Corinth einen Brief mit Datum und Signatur seines Sohnes in der Hand. Die einfache Geste vermittelt Nähe und Zuneigung. Im Herbst 1887 reist Corinth zum erstenmal für einen längeren Aufenthalt nach Berlin. »Es reizte mich aber, einen Versuch mit Berlin zu machen«, schreibt er in seiner Biographie. »Zu jener Zeit stand Berlin in der höchsten Blüte. Die Bevölkerung war im Aufblühen begriffen, ein großes Interesse für Kunst war zuerst in der Entwickelung. Reichgewordene Finanziers waren vielfach vorzufinden, die tatsächlich etwas für die Kunst tun wollten. Malschulen waren für strebsame tüchtige Maler, die in der Tat etwas konnten, leicht zu gründen.« (S. 105f.) Er schließt Freundschaft mit Walter Leistikow, der an der Berliner Kunstschule lehrt und mit Gerhart Hauptmann befreundet ist, und mit dem Maler und Bildhauer Max Klinger, der in Karlsruhe und München studiert hatte.

Immer wieder kehrte Corinth nach Königsberg zurück, um den Vater zu sehen, dessen Zustand sich mehr und mehr verschlechterte. Im Januar 1889 malte er ihn auf seinem Krankenlager. Heinrich Corinth hält die Augen geschlossen, die Züge sind ermattet, die Hände ruhen auf dem Federbett. Auf einem Stuhl neben seinem Bett sind Gläser und Fläschchen mit Essenzen und Arzneien arrangiert. Eine schlanke, junge Frau in hochgeschlossenem Kleid sitzt am Bett und hält die Krankenwache. In ihrem Schoß liegt eine Strickarbeit, und während ihre Hände scheinbar automatisch die Nadeln führen, hält sie den Blick aufmerksam auf den Kranken gerichtet. Es ist die Balance zwischen dem Schmerz des Malers und der stillen, ruhigen Haltung der Frau, die die Atmosphäre bestimmt. Es scheint, als hätte Corinth seine ganze Dankbarkeit, ja Verehrung für den Vater noch einmal in dieses Bild gelegt. Am 10. Januar 1889, einen Monat vor seinem 60. Geburtstag, starb Franz Heinrich Corinth, und sein Sohn malte ihn ein letztes Mal: nun auf dem Totenbett.

Corinth war nun dreißig Jahre alt. Er hatte eine gründliche Ausbildung, hatte erste Erfolge aufzuweisen und schien auf dem Weg nach oben. Durch das väterliche Erbe war seine Zukunft gesichert. Daß sein Weg mit Aufmerksamkeit und auch nicht ohne Neid verfolgt wurde, beweist eine Zeichnung des Königsberger Malers Walter Wellmann aus dem Jahr 1891. Die Karikatur zeigt Corinth auf einem prall gefüllten Sack mit der Aufschrift »Zinsen«.

Auf den Schultern balanciert er die Nachbildung dreier Mietshäuser. Eine Zigarre in der gespreizten Hand, ein Siegelring am Finger, eine Uhrkette über der stramm sitzenden Weste und die glänzenden Lackschuhe runden das Klischee vom gutsituierten Privatier ab.

Im Herbst 1891, zweieinhalb Jahre nach dem Tod des Vaters, verläßt Corinth erneut seine Heimatstadt Königsberg. Im Oktober reist er nach München zurück, wo er eine Atelierwohnung in der Giselastraße mietet, in Schwabing, einem vornehmen, großbürgerlichen Stadtteil. Im selben Haus wohnt auch der Dramatiker Josef Ruederer, mit dem er sich anfreundet. 1897 zeichnet er die Illustrationen zu Ruederers Novellensammlung *Tragikomödien*.

Corinth mußte feststellen, daß er in einer Zeit nach München zurückgekehrt war, die von Spannungen und Konflikten in der Kunstgenossenschaft bestimmt war. Dieser Verband, in dem die meisten Maler organisiert waren – er umfaßte etwa neunhundert Mitglieder –, veranstaltete seit 1869 die Ausstellungen im Glaspalast und war also eine bedeutende Institution, die über den Erfolg eines Künstlers mitentschied. Denn nur wer im Glaspalast ausstellte, hatte eine Chance, wahrgenommen zu werden, Kritiken in der Presse und staatliche oder private Aufträge zu erhalten.

Ende der achtziger Jahre war die Genossenschaft aus finanziellen Gründen dazu übergegangen, die Ausstellungen nicht mehr im Abstand von einigen Jahren, sondern jährlich zu veranstalten. Die Abteilungen wurden erweitert, immer mehr und zunehmend auch ausländische Maler wurden in die Ausstellungen mit aufgenommen. Das führte zu Unruhe und Streit über die Qualität der Ausstellungen. Man befürchtete eine Verflachung. In der Genossenschaft entbrannte ein Streit um die Auswahlkriterien, und als man keine Einigung fand, kam es zur Spaltung. Im April 1892 verließ eine Gruppe von etwa einhundert Künstlern die Organisation und gründete eine freie Vereinigung, die »Sezession«. Der Maler Benno Becker, ein Freund Corinths, faßte das Programm stichwortartig zusammen: Keine Verkaufsware, keine Schablonenmalerei, nur eine beschränkte Zahl von Bildern in intimen Räumen.

Einer der Wortführer war der Maler und Architekt Franz von

Stuck, einer der bedeutendsten Vertreter des Münchner Jugendstils, der neben Porträts mystisch-symbolische Bilder mit dunklen Farben und dämonischen Figuren schuf, wie »Die Sünde« und »Der Krieg«. In den neunziger Jahren erbaute er in der Prinzregentenstraße eine Villa, heute als Villa Stuck Museum, in der er seine Vorstellung vom »Gesamtkunstwerk« aus Architektur, Bildhauerei und Malerei zu verwirklichen suchte. Andere bedeutende Mitglieder waren Wilhelm Trübner, Fritz von Uhde und der aus Hamburg stammende Maler Otto Eckmann, der auch Entwürfe für Kunstgewerbe machte und später eng mit Corinth befreundet war.

Max Slevogt, der wie Corinth an der Pariser Académie Julian studiert hatte und als Zeichner für die Zeitschrift *Die Jugend* und den *Simplicissimus* tätig war, zählte ebenso zu ihnen wie der aus Holstein stammende Hans Olde, der 1902 Leiter der Weimarer Kunstschule wurde, Hans Thoma und natürlich Corinth selbst. An ihrem Stammtisch, der »Allotria«, ging es hoch her. »Sie organisierten, was sie konnten, und hoben sich gegenseitig in den Himmel«, schrieb Corinth in seiner Biographie, »denn im Beweihräuchern waren die Münchner von jeher Meister gewesen ... Ich schwamm vergnügt in diesem Strome mit, stolz darauf, daß man mich als eine Stimme mehr schätzte, ferner hatte ich aber das instinktive Gefühl, daß ich in dieser Clique weiterkommen konnte.« (S. 109)

Adolph Paulus, der aus dem Vorstand der Genossenschaft ausgetreten war, und Georg Hirth von den *Münchner Neuesten Nachrichten* übernahmen die Geschäftsführung. Sie schafften es, die Mittel für ein Grundstück und den Bau eines Hauses an der Prinzregentenstraße aufzubringen, so daß die Sezession schon ein Jahr später, im Sommer 1893, ihre erste Ausstellung eröffnen konnte. Die erste Präsentation stand ganz im Zeichen von Franz von Stuck und Hans Thoma. Insgesamt aber waren in dieser und auch in den folgenden Ausstellungen zu viele mittelmäßige Künstler vertreten, und der Maler Benno Becker, selbst Mitglied der Sezession, klagte, daß sich nicht einmal ein einziges Meisterwerk in jeder der Ausstellungen fand.

So bahnte sich bereits die nächste Krise an, noch ehe sich die Sezession einigermaßen konsolidiert hatte. Eineinhalb Jahre nach ihrer Gründung hatte sich eine kleine Gruppe um Corinth, Eckmann, Trübner und Slevogt gebildet. Sie warfen der Sezession vor, nicht künstlerische, sondern nur geschäftliche Interessen zu vertreten, kündigten ihre Mitgliedschaft und gründeten die »Freie Vereinigung«. Ausstellungsräume hofften sie mit Unterstützung der Kunstgenossenschaft im Glaspalast mieten zu können. Als ihre Bemühungen scheiterten, hatten sie es nicht nur mit der Genossenschaft, sondern auch mit der Sezession verdorben. Plötzlich standen sie in der Münchner Kunstszene als Außenseiter da, isoliert und geächtet.

»Wir wurden boykottiert, exkommuniziert«, schrieb Corinth. »Wenn ich jetzt in die Allotria kam und mich an einen vollen Tisch setzte, so war nach einigen Minuten um mich eine Öde und Leere. Die Leute waren alle wie weggeblasen.« (S. 111)

Ernüchtert mußte er feststellen, daß der Strom, in den er sich so vergnügt gestürzt hatte, ihn ans trockene Ufer geworfen hatte. Wenn er nun auch nicht mehr in der Sezession ausstellen konnte, so gelang es ihm doch, nach einer längeren Pause, ab 1895 wieder im Glaspalast auszustellen. Nach dem Eklat mit der »Freien Vereinigung« hatte er sich aber erst einmal nach anderen Verbindungen umgeschaut.

Sein Freund und Nachbar Josef Ruederer half ihm, die Krise zu überwinden, indem er ihn und Eckmann in die Münchner Dichterbohème einführte. So konnte man in dieser Zeit in den

Bierstuben und Cafés von Schwabing Dichter wie Stefan George, Karl Wolfskehl oder Otto Erich Hartleben antreffen, der, wie Corinth treffend schrieb, es liebte, sich »die Humpen des köstlichen und schweren Salvators in ungezählter Anzahl Krüge hinter die Binde zu gießen«. (S. 113)

Hier tauchte auch die aus einem Schleswiger Adelshaus stammende Franziska zu Reventlow (1871–1918) auf, die nach dem Besuch eines Lübecker Lehrerinnenseminars und einigen Semestern an der Münchner Kunstakademie das Leben einer freien Schriftstellerin führte und eine Liebesbeziehung mit dem Philosophen Ludwig Klages unterhielt.

Mitte der neunziger Jahre lebte in München auch die aus Petersburg stammende Malerin Marianne Werefkin, die sich später der Künstlergruppe des »Blauen Reiter« anschloß. Mit ihrem Geliebten, dem Maler Alexej Jawlensky, der wie sie an der Petersburger Kunstakademie bei dem berühmten Historienmaler Ilja Repin studiert hatte, lebte sie in der Giselastraße, wo sie einen Salon unterhielt, in dem auch August Macke und Franz Marc verkehrten. »Neben der bekannten Münchner Kunstwelt ... blühte im Schatten die Opposition der Jugend etwa so wie eine kommunistische Verschwörung inmitten einer bürgerlichen Gesellschaft«, schrieb der Museumsdirektor Gustav Pauli in seinen Erinnerungen, der durch den russischen Maler Alexander Salzmann bei Marianne Werefkin eingeführt worden war. »Um ihren Teetisch sammelte sich täglich das Grüpplein ihrer Getreuen, meist russische Künstler ... und ihre Münchner Freunde, eine ziemlich bunte Gesellschaft, in der sich die bayrische Aristokratie mit dem fahrenden Volk der internationalen Bohème begegnete ... Nie wieder habe ich eine Gesellschaft kennengelernt, die mit solchen Spannungen geladen war.«[8]

In München lebten Ludwig Ganghofer, Ludwig Thoma und Max Halbe, der berühmte Dichter der *Jugend* und »knorriger« Ostpreuße wie Corinth. Dem Verleger Albert Langen verdankte München seinen ersten Avantgarde-Verlag, der im April 1896 die erste Nummer des *Simplicissimus* herausbrachte. Langen brachte auch Frank Wedekind mit, den »seltenen Vogel und Genie unter uns allen« (S. 113), wie Corinth ihn rühmte. Wedekind, der sein Jurastudium in Zürich abgebrochen hatte und zu Beginn der neunziger Jahre nach Paris übergesiedelt war, bemühte sich in München dennoch erfolglos um die Aufführung seiner Dramen. 1895 erschien im Verlag Albert Langen sein Drama *Erdgeist*. In diesem Jahr gründete Ruederer im Café Minerva, gegenüber der Kunstakademie, einen Zirkel, der sich »Die Nebenregierung« nannte und regelmäßige Leseabende organisierte. Corinths Schilderung einer solchen Veranstaltung zeigt, wie der »seltene Vogel« Wedekind sein Publikum damals regelrecht mitriß: »Uns beiden Malern (Corinth und Eckmann, d. V.) war dieser Kreis vollständig neu und wir fanden ihn viel anregender, als ... mit den stumpfsinnigen Malern zusammenzuhocken. Der Interessanteste ... war ohne Zweifel Frank Wedekind. Uns blieb er unverstanden oder vielmehr, wir lachten uns eins und wollten vor lauter Hohn uns beinahe ausschütten. Im Café Minerva hielt einstmals Wedekind einen Leseabend über sein Theaterstück ›Sonnenspektrum‹. Wir lagen mehr auf der Erde, als daß wir gleich gesitteten Menschen auf Stühlen saßen und kriegten Lachkrämpfe. Er deklamierte das Stück mit einem fast unheimlichen, ernsthaften Pathos, so daß man nicht recht wußte, war es seinerseits, daß er sich einen Ulk mit uns machen wollte oder war es ihm doch heiliger Ernst.« (S. 113f.)

Kaum eine dieser schillernden Figuren, die in den achtziger und neunziger Jahren die Schwabinger Künstlerlokale bevölkerten, war in München geboren. Es schien, ein unaufhörlicher Zuzug hielte die Münchner Bohème am Leben.

Er habe gehört, hatte Theodor Fontane Ende der achtziger Jahre an Detlev von Liliencron geschrieben, daß er eine Übersiedlung nach München plane, und er gratuliere ihm zu diesem Entschluß. München sei die einzige Stadt Deutschlands, in der ein Dichter leben könne. Die eigene Bevölkerung sei zwar »geistig tot und verbiert« (sic!). Dafür existiere jedoch eine »Nebenbevölkerung«, ein »Kunstzuzug aus aller Herren Länder«, und in dieser lebe es sich »freier und frischer als irgendwo«.[9]

Ähnlich mag es wohl auch Thomas Mann empfunden haben, der im Frühjahr 1893, knapp neunzehnjährig, nach dem Tod seines Vaters mit seiner Mutter und den Geschwistern nach München übergesiedelt war, wo er als Volontär in eine Feuerversicherungsgesellschaft eintrat. »Die sonderbare Episode«, wie Mann diese Zeit nannte, währte ein Jahr. Aber »München leuchtete«. Mit diesem Satz beginnt seine Novelle *Gladius dei*, eine Lobpreisung des München der Regentenzeit, in der die Wissenschaften und die Musik, vor allem aber die bildenden Künste blühten. Da erscheint der fromme Katholik Hieronymus, der in einer Kunsthandlung eine Madonna mit entblößten Brüsten entdeckt und den Inhaber auffordert, das gotteslästerliche Werk zu vernichten. Doch Herr Blüthenzweig läßt Hieronymus auf die Straße setzen, wo der sich atemlos und verwirrt in einer vergnügt dahintreibenden Menschenmenge wiederfindet. »Er sah auf der Mosaikfläche vor der großen Loggia die Eitelkeiten der Welt«, schreibt Thomas Mann, »die Maskenkostüme der Künstlerfeste, die Zierate, Vasen, Schmuckstücke und Stilgegenstände, die nackten Statuen und Frauenbüsten, die malerischen Wiedergeburten des Heidentums, die Porträts der berühmten Schönheiten von Meisterhand, die üppig ausgestat-

teten Liebesverse und Propagandaschriften der Kunst pyrami-
denartig aufgetürmt ...«[10]

Zu Beginn des Jahres 1900 beantragte Corinth noch einmal
seine Aufnahme in die Sezession. Im Winter hatte er »Salome
mit dem Haupt des Johannes« gemalt. Das große, farbenpräch-
tige Gemälde zeigt die Prinzessin Salome, die sich mit entblöß-
ter Brust über das Haupt Johannes des Täufers beugt, das ihr
von einem knienden Sklaven in einer leuchtendblauen Schale
gebracht wird. Die Szene spielt an einem schwülen Tag vor einer
üppigen orientalischen Kulisse. Und um dem Drama seinen
Höhepunkt zu geben, erfindet Corinth eine Provokation: Mit
ihrem weißen, ringgeschmückten Finger schiebt Salome das
Lid des Märtyrers hoch und blickt in das totenstarre Auge. Corinth zeigt Salome als Femme fatale, die den Männern Unheil
und Vernichtung bringt. Sie wird zum Angstbild einer patriar-
chalen Gesellschaft, die sich durch die Emanzipation verunsichert fühlt.

»Ich fand dieses Bild ganz gelungen und glaubte, wenn ich an
die Sezession schriebe um Papiere zur Ausstellung, würde man
mir diese wohl ohne weiteres schicken«, schrieb Corinth. »Es
war vergebliches Hoffen. Der Vorstand refüsierte. Nun zeigte
ich das Bild meinem Freunde Walter Leistikow, der gerade in
München für die Berliner Sezession agitierte. Er war enthusiasmiert davon und bat mich, das Bild der Berliner Sezession zu
geben, die es mit tausend Freuden ausstellen würde und er erwartete von diesem Bilde einen kolossalen Erfolg.« (S. 118)

München hatte durch seine große Vielfalt und Toleranz und
insbesondere auch durch seine repräsentativen Gebäude, die
große Ausstellungen ermöglichten, in der zweiten Hälfte des
neunzehnten Jahrhunderts eine Vorrangstellung als Kunststadt
behauptet. Doch als am Ende des Jahrhunderts die Rivalität mit

Berlin aufflammte, zeigte sich, daß die preußische Metropole dabei war, der bayrischen Konkurrentin den Rang abzulaufen. Die rasche Industrialisierung, der wirtschaftliche Aufschwung hatten am Ende des Jahrhunderts in Berlin ein wohlhabendes, liberales und kosmopolitisches Bürgertum hervorgebracht, das dem Kunstdiktat des Kaisers und der Enge des Provinzialismus den Kampf ansagte, und aus dem wenige Jahre später die großen Aufträge für Maler wie Leistikow und Liebermann, Slevogt und Corinth fließen sollten.

SECHSTES KAPITEL

Kaiserzeit und Sezession

Berlin leuchtete

Für Wilhelm II., der 1888, nach dem Tod seines Großvaters Wilhelms I. und seines Vaters Friedrichs III., im sogenannten Dreikaiserjahr, den Thron bestiegen hatte, war Kunst nicht viel mehr als ein propagandistischer Ausdruck seiner Macht. Kunst sollte dem nationalen Ansehen und der Verherrlichung des preußischen Herrscherhauses dienen, und demzufolge nahm die Bildhauerei den ersten Platz in der Rangfolge ein. Der Hauptvertreter einer pathetischen neobarocken Plastik in Berlin war Reinhold Begas (1831–1911), der seit 1876 ein Meisteratelier in der Akademie der Künste leitete. Er war der Schöpfer bombastischer Denkmäler Alexander von Humboldts, Wilhelms I. und Bismarcks. Auch der Neptunsbrunnen am Hohenzollernschloß und das Grabmal Friedrichs III. in Potsdam waren seine Schöpfungen, die, wie Gemälde und die Fassaden öffentlicher Gebäude, Staatstreue und Nationalstolz symbolisieren sollten.

Eine nicht weniger bedeutende Rolle spielte die heroisierende Historienmalerei, die die Etappen der Reichsgründung und den Kaiser in kriegerischer Attitüde und militärischem

Prunk verewigten, wie in Darstellungen der Kaiserproklamation von Versailles, der Kapitulation bei Sedan, von Bismarcks Treffen mit Napoleon III. und dem Zusammentreten des Berliner Kongresses von 1878. Anton von Werner war der bevorzugte Vertreter dieser »Schinken«. Keines dieser pompösen Bilder sei imstande, so schreibt einhundert Jahre später der Kunsthistoriker Peter Paret, ein Enkelsohn des Kunsthändlers Paul Cassirer, über den an anderer Stelle noch ausführlich berichtet wird, »dem heutigen Betrachter anderes und mehr mitzuteilen als etwa Einblicke in die Kostümgeschichte«.[1]

Anton von Werner war 1843 in Frankfurt an der Oder geboren worden. Einer seiner Vorfahren, ein Offizier, war im 18. Jahrhundert geadelt worden, doch hatte sich die soziale Lage der Familie seitdem verschlechtert. Sein Vater war Tischler gewesen, er selbst machte eine Anstreicherlehre. Mit sechzehn Jahren gewann er ein Stipendium an der Hochschule für bildende Künste, studierte in Berlin und in Karlsruhe, wo ihm der Großherzog während des deutsch-französischen Krieges Porträtaufträge im deutschen Hauptquartier gab. So erweckte er auch die Bewunderung Kaiser Wilhelms I., der ihn nach Berlin zurückholte. Das war der Beginn seines Aufstiegs zum Hofmaler der Hohenzollern und zum einflußreichsten Kunstbeamten in Preußen. Er wurde am Hof als Zeichenlehrer für Kronprinz Wilhelm eingestellt, mit dem ihn später ein enges Verhältnis verband und der ihm nach seiner Thronbesteigung als seinem künstlerischen Berater uneingeschränktes Vertrauen schenkte.

Zur eigentlichen Darstellung der Ära aber wurden die Auftritte und Reden Wilhelms II. selbst, in denen er das gesamte Geistesleben zum Fundament und Eigentum eines mächtigen Nationalstaates erklärte. Das »kulturpolitische Programm« des Kaisers, eine Mischung aus nationaler Überheblichkeit und

Verachtung aller modernen, liberalen Strömungen, findet sich in der wohl am häufigsten zitierten Rede, mit der er im Dezember 1901 die Siegesallee im Tiergarten einweihte. In dieser protzigen Ahnengalerie wurden die Statuen der brandenburgisch-preußischen Fürsten, Minister und Generäle ausgestellt.

»Uns, dem deutschen Volke, sind die großen Ideale zu dauernden Gütern geworden, während sie anderen Völkern mehr oder weniger verlorengegangen sind«, verkündete der Kaiser. »Es bleibt nur das deutsche Volk übrig, das an erster Stelle berufen ist, die großen Ideen zu hüten, zu pflegen, fortzusetzen … Wenn nun die Kunst … weiter nichts tut, als das Elend noch scheußlicher hinzustellen, wie es schon ist, dann versündigt sie sich damit am deutschen Volke … soll die Kultur ihre Aufgabe voll erfüllen, dann muß sie bis in die untersten Schichten des Volkes hindurchgedrungen sein. Das kann sie nur, wenn die Kunst die Hand dazu bietet, wenn sie erhebt statt daß sie in den Rinnstein niedersteigt.«[2]

Mit diesem kaum zu überbietenden Größenwahn legte der Kaiser eine Kunstauffassung dar, die die Nationalsozialisten dreißig Jahre später unverändert übernehmen konnten.

In Berlin wurde der Kunstbetrieb von zwei Institutionen regiert. Das war die Königliche Akademie der Künste, die Kurfürst Friedrich III. im Jahre 1696 gegründet hatte, um herausragende künstlerische Leistungen in Brandenburg zu fördern. Ihre Angehörigen, unter denen sich so bedeutende Baumeister wie Karl Friedrich Schinkel und Gottfried von Schadow oder der Maler Adolph von Menzel befanden, wurden auf Lebenszeit ernannt. Der Akademie angeschlossen war die Hochschule für bildende Künste. Die Professoren, die zumeist auch Mitglieder der Akademie waren und Meisterateliers führten, sollten eine Gewähr bilden für das hohe künstlerische Niveau im ganzen Land.

Neben der Akademie existierte seit 1841 der private Verein Berliner Künstler, der von den Beiträgen seiner Mitglieder, aber auch von gelegentlichen staatlichen Subventionen lebte. Der Verein hatte einen festen Platz im Berliner Kulturleben, er veranstaltete Lesungen, Ausstellungen und Konzerte. Beide Organisationen, die Akademie und der Verein, waren in der Kunstgenossenschaft miteinander verflochten, die ab 1893 alljährlich eine große Kunstschau in dem Ausstellungspalast am Lehrter Bahnhof veranstaltete. Diese bedeutendste Kunstausstellung Deutschlands bot auch vielen weniger bekannten Malern die Möglichkeit, ihre Werke zu präsentieren und sich damit um öffentliche oder private Aufträge zu bewerben.

1875 war Anton von Werner zum Direktor der Hochschule der Bildenden Künste ernannt worden. Als er 1887 auch noch den Vorsitz im Verein Berliner Künstler und in der Kunstgenossenschaft übernahm, war seine Stellung im Kunstleben der Stadt nahezu unangreifbar geworden. Diese Machtfülle ermöglichte es ihm, zusammen mit der Unterstützung des Kaiserhauses, die Kunstszene als ungekrönter König zu beherrschen und jede Form von Opposition im Keim zu ersticken.

Alfred Lichtwark, der Direktor der Hamburger Kunsthalle, der 1893 die Berliner Kunstausstellung besuchte und von der dort gezeigten affirmativen Staatskunst mehr als enttäuscht war, wetterte nach seiner Rückkehr in einem Brief an die Kuratoren seines Museums über das dort zu besichtigende Mittelmaß. »Mit welchem Recht stellen Lehrlinge und Bönhasen (d.i.: Pfuscher, d.V.) auf Staatskosten in dem teuren Ausstellungspalast aus? ... haben die Malergesellen ein besonderes Anrecht darauf, daß ihnen der Staat den Markt bereitet? ... Akademie und Ausstellung, das ist der circulus vitiosus, in dem sich unsere künstlerischen Begabungen drehen wie das

Thier auf dürrer Haide ... In Berlin sitzt eine brutale Variante des Akademismus auf dem Thron, dess Farben ordinärer als die Wirklichkeit, und dessen Menschen gemeiner sind als die Natur.«[3]

Die Zeit war reif für einen Angriff auf die ideologische Rolle der Kunst. Lichtwarks Verdammnisurteil mußte Wasser auf den Mühlen der Avantgarde sein. Wenige Monate zuvor hatte ein ebenso beispielloser wie überfälliger Skandal frischen Wind in die provinzielle Enge aus heroischem Nationalismus, plakativer Historienmalerei und fürstlicher Arroganz gebracht und das akademische Kunstmonopol erschüttert.

Am 5. November 1892 eröffnete der Verein Berliner Künstler eine seiner regelmäßigen Einzelausstellungen, die man aufgrund einer Empfehlung Fritz von Uhdes diesmal dem norwegischen Maler Edvard Munch gewidmet hatte. Seine dunklen, schwermütigen Bilder, in denen in arabeskenhaften Formen die existentielle Bedrohung des Menschen durch Krankheit und Armut, Einsamkeit und Tod zum Ausdruck kommen, waren etwas bis dahin noch nie Gesehenes.

Munch hatte schon einige bedeutende Bilder gemalt, darunter »Drei Mädchen auf einer Brücke«, »Eifersucht« und »Der Kuß«, doch in Deutschland war er nahezu unbekannt. Nun war er persönlich zu der Ausstellung eingeladen worden. Anfang November traf er mit über fünfzig Zeichnungen und Gemälden, die er selbst hängte, in Berlin ein. Da erst erkannte der Verein, welche Kunst er hier unterstützte.

Die Ausstellung wurde zum Skandal. Kritiker und Besucher reagierten mit einem Sturm der Entrüstung auf diese Bilder, in denen psychische Vorgänge mit expressiver Ausdruckskraft dargestellt waren. Bei der Eröffnung kam es zu einem Krawall mit Pfeifen und Johlen, der fast in eine Schlägerei mündete. Auf einer Sondersitzung des Vereins Mitte November verlangte die Mehrheit die Schließung der Ausstellung. Der Maler Hans Eschke zum Beispiel fand die Bilder stümperhaft und völlig unbegreiflich. Schließlich setzte die Mehrheit unter Anton von Werner es durch, daß die Bilder nach einer Woche wieder abgehängt wurden.

Damit war der »Fall Munch« aber nicht beendet; im Gegenteil, der Eklat brachte Bewegung in das erstarrte Kunstleben. Es gab eine Flut von Schmähungen und Verrissen, doch daneben erhoben sich auch einige andere Stimmen. Walter Leistikow, der ein großes Feingefühl für Munchs Werke zeigte und Freundschaft mit ihm geschlossen hatte, schrieb in der *Freien Bühne*: »… das ist gesehen, das ist erlebt, das ist empfunden. Wer solches sprechen kann, oder malen, oder singen, wie soll ichs nennen, in dem lebt eines Dichters Gemüt, mit des Dichters Augen schaut er in die Welt, die er liebt.«[4]

Eine weitere Konsequenz aus der Munch-Affäre war die Entlassung dreier Professoren an der Hochschule für bildende Künste, die gegen die Schließung protestiert hatten. Noch einmal hatte Anton von Werner seine Vorherrschaft in der Kunstwelt sichergestellt.

»Die Nummern oder Alten hatten einen Pyrrhussieg zu verzeichnen, indem sie das Ärgernis hinauswarfen und einstweilen weiterwurschteln konnten«, schrieb Lovis Corinth, »die Jungen konnten ihren Haß gegen die Reaktion verstärken und sich in ein noch helleres Licht als Märtyrer der Kunst setzen, und das Karnickel, um das die ganze Balgerei ging, Eduard (sic) Munch, hatte den allergrößten Vorteil: er war urplötzlich der berühmteste Mann im ganzen deutschen Reich.«[5]

Nicht nur Corinth ergriff für Munch Partei, sondern auch Walter Leistikow, denn auch er hatte deprimierende Erfahrungen mit dem staatlichen Kunstmonopol gemacht, seit er mit achtzehn Jahren zum erstenmal nach Berlin gekommen war. Leistikow, geboren 1865 im westpreußischen Bromberg, hatte sich 1883 an der Königlichen Kunstakademie zum Studium eingeschrieben und war nach nur einem Semester als »talentlos« wieder ausgeschlossen worden. Er ließ sich bei Privatlehrern, unter anderem dem Marinemaler Hans Eschke und dem Norweger Gude, ausbilden und wurde Landschaftsmaler. In seinen ruhigen, einfühlsamen Bildern von Seen, Wäldern und märkischer Heidelandschaft entwickelte er einen eigenen, unprätentiösen, undramatischen Stil. Die Föhren und Lichtungen in der Umgebung Berlins wurden seine unverwechselbaren Objekte, und erstaunlicherweise gibt es trotz der Beschränktheit seiner Thematik kaum Wiederholungen. Mit nur dreiundvierzig Jahren starb er 1908, zu einer Zeit, als die von ihm mitgegründete Sezession auf ihrem Höhepunkt stand, an Krebs. Wegen seines kurzen Wirkens und eines kleinen, thematisch eingeschränkten Werks geriet er bald nach seinem Tod in Vergessenheit. Für den Kritiker Peter Behrens war Leistikow einer von jenen Zeichnern, »die malerisch zu empfinden vermögen«.[6]

Doch die Kunstbeamten der Genossenschaft fällten ein anderes Urteil über Leistikow. Im Frühjahr 1898 kam es erneut zu einem Eklat, als die Jury sein Gemälde »Grunewaldsee«, das er für die Kunstausstellung angemeldet hatte, zurückwies. Diese Ablehnung gab den letzten Anstoß zur Gründung der Sezession. Aus Protest gegen den Akademismus und staatlichen Protektionismus und aus Entrüstung darüber, daß ein Bild abgelehnt wurde, das den tausend angenommenen unmöglich unterlegen sein konnte, traten mehr als sechzig Maler, an ihrer Spitze Leistikow und Liebermann, aus der Kunstgenossenschaft aus und gründeten im Mai 1898 die erste freie Kunstvereinigung in Berlin, die Sezession.

So unrühmlich die Geschichte des »Grunewaldsees« begonnen hatte, so glanzvoll sollte sie für seinen Schöpfer enden. Denn das umstrittene Bild kam nun zu hohen Ehren. Der Kaufmann und Gutsbesitzer Richard Israel aus der Kaufhausdynastie der Israels, ein Freund Leistikows, der später auch Corinth zu seinen Freunden zählte, kaufte das Bild und machte es der Nationalgalerie zum Geschenk. Israel, der auf Gut Schulzendorf vor den Toren Berlins lebte, war einer der größten Kunstmäzene. Der Direktor Hugo von Tschudi, der das Amt seit 1896 innehatte, galt als ein unerschrockener Vorkämpfer für moderne Kunst, der sich weder von den Anfeindungen des Akademiedirektors von Werner noch vom Kaiser in seinem Urteil und Geschmack beirren ließ. So konnte er, auch äußerlich gelassen, die Anmaßung des Kaisers hinnehmen, der Leistikows Bild ein paar Jahre später bei einem Besuch der Nationalgalerie für wertlos erklärte. »Er«, so hatte Seine Majestät verkündet, kenne den Grunewald besser, und außerdem sei »Er« Jäger.[7]

Im Mai 1898 wurde die Sezession durch eine Reihe von Zusammenkünften ins Leben gerufen. Die neue Gruppe bestand aus etwa fünfundsechzig Mitgliedern; im Gegensatz zum Verein wurden auch Frauen aufgenommen. Max Liebermann wurde zum Präsidenten gewählt und Walter Leistikow zum Ersten Sekretär. Es war allen bewußt, daß ihr Überleben davon abhing, sich der Öffentlichkeit so schnell wie möglich mit einer eigenen Ausstellung zu präsentieren. Als Ende des Jahres die Verhandlungen mit dem Verein zwecks Überlassung von Ausstellungsräumen endgültig zum Erliegen kamen, mußte die Sezession ihr Schicksal selbst in die Hand nehmen.

Im Februar 1899 besuchte der Vorstand die Vettern Paul und

Bruno Cassirer, die soeben einen Kunstsalon eröffnet hatten, um sich über Grundstücke und Gebäude zu informieren. Die Cassirers, die aus Breslau stammten, waren ein weitverzweigtes Familienunternehmen, das seit den siebziger Jahren eine führende Rolle im wirtschaftlichen und kulturellen Leben Berlins spielte. Wie viele jüdische Familien waren sie zu Beginn des neunzehnten Jahrhunderts aus der schlesischen Provinz in die preußische Hauptstadt gekommen, wo sie in wenigen Jahrzehnten durch Holzhandel, Maschinenbau und die Produktion von Kupfer- und Stahlkabel ein Vermögen erwirtschaftet hatten. 1896 hatten Pauls Vater Louis und sein Onkel Max in der Schönhauser Allee die Firma Cassirer & Co. AG Kabelwerke gegründet. Max Cassirer, von 1896 bis 1919 ehrenamtliches Mitglied im Stadtrat von Charlottenburg, wurde später Mitglied der Kaiser-Wilhelm-Gesellschaft, die 1910 aus Anlaß der Hundertjahrfeier der Berliner Universität gegründet wurde. 1917 verlieh der Kaiser ihm das Verdienstkreuz für Kriegshilfe.

Das Auffällige an der Familie Cassirer bestand neben ihrem wirtschaftlichen Erfolg aber auch darin, daß ihre verschiedenen Zweige durch eine standesbewußte Heiratspolitik fest miteinander verbunden waren. So heiratete Bruno Cassirer seine Cousine Else. Diese war eine Tochter von Louis Cassirer, dem Mitbegründer der Kabelwerke, und die Schwester von Paul Cassirer. Lovis Corinth malte ihre Tochter Sofie als vierjähriges Mädchen. Auch ein anderer Vetter, der Philosoph Ernst Cassirer, sowie Paul Cassirers Bruder, der Neurologe Richard Cassirer, heirateten Cousinen. Durch diese Verbindungen entwikkelte sich ein Familienimperium, dessen Mitglieder durch ihre Loyalität untereinander, durch ihre finanzielle und intellektuelle Unabhängigkeit und durch ihre Verachtung für jede Form aristokratischen und bourgeoisen Dünkels nach außen hin als eine verschworene und erfolgsorientierte Gemeinschaft auftraten. Nur Paul Cassirer brach das ungeschriebene Familiengesetz, als er sich 1910 scheiden ließ, um die Schauspielerin Tilla Durieux zur Frau zu nehmen, die in erster Ehe mit dem Maler Eugen Spiro, einem Mitglied der Sezession, verheiratet gewesen war.

Die Ehe von Tilla Durieux und Paul Cassirer, die bei der ganzen Familie Cassirer auf Ablehnung und Unverständnis stieß, endete nach unzähligen Höhen und Tiefen, nach Eifersuchtsdramen und Versöhnungen, auf tragische Weise mit Pauls Freitod im Jahr 1926. Tilla Durieux hat ihm in ihren Memoiren ein Denkmal gesetzt, das ein Licht auf eine schwierige und zwiespältige Persönlichkeit wirft:

»Der Spieler Cassirer, der Händler, der Herr über ein Heer Parolegläubiger, der Sturmbock im Gewühl und Austrag der Meinungen, der erfolgreichste Perlenfischer und schlaueste Einfädler und Anstifter bei der Heimführung von Überschüssen, der Preisgeber und Bewahrer seines Selbst in großem Format, war zugleich der böse Bruder des Künstlers Cassirer und des so leicht zu beglückenden, sich selbst seligpreisenden großen Kindes Cassirer, der den Bösen-Buben-Streichen so arg zugetan war und dionysisch durch die Welt zu brausen begehrte. Sein eigener böser, auftrumpfender und beinstellender Bruder zu sein, war Paul Cassirers tragisches Geschick.«[8]

Die Vettern Cassirer waren fast gleichaltrig, Paul war 1871, Bruno 1872 geboren worden. Nach dem Besuch von Berliner Kunstschulen und dem Studium der Kunstgeschichte in München hatten sie erkannt, daß ihre Begabung nicht in der Produktion von Kunst, sondern vielmehr in der Organisation des Kunstbetriebes lag. Ende 1898 eröffneten sie einen Kunstsalon und einen Verlag in der Viktoriastraße 35 am südlichen Ende des Tiergartens. Die Ausstattung der Räume hatte Henry van de Velde übernommen, es war sein erster Auftrag in Berlin. Der belgische Architekt, geboren 1863 in Antwerpen, hatte sich nach einer Ausbildung zum Maler seit 1893 dem Kunstgewerbe und der Architektur zugewandt. 1902 wurde er als Berater des Großherzogs nach Weimar berufen, wo er eine Kunstgewerbeschule gründete. Van de Velde zählte zu den vielseitigsten Künstlern, die den Jugendstil begründeten.

Das Konzept, das er mit den Vettern Cassirer verfolgte, kennt heute jeder Kunstpädagoge, zu Cassirers Zeit war es eine revolutionäre Neuheit. So wurde eine Ausstellung nicht mehr willkürlich gehängt, wie es bis dahin der Fall gewesen war, sondern als eine Einheit konzipiert, in der die Bezüge zwischen den Arbeiten der einzelnen Künstler und Schulen aufgezeigt wurden. Anstatt avantgardistische Gemälde beziehungslos zwischen eher konventionellen und leicht verkäuflichen Bildern zu »verstecken«, wurde eine Ausstellung jetzt unter dem Aspekt von historischen, sozialen und psychologischen Zusammenhängen organisiert. In der ersten Ausstellung sah man Edgar Degas, der sich seit den siebziger Jahren an Ausstellungen der Impressionisten beteiligt hatte, den Belgier Constantin Meunier, der in seinen Gemälden hauptsächlich den arbeitenden Menschen darstellte, und Max Liebermann. In einer Besprechung schrieb Rainer Maria Rilke: »Neben diesem blindvertrauenden Malergefühl Degas' sah Max Liebermann fast wie ein Versuchender aus. Er scheint über die elegante Nachlässigkeit seiner Meisterskizzen hinauszuwachsen, zu einem glänzenden, sehr wörtlich gefaßten Impressionismus hin, der sich flächenhaft in der verschwenderischen Farbe entfaltet.«[9]

Auch andere Schriftsteller wie Gerhart Hauptmann, Richard Dehmel und Alfred Kerr traten für die »Moderne« ein, weil sie die geistige Verwandtschaft zwischen der bildenden Kunst und ihrem eigenen Schaffen sahen.

Ebenso wie die Galerie erregte auch der »Verlag Bruno Cassirer« als ein neuartiges, einzigartiges Unternehmen Aufsehen im Berliner Kunstbetrieb. Als Wegweiser für moderne Buchkunst betrachtete er die Buchgestaltung nicht mehr als zweitrangig gegenüber dem Text. Die Gestaltung des Buches erfuhr eine Aufwertung, als Integration von Bild und Wort durch Illustrationen, Typographie und andere künstlerische Elemente. Die ersten Autoren des neuen Verlages waren Heinrich Mann und René Schickele. Später kam noch eine eigene Presse für Grafik und Luxusausgaben, die Pan-Presse, hinzu.

Im Jahr 1901 brachten die Cassirers Bücher der drei einflußreichsten Museumsdirektoren in Deutschland – Wilhelm Bode, Alfred Lichtwark und Hugo von Tschudi – heraus. Paul Cassirers Enkel, Peter Paret, zählt die Kant-Edition des Philosophen Ernst Cassirer, die zwischen 1912 und 1918 im Verlag Bruno Cassirer erschien, zu den schönsten Büchern der Wilhelminischen Ära.

Um die Jahrhundertwende konnten sich Paul und Bruno Cassirer mit ihrer Galerie und ihrem Verlag als Pioniere für moderne Kunst empfehlen, wobei Paul die treibende Kraft war und seinen Vetter Bruno an Leidenschaft und Temperament noch übertraf. Freunde und Zeitgenossen beschrieben ihn als impulsiv, unberechenbar, schlau und verwegen. »Dieser als Berliner Kunsthändler einst international berühmte Geschäftsmann ... war eine äußerst fesselnde Gestalt«, schrieb der Kunsthistoriker Wilhelm Herzog. »Er selbst eine Mischung aus Künstler, schlauem Händler und einem phantasievollen, aber zugleich oft bösartigen, schwer zu behandelnden Kind. Ein vitaler und doch empfindsamer Mensch.«[10]

Hätte ihm sein Temperament nicht im Wege gestanden, schreibt Karl Scheffler (1869–1951), der als Redakteur im Verlag Bruno Cassirer arbeitete, wäre ihm wohl die Stellung eines Museumsdirektors angemessen gewesen. Doch Paul Cassirer hatte andere Ambitionen. Er wollte dem Kaiser und seinen Kunstbeamten den Kampf ansagen und dem Impressionismus in Deutschland zum Durchbruch und zur Anerkennung verhelfen.

Als der Vorstand der Sezession im Februar 1899 auf der Suche nach einem Grundstück für ein Gebäude an die Vettern Cassirer herantrat, erkannten sie sofort eine große Chance, sich mit einer geschickten Administration in den Dienst der avantgardistischen Kunst zu stellen. Angesichts ihrer Persönlichkeiten und ihrer Neigungen war aber auch verständlich, daß sie mehr als ein gewöhnliches Geschäftsverhältnis ansteuerten. Nach Gesprächen mit Liebermann und Leistikow stellten sie klar und selbstbewußt ihre Forderungen. Sie beanspruchten einen Sitz im Vorstand, den Titel »Sekretäre der Berliner Sezession« und das Recht, an der Auswahl und Hängung der Bilder teilzunehmen – ein Recht, das es bei den Jurys in der Akademie und im Verein Berliner Künstler nie gegeben hatte. Das Abkommen mit den Cassirers brachte die Sezession mit zwei Männern in Verbindung, von denen jeder auf seine Art Bewegung in die erstarrte akademische Kunstszene bringen sollte. Andererseits bekamen die Vettern nun eine Schlüsselstellung im Kunstleben der Stadt. Sie gelangten an die Spitze einer Bewegung, die, bis auf sie selbst, aus ausübenden Künstlern bestand. Zugleich schaffte diese Entscheidung die Voraussetzung für Paul Cassirers Wahl zum Präsidenten der Sezession zehn Jahre später.

Eine der ersten Aufgaben der Sekretäre war der Kauf eines

Grundstücks und der Bau eines Ausstellungshauses. Schon vor dem Abkommen mit den Cassirers hatte der Vorstand eine Gartenparzelle neben einem Theater in der Kantstraße, nördlich vom Kurfürstendamm, gefunden. Als die Verhandlungen im März zum Abschluß kamen, begann man unter Hochdruck mit dem Bau. Wenn das Haus im Mai fertiggestellt wäre, könnte man zur selben Zeit wie die Kunstgenossenschaft die Ausstellung eröffnen. Tatsächlich war der Bauunternehmer am 19. Mai mit seiner Arbeit fertig; nur einen Tag später öffnete die Galerie. Die Wände, schrieb Lovis Corinth, seien noch so feucht gewesen, daß die Bilder jeden Abend abgehängt und am Morgen neu wieder aufgehängt werden mußten.[11]

Die erste Ausstellung war ein künstlerischer und politischer Erfolg. Fast zweitausend geladene Gäste erschienen. Die großen Namen, Liebermann und Leistikow, standen im Mittelpunkt. Aus München waren Leibl, Böcklin, Uhde und Thoma vertreten, Corinth und Slevogt stellten aus. Erst im Laufe mehrerer Ausstellungen, schreibt Peter Paret, seien die sozialen Unterschiede zwischen den Besuchern der Sezession und denen des Salons (Bezeichnung für die akademische Ausstellung, d.V.) deutlich zutage getreten. »Das westliche Berlin, die Hochfinanz, das bessere Bürgertum, speziell auch die hier sehr mächtigen jüdischen Elemente, aber auch die höheren akademischen Kreise, soweit sie nicht eben einen offiziellen Charakter haben, die gehen in der Regel nach dem Kurfürstendamm statt nach Moabit«, schrieb der Kritiker Julius Bab. »Wobei es charakteristisch und bedeutsam ist, daß die Spitzen der Arbeiterschaft ... mit der Secession und nicht mit Moabit in Fühlung stehen (in Moabit lag das Haus der Kunstgenossenschaft, d.V.).«[12]

Corinth kam im Oktober 1899 nach Berlin. Er mietete ein Zimmer in der Körnerstraße, in unmittelbarer Nähe von Leistikow. Im Dezember nahm er an einer Ausstellung in der Galerie Cassirer teil. Leistikow machte ihn auch mit Richard Israel bekannt, den er auf seinem Rittergut besuchte, und in der Absicht, den Freund damit noch stärker an Berlin und seine Sezession zu binden, vermittelte er ihm eine Reihe von Aufträgen. So malte Corinth in diesem Winter Anna und Gerda Leistikow, die Frau und Tochter des Malers, Max Liebermann und Richard Israel.

Bianca Israel, die Frau Richard Israels, erinnerte sich noch nach mehr als einem halben Jahrhundert in einem Brief an Thomas Corinth in New York an ihre erste Begegnung mit dem Maler. »Unser großes Interesse für Corinth wurde durch Walter Leistikow geweckt«, schrieb sie ihm. »Gelegentlich eines ›Schlachtfestes‹, das riesiges Amüsement bei allen Gästen erweckte wegen der tollen Herrichtung des Eß-Saales mit bunten Papierguirlanden, der Deckenbeleuchtung, und an den schönen weißen Wänden, vor denen Corinth und Leistikow alle Damen so schön fanden, kam es zu der Einladung auf's Gut. Bei Musik der Dorfkapelle, die hinter dem Buffet ... einen langen Tisch mit ordinärer Decke vom Gastwirt geliehen – Kessel mit Würstchen standen u. Bierfaß u. Flaschen neben anderen Schüsseln, frug ich Corinth auf echt ostpreußisch: ›Wie wär's, wenn Sie das Marjellche mal zur Erholung in Schulzendorf besuchten?‹ Leistikow wollte ja gern ihn in den Kreis unserer Bekannten eingeführt sehen.«[13]

Diese Einladung nahm Corinth gerne an, doch er dachte noch nicht daran, seine bayrische Bohème aufzugeben und sich endgültig in Berlin niederzulassen. Anfang Januar kehrte er nach München zurück, wo er einen neuen Anfang mit der dortigen Sezession machen wollte. Es war vergebliches Hoffen, die Sezession lehnte seine »Salome« ab, sei es der alten Feindschaft wegen oder, wie Paret in seinem Buch über die Berliner Sezession vermutet, »wegen der beunruhigenden Mischung von brutalem Realismus und morbider Sexualität«.[14]

Jetzt aber kam Leistikow nach München, entfaltete noch einmal seine ganze Überredungskunst und bat ihn stürmisch, die »Salome« nach Berlin zu geben. Er war, schrieb Corinth, »enthusiasmiert« und erwartete einen »kolossalen Erfolg«. Corinth gab seinem Drängen nach. Im Juli hing das große Gemälde in der zweiten Ausstellung der Sezession und wurde – Leistikow hatte nicht zu viel versprochen – die Sensation der Saison. Es wurde noch während der Ausstellung an einen rheinischen Industriellen für zweitausendfünfhundert Mark verkauft, an Carl Toelle aus Wuppertal. Später ging das Bild an das Museum der Bildenden Künste in Leipzig. Die Summe entsprach ungefähr dem Jahresetat eines bürgerlichen Haushalts. Corinth war zufrieden; seine Rechnung mit der neuen Käuferschicht schien aufzugehen. War auch die Wirklichkeit im wilhelminischen Deutschland von Prüderie und Doppelmoral bestimmt, so wurde die Kunst zu einem Experimentierfeld. Was im Alltag nicht ausgelebt werden durfte, schaffte sich ein Ventil in gewagten Phantasien.

Er habe jetzt ein Atelier in der Lützowstraße in Berlin gemietet, schrieb Corinth Anfang August an seinen Freund, den Arzt Dr. Carl Graeser, der das Deutsche Krankenhaus in Neapel leitete. »Gefällt es mir dann in Berlin, gebe ich das Münchener Atelier auf und bleibe in Berlin. München ist mir in vieler Beziehung verleidet, und ich habe keine Lust, mich bei den Schafsköpfen irgendeiner dortigen Partei Liebkind zu machen, und ohne das geht es nicht. Auch sonst ist mir das Leben langweilig geworden; dagegen Berlin: Frack, Lackschuhe … Liebermann hat mir über ein Portrait auf dem jüdischen Rittergut, das noch in Berlin ausgestellt ist, einen kolossalen Lobesbrief geschrieben; auch Prof. Rümann hier, kam hier extra im Restaurant Fleck zu mir ran, um mir zu sagen, daß er die ›Salome‹ und das Portrait ausgezeichnet findet; es ist doch etwas für die wunde Seele.«[15]

Das Atelier in der Lützowstraße, von dem Corinth schrieb, war Leistikows Atelier gewesen, das der Freund ihm großzügig abgetreten hatte, um ihm die Eingewöhnung in Berlin zu erleichtern. Leistikow selbst hatte sich neue Räume in der Goethestraße gemietet. Mit der Übernahme des Ateliers und der Anerkennung durch Liebermann war Corinths Zugehörigkeit zu der Berliner Gruppe vollzogen. Bis dahin hatte Liebermann neben Leistikow die führende Rolle in der Sezession gespielt. Doch nun trat jemand hinzu, der ein vergleichbares Können besaß und darüber hinaus durch Vitalität faszinierte. Man empfing Corinth mit offenen Armen, er wurde zum Mittelpunkt geselliger Zusammenkünfte und zum gefragten Künstler.

Leistikow brachte ihn auch mit seinem Freund, dem Schriftsteller Gerhart Hauptmann, zusammen, dem zu Ehren er einen literarischen Salon, »Gerhart Hauptmanns Freundschafts- und Rosenbund«, gegründet hatte. Im Oktober malte Corinth den Dichter und die Violinistin Margarete Marschalk, die Hauptmanns zweite Frau wurde, in ihrer Wohnung in Berlin-Grunewald.

Wenige Tage vor Weihnachten, am 21. Dezember 1900, lud Hauptmann die Mitglieder des Rosenbundes, unter ihnen Leistikow und Slevogt, Liebermann und Cassirer, zur Uraufführung seines *Michael Kramer* ins Deutsche Theater, das sein Renommee zum größten Teil den Aufführungen von Hauptmanns Dramen verdankte. Max Reinhardt, der auf österreichischen und ungarischen Bühnen debütiert hatte und im Jahr zuvor nach Berlin gekommen war, spielte die Titelrolle. Otto Brahm, der Leiter des Deutschen Theaters, erblickte »sehr große und tiefe Momente« in dem Künstlerdrama. Noch immer erregte eine Hauptmann-Uraufführung Aufsehen. Das Deutsche Theater war ausverkauft »bis an die Decke«, zur Premiere hatten sich die Berliner literarische Intelligenz und Theaterdirektoren aus dem ganzen Reich eingefunden.

Thema von Hauptmanns Stück ist der Widerspruch zwischen einem absoluten Kunstanspruch und dem bürgerlich sanktionierten Mittelmaß, der Konflikt zweier gegensätzlicher Kunstauffassungen, verkörpert in Vater und Sohn Kramer.

Die Aufführung fiel bei der Kritik durch, weil, wie Heinrich Stümcke in der *Bühnenwelt* schrieb, dem Stück die Handlung fehle und seine Wirksamkeit durch »allerlei Reflexionen und Sentenzen über Kunst und Künstlerberuf und -pflicht« verloren gehe.[16]

Es war von »Gedankenpomp« die Rede, der Monolog am Sarg des Sohnes wurde als »Fundgrube für aufgeklärte Trauerredner« bespöttelt.

Corinth nahm einige Tage nach der Premiere in einem Brief an seinen Freund, den Dramatiker Josef Ruederer, auf zwiespältige Weise Stellung zu dem Stück. Er stehe dem Werk nicht unparteiisch gegenüber, schrieb er, da er dem Verfasser freundschaftlich verbunden sei. »Vor allen Dingen sehe ich ein sehr großes Wollen in diesem Stück. Etwas was dem Urheber selbst am Herzen gewachsen sein muß ... Na und dann überhaupt war doch die Generalprobe von Hauptmann gegebenes Essen und Trinken – riesig fein – im Palast Hotel. Egal Sekt von 2 Uhr bis 9 Uhr.«[17]

Hauptmann und seine Verehrer ahnten noch nichts von der allgemeinen Ablehnung, als sie sich nach der Premiere in das

Palast-Hotel gleich neben dem Deutschen Theater begeben hatten. Hier trafen sich die Rosenbündler zu einer ausgedehnten Premierenfeier. Otto Brahm und Max Reinhardt, Samuel Fischer und Lovis Corinth waren unter den Gästen, deren Häupter mit Rosenkränzen geschmückt wurden. Der Champagner floß in Strömen, zu vorgerückter Stunde setzte Corinth zu einer Rede an, doch der Versuch endete schon nach den ersten Sätzen im allgemeinen Tumult. Am anderen Morgen vermißte er sein Portemonnaie mit 370 Mark Inhalt. »Nach einigen Stunden brachte es aber Leistikow, der mir erzählte, ich hatte es Sami Fischer in Verwahrung gegeben. Große Freude«, berichtete er in seinem Brief an Rueder. [18]

Der Verleger Samuel Fischer war, so schrieb die Schauspielerin Tilla Durieux, »ein kleiner, unerhört befähigter Mann mit einer kleinen, nur auf den geistigen Höhen wandelnden Frau. Sie hatten im Grunewald eine Villa und empfingen dort alles, was in der Literatur Namen hatte. Das Paradepferd des Hauses war Gerhart Hauptmann, für den S. Fischer jedes geforderte Opfer brachte … Gerhart Hauptmann aber liebte den Luxus, und da hatte der kleine S. Fischer tüchtig zu schaffen, um alle Wünsche seines Gottes zu erfüllen.« [19]

Tilla Durieux und Paul Cassirer begegneten einander zum erstenmal in Samuel Fischers Haus in der Erdenerstraße. Einstmals, so erinnerte sich die Durieux, hatte Fischer sie zur Seite genommen und sie vorsichtig, auf Zehenspitzen, zu einer angelehnten Tür geführt. Da konnte sie durch einen Spalt die Koryphäen Hauptmann, Corinth und Paul Cassirer beobachten, wie sie eine große Flasche Cognac leerten. »Alle Gäste standen nun selig lächelnd da und besahen dieses Schauspiel in tiefem Schweigen: der große Dichter trinkt Cognac. Es war jedenfalls eine große Auszeichnung, in dieses Haus eingeladen zu werden, wo Schnitzler, Hofmannsthal, Hermann Bahr und alles, was Namen hatte, sich von Zeit zu Zeit versammelte.«[20]

Allmählich zählte auch Corinth zu den »Größen«, die in den Häusern der Berliner Intelligenz verkehrten und um deren Gesellschaft man sich zu reißen begann. Seine imposante Figur, seine dröhnende Stimme, sein Humor und seine Trinkfestigkeit, seine Bildung und Lebenserfahrung – das alles trug zu seinem Image als Urvieh und Lebemann mit bei. Dazu machte ihn die Tatsache, daß er Junggeselle war, bei den Damen interessant und begehrt. Eine geradezu schwärmerische Hommage an den Künstler stammt aus der Feder des Schriftstellers und Kunsthistorikers Julius Meier-Graefe (1867–1935). Meier-Graefe, Sohn eines reichen Industriellen, hatte auf mehreren Studienreisen die Pariser Avantgarde ebenso wie die Münchner und Wiener Sezessionen kennengelernt. Er war mit Toulouse-Lautrec und Munch befreundet und setzte sich als einer der ersten in Deutschland für das Werk van Goghs ein. Berühmt wurde er mit seinem Standardwerk *Entwicklungsgeschichte der modernen Kunst*. Über Corinth, der ihn 1917 porträtierte, schrieb er:

»Er schwang den Becher, redete, machte sich beliebt. Der Rhythmus eines Eisbären mit kleinen roten Augen glitt über Berlins Parkett. Er sah manchen Bankier, manche Bankiersgattin, die sich vor ihm wiegte, mit lüstigen Augen an: schlachtreifer Speck! Es gehörte zu den Freuden des Berliner Winters, ihn tanzen zu sehen. Beim Souper hatte er immer zwei Karaffen vor seinem Teller. Über Impressionismus sprach man mit ihm und Empfindung. Corinth war ... Florian Geyer, Simson, Armin der Befreier, gezähmter Hunne. Wenn man die Augen halb schloß, regten sich nackte Glieder unter dem zottligen Fell. Ein Fräulein geriet in Ohnmacht.«[21]

»Wie ein Hecht«, schrieb später seine Tochter Wilhelmine, »schwamm der Maler durch die Gewässer der Berliner Kunstwelt.«[22]

Beim wöchentlichen Stammtisch im Lokal »Frederich« in der Potsdamer Straße, den Paul Cassirer ins Leben gerufen hatte, trafen sich die Künstler, Verleger und Sekretäre zum »großen Suff«, zum »Fressen und Saufen«, wie Corinth die Geselligkeit beschrieb. Die Durieux aber betrachtete diese Kneipe später als ihren »Feind«, weil P. C., wie sie Paul Cassirer nannte, sie dort einfach vergaß. Das Essen, das sie für ihn zubereitet hatte, war seit Stunden »verpruzzelt«, wenn sich der Stammtisch auflöste und die Koryphäen der Sezession, berauscht vom Wein und von großen Plänen, heimwärts taumelten.

»In dem kleinen Restaurant, dem Stammlokal von Adolf Menzel, den ich dort übrigens kurz vor seinem Tode noch sitzen sah, versammelte sich eine trinkfeste Runde«, schrieb die Durieux. »Corinth, Mosson, auch Slevogt und von Kardorff, manchmal sogar Liebermann, kamen dort zusammen. Man trank und debattierte, und die Sitzungen dauerten oft bis in die Morgenstunden. Um Mitternacht lief der Sage nach eine weiße Maus auf einer der Gardinenstangen entlang, aber es ist möglich, daß sie nur den vielen Rotweinflaschen entstieg, die da leer um den Tisch standen.«[23]

Im Oktober 1901 zog Corinth in ein größeres Atelier in der Klopstockstraße um, das ihm die Möglichkeit bot, die schon länger geplante Malschule zu eröffnen. Er habe vor lauter Arbeit keine Zeit mehr zum Schreiben gefunden, entschuldigte er sich bei seinem Freund Dr. Ulrich in Leipzig, der bereits mehrere Gemälde von ihm besaß. »Schülerinnen drängen sich gegenseitig – colossal ... wenn Sie nach hier kommen, werden Sie ganz erstaunt sein. Wer weiß, was das Schicksal hier bringen wird. Montag über 8 Tage will ich die Schule eröffnen. Da erlebt man auch Dinge bei Vorführung von ›hochtalentvollen‹ Wesen, die einem sonst erspart bleiben.«[24]

Eines jener »hochtalentvollen Wesen«, die er ironisch auf Distanz hielt, auf die er andererseits jedoch für sein Auskommen angewiesen war, stand ihm schon kurz darauf gegenüber. Und so sah Charlotte Berend ihren neuen Lehrer: »Ein hühnenhafter Mann, mit einem offenen Flanellhemd bekleidet, das einen Teil der nackten Brust unbedeckt läßt. Ich sehe den leicht geröteten Kopf über dem mächtigen Hals, zerwühlte dunkelblonde Haare und zwei blaue Augen, die mich durchdringend fixieren.«[25]

Charlotte Berend war aber nicht wie jenes empfindsame Fräulein aus Meier-Graefes Huldigung an Corinth. Es verschlug ihr nicht die Sprache, und sie fiel auch nicht in Ohnmacht, sondern sie betrat neugierig und erwartungsvoll die Stätte, an der sie lernen und ihre Karriere beginnen wollte.

SIEBTES KAPITEL

Charlotte

Von der Schülerin zur Ehefrau Corinths

Als Charlotte Berend sich im Oktober 1901 in Lovis Corinths neueröffneter Malschule meldete, lag bereits eine dreijährige Ausbildungszeit an Berliner Kunstschulen hinter ihr, zunächst an der Kunstschule Klosterstraße bei Professor Max Schäfer und danach an der Kunstgewerbeschule in der Prinz-Albrecht-Straße. Wie war diese Ausbildung verlaufen, was hatte sie erreicht? Von den Bildern, die während ihres Malstudiums entstanden sind, ist keines überliefert oder irgendwo erwähnt worden. So kann man nur vermuten, daß die allgemeine Monotonie, der viel beklagte Dilettantismus in den Frauenklassen keine herausragenden Werke entstehen ließ. Auch Charlotte hat immer wieder die Anspruchslosigkeit der Themen beklagt. Da gab es zum einen die Pflanzenkurse, in denen die Studentinnen in endlosen Reihen Blüten und Blätter, Knospen und Stiele zeichneten. Eine klassische Aufgabe war das Zeichnen des Akanthusblattes, eines stacheligen, immergrünen Staudengewächses, oder das von Gipsabgüssen: Köpfe, Hände, Beine, Torsi. Einmal war es das Haupt eines römischen Knaben, ein anderes Mal eine feingliedrige Frauenhand, die als Vorlage dienten.

Als Fortgeschrittene durfte Charlotte in den sogenannten »Herren-Klassen« der Kunstgewerbeschule auch schon am Aktzeichnen teilnehmen, was als besonderes Privileg galt.

Dann aber hatte Professor Otto Eckmann, Corinths alter Freund, der nach dem Bruch mit der Münchner Sezession schon 1897 nach Berlin übergesiedelt war und an der Kunstgewerbeschule eine Professur für ornamentale Malerei angenommen hatte, sie als seine Schülerin abgelehnt.

Die Gründe für die Ablehnung blieben unbekannt. Charlotte reagierte verunsichert, als sie bei ihrem ersten Besuch in Corinths Malschule von dessen Freundschaft mit Eckmann erfuhr. Vielleicht befürchtete sie, daß sie nun ebenfalls abgelehnt würde. Aber da hatte der neue Lehrer ihre Arbeitsmappe bereits geprüft und sie gutgelaunt zu einem Rundgang durch das Atelier eingeladen. Ein großformatiges Gemälde erregte Charlottes Bewunderung, und Corinth fragte: »Gefällt es Ihnen? ›Perseus und Andromeda‹ stellt es dar. Das können Sie für zwanzig Mark kaufen. Das gefällt niemand sonst.«[1]

»Perseus und Andromeda«, ein überdimensionales Gemälde mit Pferden, Pagen und einem riesigen Drachen, war ursprünglich auf eine Breite von über drei Metern angelegt gewesen. Corinth hatte es auf die beiden Hauptfiguren zerschnitten und verkleinert. So sehr Charlotte das Gemälde auch gefiel, sie mußte bedauern, kein Geld für ein Bild erübrigen zu können. Sie konnte sich schon glücklich schätzen, daß sie jeden Monat die dreißig Mark aufbrachte, die der Unterricht bei Corinth kostete. Zwanzig Jahre später, als Corinth seine Biographie schrieb, galt »Perseus und Andromeda« als ein Meisterwerk.

Auf dem Rückweg mit der Bahn wechseln Bedauern über das zurückgelassene Bild und Freude auf den Unterricht einander ab. Nach der Katastrophe, in die der Tod des Vaters die Familie gestürzt hatte, sah Charlotte eine Chance, sich aus eigener Kraft eine Karriere zu erkämpfen. Und so begann sie der Philisterwelt mit ihren Nähkörbchen, den gestickten Deckchen und dem Plüsch, mit ihren abgelegten Kleidern und Kapotthüten zu entwachsen.

Mitte Oktober begann der Unterricht. Wie kann man sich nun die Atmosphäre des Ateliers vorstellen, in dem der berühmt-berüchtigte »Eisbär« jeden Morgen seine Gruppe »hochtalentvoller Wesen« zum Unterricht empfing? Eine der anschaulichsten Schilderungen stammt von Wanda Schlepps, der Schülerin einer späteren Klasse, die die Corinths 1906 während einer Sommerfrische im pommerschen Badeort Zoppot kennengelernt und nach Berlin geholt hatten. Charlotte Berend malte Wanda später einmal im Halbakt.

»Zwölf Uhr, gleich muß der Meister kommen«, schreibt Wanda Schlepps. »Welches Herz klopft nicht erwartungsvoll, noch dazu vor der gefürchteten Schlußkorrektur am Sonnabend Mittag. – Kein Laut im Atelier – emsig mit roten Köpfen arbeiten alle noch, einzelne verzweifelt, daß der große Wurf doch noch in letzter Stunde gelingen möchte. Leider verpatzt sich mancher dann die Arbeit. – Da ein Schritt auf der Treppe, noch schnell mit nervösen Händen eine Vertiefung, ein Licht, und nun ist der von uns allen so sehr verehrte Meister im Atelier, just zuerst vor der Staffelei, deren Inhaber noch so gern einige Schäden geheilt hätte; – doch der Herr Lehrer sieht alles, was noch hätte kommen können. – stets ist er gerecht.«[2]

Ein Gruppenfoto zeigt Corinth, umgeben von seinen »Malweibern«, in seinem Atelier. Mit verschlossener Miene, die Arme vor der Brust verschränkt, blickt er in die Kamera, vielleicht hatte er für die Aufnahme eine Arbeit unterbrechen müssen. In ihren bodenlangen, wallenden Malkitteln haben sich die jungen Frauen um den Meister geschart. Charlotte steht direkt hinter ihm; etwas vorgebeugt, den Kopf zur Seite geneigt, scheint ihr Kinn ihn fast zu berühren. In ihrem Tagebuch hat sie auch ein kleines Szenario aus der Schule festgehalten: »Eine Frühstücks-Pause in der Malschule von Corinth: Einige sitzen auf einer kleinen Treppe, die zu einem Erkerfenster führt, andere spazieren in dem Zimmer, welches grün tapeziert ist, auf und ab. Die Tür zum anstoßenden Schüler-Oberlicht-Atelier ist geöffnet, die Tür zu Corinth's Atelier geschlossen. Es hängen Bilder der besten Künstler an den Wänden ... Alle frühstücken.«[3]

Hier in Corinths Malschule fand Charlotte neue Freundinnen. Sie traf Lilly Waldenburg, die Schwester einer ehemaligen Schulfreundin von der Charlottenschule, und Lisa Winchenbach, die aus Wuppertal stammte, später zum Studium nach Paris ging und nach Berlin zurückkehrte, um ihr Examen als Zeichenlehrerin abzulegen. Bezeichnend für den Umgangston in Corinths Atelier war, daß er seine Schülerinnen mit Spitznamen belegte. So wurde aus Helene Wolff »die Wölfin«. Die Amerikanerin Rahel Lippmann, die einen akademischen Titel trug, war für ihn »die Doktorsche« oder die »Miss«, und Emmi Ostermann wurde »die Samtäugige« genannt. Auch Charlotte bekam einen Spitznamen – »Petermann« –, doch das geschah erst einige Zeit später, nachdem sie und Corinth sich auf einer Reise nähergekommen waren.

»Eins verträgt der Meister nur schlecht«, schrieb Wanda Schlepps in ihrem Aufsatz über Corinth. »Kommt der frisch importierte Schüler mit scheinbaren Erfolgen von außerhalb, dann kann Corinth sehr wohl sarkastisch werden. Einstmals, als eine jeune fille mit pariser Luft gar zu aufgepustet war, bewunderte Corinth ironisch ihren herrlichen Hut, ignorierte ihre ostentative Technik und empfahl: ›Technik gibt es nicht, nur Können.‹ Ein Hasser allem Süßlichen gegenüber, sagt der Meister auch zu früheren Arbeiten eines Neuen: ›So *schön* malen Sie bei mir aber nicht.‹ Corinth läßt jedem seine Hand; des Herrn Lehrers Hilfe setzt ein, das richtige Verständnis und das Erkennen beizubringen, Kraft und Mut zu zeigen, das Gesehene auch umzusetzen in Charakter und Farbe. Mit feinstem Empfinden aber knapper Form lobt er, wo er Fleiß und Talent sieht.«[4]

Eine andere Schülerin, Helene Wolff, schrieb im Juli 1925 in einem Nachruf auf Corinth über ihre Erfahrungen in seiner ersten Malklasse von 1901: »Eine Hauptbedingung beim Lernen war stets für Corinth, daß das Bild auch als Malerei gut sein mußte, daß die Technik, die Handschrift des Künstlers, eine lockere sei. Er, ein echter Jünger des Frans Hals, konnte es nicht vertragen, wenn eine Arbeit technisch verquält war. Wehe der Schülerin, die sein künstlerisches Auge beleidigte und die sein Gebot in dieser Beziehung nicht innehielt. Dann wurde der Meister böse und verlangte, daß man die Studie vernichte, da sie ›nicht gemalt sondern gemauert‹ sei.«[5]

Im Februar 1902, ein halbes Jahr nach Eröffnung der Malschule, schien die Zeit reif für eine erste Präsentation. Allerdings waren Schülerarbeiten keine allzu prestigeträchtige Sache für Corinth, deshalb überließ er Charlotte den Empfang und die Führung der Gäste durch seinen Ausstellungsraum. Charlotte fühlte sich geehrt, sie wollte ihre Sache besonders gut machen, und so geschah es, daß sie im Eifer, und ohne Corinths Erlaubnis eingeholt zu haben, eine seiner Zeichnungen verkaufte. Nun erlebte sie zum erstenmal einen seiner Zornesausbrüche, von denen sie später noch so viele erleben sollte.

»Großer Gott, was war nun los? Sein Gesicht lief dunkelrot an, seine Augenbrauen zogen sich böse zusammen. Die Augen!

Der Blick, mit dem er auf mich sah! ... ›Was – mit fortgenommen hat sie die Zeichnung!‹ Er wandte den Kopf zum Fenster und stammelte vor sich hin: ›Sie haben erlaubt, daß die Zeichnung fortgenommen worden ist!‹ Seine Blicke schienen Dolche zu sein.« (S. 19f.)

Die Zeichnung war nicht wieder zu beschaffen. Corinth mußte den Verlust wohl oder übel akzeptieren, und er versöhnte sich mit seiner unvorsichtigen Schülerin. Dieser erste Zusammenstoß hatte Folgen. Charlotte erinnerte sich, wie Corinth sie nun immer öfter ins Gespräch zog und sie nach dem Ende der Malstunde zurückzuhalten versuchte. »Ich gestehe, daß ich dem gern ein bißchen Vorschub leistete, indem ich beim Aufräumen der Utensilien trödelte und etwas länger als notwendig blieb, hoffend, seine große Ateliertür werde sich öffnen und er rufe mich zu sich herein« (S. 35f.), schrieb sie in ihren Erinnerungen.

In derselben Zeit, in der sich eine engere Beziehung zwischen Lovis Corinth und seiner Schülerin anbahnte, hatte Alice Berend zwei Kinderstücke, *Allerlei Poeterei* und *Neues Kinder-Theater*, geschrieben, die das Kindertheater im Berliner Künstlerhaus inszenierte. Charlotte, die sogar eine kleine Rolle in einem dieser Stücke übernahm, malte die Kulissen. Es war ihr erster offizieller Auftrag; sie erhielt fünfundzwanzig Mark, fast das Schulgeld für einen Monat. Sogar der *Welt-Spiegel*, die literarische Beilage des *Berliner Tageblatts*, berichtete über die Aufführung, und so erfuhr auch Corinth davon. Und nun geschah es, daß Charlotte eines Abends, als sie eben das Atelier verlassen wollte, zurückgehalten wurde, und es entspann sich ein Dialog, den Charlotte in ihren Erinnerungen wie folgt wiedergibt: »Fräulein Berend, warten Sie mal! Da habe ich ja eine Abbildung von Ihnen im ›Welt-Spiegel‹ gesehn. Na, werden Sie so jung schon berühmt?« – »Aber nein. Das betrifft meine Schwester Alice. Sie hat ein Theaterstück für Kinder verfaßt.« – »Und Sie haben die Dekorationen gemalt? Kommen Sie doch herein zu mir und erzählen Sie mir davon. Na also. Ich habe wieder ein bißchen Kaviar besorgt, denn ich dachte, das sollten wir feiern.« (S. 25)

So ließ Charlotte Mutter und Schwester daheim in der Ringbahnstraße warten und leistete ihrem Lehrer noch ein wenig Gesellschaft.

Sie sollte noch häufiger mit Kaviar verwöhnt werden, und das nicht nur im Atelier in der Klopstockstraße, sondern auch in anderen Häusern. Denn durch Corinth öffneten sich ihr nun die Türen der vornehmen Berliner Gesellschaft. »Bereits während des ersten Winters, den ich in seiner Malklasse verbrachte, hatte Corinth mir bei seinen Bekannten Einladungen zum Tee und zum Abendessen verschafft«, schrieb Charlotte. »Durch Corinth kam ich … in Kontakt mit der großen Gesellschaft Berlins, die ihre von parkähnlichen Gärten umgebenen Villen an der Tiergartenstraße, an der Bellevuestraße, im Grunewald und dergleichen exklusiven Wohngegenden besaßen. Die Abendgesellschaften in diesen Häusern bedeuteten eine neue Erfahrung für mich.« (S. 27/110)

Sie lernte die Mitglieder der Sezession kennen, die Cassirers und auch Richard Israel, den großen Kunstmäzen, der mit Bianca, einer Nichte des Zeitungsverlegers Rudolf Mosse, verheiratet war. Bianca erinnerte sich, wie sie eines Tages im Frühjahr 1902 mit Lovis Corinth und Paul Cassirer in ihrer Stadtvilla in der Bellevuestraße zu Tisch saßen, als Corinth unruhig auf seinem Stuhl zu rutschen begann. Schließlich rückte er mit der Sprache heraus und bat um die Erlaubnis, einer Schülerin, die Pferde zeichnen wollte, das Israelsche Gestüt zu zeigen. Und kaum hatte Israel eingewilligt, »sprang Corinth auf, ließ seinen gefüllten Teller stehen, raste hinaus und kam 1/4 Stunde später mit Fräulein Charlotte Berend, die ihn im Café Josty am Potsdamer Platz erwartet hatte, zurück. Dies die erste Bekanntschaft mit der späteren Gattin Corinth's. Wir neckten ihn oft mit der – Lieblingsschülerin – wie er sie nannte.«[6]

Wie Richard Israel, der an Pferderennen und Radrennen teilnahm, besaß auch Bruno Cassirer einen Rennstall mit Vollbluttrabern. Mehrere Jahre war er Präsident der Deutschen Trabrenn-Vereinigung, achtmal gewann sein Stall das deutsche Derby. Auf seiner Rennbahn in Ruhleben entstand 1909 Corinths berühmtes Gemälde »Trabrennen«.

In den Osterferien lädt Bianca Israel Charlotte Berend auf ihr Gut Schulzendorf ein. »Es war eigentlich mehr schon ein Sommer-Schlößchen, und der Stil, in dem sich das Leben darin vollzog, von gediegener Noblesse«, schrieb Charlotte. »Am Nachmittag war im Hause Empfang, Offiziere fuhren vor, an ihrer Seite geschniegelte junge Damen.« (S. 27f.)

Auch Corinth erschien – diesmal nicht als rauhbeiniger Bohemien mit Bartstoppeln, offener Hemdbrust und struppiger Mähne, sondern im maßgeschneiderten Anzug und mit schwarzen Lackschuhen, weißen Manschetten und goldener Uhrkette. Auf einer Fotografie, die eine etwa dreißigköpfige Gesellschaft im Park von Schulzendorf zeigt, sieht man ihn am Rande der Gruppe stehen. Die Herren in dunklem Anzug und mit weißen Stehkragen haben einen Halbkreis um die Damen gebildet, die in ihren weißen, spitzenbesetzten Kleidern vor ihnen auf dem Rasen knien. Die Damen, schrieb Charlotte, hätten sich um Corinth gerissen und ihn regelrecht »becirct«. Da wurde ihr schmerzlich bewußt, daß »seine eleganten, im Gegensatz zu mir teuer und kostbar gekleideten Partnerinnen bei jenen Gesellschaften ... mehr zu bieten hatten als ich.« (S. 111)

Die Häuser, in die Corinth sie jetzt führte, müssen einen ungeheuren, verwirrenden Eindruck auf Charlotte gemacht haben. »Nun ... war ich zu Gast in Häusern, in denen man das Diner mit Champagner begann«, schrieb sie. »Berge von Austern wurden auf silbernem Tablett von livrierten Dienern serviert. Die erlesensten Weine wurden getrunken. Allem merkte man einen schier unermeßlichen Reichtum, der sich nichts zu versagen brauchte, an.« (S. 111)

Sicher weckten diese Besuche auch Erinnerungen an die Vergangenheit, an den großzügigen Lebensstil, den ihr Vater gepflegt hatte. Seit seinem Tod lebte sie mit der Mutter in einer bescheidenen Wohnung, wo sie das Zimmer mit ihrer Schwester teilen mußte. Nun schien sich das Schicksal noch einmal zu wenden, ein Märchen schien in Erfüllung zu gehen wie jenes von dem verstoßenen Aschenputtel, das das Herz des Prinzen eroberte.

Als das Semester endet, fährt sie mit Corinth in die Sommerfrische. »Wissen Sie, Fräulein Berend, ich halte es für sehr notwendig, wenn Sie jetzt im Sommer mit mir verreisen würden, um zu lernen, wie man Landschaften malt«[7] – mit diesen Worten hatte er sie zu der Reise an die pommersche Ostseeküste eingeladen. Ihr Vater, schrieb Charlotte, hätte ein solches »Abenteuer« natürlich mit einem Machtwort verhindert. Ihre Mutter aber mochte noch so jammern und widersprechen, sie hatte keinen Einfluß mehr. Und so packte Charlotte Anfang Juli ihre Koffer und fuhr mit nach Horst (heute polnisch: Niechorce) in Pommern, wo Corinth bei seinem Freund Georg Roll wohnte und sie selbst ein Zimmer in einer Pension bezog.

Betrachtet man das Ergebnis dieser Reise, erkennt man, daß

die Unterweisung in Landschaftsmalerei wohl eher als Ausrede für die besorgte Mutter gedient hatte. Corinth wollte auch im Urlaub Charlottes Gesellschaft nicht missen, außerdem sollte sie ihm in den Wochen an der Ostsee Modell zu seinen Bildern stehen. So wurden die »Petermann«-Bilder zum wichtigsten Ergebnis dieser Reise. Charlotte hatte Corinth erzählt, daß sie sich früher einmal als die Tochter eines berüchtigten Zigeuners namens Petermann ausgegeben hatte, um einen aufdringlichen Verehrer abzuwimmeln. Corinth gefiel diese Geschichte so gut, daß er ihr den Kosenamen »Petermann« gab.

»Paddel-Petermannchen« zeigt Charlotte bei einem Spaziergang am Meer. Sie hat den langen Rock gehoben und watet durch das Wasser. Daheim in ihrem Zimmer malte Corinth dann »Petermannchen im roten Stuhl«. Charlotte sitzt dem Maler seitlich zugewandt, sie trägt ein schwarzes Kleid mit rotem Blütenmuster aus fließender schwarzer Seide, das Schulter und Dekolleté freiläßt. Sie hält den Kopf mit den üppigen schwarzen Haaren in den Nacken geneigt und schenkt dem Maler ein scheues Lächeln. »Ich saß«, schrieb Charlotte, »plaudernd oder auch schweigend, um ihm Gelegenheit zu geben, das Physiognomische in allen seinen Möglichkeiten zu erfassen.« (S. 59) Es folgte das Bild »Mädchen mit Stier«, ein unerhörtes Thema: Am Rande einer Weide stehend, führt Charlotte mit einem kühnen, ja herausfordernden Blick einen Stier an einem Nasenring vor, der mit seiner massigen Gestalt das Bild dominiert.

Corinth habe es, schrieb Charlotte, als Symbol seiner Zähmung gemalt. »Gute Modelle«, schrieb sie, »sind auch die Malerkollegen. Sie arbeiten gewissermaßen mit. Sie beobachten den Malenden und verstehen es, seine Handhabungen und den wechselnden Ausdruck seines Gesichtes zu deuten –

kurzum, sie wissen, wie es um die Arbeit steht und wie sie gedeiht.« (S. 107f.)

Und so vereinigte sich in »Petermann« alles, was Charlotte für Corinth so attraktiv machte: Jugend, Temperament und Klugheit, ein tüchtiges Wesen und ein pragmatischer Sinn, Erotik und Geist, nicht zuletzt aber auch das Verständnis für sein Werk und die Bereitschaft, sich ihm unterzuordnen und ihm den Vorrang zu lassen.

»Ein Bild nach dem andern entstand« (S. 59), schrieb Charlotte über diesen Sommer in Horst. Kam sie selbst denn auch einmal zum Malen, oder waren es nur Corinths Bilder, die so zahlreich entstanden? Auf einem seiner Bilder sieht man Charlotte im Malerkittel, mit einem Strohhut auf dem Kopf, mit Palette und Pinsel in der Hand, vor ihrer Staffelei in der weiten Dünenlandschaft stehen. Dieses Bild bekam Hedwig Berend zu ihrem Geburtstag im Oktober.

Charlottes eigenes Schaffen aus dieser Zeit ist nur durch eine Zeichnung belegt, die sie von Corinth machte. Das kleine Bild, das sie respektvoll »Der Herr Lehrer« nennt, zeigt Corinth im Profil. Sein Haar liegt zerzaust um die Stirn, über den Lippen hebt sich ein Schnauzbart, den Hals umschließt ein einfaches, kragenloses Hemd. Es ist ein zärtlicher, intimer Blick, mit dem Charlotte den robusten Mann umfing und zeichnete. Der Aufenthalt in Horst hatte sie enger zusammengeführt.

Anfang September reisen sie an den Starnberger See. Bei ihrem Aufenthalt in München machen sie auch einen Bummel über das Oktoberfest. Irgendwo in einer Weinstube auf der Oktoberwiese lassen sie sich fotografieren. Nichts an diesem Bild erinnert an den Charme der Petermann-Bilder. Mit einem Strohhut auf dem Kopf, einem geknoteten Halstuch und einem biederen Strickpullover sieht Charlotte so hausbacken und brav wie eine Klosterschülerin aus. Corinth hat die Hände in den Hosentaschen vergraben. Er sieht müde aus, das Oktoberfest hatte Spuren hinterlassen.

Nach ihrer Rückkehr malt Corinth zum erstenmal ein Aktbild von Charlotte. Auf dem »Selbstbildnis mit Frau und Sektglas« steht Charlotte mit nacktem Oberkörper vor einer Tafel, auf der noch die Reste eines Diners zu sehen sind. Ihr Kleid ist bis zur Hüfte herabgelassen, und sie hat den Arm um Corinths Schulter gelegt, der mit geöffnetem Hemd an ihr lehnt. Während seine linke Hand das Sektglas hält, greift er ihr mit der rechten an die Brust. Selbstbewußt, mit erhobenem Blick schaut Charlotte den Betrachter an. »Zwei Tage lang beschäftigte ihn nichts anderes«, schreibt sie in ihren Erinnerungen. »Er malte und malte.« (S. 70)

Doch das Modellstehen hatte ein schmerzliches Nachspiel für Charlotte. »Es war kalt im Atelier. Wir hatten den Ofen vergessen – das Anthrazit war verschlackt, vergebens mühte Corinth sich damit ab … Dabei fröstelte ich, denn von den großen Atelierfenstern her, die nie dicht schlossen, strich mir ein eiskalter Luftzug über die Haut. Am nächsten Tag lag ich fiebernd zu Hause. Ich hatte einen schweren Bronchialkatarrh.« (S. 71)

Einige Tage später, als das neue Semester in seiner Malschule beginnt, fehlt eine der Schülerinnen. Aber es war nicht allein die Krankheit, die sich als hartnäckig und langwierig erwies, die Charlotte nun vom Unterricht abhielt. War ihre Rolle als »Lieblingsschülerin« von ihren Kameradinnen noch toleriert worden, so hätte es sicher zu mancherlei Irritationen unter den »Malweibern« geführt, wenn nun die Geliebte des Malers Seite an Seite mit ihnen gearbeitet hätte. Und so war der Preis, den Charlotte für ihr Glück mit Corinth zahlte, das Ausscheiden aus seiner

Malschule und der Verzicht auf ihre Malerei. In diesem Herbst, in dem ihre Freundinnen Lisa, Lilly, Helene und die anderen ihre Ausbildung unter Corinths Anleitung fortsetzen, ist Charlotte häufig krank. Und während sie zu Hause mit Bronchitis oder Migräne das Bett hütet, unterhält Corinth sie mit seinen Briefen, in denen er ihr von seiner Arbeit und der Situation im Atelier erzählt. Es gehe »so wie immer weiter«, schreibt er ihr, »nur bei dem Abend-Akt ist die neueste Schülerin, die doch den ersten Akt so gut zeichnete, ganz miserabel«.[8]

Aber er schwärmt ihr auch von Ausstellungen und Theaterbesuchen vor. So wurde im November Oscar Wildes Stück *Salome*, das von der Zensur verboten worden war, vor einer geschlossenen Gesellschaft und unter Polizeiaufsicht in Max Reinhardts »Schall-und-Rauch-Theater« gespielt. Die Titelrolle spielte Gertrud Eysoldt, die eine berühmte Schauspielerin am Deutschen Theater und größte Konkurrentin von Tilla Durieux war. Corinth hatte die Dekorationen für das Stück gemalt, und er war auch an den Kostümentwürfen beteiligt. Im Januar malte er die Eysoldt in ihrem Bühnenkostüm. »Also gestern war die Eysoldt halb 11 Uhr da und um 11 Uhr fingen wir an und malten bis 4 Uhr durch. Sie saß sehr gut und ich malte sehr gut. Nachdem wir dann den Fraß zu uns genommen hatten, schmiß sie sich auf's Sopha, und ich mich in mein Bett, wo wir dann bis nach 6 Uhr schnarchten ... dann ging sie ins Theater.«[9]

Im Januar 1903 sah er auch *Monna Vanna*, ein Stück des belgischen Dichters Maurice Maeterlinck (1862–1949). Der Reiz dieses Stückes liegt darin, daß eine Frau auftritt, die angeblich unter einem Mantel unbekleidet ist; so warten die Zuschauer denn die ganze Zeit gespannt auf eine Enthüllung. Nach der Premiere waren die Ehrengäste ins Hôtel du Rome geladen.

Heute gehe er zum »Ehrenfraß für Maeterlinck«, schrieb Corinth seiner Charlotte am 18. Januar, und regelmäßig endeten solche Abende im »großen Suff« mit den Freunden.

»Beim Verleger Bruno Cassirer habe ich aus dem Hefte vorgelesen (gemeint ist Corinths Manuskript *Legenden aus dem Künstlerleben*, das im Verlag Cassirer erschien, d.V.)«, schreibt er ihr ein anderes Mal, »und wie ich mich eine Stunde abgequält habe und kaum das Maul noch rühren kann, was ja aber im Stillen doch dem Autor ein entzückendes Vergnügen bereitet, sagt der Kerl, daß er Vorgelesenes nicht recht gut hören und verstehen kann; er müßte es selbst lesen. Kannst Du Dir so was denken? Ich hab ihm dafür nachher auch 2 Flaschen Wein nebst Cognac u. Cigarren vertilgt, was mir aber wieder gestern einen etwas benommenen Kopf gemacht hat ... Dann war ich auf der Gesellschaft bei Curt Herrmann (Maler der Sezession, d.V.). Lauter Maecene, und mit meiner Tischnachbarin habe ich mich angefreundet. Sie scheint Interesse für mich zu haben, denn sie hat mir eingeschärft, sie ja zu besuchen ... sie muß furchtbar reich sein; denn um den Hals ist so'n Collier mit 8 Reihen und dann eine große Kette, alles erbsengroß und Siegelringe ... Vielleicht kann ich ein Portrait malen.«[10]

Leider zerschlägt sich diese Aussicht, als Corinth der Dame kurz darauf seine Aufwartung macht. »Curt Herrmann hat sie so süß gemalt, daß ich von Anfang an jede Hoffnung fallen ließ«, schreibt er Charlotte, »und dann hat sie sich in Rom noch in Marmor hauen lassen. Nee lieber nicht.« Kurz darauf bietet sich ihm jedoch eine neue Gelegenheit während einer Gesellschaft bei einem Bankier im Grunewald. »Mit einer älteren Tante saß ich bei Tisch, die sogar einen eigenen Wagen hat ... Dann war auch Bankier Dernburg, dessen Frau mir gestand, daß er, der Mann, mich liebte, von wegen der Kreuzabnahme, die sie in Düsseldorf sahen. Und dann eine Primadonna, die jahrelang von der Oper in Wien war ... jetzt gastiert sie überall, auch nächstens in der Großen Oper in Paris. Sie ist echt österreichisch gemütlich, besitzt ihr Portrait von Lenbach, und hat mich für Sonntag Nachmittag zu sich eingeladen.«[11]

So ging es nun für Corinth den ganzen Winter hindurch munter von einer Gesellschaft zur nächsten. Und während Charlotte sich die meiste Zeit mit Kopf- und Halsweh, mit Übelkeit und Fieber plagte, ließ Corinth keine Gelegenheit zum Feiern aus. Er wurde von allen Damen »sehr fêtiert« und spielte den Hahn im Korb. Er genoß seine Rolle als Partylöwe der reichen Berliner Gesellschaft, als hofierter Gast bei Mäzenen, bei ältlichen Tanten ebenso wie bei reizenden Primadonnen, und natürlich ließ er Charlotte keinen Moment im Unklaren über seine Erfolge bei den Damen. Charlotte fühlte sich zurückgesetzt, und sie sann auf eine Möglichkeit, den unsteten Geliebten wieder an sich zu binden. Sie war die »treibende Kraft«, die Anregung zur Heirat ging von ihr aus. Doch es war mehr als eine »Anregung«, die im März 1904 zur Heirat von Lovis Corinth und seiner ehemaligen Schülerin führte: Zu Beginn des Jahres war Charlotte schwanger geworden.

Am 26. März 1904 findet, von der Berliner Gesellschaft unbemerkt, die Hochzeit vor dem Standesamt in Berlin-Wilmersdorf statt. Es ist bemerkenswert, wie bescheiden und unauffällig dieser Tag verlief. In einem Brief an seine Schwiegermutter, wenige Tage vor der Hochzeit geschrieben, hatte Corinth jeden Aufwand abgelehnt. »Wir sind ja doch nur ein kleiner Kreis, der vergnügt ein paar Stunden zusammen sitzen soll«, fand er.[12] Charlotte berichtete später, wie sehr ihre Mutter darunter gelitten hatte, daß alles so einfach und bescheiden war. Es schien, als absolvierte Corinth eine Pflicht, die man ihm als einem Ehrenmann auferlegt hatte, die es aber galt, vor dem Kreis seiner trinkfreudigen und exzentrischen Freunde geheimzuhalten. Und auf jeden Fall sollte Charlottes Schwangerschaft so lange wie möglich vor den Freunden geheimgehalten werden.

Sieben Monate nach der Hochzeit, am 13. Oktober, wurde Thomas Corinth geboren. Um den »Makel« seiner vorehelichen Zeugung zu tilgen, wurde die Hochzeit irgendwann einmal im Familienalmanach um ein Jahr zurückdatiert. Das falsche Datum sollte sich fortan durch alle Briefe, Tagebücher, Bücher und Kataloge von und über Corinth ziehen, bis sie am Ende selbst daran glaubten. Die harmlose kleine »Schummelei« drohte aufzufallen, als Thomas Corinth 1976, neun Jahre nach dem Tod seiner Mutter, den Nachlaß seiner Eltern mit der gesamten Korrespondenz dem Künstlerarchiv des Germanischen Nationalmuseums in Nürnberg vermachte. Denn die zahlreichen Briefe, die Corinth seiner Charlotte vor der Hochzeit geschrieben hatte, waren ja an das Fräulein Berend in der Ringbahnstraße adressiert. Thomas Corinth aber wollte das »Ansehen« der Mutter aufrechterhalten, vernichtete die verräterischen Briefumschläge aus der Zeit vom März 1903 bis zum März 1904 und versah die Briefbögen mit der handschriftlichen Anmerkung, Frau Charlotte sei in dieser Zeit »auswärtig« gewesen, denn es mußte ja eine Begründung dafür geben, weshalb Corinth seiner Frau so viele Briefe schickte.

Als ich im Winter 1999 eine Anfrage an die Deutsche Zentralstelle für Genealogie in Leipzig richtete, um Auskunft über die Großeltern Gumpertz zu erbitten, schickte man mir mit den entsprechenden Unterlagen auch einen Auszug aus dem »Archiv für Sippenforschung« von 1939. Hier war als Hochzeitstag von Lovis Corinth und Charlotte Berend der 23. März 1904 eingetragen. Eine Nachfrage beim Standesamt in Berlin-Wilmersdorf bestätigte das Datum.

Das Verschweigen der vorehelichen Zeugung des Kindes erklärt die Tatsache, daß Charlotte unmittelbar nach ihrer Hochzeit, Anfang April, bis kurz vor der Niederkunft im Oktober aus Berlin »verbannt« wurde. So hatte Corinth in Waidlage, einem Dörfchen bei Eberswalde im Nordosten von Berlin, eine Ferienwohnung gemietet, wo Charlotte die Sommermonate in völliger Abgeschiedenheit verlebte. Der Sommer 1904 scheint verregnet und kühl gewesen zu sein. Corinth klagt in seinen Briefen häufig über das »Sauwetter.« Nur die gelegentlichen Besuche ihrer Mutter und ihres Mannes brachten etwas Abwechslung in Charlottes beinahe klösterliche Einsamkeit. Von »Flitterwochen« konnte keine Rede sein; so hatte sie sich die Ehe wohl nicht vorgestellt.

Zwar berichtet Corinth regelmäßig über die gesellschaftlichen Ereignisse in Berlin, aber gegen ihre Bitte, sie wieder aus ihrer Einsamkeit zu erlösen, stellt er sich taub. Das neue alte Junggesellenleben bietet ihm wieder reichlich Abwechslung. So ist er Mitte April Gast bei einer Probe von Schillers *Kabale und Liebe* in Max Reinhardts »Neuem Theater«. Dann finden im Abstand von wenigen Tagen die Eröffnung einer Cézanne-Ausstellung im Salon Paul Cassirer und die Eröffnung der Sezessionsausstellung statt.

Anfang Mai sieht er die Premiere von Frank Wedekinds *Frühlings Erwachen* in Reinhardts Kammerspielen. Charlotte blieb nur der *Michael Kohlhaas*, den Corinth ihr mit einem Plaid, das er ihr bei Wertheim gekauft hatte, in ihre Klause schickte. »Heute Abend nach dem Dampfpaddeln werde ich bei Verleger Cassirer sein, der mich eingeladen hat«, schreibt er. »Heute Mittag war ich bei Josty mit dem andern Cassirer zusammen.« Und zum Schluß hält er für Charlotte noch einen guten Rat bereit: »Für Dich Petermannchen, ist es besser, wenn Du da auf dem Lande bleibst.«[13]

Zweimal porträtierte Corinth seine schwangere Frau, das erste Mal anläßlich einer seiner Stippvisiten in Waidlage im Garten ihres Ferienhauses. Im schwarzen Mantel, unförmig und schwer, sitzt Charlotte auf einer Gartenbank, umgeben von einem Meer aus Sommerblumen. Das zweite Bild entsteht nach ihrer Rückkehr nach Berlin, wenige Tage vor der Niederkunft. Mit einem violetten Hausmantel bekleidet, in der einen Hand einen schwarzen Pompadour haltend, die andere auf einen Stuhl gestützt, und den Kopf in den Nacken geneigt, wendet Charlotte dem Betrachter den umflorten, müden Blick zu. Das stundenlange Stehen in diesem Zustand war eine Strapaze, aber Charlotte hielt die Sitzung tapfer durch. »Ich habe noch Modell gestanden zwei Tage vor meiner Niederkunft«, schreibt sie in ihren Erinnerungen, »ganze Figur, obwohl mir die Beine etwas zittrig waren. Es entstand das schöne Bild ›Die Schwangere‹, das ich aber nie ausstellen ließ.«[14]

Am 13. Oktober kommt Thomas in ihrer Wohnung in der Klopstockstraße auf die Welt. Die Entbindung wurde eine komplizierte, ja lebensgefährliche Angelegenheit. Denn erst mit der Eröffnung der Geburt stellte sich heraus, daß das Kind sich nicht in die richtige Lage gedreht hatte. Und es war zu spät, um Vorkehrungen für eine Operation zu treffen. »Meine Mutter war zu der Zeit sich selbst überlassen«, schrieb Wilhelmine Corinth. »Zur Geburt war nur eine Hebamme gerufen worden, kein Arzt. Damals ging man zur Entbindung nicht ins Krankenhaus, wo oft der Tod durch Kindbettfieber lauerte. Alle Kinder wurden nach Möglichkeit zu Hause geboren, der hygienischen Verhältnisse wegen. Thomas' Geburt war schwierig, sie hat meine Mutter beinahe das Leben gekostet. Oft hat sie uns davon erzählt.«[15]

Es gibt keine einzige Zeile, aus der hervorginge, wie Corinth die Geburt seines Sohnes empfand. Jedoch muß er bald festgestellt haben, daß das Leben mit einem Säugling Unruhe mit sich brachte. Und so mietete er ein Atelier in der nahe gelegenen Händelstraße, um von Säuglingsgeschrei und Wiegenliedern ungestört zu sein.

Mit einem halben Jahr wurde Thomas Ostern 1905 in der Kaiser-Friedrich-Gedächtniskirche getauft. Seine Paten waren Walter Leistikow und ein gewisser John Jönsson. Die anderen Taufgäste, denen Herr Jönsson unbekannt war, erfuhren, daß er ein Journalist aus Schweden sei und außerdem der Ehemann von Charlottes Schwester Alice.

ACHTES KAPITEL

Alice

Sprung aufs Überbrettl

Nun hatte sich Charlotte mit Beharrlichkeit und ihrem un-
widerstehlichen Charme Lovis Corinth »geangelt«, wie ihre
Tochter Wilhelmine diesen Vorgang später einmal mit spitzen
Worten nannte. Für Alice aber war die Nachricht, daß ihre
Schwester einen der begehrtesten Junggesellen der Berliner
Boheme heiratete, ein Schock, denn auch sie hatte ihr Herz
an ihn verloren. Als der Tag der Hochzeit vor der Tür stand,
verließ sie Hals über Kopf ihr Zuhause und flüchtete nach
Italien, um Lottes Glück nicht miterleben zu müssen. In
einem kleinen Ort am Gardasee wollte sie sich verstecken
und die Enttäuschung überwinden. »Alice, die ältere, war
noch unverheiratet, als die Heirat zwischen meiner Mutter
und Corinth stattfand«, schrieb Wilhelmine. »Sie hatte Corinth durch meine Mutter kennengelernt und mochte ihn
sehr. Vielleicht hatte sie sich eine Zeitlang sogar erhofft, daß
er der Richtige für sie wäre. Scheinbar eifersüchtig, weil meine
Mutter ihn ›kriegte‹, wollte sie dann auch schnellstens unter
die Haube kommen. Es war zu der Zeit damals ja nicht sehr
angenehm, wenn ein älteres Mädchen noch nicht verheiratet

war, während die jüngere Schwester sich schon einen ›geangelt‹ hatte.«¹

Daß die »kleine Schwester« ihr den verehrten und bewunderten Mann sozusagen vor der Nase wegschnappte, war nicht die erste Enttäuschung, die Alice in Liebesdingen verkraften mußte. Sie muß sich verraten gefühlt haben, als sich nun zum zweitenmal eine Hoffnung zerschlug und Freunde und Kollegen auch noch zu Zeugen ihrer Zurücksetzung wurden. Auch der Mann, in den sie sich zwei Jahre zuvor verliebt hatte, eine schillernde, ja charismatische Erscheinung des Berliner Kunstlebens, hatte sich nach nur kurzer Zeit wieder von ihr abgewandt. Max Reinhardt, der mit bürgerlichem Namen Goldmann hieß, war der Umschwärmte gewesen. Geboren 1873 in der Nähe von Wien als Sohn eines jüdischen Kaufmanns, hatte er mit siebzehn Jahren eine Banklehre abgebrochen, um sich fortan nur noch der Schauspielerei zu widmen. Nach ersten Erfahrungen an Provinztheatern in Böhmen und Mähren wurde er im Herbst 1893 am Stadttheater Salzburg engagiert. Hier sah ihn der Intendant Otto Brahm ein Jahr später in der Rolle des Franz Moor und engagierte ihn vom Fleck weg nach Berlin. Brahm, geboren 1856 in Hamburg, war einer der Vorkämpfer des Naturalismus. Ihm verdankte das deutsche Theater die Uraufführungen zahlreicher Werke der Moderne, von Ibsen, Hauptmann und Schnitzler. 1894 hatte er das Deutsche Theater in Berlin übernommen, und Reinhardts erste Rolle unter seiner Direktion war die des Mundschenks Theres in Grillparzers *Esther*. Im Ensemble des Theaters lernte Reinhardt die Schauspielerin Else Heims kennen, die später seine Frau wurde.

In den Jahren 1895 bis 1899 gehen die jüngeren Mitglieder des Theaters unter der Führung von Reinhardt während der

Sommerpause auf Tourneen nach Prag, Wien und Budapest. Diese Gastspiele werden ein solcher Erfolg, daß es darüber zu Spannungen zwischen Brahm und Reinhardt kommt. Eine Trennung bahnte sich an, als Reinhardt sein eigentliches Talent erkannte, sich von der Schauspielerei löste und sich ganz den Regieaufgaben widmete.

»Alice war ganz im Anfang ihrer schriftstellerischen Laufbahn«, schrieb Wilhelmine Corinth. »Sie war damals (Ende der neunziger Jahre, d.V.) mit Max Reinhardt befreundet, der auch gerade erst seine Karriere begann. Es war alles ein Kreis von jungen Künstlern, die zueinander gefunden hatten.«[2]

Alices Laufbahn hatte in den neunziger Jahren mit einigen Artikeln über das Theaterleben begonnen, die sie für das *Berliner Tageblatt* schrieb. Das *Tageblatt* war 1871, im Jahr der Reichsgründung, von dem jüdischen Verleger Rudolf Mosse gegründet worden und galt als die einflußreichste und angesehenste Zeitung des liberalen Bürgertums. Das Feuilleton war vor allem durch den Schriftsteller und Bühnenautor Oskar Blumenthal, den späteren Direktor des Lessing-Theaters, geprägt worden. Prominente Namen bürgten für den hohen Anspruch dieser Zeitung. »Alfred Kerr begleitete für das BT kritisch das zeitgenössische Theater, Alfred Einstein das Musikleben, Theodor Wolff setzte sich schon vor der Übernahme der Chefredaktion für die Rezeption der literarischen Moderne ein, und so erhielten besonders die Naturalisten ... im BT-Feuilleton ein Forum«, schreibt Elisabeth Kraus in ihrem Buch über die Familie Mosse.[3]

Die jungen Mitarbeiter des *Tageblatts* trafen sich häufig im »Monopol«, einem Kaffeehaus gegenüber dem Bahnhof Friedrichstraße an der Weidendammer Brücke. Hier hatten die Redakteure einen Stammtisch ins Leben gerufen, dem sich nach

und nach auch die anderen Künstler und Intellektuellen an-
schlossen, Schauspieler und Regisseure, Musiker und Maler,
alle auf der Suche nach dem »Leben«, nach lukrativen Aufträgen, nach Ruhm und Erfolg. Wortführer war Max Reinhardt,
dessen Leidenschaft dem Theater galt, der aber durch die zu-
nehmende Konkurrenz mit Brahm ebenso verunsichert wie auf-
gestachelt war. Reinhardt zog eine ganze Schar von Kollegen
mit sich, unter ihnen den aus Schlesien gebürtigen Friedrich
Kayßler, der sich auch als Lustspielautor einen Namen machte,
und seine Frau, die Schauspielerin Luise Kayßler. Sie gewannen
auch Louise Dumont, die nach Anfängen in der hessischen und
böhmischen Provinz ihren künstlerischen Durchbruch auf einer
Gastspielreise durch die russischen Städte erlebt und von dort
1895 den Sprung an Berlins erste Bühne, das Deutsche Theater,
geschafft hatte. Schriftsteller wie Theodor Däubler und der
Luxemburger Norbert Jacques, der zwanzig Jahre später über
Nacht mit seinem Roman *Doktor Mabuse* berühmt werden
sollte, stießen dazu. Alice Berend kam mit Richard Vallentin,
einem Bühnenautor, den sie in der Redaktion des *Tageblatts*
kennengelernt hatte und mit dem sie an Szenen für ein Kinder-
theater feilte. Es kamen der Maler Emil Orlik, der mit Rilke
befreundet war und mit seinen Holzschnitten und Entwürfen
für Plakate und Tapeten als ein Erneuerer des Kunsthandwerks
galt, und der Verleger Samuel Fischer, stets auf der Suche nach
neuen Talenten. Fischer, so schreibt seine Nichte, die Schriftstellerin Ruth Landshoff-Yorck, war ein Selfmademan, »etwas,
wofür es kein deutsches Wort gibt, wohl weil es nicht viele
solche in Deutschland gegeben hat«. Er hätte sich nicht dafür
interessiert, ob jemand berühmt gewesen sei, schließlich sei er
derjenige gewesen, der einem Autor zu seiner Berühmtheit
verholfen hätte. »Was übrigens die Autoren des Verlages be-

traf, so war er sehr vorsichtig mit ihnen, sehr einsichtig, fast ehrfürchtig, ob es nun berühmte waren oder neu von ihm entdeckte.«[4]

Da man von seinem Unternehmen immer nur ehrfürchtig als von »dem Verlag« sprach, hätten sie als Kinder überhaupt nicht gewußt, daß es außer Fischer auch noch andere Verlage gab, schrieb Landshoff-York. Für Alice Berend aber wurde die Begegnung mit Fischer zum Beginn ihrer einzigartigen Karriere.

Um die Jahrhundertwende lag auch für das Theater etwas Neues in der Luft, das, wie alles Moderne, aus Paris herüberwehte. Dort hatte ein Kreis von Dichtern, Malern und Musikern, die sich mit selbstverfaßten Chansons und Gedichten über Zigeunerleben und Boheme unterhielten, 1881 ein Stammlokal im Künstlerviertel Montmartre eröffnet, »Chat noir«, das erste Cabaret, das neben Bier, Wein und Tabaksdunst die unterschiedlichsten geistigen Genüsse bot. Zielscheibe des gemeinsamen Spotts aus frechen Liedern und Rezitationen war, wer konnte es anders sein, der »Spießer«. Im »Chat noir« geht es bald hoch her, nachdem zahlungskräftige Gäste Gefallen daran finden, witzig und geistreich an den Pranger gestellt zu werden. Zwischen unbekannten Biedermännern sieht man Emile Zola und Victor Hugo, Claude Debussy und Aristide Bruant, die auch schon mal die eine oder andere Programmeinlage bestreiten. Und in Yvette Guilbert findet das Pariser Cabaret schließlich seine große Diseuse.

Um die Jahrhundertwende war der Funke auf München und Berlin übergesprungen. Erste Bekanntschaft mit dieser neuen Kunstform hatten Gäste aus Deutschland geschlossen, die zur Weltausstellung nach Paris gepilgert und dann allabendlich in die Kneipen und Cafés des Montmartre eingefallen waren.

Schon 1899 hatten Yvette Guilbert und das Cabaret »Roulotte« einen triumphalen Erfolg bei ihren Gastspielen in Berlin gehabt.

Um die Jahrhundertwende hatte sich auch der Lustspieldichter Ernst von Wolzogen, Sohn eines preußischen Freiherrn und einer englischen Mutter, auf dem Montmartre umgesehen und sich von den Chansons und dem Tingeltangel anstecken lassen. Nach Berlin zurückgekehrt, prägte er den Begriff des »Überbrettl« für das, was ihm als deutsche Variante des literarisch-künstlerischen Cabarets Pariser Prägung vorschwebte. Doch als Wolzogen dann im Januar 1901 sein »Überbrettl« in der Sezessionsbühne am Alexanderplatz eröffnete, war die Konkurrenz bereits erwacht.

Zur selben Zeit war ein anderes literarisches Cabaret aus dem Stammtisch des »Monopol« hervorgegangen. Die Teilnehmer hatten sich oft und gerne produziert. Stegreifsketche wurden vom Stapel gelassen, Sprüche geklopft, Parodien zum besten gegeben. Zu Beginn des Jahres 1900 war aus dem lockeren Zusammenschluß ein Verein entstanden, dem man den Namen »Die Brille« gab – eine Anspielung auf Spießertum und bornierte, kurzsichtige Kunstbetrachtung. Als Markenzeichen ließ man ein riesiges, metallenes Brillengestell anfertigen, das von nun an den Stammtisch im Monopol auswies.

Ein paar Monate später hatte die »Brille« ein neues Talent hinzugewonnen. Christian Morgenstern war 1894, eben 23jährig, nach dem Abbruch seines Ökonomiestudiums von Breslau nach Berlin übergesiedelt. Als Übersetzer von Ibsen und Strindberg hatte er sich schon einen Namen gemacht, aber man kannte ihn auch als Verfasser humoristischer und hintersinniger Verse, die später gesammelt als die *Galgenlieder* erschienen. Nicht nur die »Brille« war von Morgensterns Liedern begeistert, auch Ernst von Wolzogen wollte ihn für sein »Überbrettl«

verpflichten. Im Herbst 1900 brach bei Morgenstern eine schlecht verheilte Tuberkulose wieder auf, und da er keine Mittel für die Behandlung aufbringen konnte, beschlossen seine Freunde von der »Brille«, ihm mit einer »Benefiz-Gala« unter die Arme zu greifen. In der Silvesternacht spielten sie ein Programm aus Kurzparodien und literarisch-musikalischen Szenen im Künstlerhaus Bellevuestraße am Potsdamer Platz. Morgensterns *Galgenlieder* wurden hier erstmals einem größeren Publikum vorgetragen. Die Vorstellung wurde ein riesiger Erfolg, und kaum war der Applaus verebbt, beschloß man auch schon, eine Wiederholung anzusetzen.

»Es ist jetzt immerfort was los: wir sind mit der Gründung eines ›Narrenschlittens‹ beschäftigt«, schrieb Friedrich Kayßler Anfang Januar an Morgenstern, der in einem Sanatorium in Davos lag. »Künstlersalon-Abende, wo Parodien etc. gespielt werden, natürlich mit Subskription … Der erste soll 21. Januar im Künstlerhaus sein. Schicke sofort, was Du an Parodien, Szenen etc. hast. Du wirst hier würdiger aufgeführt als beim Überbrettl, das nun wirklich am 18. in der Sezessionsbühne steigen soll, aber wie's heißt, mit sehr wenig Fleiß.«[5]

Auf Hochtouren ging es der Premiere entgegen, dabei versuchte man, sich gegenseitig auszustechen und sich die »Perlen des Cabarets« gegenseitig streitig zu machen. Denn noch sind cabaretwirksame Texte eher rar. Morgenstern steuerte für Wolzogens »Überbrettl« eine Parodie auf den italienischen Dichter Gabriele d'Annunzio bei. Knapp eine Woche nach Wolzogen, der sein »Überbrettl« am 18. Januar eröffnet hatte, begrüßte Reinhardt sein Publikum im Künstlerhaus am Potsdamer Platz. Die Hauptakteure sind Autor und Darsteller in einer Person. Auf ein Feuerwerk aus Humoresken und geistreichem Stegreifspiel folgen Klassikerparodien. Höhepunkt des Abends ist eine Parodie auf *Don Carlos* in einer Viertelstundenfassung. In der zweiten Halbzeit wird Gerhart Hauptmanns sozialkritisches Stück *Der Biberpelz* verballhornt. Das Publikum ist in Scharen gekommen und biegt sich vor Lachen über die witzigen Einfälle. Der Redakteur des *Berliner Tageblatts* registriert unter den Zuschauern »ein ganzes Parkett von Königen des Brettls«. In seiner Kritik vom 24. Januar 1901 schreibt er:

»Man schüttelt verwundert den Kopf, es will etwas wie Karneval in Berlin werden. Durch die Straßen freilich lärmt der frühe Gesell nicht, er besucht die Kundschaft im Hause, im Theater und in noch kleineren Circeln ... Eine intime Sylvesterveranstaltung ... wurde im Künstlerhause vor einem größeren Kreise wiederholt ... In einem Prolog-Terzett erklärt man uns, daß es auf den Namen der Veranstaltung nicht ankomme. Name ist ›Schall und Rauch‹.«[6]

»Schall und Rauch«, so nannte sich die junge Bühne neuerdings. Nachdem der »Narrenschlitten« als allzu bieder durchgefallen war, hatte Alice Berend im letzten Moment die zündende Idee gehabt. Reinhardt gefiel der Name für seine junge Experimentierbühne, er reklamierte die Idee sofort für sich, und dabei sollte es bleiben. Er war längst als der Kopf des Ensembles anerkannt.

»Endlich ein bissel Ruhe«, schreibt Kayßler am 27. Januar an Morgenstern, der der Nachricht von der Premiere in seinem Kurort Davos entgegenfieberte. »Alles war Schall und Rauch in dieser Zeit. Aber es ist auch was draus geworden ... Du wirst selber herauslesen, daß diese Zeitungsseelen hier mal wie vergnügte Menschen reden, und das freut Einen wirklich.«[7]

Von nun an reihte sich eine Vorstellung an die andere, und der Ruf von Reinhardts Truppe verbreitete sich, so daß Otto Brahm die »jungen Wilden« zu sich einlud. Am 22. Mai 1901 traten Max Reinhardt, Friedrich Kayßler und Martin Zickel in einer »Schall-und-Rauch«-Matinee im Deutschen Theater auf und sangen:

»Wir kommen ins Deutsche Theater und machen Schall und Rauch

Und wenn Sie sich dabei amüsieren, amüsieren wir uns auch.«

Die Vorstellung wurde ein Erfolg, den die *Berliner Illustrirte Zeitung* vom 2. Juni mit einem zweiseitigen Artikel würdigte. Am 28. Mai 1901 spielte »Schall und Rauch« im Künstlerhaus ein Stück von Alice Berend und Richard Vallentin, *Kasperlthea-ter* genannt. Das Stück ist verschollen, Kritiken sind nirgends abgedruckt, so daß über den Inhalt und die Aufnahme beim Publikum nichts bekannt ist. Im Juni begab sich die Truppe auf eine Gastspielreise ins Wiener Carltheater, ins Deutsche Theater Prag und ins Somossy Theater Budapest. Nach der Rückkehr im Herbst gab es zu Beginn der neuen Spielzeit eine neue Bühne. Die Schauspielerin Louise Dumont und ihre Freundin Helene Leins brachten jede fünfzigtausend Mark auf, damit Reinhardt die Konzession für ein Theater beantragen konnte. Emmy Loewenfeld, eine wohlhabende Arztwitwe und glühende Verehrerin des jungen Reinhardt, spendete ohne zu zögern den Betrag von vierzehntausend Mark, den Reinhardt als Konventionalstrafe für sein vorzeitiges Ausscheiden aus dem Deutschen Theater zu zahlen hatte.

Man machte sich auf die Suche nach einem geeigneten Haus und fand es Unter den Linden, Ecke Friedrichstraße, in »Arnim's Festsälen«, einem leerstehenden Hotel. Der Architekt Peter Behrens, der vor der Jahrhundertwende bereits eine

Cabaretbühne für die Darmstädter Künstlerkolonie entworfen hatte, übernahm den Umbau des Hauses mit einem Zeltdach, mit Masken und Rauchschwaden an den Wänden und einem griechischen Tempelgiebel über der Bühne. Am 9. Oktober 1901 fand die Eröffnung in dem mit 400 Plätzen umgebauten Haus statt. Im Programm stehen Stücke, die aus früheren Vorstellungen übernommen wurden, darunter eine Shakespeare-Parodie, Lieder von Christian Morgenstern und *Brettlleitners Höllenfahrt*, eine Maeterlinck-Persiflage von Reinhardt. Alice Berend steuerte ein *Narrenlied* bei. Diesmal fiel die Kritik zwiespältig aus. »Schall und Rauch, die frohe Künstlervereinigung, die im vorigen Jahre, als Wolzogen die Welt zuerst überbrettelte, gleich Minerva fix und fertig, geistreich und lachend aus dem Haupt ihrer Schöpfer entsprang, dieses ›Schall und Rauch‹ ist nun auch den Weg aller guten Ideen gegangen und ein Geschäft geworden«, schreibt das *Berliner Tageblatt* am 10. Oktober 1901, dem Tag nach der Aufführung. »Ja, das Ganze sieht gewiß sehr gediegen aus. Dennoch wollen wir leise klagen, daß es so gekommen, daß ›Schall und Rauch‹ ein ›Theater‹, wenn auch zum Glück noch kein Rauchtheater geworden ist.« Die Kritik gilt in erster Linie Reinhardt und seiner Darstellungsweise. Er allein sei »der Verbrecher, um im früheren Stil von ›Schall und Rauch‹ zu sprechen. Er trägt eine Menge Pointen zusammen, die schließlich keine rechte Pointe haben. Er setzt alle Wunder der Bühne, Teufel und Teufelinnen, in Bewegung, er macht über die Überbrettelei Witze, obschon uns diese Witze schon zum Selbstmord treiben können. Er riskiert eine Handvoll Zötchen, die prompt belacht werden.« Der Artikel schloß mit dem Rat: »Und nun wird ›Schall und Rauch‹, soll es nicht nach dem Omen seines Namens schnell vergehen, noch einmal vom Frischen an die

Arbeit gehen müssen. Es hat schon eine Vergangenheit, die es zu einer Zukunft verpflichtet.« (vgl. Anm. 6)

»Schall und Rauch« hatte nicht nur bei sich zu Hause Aufmerksamkeit erweckt; sein Ruf verbreitete sich bis nach Stockholm. »Dieses Theater, bei seinem Beginn von der Kritik undifferenziert der Überbrettl-Welle zugeschrieben, hat mit dem traditionellen Theaterstil vollständig gebrochen«, schrieb das *Svenska Dagbladet*, »und als Resultat war der erste künstlerische Theatersalon in Berlin entstanden ... Der ranglose Zuschauerraum besticht durch seine einfache und gleichzeitig außerordentlich stilvolle Ausstattung. Man hat beim Betreten dieses Theaters fast den Eindruck, sich in der Vorhalle eines griechischen Tempels von reiner und kühl-erfrischender Schönheit zu befinden.«[8]

Der Verfasser dieses Artikels war der schwedische Journalist John Hertz, der als Korrespondent des *Svenska Dagbladet* in Berlin lebte und das Reinhardt-Ensemble mit wohlwollender Kritik begleitete. Hier bei »Schall und Rauch« sah er auch Alice Berend wieder. Ihre Vorliebe für die skandinavischen Dichter, ihre Kenntnisse der schwedischen Sprache und Literatur und das gemeinsame Interesse für das Theater führte die beiden enger zusammen, ohne daß sich daraus eine Verliebtheit entwickelte, wie Berend ihrer Freundin, der Schriftstellerin Elisabeth Castonier, gestand.

Am 14. Oktober 1901 berichtet das *Berliner Tageblatt* über einen Rezitationsabend, den Alice Berend und der Autor Richard Vallentin im Lessingtheater gegeben hatten. »Die junge Kunstnovize hat Eigenart, Feuer und Tiefe, und als glückliche Ergänzung einen schalkhaften Humor«, schreibt der Kritiker des Tageblattes. »Ihre Naturbilder sind voll Kraft und Tiefe und die schillernde Sprache gehorcht ihr willig ... Die Prosaskizze ›Das Osterlamm‹ durchklang ein spöttischer, die Dichtung ›Eine kleine Ballade‹ ein anmuthiger Humor. Die Begabung des Fräulein Berend scheint mehr auf die produktive als auf die reproduzirende Kunst zu weisen.« (vgl. Anm. 6)

Damit war die Richtung benannt, in die Alice Berends Kunst sich entwickeln sollte, und damit war zugleich die Trennung von Reinhardt und seinem Ensemble vollzogen. 1902 wurde »Schall und Rauch« in »Kleines Theater« umbenannt. Der Name deutete eine stärkere Professionalisierung an, man wollte weg vom Experimentieren, erstmals wurden jetzt auch abendfüllende Werke ins Programm aufgenommen. Die Zeit des »Überbrettls« neigte sich dem Ende. Für Reinhardt war die Begegnung mit der frechen Muse nur ein kurzer Flirt, eine Episode gewesen. Jetzt galt es, etwas Größeres zu wagen, den Sprung vom Cabaret zu einer ernsthaften Schauspielbühne zu vollziehen.

Am 15. November 1902 führte das »Kleine Theater« Oscar Wildes *Salome* mit Gertrud Eysoldt in der Hauptrolle auf, und auch Alice Berend hatte genug zu tun, indem sie als Kurier zwischen der Bühne Unter den Linden und Corinths Atelier in der Klopstockstraße hin- und hergeschickt wurde.

Aus Zensurgründen gab es nur eine einzige Vorstellung vor geschlossenem Publikum. Ein paar Tage später schreibt Corinth einen Brief an seinen Freund, Doktor Carl Graeser in Neapel. »Mit meiner Berühmtheit ist es in der Nähe gesehen nicht so weit her«, heißt es darin. »Viel Geschrei und wenig Wolle. Aber ich bin schon froh, daß wenigstens Geseires gemacht wird. Sie können die schönsten Bilder immer noch zu einem Spottpreis kriegen. Wenn Sie wollen schicke ich Ihnen einen Waggon voll ... Kennen Sie die ›Salome‹ von Oscar Wilde? Sehr feiner Einakter; er wurde hier in geschlossener Gesellschaft unter Polizei-Aufsicht gespielt. Viel Ähnlichkeit mit meinem Bilde.«[9]

Drei Monate später, Ende Februar, fand eine Wiederholung statt.

Reinhardt schied im Jahr darauf, Anfang 1903, aus dem Deutschen Theater aus, um sich fortan nur noch dem Aufbau des »Kleinen Theaters« zu widmen. Als Verwaltungsdirektor holte er seinen Bruder Edmund nach Berlin, der dem Reinhardt-Theater mit seiner klugen Finanzplanung die Basis für die kommenden Jahrzehnte sichern sollte. Am 23. September 1903 wurde Gorkis *Nachtasyl* aufgeführt. Das Stück, in dem Reinhardt selbst noch einmal die Bühne betrat und den Pilger Luka spielte, wurde sein größter Erfolg mit dem »Kleinen Theater«. Immer häufiger wurden jetzt Stücke gespielt, deren Verfasser bald jeder Theaterbesucher kennen sollte: August Strindberg, Arthur Schnitzler, Frank Wedekind, Anton Tschechow und Maxim Gorki. Auch Wedekind hatte zwei Jahre zuvor in München mit dem Cabaret begonnen. Im April 1901 hatten die »Die Elf Scharfrichter«, eine von dem Regisseur Otto Falckenberg und dem Kritiker Leo Greiner auf dem ehemaligen Paukboden, dem Fechtsaal einer Gaststätte, ins Leben gerufene Gruppe aus elf Männern und einer Frau, ihre erste »Exekution« vorgeführt. Zum erweiterten Ensemble gehörten rund zwei Dutzend »Henkersknechte«, darunter auch der spätere Verleger Reinhard Piper.

Noch einmal schickt Reinhardt Alice Berend zu Corinth, denn der Maler benötigt seine Requisiten, die er für die *Salome*-Aufführung ein Jahr zuvor geschaffen hatte, für das Gemälde von Gertrud Eysoldt. Außerdem entsteht eine kolorierte Bleistiftzeichnung, für die er den Johanneskopf benötigt, wie er Reinhardt schreibt. In der Münchner *Jugend* aber erschienen als Abgesang auf das »Überbrettl« die folgenden Verse:

»Bald haben vorm Brettl wir Ruh.
Nicht mehr spürest Du
Seines Gesichtes Hauch.
Sein Ruhm ist hin – er verhallte.
Wart nur, balde
Ist's Schall und Rauch.«[10]

Sechzehn Jahre und das deutsche Kaiserreich sollten vergehen, bis »Schall und Rauch« wie Phönix aus der Asche noch einmal neu auferstand und die Weimarer Republik das Kabarett zu neuem Leben erweckte. Mit der Wiedergeburt von »Schall und Rauch« ging das künstlerische Comeback Charlotte Berends einher. Doch bis dahin sollte noch eine lange Wegstrecke an Entbehrungen und Prüfungen vor ihr liegen.

NEUNTES KAPITEL

Charlotte

Liebe, Last und Eifersucht

Als Charlotte Berend und Lovis Corinth im März 1904 vor dem Standesbeamten in Berlin-Wilmersdorf den Bund der Ehe schlossen, war Corinth ein anerkannter Künstler, ein Mann mit reicher Erfahrung und vielfältigen Verbindungen, der sich in der Welt umgesehen hatte und dabei seinen Standpunkt im Leben und in der Kunst gefunden hatte. Charlotte aber, die dem Alter nach seine Tochter hätte sein können, und die – wie für Frauen ihrer Generation üblich – fast keinerlei Erfahrungen besaß, die außerhalb ihres gutbürgerlichen, familiären Horizontes lagen, trat mit romantischen Vorstellungen und großen Erwartungen in diesen neuen Lebensabschnitt ein. Wenn sie gehofft hatte, Corinth durch die Heirat und die Geburt ihres Sohnes enger an sich zu binden und zu einem »braven Ehemann« zu erziehen, sah sie sich jedoch bald getäuscht. Denn wenn Corinth sich für eine Rolle durchaus nicht eignete, so war es die eines Hausvaters, der seinen trinkfesten Freunden und dem Stammtisch entsagte, um daheim bei seiner Frau zu sitzen und ein Kind in den Armen zu wiegen.

Im Gegenteil, Corinth grenzte sich ab. So mietete er sich

gleich nach der Ankunft des kleinen Thomas eine Atelierwohnung in der nahe gelegenen Händelstraße, wo er ungestört arbeiten und Freunde und Kollegen empfangen konnte. An seiner Lebensweise wollte er nach der Heirat nichts ändern. Ganz anders aber war es für Charlotte, die nun durch Sorge um das Kind und den Haushalt ausgefüllt war.

Sie konnte jetzt kaum noch Zeit für die Malerei erübrigen, und mehr noch, es kam soweit, daß Corinth sie vehement daran hinderte. So empörte sich Charlotte noch im hohen Alter darüber, daß ihr Mann sie einst mit einem Wutanfall aus seinem Atelier geworfen hatte, als sie es »gewagt« hatte, von ihm eine Farbtube auszuborgen. Charlotte hat die kleine Szene in ihren Erinnerungen festgehalten: »›Was! Hier in meinem Atelier‹, schrie er, ›hier in meinem Atelier erlaubst du dir, so mit mir zu sprechen!‹ ... Ich wankte in mein Atelier ... Die Tube Weiß hielt ich jedoch tapfer in der Hand! ... Corinth stand, als ich seinen Raum wieder betrat, am Fenster ... ostentativ wandte er mir den Rücken zu.«[1]

In einer solchen Atmosphäre war an eine eigene Karriere nicht mehr zu denken. In den ersten Jahren ihrer Ehe war das Geld noch knapp, und Hauspersonal, das sie vielleicht einmal von den Pflichten befreit hätte, konnten sie sich nicht leisten. Wenn sie nun den lieben langen Tag mit dem kleinen Kind verbracht hatte, zeigte sie wenig Begeisterung, daß am Abend Corinths Freunde die Wohnung mit lautstarker Unterhaltung, mit Lachen, Gläserklingen und Tabaksdunst erfüllten.

»Lovis Corinth, einer aus der Runde bei Frederich, wo die Rotweinflasche unermüdlich kreiste, verheiratete sich«, schrieb Tilla Durieux, die Geliebte Paul Cassirers, in ihren Erinnerungen. »Seine Frau, die später bekannte Malerin Charlotte

Behrend (sic), sah diese Runde mit scheelen Augen an. Sie wollte ihren Mann diesem Einfluß entziehen.«[2]

Wie aber sollte so etwas vor sich gehen?

Die Durieux schilderte, wie Charlotte eine Gesellschaft in der Klopstockstraße ausrichtete, die man den Freunden ihres Mannes verheimlichte. »Lovis konnte aber den Mund nicht halten und verriet den Plan«, schrieb die Durieux. »Paul und ich und zwei Maler beschlossen nun, an dieser Gesellschaft teilzunehmen, nur in einer anderen Form.« Abends, nachdem sich die Gesellschaft bei Corinths eingefunden hatte, lassen sie Tisch und Stühle und ein Souper auf dem Treppenabsatz vor der Wohnung arrangieren. Dann klopfen sie an die Tür, um das Mädchen um einen Korkenzieher zu bitten. »Drinnen verstummte plötzlich das Gespräch, langsam und vorsichtig wurde die Tür geöffnet, und Herr und Frau Corinth, hinter ihnen der Schwarm der Gäste, spähten ängstlich heraus. Wir ließen uns nicht stören und tranken uns zu. Ein allgemeines Hallo erscholl, und von da an saßen die meisten Gäste mit uns auf der Treppe.«[3]

Nach dieser Brüskierung mußte Charlotte einsehen, daß sie mit ihrer Eifersucht nur Hohn und Spott erntete; so begann sie sich allmählich mit Corinths »Allotria« abzufinden.

Und dann, ein Jahr nach ihrer Hochzeit, im Frühjahr 1905, waren die Rollen auf einmal vertauscht. Denn nun war es Charlotte, die Grund zur Eifersucht gab. Enttäuscht von ihrem Mann und dem Ehealltag, getrieben von Sehnsucht nach Anerkennung und Liebe, ließ sie sich auf eine Affäre ein.

»Gestern ist die Secession eröffnet worden, und abends war im Palast-Hotel ein großes Fest«, schreibt sie am 2. Mai in ihr Tagebuch. »Da saßen Liebermann und Leistikow und Hodler.«[4]

Und dieser Hodler hatte ein Auge auf sie geworfen.

Der Schweizer Ferdinand Hodler, 1853 in Bern geboren, hatte Malerei in Genf studiert, wo er seitdem überwiegend tätig war. Neben monumentalen Wandmalereien wie dem »Auszug der Jenenser Studenten in den Freiheitskrieg 1813« für die Universität Jena schuf Hodler vor allem Landschaften in oft eisigen Farben, Menschendarstellungen von großer Einfachheit und Kraft und mehr als dreißig Selbstporträts. Im Mai 1905 nahm Hodler, der sich schon an der Eröffnung der Sezession 1899 beteiligt hatte und Mitglied des Vereins geworden war, an einer Ausstellung im neuen Sezessionsgebäude am Kurfürstendamm teil. Corinth selbst führte seine Frau am Tag vor der Eröffnung durch die Räume, in denen Hodlers Bilder hingen. »Ich sah zum ersten Mal seine Gemälde in einer Kollektiv-Ausstellung«, schrieb Charlotte. »Corinth sprach mir immerzu von den vorzüglichen Bildern Hodlers; er konnte es gar nicht erwarten, mir die Bilder zu zeigen, und führte mich in den Saal, noch ehe die Ausstellung offiziell eröffnet war. Die Bilder begeisterten mich.«[5]

Und der Maler selbst – begeisterte er sie auch? Am Abend kommt es auf dem Ball der Sezession zu einer Begegnung, bei der Hodler ihr Herz im Sturm erobert. »Er war der Ehrengast und ich sagte ihm, daß er sich der Gesellschaft widmen sollte. Er aber wollte durchaus mit mir tanzen. Er kannte die neuen Tänze nicht, und er amüsierte sich köstlich.«[6]

Charlotte amüsierte sich nicht weniger, sie schien wie verwandelt und genoß es, endlich wieder bewundert, umschwärmt und verwöhnt zu werden. Als wenige Tage später der Abschied naht, steht Charlotte kurz davor, Hodler in seine Heimat zu folgen. Er reist nach Genf zurück, und nun treffen Woche für Woche kleine Couverts mit Seidenfutter, abgestempelt in der Schweiz, in der Klopstockstraße ein. »Von jedem Bild, das er malte, schrieb er mir. Von einem Bäumchen, das ganz in Blüte stand, schrieb er, wie er es malen wollte und daß er es gerne mit mir gemalt hätte ... Ein anderes Mal entschuldigte er sich, daß eine Briefpause eingetreten war ... Er bat um meine Fotografie.«[7]

Solche Worte sind wie Balsam auf der Seele einer sich vernachlässigt fühlenden Ehefrau. Und mit solchem Süßholz, das ein Eisbär wie Corinth natürlich niemals geraspelt hätte, gelingt es Hodler, Charlotte den Kopf zu verdrehen. Nach einiger Zeit macht sie sich nicht einmal mehr die Mühe, den zärtlichen Briefwechsel vor ihrem Mann zu verbergen. »Ich hatte einmal einen Brief an Hodler auf dem Tisch liegenlassen und war abgerufen worden«, schreibt sie. »Corinth ... hatte sich ahnungslos an den Tisch gesetzt und den Brief gelesen. Er rief mich zu sich ins Zimmer. Sein Blick war eigenartig und seine Stimme leise. ›Ich habe, ohne es zu wollen, einen Brief gelesen. Du schreibst an Hodler, daß du ihn liebst?‹ – ›Ich werde den Brief zerreißen. Ich schrieb das im Überschwang, weil ich seine Bilder so schön fand.‹«[8]

Corinths Verhalten wirft ein bezeichnendes Licht auf die Situation seiner Ehe. Während er gewöhnlich aus der Haut fuhr, wenn Charlotte ihn bei der Arbeit störte, seine Malutensilien benutzte oder unpünktlich zum Modellsitzen erschien, blieb er angesichts ihrer Schwärmerei für Hodler erstaunlich ruhig und beherrscht. Nur ein Jahr nach der Hochzeit scheint eine Entfremdung eingesetzt zu haben, so daß er bei der Entdeckung des Liebesbriefes nicht explodierte, sondern zur Tagesordnung überging.

Über ein halbes Jahr hält ihre Korrespondenz nun schon an. Am Tag vor Heiligabend findet abermals ein Ball der Sezession statt. »Ich kam im Krinolinen-Kostüm mit Pfropfenzieherlokken«, schreibt Charlotte in ihr Tagebuch. »Ich sah sehr gut mit aus. Habe ... aber leider keine wirklichen Personen in meine Nähe gezogen wie damals den Hodler.«[9]

Dann aber zieht es sie mit so großer Macht in seine Nähe, daß sie kurze Zeit später, im März 1906, ihren eineinhalbjährigen Sohn in der Obhut ihrer Mutter zurückläßt und zu einem Wiedersehen mit Hodler nach München reist. Stürmisch bedrängt der Mann sie, Corinth zu verlassen, zu ihm in die Schweiz zu ziehen und mit ihm zusammen Landschaften zu malen. Er möchte für ihr Kind sorgen und möchte, daß sie zusammen noch ein Kind bekommen. »... ein Kind von uns beiden! ... Bitte, denken Sie nicht bürgerlich. Daß Sie verheiratet sind, was die Welt sagen wird, und dergleichen, sondern denken Sie an die größeren Gesichtspunkte«, bestürmt er sie.[10]

Charlotte ist hin- und hergerissen. Kann sie Corinth denn verlassen, kann sie den kleinen Sohn mit in die Schweiz nehmen, wie wird ihr Leben an der Seite des neuen Mannes aussehen, meint Hodler es überhaupt ernst mit ihr? Charlotte wäre wohl nicht Corinths Ehefrau geworden, hätte sie nicht gelernt, mit Beharrlichkeit und Disziplin ein Ziel zu verfolgen und zu erkämpfen. Wollte sie die Sicherheit ihrer Familie nun für den zweifelhaften Status einer Geliebten, einer Rolle, die sie im Grunde ihres Herzens doch verachtete, aufs Spiel setzen? Hand in Hand spazierte sie mit Hodler durch die Pinakothek, durch den Englischen Garten, aber die Tage ihres Zusammenseins waren gezählt. Am Ende siegte die Vernunft. So verließ sie Hodler und kehrte zu ihrem Mann zurück, der sie wieder aufnahm, als sei nichts gewesen. Die Krise war damit aber nicht beendet, sie sollte ihren Höhepunkt noch finden.

In der Sezession, die im April 1906 öffnete, wurde Charlottes Gemälde »Die Mütter« ausgestellt. Sie hatte das großfigurige Gemälde, das eine Gruppe von acht Frauen mit ihren Kindern zeigte – heute gilt es als verschollen –, im Herbst zuvor während einer Kur in Braunlage gemalt. Corinth hatte ihr von Berlin aus schriftlich Ratschläge erteilt, und als es nun ausgestellt wurde, gratulierte er ihr noch aus der Sezession zu ihrem Erfolg. »Petermannchen Du hängst schon im großen Saal. Hast kolossalen Erfolg bei der Jury. Slevogt ist weg davon. Liebermann auch, jetzt weiß er es auch. Also hurrah.«[11]

In dem Jahr, in dem Charlotte »Die Mütter« malte, war auch das Porträt von »Henny« entstanden, der Tochter einer befreundeten Familie namens Sekbach, über die allerdings weiter nichts bekannt ist. Das Bild zeigt ein Mädchen, etwa fünf Jahre alt, in einem weißen Spitzenkleid, das die Schultern und die Achseln bis zum Brustansatz unbedeckt läßt. Eine blaue Schärpe, die das Kleidchen unterhalb des Bauchnabels rafft, verschiebt die Proportionen, so daß der Oberkörper unverhältnismäßig lang erscheint. Mit einem offenen, doch ernsten Blick mustert die Kleine den Betrachter. Die ambivalente Mischung von Erotik und strenger Sachlichkeit bestimmt den Reiz des in kühlen Weiß- und Blautönen gehaltenen Bildes.

Die gehobene Stimmung, die eine Ausstellung der Sezession stets verursachte, hatte aber die Krise des Paares und Charlottes Unzufriedenheit nicht beseitigen können. Mitte Mai bringt Corinth Frau und Sohn in die Sommerfrische nach Hohenlychen, einem Kurort nordöstlich von Berlin. Womit sollte sie sich in dieser ländlichen Einsamkeit beschäftigen? Zurückgelassen mit dem Hausmädchen und dem zweijährigen Kind als einziger Gesellschaft, wird ihr die Abgeschiedenheit und Untätigkeit schon nach kurzer Zeit unerträglich. Als Corinth einmal mit seinem Freund Carl Strathmann, einem Maler aus der Sezession, zu Besuch kommt, sich aber nach wenigen Stunden schon wieder verabschiedet, schreibt sie ihm anklagend und um Verständnis heischend: »Lieber Luke, jetzt ist es Juni, und in den schönen Sommer-Nächten scheint der volle Mond die ganze Nacht, aber ich bin allein und einsam. Du hättest das auch bedenken können, so scheint es mir. Wenn der kleine Thomas zu Bett gebracht ist, dann sitz ich da und Du kannst Dir nicht vorstellen, wie traurig mir in dem einsamen Haus zumute ist. Da ist wohl doch der Unterschied unserer Jahre zu spüren. Ich bin grade eben erst 26 Jahre alt und habe eben mehr heisse Lebenswünsche. Aber es hat wohl keinen Sinn Dir das zu schreiben.«[12]

Wenn sie geglaubt hatte, daß Corinth sie verstehen würde, sah sie sich getäuscht. Er war im Gegenteil verärgert, und im Gegensatz zu der »Affäre Hodler« legte er sich diesmal keine Zurückhaltung auf.

»Dein Brief liest sich wie von einem Backfisch und nicht von einer Frau, die doch zum Besten des Ganzen manches hintenansetzen sollte und auch ein gutes Gesicht machen sollte, wenn es nicht gar so angenehm ist«, hält er ihr vor. »Ich beurteile doch Deinen Charakter neben warmer Empfindung als sehr egoistisch ... ich sage Dir, daß Dein Dir unglücklich scheinendes Dasein noch nicht ganz so ist, wie Du meinst ... Solltest Du irgendwie glauben, daß mein Alter für Deine Jugend zu unverständlich ist, so muß an Änderung gegangen werden; jedenfalls will ich Klarheit und Vertrauen und kein Gejammer von Juni und schwühlen (sic!) Nächten, was ich alles für Pose halte.«[13]

Im Nachlaß von Corinth, den das Künstlerarchiv im Germanischen Nationalmuseum Nürnberg bewahrt, befinden sich vier von einem Spiralblock abgerissene Zettelchen. Mit ihren jeweils acht mal dreizehn Zentimetern entsprechen sie dem herkömmlichen Format eines Fotos. Auf diese karierten Blättchen hat

Charlotte in winzigen Lettern ihren Kummer geschrieben, besser gesagt: gekritzelt! Nicht nur, daß sie des Abends im flakkernden Schein von »Kerzenstümpfchen« sitzen mußte, es gab dazu nicht einmal Schreibpapier in ihrer Klause. »Du bist sehr hart gegen mich«, verteidigt sie sich. »Du fühlst nicht wie einsam ich hier lebe. Als Du mit Strathmanns abgereist warst ... da lief ich zum Strand, da wo wir gestern alle spazieren gingen. Es waren dort noch die Abdrücke von Euren Fuss Spuren im feuchten Sande. Da hab ich mich in den Sand geworfen und habe geweint, mir erschien es so, als bestünde mein ganzes Leben nur noch aus Fuss Spuren.«[14]

Doch es kamen auch wieder bessere, unterhaltsamere Zeiten. Ende August wird Charlotte aus ihrer Einsamkeit erlöst, als Corinth sie auf eine Reise nach Ostpreußen mitnimmt. Sie besuchen Königsberg und seine Geburtsstadt Tapiau. In Zoppot, wo Corinth »Das Meer bei Zoppot« malte, wohnten sie im Haus der Familie Schlepps, deren Tochter Wanda einige Zeit später Corinths Schülerin wurde. Hier lebten sie »vergnügt wie Gott in Frankreich«, wie Charlotte in ihr Tagebuch notierte.[15]

Im September kehrten sie nach Hause zurück, und zur selben Zeit trafen auch Charlottes Mutter und Alice wieder in Berlin ein. Hedwig Berend hatte ihrer Ältesten und ihrem Mann in diesem Sommer eine Reise an den oberbayrischen Kochelsee spendiert. Und obwohl Charlotte aufs beste versorgt war und keinerlei Mangel litt, ließ die Eifersucht sie nicht los. In keinem der Briefe an die Mutter erkundigte sie sich nach dem Befinden der Schwester, die ja in derselben Pension wohnte. »Sehr egoistisch«, hatte Corinth sie, hellsichtig, genannt.

ZEHNTES KAPITEL

Alice

Florentiner Geschichten

Während Charlotte wie ein verwöhntes Kind auftritt, das alle Vorzüge und Privilegien für sich beansprucht und bei Unstimmigkeiten und Schwierigkeiten Vorwürfe und Selbstmitleid einsetzt, scheint Alice still und klaglos alle Nachteile und Zumutungen erduldet zu haben. Ihre Hoffnung auf die Erfüllung einer großen Liebe war erloschen. Der umschwärmte Corinth war ihr Schwager geworden. Und auch Max Reinhardt war in unerreichbare Ferne gerückt. Alice war Mitte zwanzig und in den Augen der Gesellschaft ein »spätes Mädchen«, als sie im Sommer 1904, wenige Wochen nach der Hochzeit ihrer Schwester, in London selbst die Ehe schloß mit einem schwedischen Schriftsteller namens John Jönsson. Allzu oft heirateten damals junge Frauen, wenn sie die »magische Grenze« überschritten hatten, aus »Torschlußpanik«. Dieses Schicksal scheint auch Alice geteilt zu haben. Desillusioniert und nüchtern gestand sie ihrer Freundin, der Schriftstellerin Elisabeth Castonier, daß eine Vernunftehe eine Frau doch vor mancher Enttäuschung bewahren könnte. Für Alice war die Heirat im entfernten London vielleicht auch eine Möglichkeit, sich der »fürsorglichen

Anteilnahme«, den Ratschlägen oder Vorhaltungen von Angehörigen und Freunden zu entziehen. Denn anders als Charlotte machte Alice keine »gute Partie«.

Wer war dieser John Jönsson, der sich das Pseudonym John Hertz zulegte und eine aufstrebende Schriftstellerin zur Frau nahm? Es ist nicht leicht, Daten zu seinem Leben und Werk aufzuspüren. Denn obwohl er fast dreißig Jahre seines Lebens in Deutschland verbrachte, ist in deutschen Nachschlagewerken und Archiven so gut wie keine Spur von ihm zu finden. Nach ihrem Onkel befragt, behaupteten Thomas und Wilhelmine Corinth, Jönsson sei Ende der achtziger Jahre als Privatsekretär von Henrik Ibsen nach Deutschland gekommen. Doch dies scheint nicht viel mehr als der Versuch zu sein, ihm eine nachträgliche Bedeutung zu geben. An keiner Stelle in der Ibsen-Literatur findet sich der Hinweis auf einen Sekretär. So bin ich Lars Rumar, dem Hauptarchivar des schwedischen Reichsarchivs in Stockholm, zu Dank verpflichtet. Denn nur mit seiner Unterstützung war es möglich, überhaupt ein paar Angaben über Alice Berends Ehemann herauszufinden.

Geboren am 23. Juni 1875 in Helsingborg, war er nur wenige Tage älter als seine Frau. Das *Svenskt Författarlexikon*, ein biobibliographisches Lexikon der modernen schwedischen Literatur, verzeichnet ihn als Autor von literarischen Studien und Theaterstücken für das Stadttheater Gothenberg. Kein Geringerer als August Strindberg lobte ihn in höchsten Tönen: »Eine meisterhafte Begrenzung, eine künstlerische Form, eine ausgesprochene Persönlichkeit.«[1]

Verzeichnet ist auch sein 1922 in Konstanz erschienener Roman *Der Zufall*. Ein Foto aus dieser Zeit, abgedruckt im Bodensee-Almanach von 1925, zeigt einen kräftigen, energischen Mann mit scharf geschnittenen Zügen, tiefliegenden Augen, einer hohen Stirn und Geheimratsecken; die dichten, dunklen Haare sind aus der Stirn gestrichen.

Über seine Verbindungen und Aufträge als Journalist ist, bis auf zwei Beiträge für das *Svenska Dagbladet*, ebenso wie über seine Einkünfte wenig mehr bekannt. Alice stand eben am Beginn ihrer Karriere, außerdem meldete sich gleich im ersten Ehejahr Nachwuchs an, so daß man davon ausgehen kann, daß sich das junge Paar in der Anfangszeit wohl bescheiden mußte. Hedwig Berend zweigte ab und an einen kleinen Betrag von ihrer Rente ab, und im Sommer 1906 lud sie ihre Tochter mit Mann und Kind sogar an den bayrischen Kochelsee ein. Im Corinth-Nachlaß des Nürnberger Künstler-Archivs finden sich neben der Korrespondenz von Alice auch ein paar Briefe, aus denen hervorgeht, daß Jönsson Charlotte um Unterstützung anging, als sie während der ersten Jahre in Florenz in finanzielle Not gerieten. Und es versteht sich natürlich, daß solche Versuche das Verhältnis zwischen Schwager und Schwägerin nicht verbesserten.

In London hatten Alice und John im Haus von Alices Onkel Martin Berend, dem jüngeren Bruder ihres Vaters, gelebt. Martin Berend, geboren 1832 in Hamburg, hatte dort die Filiale des Berendschen Baumwollunternehmens aufgebaut. Er war verheiratet mit Ida, und ihr Sohn Philipp wurde sein Nachfolger im Geschäft. »Onkel Martin«, schrieb Charlotte, »ähnelte äußerlich unserm Vater. Beide trugen den Spitzbart, den der König Eduard von England trug, und der auch diese Brüder gut kleidete ... Tante Ida sah aus wie die englischen Damen in den Journalen. Klein und graziös, mit hellblauen Augen und schwarzen Wimpern. Dunkelblonde Locken hoch auf dem schmalen feinen Kopf arrangiert. Eleganter Schmuck an Hals, Armen und Händen. Eine perfekte Lady.«[2]

Lady Ida, eine dunkelhaarige, zierliche Frau, war lebenslustig und attraktiv. Sie stand im Gegensatz zu ihrer Schwägerin Hedwig, das Verhältnis der beiden Frauen war gespannt. Wenn Martin Berend mit seiner Familie nach Deutschland kam, reiste Ida jedesmal voraus und war dann unauffindbar. Man tuschelte über ein Verhältnis mit einem Kapellmeister des Leipziger Gewandhauses. In der Familie galt die Affäre als offenes Geheimnis. »Jeder wußte, daß sie heimlich einen Tag und eine Nacht eher in Leipzig ankam, als sie zugab. Jeder machte sich den Spaß, freundlich zu fragen: ›Soeben angekommen, Ida?‹ – ›Ja‹, nickte Ida.«[3]

Thomas Corinth beschreibt seine Großtante als »pikant, charaktervoll hübsch, petite«. Und Lovis Corinth, der sie im Winter 1905 kennenlernte, urteilte auf seine typisch grobe, respektlose Art: »Die Londoner Tante war wieder da ... Sie muß sehr pikant und interessant gewesen sein, ist es auch eigentlich noch, aber ebenso oberflächlich wie das übrige Berlin von dieser Couleur.«[4]

Während die meisten Angehörigen über Ida herzogen, scheint Alice eine freundschaftliche, vertrauensvolle Beziehung zu der Tante gehabt zu haben. Wenn Ida in Berlin weilte, sah man sie häufig miteinander im Tiergarten spazieren.

Nach ihrer Rückkehr aus London nahmen Alice Berend und Jönsson eine Wohnung in der Wullenweberstraße im Bezirk Tiergarten, nicht weit von Corinths entfernt. Doch die enge Nachbarschaft hatte keine günstige Auswirkung. Im Gegenteil, als ein Jahr später, am 22. Juni 1905, Alices Sohn Nils-Peter geboren wird, kommt es immer häufiger zum Streit zwischen den Schwestern. Charlotte war daran gewöhnt, daß ihre Mutter den kleinen Thomas betreute. Anders wäre es ihr nicht möglich gewesen, die Malerei wiederaufzunehmen. Nun fürchtete sie, daß Alice ihr dieses Privileg streitig machte. Sie neidete der Schwester jede Zuwendung und Aufmerksamkeit; eifersüchtig und unerbittlich wachte sie darüber, daß sie selbst die Nummer Eins bei der Mutter blieb. Es konnte nicht gut gehen. Monate später, anläßlich der Taufe von Alices Sohn am 10. Juni 1906, explodierte die gereizte Stimmung. Es kam zum offenen Streit. Selbst Corinth, den so leicht nichts aus der Fassung brachte, zeigte sich nachher betroffen über Charlottes feindselige Art, so daß er sie in einem Brief noch einmal auf die »unglückliche Taufe des Neffen« ansprach. Der Bruch zwischen den Schwestern war unüberwindlich, und Alice zog Konsequenzen. Ein paar Wochen später löst sie ihre Wohnung auf und verläßt mit ihrer Familie Berlin – für immer, wie sie meint.

Sicher war der Familienzwist nicht der eigentliche Grund für die Emigration. Seit Alice zwei Jahre zuvor an den Gardasee und nach Florenz gereist war, träumte sie von einem unbeschwerten Leben unter der südlichen Sonne. Und vielleicht gaben nun der Streit mit Charlotte, Alices Verbitterung und ihre Enttäuschung darüber, der Schwester gegenüber stets den Kürzeren zu ziehen, den letzten Anstoß, der Familie und Berlin endgültig den Rücken zu kehren. Im Sommer 1906 packt sie ihre Bücher und Manuskripte in Kisten und Koffer und bereitet ihren Auszug vor. Was ihr den Abschied von Berlin erleichterte: Sie hatte – und dies war ihre einzige Sicherheit auf ihrem Weg in die freiwillige Emigration – einen Verlagsvertrag mit Samuel Fischer im Gepäck.

Florenz, die Stadt im Tal des Arno, an den Ausläufern des Apennin und der Chiantiberge gelegen, war das Ziel ihrer Reise. Hier fand sie eine Wohnung in der Via Montebello am östlichen Rand des historischen Zentrums. In der Nachbarschaft lagen St. Ognissanti, die Kirche des Humilitatenordens, dessen Mönche einst die Tuchmacherei nach Florenz gebracht hatten, und das Stadttheater. Vom Fenster aus ging der Blick hinunter auf den Arno.

Die Stadt Florenz, von Bildungsbürgern gelegentlich auch als »Geisteshauptstadt Italiens« gerühmt, hatte bis zum Beginn des 19. Jahrhunderts keine übermäßige Bedeutung für Italienreisende gehabt. Weder für die christlichen Wallfahrer noch für die Söhne der Aristokratie oder die bürgerlichen Kunstfreunde hatte die Stadt, die durch ihre Kessellage im Sommer ein schwülwarmes Klima erzeugte, eine Bedeutung, vergleichbar mit der von Rom oder Venedig gehabt. Für die meisten war sie nicht mehr als eine Durchgangsstation auf dem Weg nach Rom. Goethe, der im Spätsommer 1786 nach Italien aufgebrochen war, hatte Florenz keine Beachtung geschenkt. »Die Stadt hatte ich eiligst durchlaufen, den Dom, das Baptisterium«, notierte er. »Hier tut sich wieder eine ganz neue, mir unbekannte Welt auf, an der ich nicht verweilen will.«[5]

Erst mit der Wiederentdeckung der Renaissance zu Beginn des 19. Jahrhunderts, mit dem Interesse der Romantiker an den mittelalterlichen Städten der Toskana erfuhr auch Florenz eine Aufwertung. 1881 entdeckte der Kulturhistoriker Jacob Burckhardt die Stadt. »Was war das für ein sonderbarer erster Nachmittag, den wir in Florenz zubrachten!« schrieb er. »Neugierig wie Kinder liefen wir ... aufwärts in den Garten Boboli ... von Terrasse zu Terrasse, von Höhe zu Höhe, bis wir am Piedestal der großen freundlichen Pomona von Marmor stillstanden, uns umsahen und das göttliche Florenz zu unseren Füßen erblickten, mit seiner ungeheuren Domkuppel, seinen hochragenden Türmen und Palästen, seinen Gärten, Hainen und Brücken, und ringsum den blauen, schroffen Apennin mit seinen hochliegenden Felsennestern von Pistoja bis Fiesole, alles schön und still, wie der süßeste Traum eines Kindes; ich hielt es beinahe für optische Täuschung, aber diesmal war eines meiner Ideale wahrgeworden.«[6]

Hugo von Hofmannsthal, der Florenz einige Jahre später besuchte, war überwältigt von der Fülle der Kunstschätze, die die Stadt in ihren Kirchen und Palästen barg. Theodor Fontane war da anderer Meinung. Florenz werde überschätzt, schrieb er, die Stadt sei voll von Engländern und Bildern, und mit den Bildern werde man »nicht fertig«.

Das sah auch der bayrische Volksdichter Ludwig Thoma so, der in *Käsebiers Italienreise* das bildungsbeflissene Bürgertum aufs Korn nahm. In dieser heiteren Geschichte beschreibt er die Erlebnisse des Fabrikanten Friedrich Wilhelm Käsebier aus Charlottenburg, der mit Frau Mathilde und Tochter Lilly eine Reise in den sonnigen Süden macht. »Eigentlich sollte man glauben, daß die Leute, welche immer hier leben dürfen, von der alten Kultur vollkommen durchdrungen sein müßten«, schreibt Mathilde Käsebier an ihre Freundin, Frau Kommerzienrat Liekefett, »aber man erkennt nur zu bald, daß dieses Volk ... so gar nichts weiß von dem hehren Geiste, der um diese Stadt gelagert ist, und daß es vollkommen stumpf im Schatten der wundervollen Palazzi seinem alltäglichen Leben frönt.«[7]

Ludwig Thoma (1867–1921) hatte nach einem Jurastudium in München als Redakteur bei der *Jugend* und dem *Simplicissimus* gearbeitet. Er war als Verfasser von Volks- und Bauernstükken bekannt, die sein derber Humor, seine Gesellschaftskritik und seine Polemik gegen Spießertum und Preußentum davor bewahrt, bloße Heimatdichtung zu sein. Am bekanntesten wurden seine *Lausbubengeschichten*, der *Bayer im Himmel* und nicht zuletzt Familie Käsebier. Mit den liebevoll-ironisch gezeichneten Kleinbürgern aus Berlin hatte Thoma die Tür aufgestoßen zur Welt des deutschen Michel, wie ihn auch ein gewisser Sebastian Wenzel verkörperte, der Protagonist aus dem Roman von Alice Berend.

Die Reise des Herrn Sebastian Wenzel, in Florenz geschrieben, wurde ihr Durchbruch als Unterhaltungsschriftstellerin, nachdem sie mit ihren ersten Romanen nur mäßigen Erfolg erzielt hatte.

Der kleine Sebastian Wenzel, der Held der Geschichte, ist ein pensionierter Buchhalter. Berend stellt ihn als einen verschrobenen Kerl, einen rechten Sonderling, dar. In seiner Straße kennt man ihn, man hat sich an seinen Anblick und seine Marotten gewöhnt. Die Verwandten umschmeicheln den Junggesellen mit allen Finessen, denn er hat sich im Laufe seines Lebens durch Sparsamkeit und Fleiß ein kleines Vermögen erspart. Nun spekulieren sie auf das Erbe. Wenzel beschließt, der Fürsorge und ihren Ratschlägen zu entfliehen, und macht eine Reise an die Riviera. Zwar liebt der alte Hagestolz nichts mehr als seine Bequemlichkeit, doch nachdem er den Plan zu der Reise einmal gefaßt und sogar schon ein Reisebüro aufgesucht hat, ist er überzeugt davon, daß er seinem Ansehen als »Privatier« eine solche Reise einfach schuldig ist.

Und so nimmt das Schicksal an einem schönen Frühlingsmorgen daheim in Berlin seinen Lauf.

»Eine Weckuhr weckte Herrn Sebastian Wenzel drei Stunden vor Abgang des Zuges. Er fuhr aus dem Schlaf auf und sagte sich: jetzt muß es sein. Es war fünf Uhr. Die Sonne, die nicht mit dem Frühzug an die Riviera zu fahren brauchte, war noch nicht aufgestanden. Die Straßen waren still. Nur die Spatzen zeterten auf den Baumgerippen.«[8]

Über München, Bozen und Mailand geht es mit dem Fernzug an die Riviera. »Als er erwachte, war er in Italien. Wie das glückliche Kind, das schlafend durch den Schlund der Berge ins Wunderland fand, war er dahin gekommen. Er richtete sich auf, gähnte und sah sich um ... Er rieb bedächtig die beschlagnen Fensterscheiben ab. Was war das? Ein freundlicher Frühlingsmorgen lächelte unter wolkenlosem Himmel. Auf hellgrünen Feldern trugen Obstbäume ihre reiche, zarte Blütenlast. Am Rand des Weges leuchteten stark farbige Wiesenblumen. Herr Sebastian Wenzel holte seinen Kneifer her ... Er putzte die Gläser mehrmals, um recht zu sehen: die Welt schien bunter geworden zu sein.«[9]

In seinem Hotel angelangt, findet sich Wenzel nach kurzer Zeit unter seinesgleichen wieder, in einem Kreis höchst eigenwilliger, verschrobener Zeitgenossen. Da ist ein älterer Fabrikant aus Berlin, der den Don Juan spielt und den jungen Damen nachstellt. Die Frau Gemahlin, um seine Gesundheit und seine Geldbörse besorgt, versucht vergeblich, ihn daran zu hindern und an seine Pflichten als Ehemann zu gemahnen. Neben zahlreichen anderen Gästen ist da noch die verwitwete Matrone, die für ihre hübsche Tochter auf der Suche nach einem wohlhabenden Bräutigam ist. Bald muß Wenzel zu seinem Schreck erkennen, daß die neuen Bekannten seinem Reden und Benehmen eine besondere Bedeutung beimessen. Man munkelt, er sei ein vermögender Mann. Doch ehe er noch etwas dagegen unternehmen kann, trifft ihn Amors Pfeil. Ach, der gute Wenzel hat die Zeichen des hübschen Fräuleins falsch gedeutet. Es naht der Moment der Ernüchterung, in dem er blitzartig erkennt, daß die Angebetete für einen anderen bestimmt ist und er selbst nur als Beichtvater diente. Doch er trägt seinen Irrtum mit Fassung und Humor und tritt um eine Erfahrung reicher die Heimreise an. »Er war der Stolz der Straße, die mit ihm und seinen Ausgaben wie mit einer kleinen sicheren Rente zählte ... Nicht nur einer versicherte ihm auf seinem Spaziergang, daß er jung und blühend aussähe und sicher noch eine unabsehbare Reihe rüstiger Jahre vor sich habe.«[8] Doch Wenzel blieb keine Zeit mehr, und sein Vermögen fällt am Ende ganz unverdient den Verwandten in den Schoß.

Eine spritzige, temporeiche Handlung und Figuren, die aus dem alltäglichen Leben gegriffen waren – so etwas kam an bei Lesern, die geistreiche Unterhaltung schätzten, sie aber in den Trivialromanen einer Courths-Mahler oder Marlitt nicht finden konnten, in denen es von tugendhaften Fräulein und hochherzigen Grafen nur so wimmelte. Was weder Fischer noch Berend vorausgesehen hatten – die Geschichte des schrulligen Wenzel wurde ein Erfolg. Gleich mehrere Besprechungen machten auf die Neuentdeckung aufmerksam.

»Der Held dieses satirisch-humoristischen Werkes ist Herr Sebastian Wenzel … ein pedantisches, ängstliches und weiberfeindliches Wesen, dessen Lebenskunst nicht weit über Küche und Keller hinausgeht«, schrieben die *Leipziger Literarischen Neuigkeiten.* »Dieses unfruchtbare und langweilige Leben gestaltet sich unter dem zeichnenden Griffel der Verfasserin zur biographischen Groteske, die ihre Wirkung auf die Lachmuskeln des Lesers kaum verfehlen wird.« Die *Berliner Vossische Zeitung* war sicher, daß Alice Berend sich mit ihrem »köstlichen Buche« ein Publikum erobern würde. »Ganz natürlich steht Herr Sebastian Wenzel auf einmal vor uns«, hieß es in der Besprechung, »Und die vielen Einfälle, mit denen Alice Berend leicht ironisch aufwartet, sind trotz ihrer psychologischen Feinheit im Grunde doch nur das ganz alltägliche Leben, wie es so ist. Aber mit wunderbarer, faszinierender Technik sind sie ineinandergereiht und ersticken in ihrem Lächeln und Lachen auch den leisesten Anflug Langeweile.«

Der *Berliner Lokalanzeiger* ergänzte, sie habe mit ihrer »kräftigen Streitschrift« den Beweis erbracht, daß Frauen sehr wohl die Klaviatur des Humors beherrschten. »Sie hat den Boden des Humors für sich entdeckt, und es ist ihre Aufgabe und Pflicht, ihn auch fernerhin zu bestellen und zu betreuen.«[9]

In seinem 1970 erschienenen Buch *S. Fischer und sein Verlag* stellte der Autor Peter de Mendelssohn Alice Berend noch einmal als einen Glücksfall für Fischer dar. »Der ungemein witzige und komische Roman ›Die Reise des Herrn Sebastian Wenzel‹ war der Erstling der damals vierunddreißigjährigen Berlinerin Alice Berend, die mit ihm in der Romanbibliothek ›Premiere‹ und sogleich einen durchschlagenden Serienerfolg hatte«, schrieb Mendelssohn. »In der nächsten Reihe ... erzielte Alice Berend mit ihrem zweiten Roman ›Frau Hempels Tochter‹ einen noch größeren Erfolg.«[10]

Hempels Tochter ist die junge Laura, ein selbstbewußtes, hübsches Mädchen von siebzehn Jahren, der Stolz der Mutter, die als Portiersfrau das geheime Regiment in einem Berliner Mietshaus führt. Monat für Monat legt sie einen kleinen Betrag auf die hohe Kante, um ihrer Laura einmal ein besseres Leben zu ermöglichen. Als sich die Gelegenheit bietet, vor den Toren der Stadt einen Badebetrieb zu übernehmen, sieht sie den Moment gekommen, sich ihren Traum vom eigenen Unternehmen zu erfüllen. Hempels vertauschen ihre Kellerwohnung gegen ein Häuschen auf dem Land in gesunder Luft und freier Natur, wo sie sich um eine Schar gutbetuchter Kurgäste kümmern. Als Laura nach einigen Umwegen und Kapriolen hier auch noch den Mann ihres Herzens wiederfindet, ist das Glück komplett, und dem Happy-End steht nichts mehr ihm Wege.

»Etwas Seltsames hat sich in der Frauenliteratur begeben«, schrieben die *Leipziger Neuesten Nachrichten* zum Erscheinen von *Frau Hempels Tochter*, »eine Humoristin ist uns gekommen. Eine von den ganz Großen und Echten, mit der ›lachenden Träne im Wappen‹ ... Oft nimmt ihr Humor ironische oder satirische Färbung an, bleibt aber stets liebenswürdig. Das Ganze ist vollgepfropft mit einer Fülle reizender kleiner Geschehnisse, liebenswürdiger Episoden, feiner Betrachtungen und überraschender Vergleiche ... Ich machte mit dem Buch die Probe, es an einer beliebigen Stelle aufzuschlagen und daraus vorzulesen, und fand jedesmal die größte Teilnahme. Das ist mir bisher nur ein einziges Mal geglückt: bei Dickens.«[9]

Ein Vergleich mit dem berühmten englischen Romancier bedeutete höchste Anerkennung für die junge Frau, die in wenigen Jahren aus dem Nichts zu einer der meistgelesenen Unterhaltungsautorinnen in Deutschland aufgestiegen war. Was aber bedeutete der Ruhm für ihr ganz alltägliches Leben?

»Alice Berend galt als Erfolgsautorin«, schreibt der Leiter des Archivs im S. Fischer Verlag, Wolfgang Kloft. »Die drei meistverkauften Bände bringen es in einem Zeitraum von knapp zwei Jahrzehnten auf zusammen etwa vierhunderttausend Exemplare. Die späteren erreichen oft nur zehntausend, allerdings erscheinen sie in jährlichem Abstand ... Eine Gesamtauflage von etwa einer halben Million mit einem Honorarsatz von 10%–15% bei einem (heutigen) Ladenpreis von, sagen wir, 40 DM ergibt ein Einkommen von zwei bis drei Millionen DM – verteilt auf zwanzig Jahre wären das jährlich ungefähr hundert- bis hundertfünfzigtausend Mark.«[11]

Der wirtschaftliche Erfolg, der sich natürlich erst allmählich einstellte und an den ihre Schwester Charlotte in ihren kühnsten Träumen nicht heranreichte, ermöglichte ihr ein sorgenfreies Leben in ihrem südlichen Ambiente. Eine Stadtwohnung in Florenz, ein Ferienhaus am Gardasee waren die äußeren Zeichen ihres Wohlstands. Aber Alice mußte auch, so schrieb ihre Freundin Elisabeth Castonier in ihren Erinnerungen, »einen unbemittelten Mann und zwei Kinder« versorgen. Diese zwei Kinder waren Nils-Peter und seine Schwester, die am 24. Oktober 1909 auf die Welt kam und zwei Tage später im Palazzo Vecchio auf den Namen Carlotta angemeldet wurde. Ob der Name das Herz von Tante Charlotte im fernen Berlin rührte? Charlotte war bereits im ersten Jahr von Alices Aufenthalt zu Besuch nach Florenz gekommen, war aber von dem neuen Freundeskreis ihrer Schwester eher abgeschreckt gewesen. Die Hertzens hätten eine »Sorte von Künstlern« um sich geschart, die sie anekelten, schrieb sie in ihr Tagebuch. Wer mögen diese Leute gewesen sein? Charlotte verrät nicht, was sie an Alices neuen Freunden auszusetzen hatte. Aber gab es überhaupt irgend etwas, was ihr an der Schwester gefiel?

Die Begegnung mit der Kunst der Renaissance hatte eine tiefe Krise in Charlotte ausgelöst. Unmittelbar nach ihrer Rückkehr setzte sie zu Hause in Berlin ein an Corinth gerichtetes Testament auf, das von Niedergeschlagenheit und Selbstzweifeln zeugt. Darin bestimmte sie: »Meine Malereien taugen nichts, weg damit, mag wer will sich etwas nehmen, alles andere bitte ich dringend zu vernichten. Alle Kleider sollen verbrannt werden, ich wünsche nicht, daß jemand, sei es wer es sei, irgend etwas von mir trägt, da ich kein Kleidungsstück anlegte ohne ganz intime Gefühlszusammenhänge; es soll alles mit mir verschwinden ... Ach, denkt an mich, wenn Ihr nach Italien kommt, und wenn Ihr die göttlichen heiligen Werke großer Künstler seht.«[12]

Das Testament verschwand in ihrer Schublade, und es war nie mehr die Rede davon. Im Juli reisten die Corinths in die Sommerfrische an den Timmendorfer Strand.

ELFTES KAPITEL

Charlotte

Krankheit und Krise

Die Jahre zwischen der Geburt ihrer Kinder – Thomas kam 1904 auf die Welt, 1909 folgte seine Schwester Wilhelmine – waren für Charlotte die Zeit des Erwachsenwerdens, die Zeit der Reife vom Backfisch, wie Corinth sie einmal nannte, zu einer Frau, die ihren Platz in der Gesellschaft finden mußte. Dazu gehörte auch, daß sie ihre Arbeit als Künstlerin nicht aufgab, auch wenn Corinth sie darin kaum noch unterstützte. 1907 entstand das Porträt von Ludwig Kraft, einem Freund der Familie, der aus einer wohlhabenden Berliner Familie stammte und Erbe eines Millionenvermögens war. Kraft war zwar praktischer Arzt, betätigte sich jedoch hauptsächlich als Übersetzer von Baudelaire und zusammen mit seinem Bruder als Kunstsammler und Mäzen. Auf dem Porträt von Charlotte sieht man ein jugendliches, frisches Gesicht, die Augen, die zur Seite blicken, strahlen Wärme, Anteilnahme und Humor aus. Kraft erkrankte 1911 an einer nicht näher genannten Ursache, durch die er bis zu seinem Tod im Jahr 1928 gelähmt blieb. »Er trug sein Schicksal wie ein Held«, schrieb Thomas Corinth. »Die Freunde pilgerten ... zu seinem

Krankenlager ... wo sie von Dr. Kraft seelische und menschliche Bereicherung fanden.«[1]

Der große Wurf gelang Charlotte ein Jahr später, als sie ein Thema gestaltete, dem ihre eigenen Ängste zugrunde liegen mußten. Es entstand das große Gemälde »Die schwere Stunde«, das eine Frau in ihren Geburtswehen zeigt. Die kräftige Frau, die von Schmerzen überwältigt auf ihrem Lager hingestreckt liegt, füllt fast das ganze Bild von der Größe ein Meter mal eineinhalb Meter aus. Der gewölbte Bauch und die schweren Brüste sind zwischen zwei Tüchern sichtbar, der Kopf ist zur Seite geworfen, die rechte Hand vor die Augen und die Stirn gepreßt, der Mund geöffnet, die Zähne gebleckt. Mit der Linken umklammert sie den Arm eines Kindes, das neben ihr hockt und das verzweifelte, tränenüberströmte Gesicht in die Höhe gerichtet hat. Zusätzliche Dramatik erhält das Bild durch die vom linken Bildrand sich hereinschiebenden Hände einer Helferin, die das Tuch über dem Schoß der Mutter prüfend heben. Nie zuvor war das Thema mit einer solchen Radikalität, mit dieser Sachlichkeit und Nüchternheit dargestellt worden. In einer Besprechung hebt die Dichterin Else Lasker-Schüler das Überpersönliche und Nichtfamiliäre dieses Bildes hervor. Da huscht keine eifrige Schwiegermutter durch das Zimmer, da lauscht kein besorgter Vater an der Tür. Die Frau ist allein in ihrer schweren Stunde der Natur und den Kräften ihres Leibes ausgeliefert, und ihr Leben hängt nur noch von des Schicksals Fügung und von der Kunst einer geschickten Hebamme ab. So mochte Charlotte die Geburt ihres eigenen Kindes erlebt haben.

»Es gehört schon ein Jahrtausendblick dazu, gerade den Wert dieses gottalten Bildes der Charlotte Berend zu erkennen – sein Allvatername heißt das Gesetz«, schrieb Lasker-Schüler. »Sie hat ihre Schöpfung aus dem Mark aller Farben erschaffen. Es nahte ihre selige, schwere Stunde selbst. Das Wunder der Inspiration schlug sie zur Riesin. Ich sehe zunächst kühl und sachlich eine Mutter, die ein Kind zur Welt bringt … Ich habe nie in Wirklichkeit ein kindtragendes Weib mit solcher Ehrfurcht betrachtet wie diese Riesenmutter, von einer Riesin gemalt, auf ihrem Riesenbilde … Charlotte Berend hat ein Historienbild des Naturgesetzes gemalt; es müßte neben Michelangelos Moses im Tempel der Galerien hängen.«[2]

Es hing wohl auch mit Lasker-Schülers Biographie zusammen, daß sie von Charlottes Bild so tief ergriffen wurde. Die Geburt ihres Sohnes Paul im August 1899 in der Königlichen Frauenklinik in Berlin war offenbar eine »Demonstrationsgeburt« gewesen. An deutschen Kliniken gab es für unverheiratete Mütter die Möglichkeit, als Küchen- oder Stationshilfe zu arbeiten und dafür kostenlos ihr Kind auf die Welt zu bringen. Ihrer Nichte Edda hatte Lasker-Schüler erzählt, daß Medizinstudenten bei der Geburt anwesend waren.

»Die schwere Stunde« wurde im April 1908 von der Jury für die Frühjahrssezession angenommen. Traute Charlotte ihrer eigenen Arbeit nicht, oder wollte Corinth sie wieder einmal nicht bei sich haben? Während es für die Mitglieder der Sezession doch eine Selbstverständlichkeit war, bei der Hängung ihrer eigenen Bilder anwesend zu sein, um die bestmögliche Plazierung zu erwirken, hatte Charlotte nicht auf dieses Recht gepocht. Mitte März war sie mit Thomas nach Italien gereist, um die Osterferien bei ihrer Schwester am Gardasee zu verbringen. So berichtete Corinth ihr in seinen Briefen über das, was daheim in Berlin und besonders in der Sezession vor sich ging.

»Die Jury ist eklig«, schreibt er ihr, »und Katzenjammer habe ich auch wegen meiner Bilder, die morgen nach der Secession gehen sollen.« Kam der »Katzenjammer« vielleicht auch daher, daß Charlotte ihn mit einem einzigen Bild überflügelt hatte und nun von vielen Seiten Lob erntete? »Liebermann meint, das Motiv wäre gewagt«, räumte Corinth ein. »Es sieht entschieden gut aus. Wollen mal sehen, ob es drin bleibt. Slevogt sprach auch anerkennend.«[3]

Was wurde aus dem Bild, das heute als verschollen gilt? Professor Paul Straßmann, ein Freund der Familie Corinth, der eine Frauenklinik in der Schumannstraße hatte, kaufte es und ließ es im Eingang seiner Klinik aufhängen. So trafen in Straßmanns Klinik Phantasie und Wirklichkeit aufeinander. Denn im Garten seiner Praxis hielt er in Anspielung auf die Mär vom Klapperstorch eine Gruppe Störche. Charlotte, die ein Jahr später, am 13. Juni 1909, ihr zweites Kind in Straßmanns Klinik zur Welt brachte, hat nicht berichtet, welcher Anblick die größere Entspannung vermittelte. Ihre Tochter wurde nach Corinths Mutter auf den Namen Wilhelmine getauft. Mehr als dreißig Gäste waren zum Fest der Taufe in die Klopstockstraße geladen, unter ihnen auch Paul Cassirer und Tilla Durieux, die in diesem Jahr als Hebbels Judith und als Eboli in *Don Carlos* Triumphe am Deutschen Theater feierte und Cassirer ein Jahr später heiratete. Tilla schenkte dem Täufling einen silbernen Becher mit Gravur. Am Tag zuvor hatte Pastor Wapler von der Kaiser-Friedrich-Gedächtniskirche den Corinths einen Besuch abgestattet und darauf gedrängt, daß die Aktbilder abgehängt wurden; widerwillig war Corinth ihm gefolgt.

Auf dem »Familienbild des Künstlers«, das kurze Zeit später entsteht, porträtierte Corinth sich selbst als Maler. Mit ausholendem Arm schwingt er die Palette über den Köpfen seiner Familie, während Charlotte, in eine aufwendige, tiefdekolletierte Robe mit Spitzen und Rüschen gehüllt, und mit einer

Federboa geschmückt, den Säugling an die Brust gedrückt hält. Mit der Geburt der Tochter war ihre familiäre und gesellschaftliche Stellung noch einmal gefestigt worden. Wirtschaftliche Einschränkungen gehörten nun einer verflossenen Zeit an. Corinths Auftragslage hatte sich von Jahr zu Jahr gebessert, ebenso waren die Preise für seine Bilder gestiegen.

»Corinths Ruhmeskurve stieg in den Jahren zwischen 1905 und 1911 steil und immer steiler an«, schrieb Charlotte. »Die Kette der Porträtaufträge riß nicht mehr ab. Die ›freien‹ Arbeiten wurden fast sofort vom Atelier aus durch Paul Cassirer oder auch bei den Ausstellungen ... verkauft.«[4]

Im Januar 1911 wurde er zum Präsidenten der Sezession gewählt. Der »Meister« sei heiter, weil seine Kunst so gefragt sei, schrieb Charlotte ihrer Freundin Lisa Winchenbach, einer ehemaligen Mitschülerin, die sie früher einmal porträtiert hatte und die jetzt in Paris lebte. »Seine Schule ist noch immer ziemlich dick voll; übrigens sind den talentvollen ... früherer Zeiten höchst vornehme Aristokratinnen gefolgt und es wimmelt von Gräflein.«[5]

So konnten sie nach der Geburt der Kinder in ihrem Haus in der Klopstockstraße die beiden unteren Stockwerke dazumieten und auch einen Empfang für Corinths wohlhabende Klientel einrichten. »Oben befanden sich die Atelierräume, unten im Parterre der Wohntrakt, ursprünglich eine Fünfzimmerwohnung«, schrieb Wilhelmine in ihren Erinnerungen. »Salon und Wohnraum waren durch eine hohe Schiebetür getrennt. Die Ausstattung wirkte elegant. Auf Goldbrokattapeten hingen all die herrlichen Bilder in goldenen Rahmen ... Das Frühstücks-, ein Eßzimmer und ein Nähzimmer, in dem Strümpfe gestopft, Knöpfe angenäht und gebügelt wurde, lagen im selben Trakt.«[6]

Natürlich stopfte Charlotte keine Socken mehr, und sie nähte auch keine Knöpfe an, denn der Haushalt hatte sich auch um das entsprechende Personal vergrößert. Eine Köchin, ein Zimmermädchen und ein Diener kümmerten sich um die herrschaftliche Wohnung. Aber Charlotte war nicht nur von ihren hausfraulichen Pflichten entbunden, es wurden auch Kindermädchen eingestellt. So genoß sie die Annehmlichkeiten eines eleganten Hauses und den Luxus, sich beinahe jeden Wunsch erfüllen zu können wie teure Kleider und mehrere Reisen im Jahr. Ihr Herzenswunsch aber – endlich wieder ungestört malen zu können – sollte in unerreichbarer Ferne bleiben. Denn im Winter 1911, als ihre Tochter eben zwei Jahre alt war, kam ein Tag, der diesen Traum mit einem Schlag zunichte machte und sie in Elend und Verzweiflung stürzte.

Mitte Dezember, wenige Tage vor Weihnachten, erleidet Corinth einen Zusammenbruch. Der herbeigerufene Arzt erkennt einen Schlaganfall und behandelt ihn mit Morphium. Tagelang liegt Corinth, von Krämpfen, Halluzinationen und Lähmungen heimgesucht, daheim in seinem Bett.

»Im Dezember 1911 hatte ich einen Krankheitsfall auszuhalten, der mich dem Tode nahe brachte«, schreibt Corinth in seiner Biographie. »Oft in der Nacht erschienen meine Verstorbenen und schienen mir zuzuwinken, während von oben herab eine Gewalt auf mich niederdrückte, immer tiefer.« Doch selbst in dieser dramatischen Situation scheint er seinen lakonischen Wortwitz nicht eingebüßt zu haben. »Es geht um die Wurscht‹, sagte ich dem Krankenwärter. Und der Arzt, welchem ich ähnliche Vermutungen aussprach, antwortete mir, ›mit so einem Herzen stirbt man noch lange nicht.‹«[7]

Der Arzt hatte Corinths Konstitution richtig eingeschätzt, bereits zu Weihnachten war der Patient »über den Berg« und konnte sein Krankenzimmer zum erstenmal wieder verlassen. »Hohlwangig, mit weit aufgerissenen Augen, brütete er in seinem Sessel vor sich hin«, schrieb Charlotte.[8]

Zusammen mit einem Krankenpfleger kümmerte sie sich Tag und Nacht um seine Genesung, und ihrer Liebe und Fürsorge hatte der Mann es zu verdanken, daß er die gefährliche Krise dieses Winters überwand und zu Beginn des neuen Jahres sogar schon für kurze Zeit in sein Atelier zurückkehren konnte. »Von mir gestützt, hastete er die Treppe hinauf. Er stürmte auf den großen Spiegel zu und blickte lange, lange hinein.«[8]

Die Ärzte, die Corinth konsultiert, raten ihm, den Winter nicht in Berlin zu verbringen, sondern Heilung im milden Klima der Mittelmeerküste zu suchen. Was das jedoch für die begleitende Ehefrau bedeutete, machte sich wohl keiner der behandelnden Ärzte klar. Mitte Februar begab sich Charlotte, die kaum ahnte, was ihr bevorstand, mit ihrem schwerkranken Mann auf die Reise nach Bordighera, einem Küstenort in der Nähe von Genua an der Riviera. »Ich mache es den Ärzten noch jetzt zum Vorwurf«, schrieb sie später in ihr Tagebuch, »daß sie mir leichtfertigerweise die ungeheuer verantwortungsvolle Aufgabe aufgehalst haben, mit einem Leidenden ins Ausland zu reisen, der sich noch nicht einmal allein ankleiden konnte und der noch mit keinem Schritt draußen auf der Straße gewesen war. Bis zu diesem Tag hatten wir für Corinth einen Krankenpfleger und einen Diener gehabt – nun war er ausschließlich auf mich angewiesen, und dies in einer sehr viel schwierigeren Situation.«[9]

Tapfer und diszipliniert versucht sie mit Corinths Ungeduld, mit seinen Klagen und Depressionen fertig zu werden und ihm immer wieder Mut zuzusprechen. »Dabei war ich noch jung – erst einunddreißig Jahre alt.« Hatte sie Corinth – mit der Fürsorge einer Mutter – um acht Uhr zu Bett gebracht, ging sie noch ein wenig im Park vor dem Hotel spazieren. Eines Abends geht in der Dämmerung ein junger Mann neben ihr, der sich ihr als polnischer Student und Hauslehrer vorstellt, und Charlotte nimmt dankbar die Gelegenheit wahr, sich für kurze Zeit von ihren Sorgen ablenken zu lassen. Nicht lange dauerten diese Spaziergänge und Gespräche in dem einsamen Park, bald forderte Corinth wieder ihre ungeteilte Zuwendung. Er fühlte sich erholt und wollte an seine Staffelei zurückkehren, und Charlotte war bereit, ihm wieder Modell zu stehen. Die Gemälde aus diesem Frühling zeigen eine zärtliche junge Frau, die den Maler ermuntern und ihm neues Selbstvertrauen schenken möchte. »Balkonszene in Bordighera« zeigt Charlotte in einem leuchtendblauen Chiffonkleid; sie winkt kokett mit einem schwarzen Spitzentuch, während sie mit der anderen Hand einen kleinen Schirm gegen die Sonne hält. Im Hintergrund leuchten die weißgetünchten Landhäuser wie Tupfen aus üppigen grünen Gärten hervor.

Das Porträt »Mit lila Hut« ist in krassen Schwarzweiß- und Lilatönen gehalten. Charlotte, mit lilafarbenem Mantel und Hut, lehnt in einem Sessel. Offenbar ist sie soeben von einem Spaziergang zurückgekehrt. Sie hat das Kinn in die Hand gestützt und schaut den Betrachter nachdenklich aus großen, dunklen Augen an. An einem stürmischen Nachmittag entsteht das wildbewegte Gemälde »Sturm auf Cap Ampeglio«, auf dem Corinth die Wucht der Brandung und das aufgepeitschte Meer in lichten Blau- und Weißtönen und mit einer kräftigen Kreuz- und Quer-Pinselführung festhält. Charlotte erinnerte sich, wie der Sturm immer wieder den Rahmen mit der Staffelei umriß. Sie mußten eine Badekabine suchen, um die Ausrüstung hinter Stellwänden wieder aufzurichten. So brachte Corinth zuletzt eine prächtige Sammlung neuer Bilder mit, als er Ende April nach Berlin zurückkehrte. Charlotte aber hatte es nicht gewagt, ihre Malutensilien auch nur ein einziges Mal anzusehen.

Berlin war in den Jahren vor dem Ersten Weltkrieg bunter und lebhafter, ja weltstädtischer geworden. Das Nachtleben kam in Schwung, und die Menschen, die sich nach Abwechslung und Zerstreuung sehnten, wurden davon angezogen wie Motten vom Licht. »Die Frauen wurden eleganter und schöner, man verdiente Geld und gab es aus. Die Straßen blieben bis weit über Mitternacht hinaus belebt von Menschen und Wagen«[10], schrieb Tilla Durieux über das veränderte Gesicht der Reichshauptstadt. Flotte Tänze wie die Polka und »Holzbein« lösten den Walzer ab und erfaßten das Publikum wie einen Rausch. In Halensee zog der Lunapark, eine Vergnügungsstätte mit zahlreichen Restaurants und Tanzbars und einem riesigen »Palais de dance«, die Nachtschwärmer an.

»Tanzlokale waren bis in die frühen Morgenstunden geöffnet. Zahllose kleine lustige Winkel existierten, wo man um drei oder vier Uhr morgens Erbssuppe mit Schweinsohr essen ging. Die Cafés schlossen kaum«, schrieb die Durieux.[10]

Nach durchtanzten Stunden quetschten sich die Nachtschwärmer im Morgengrauen in ein Auto. »Wir hockten sogar auf dem Kühler oder standen auf dem Trittbrett. Andere folgten im Taxi, und so ging es, allerdings nicht allzu schnell, nach Potsdam, wo wir im Hotel den Portier heraustrommelten, und die verschlafenen Tageskellner uns das Frühstück servieren mußten.«[11]

Tanz in der Sezession, Gala im Theater und Gelage, die Batterien leerer Rotweinflaschen zurückließen – für Corinth mußte das der Vergangenheit angehören. Da war es ihm ein Trost, daß ihm Paul Cassirer eines Tages gestand, auch ihm habe der Arzt den Alkohol verboten. Er trinke jetzt Fachinger, drei Flaschen täglich. »Ich gebe die Hoffnung noch nicht auf, daß wir beide, selbst mit Erlaubnis der Ärzte, doch noch manchen Schluck Rotwein genehmigen werden (sic!)«, schrieb Cassirer. »Denn was nützt die ganze Gesundheit, wenn man nicht dann und wann sich auch eine kleine Freude machen kann?«[12]

Auf die Gesundheit aber achtete Charlotte, und so fand Corinth keine Möglichkeit mehr, wie früher den Beaujolais und die Havanna zu genießen.

Als sie im August 1912 ins bayrische Bernried reisen, hat auch Charlotte ihr Malgerät dabei. Nach den Wochen und Monaten unermüdlicher, aufopferungsvoller Pflege für ihren Mann hatte sie gehofft, daß Corinth ihr nun endlich wieder Zeit für ihre Malerei gönnen würde. Doch sie sah sich bitter getäuscht. Nicht ein einziges Bild konnte Charlotte in diesem Sommer am Starnberger See malen. Corinth hatte ihr das Malen einfach verboten. »Wie sehr mich das Hintanstellenmüssen meiner künstlerischen Ambitionen bedrückte, hat damals unser herzensguter Freund und Kollege Rudolf Sieger erkannt, der uns in Bernried besuchte und Corinth Modell zu einem Bildnis saß«, schrieb Charlotte. »Im Gespräch mit Corinth versuchte er noch eine Lanze für mich zu brechen ... ›Nein‹, lautete die lakonische Antwort Corinths ... ›Es tut mir leid. Aber ich wäre ohne sie nicht durchgekommen. Und auch jetzt komme ich ohne sie nicht aus. Sie ist noch jung. Sie kann das nachholen. Aber mit mir ist's was anderes.‹«[13]

So unerbittlich Corinth sich Charlotte gegenüber zeigte, so resigniert sah er nun seine eigene Stellung im Berliner Kunstleben an. Im Dezember 1912 trat er von seinem Amt als Präsident der Sezession zurück, das er offiziell fast zwei Jahre innegehabt, aber so gut wie nie ausgeübt hatte; sein Nachfolger wurde Paul Cassirer. Daß ein Kunsthändler zum Vorsitzenden einer Künstlervereinigung gewählt wurde, sollte sich als problematisch erweisen, denn Cassirer hatte es von Beginn an verstanden, seinen geschäftlichen Vorteil aus den Geschicken der Sezession zu ziehen und ihm nicht genehme Maler zurückzudrängen. So begann sich Widerstand gegen Cassirers Führung zu regen, der ein halbes Jahr später, im Sommer 1913, eskalierte, als die Jury eine Reihe junger Maler von der Ausstellung ausschloß. Mit Sarkasmus kommentierte Corinth die Unruhe in der Sezession. »Die nächste Ausstellung sollte das Können des neusten Präsidenten und der Mitglieder dokumentieren«, schrieb er in seiner Biographie. »Da der Kunsthändler natürlich keine Bilder malen konnte, so wollte er desto größer das Können seiner Mitglieder zeigen, und so wurden beide Taten konform. Eine eigentümliche Brühe kam aus dieser Unnatürlichkeit heraus. Der Haupteffekt sollte aus den Schätzen seines Ladens strahlen. Zu gleicher Zeit wollte er sein Mütchen kühlen, indem er seine ihm unsympathischen Mitglieder refüsierte. Die geschädigten Refüsierten riefen eine Generalversammlung zusammen und drangen auf Entfernung des Präsidenten. So einfach war es aber nicht, diese Laus aus dem Pelz zu nehmen.«[14]

Auch die Presse ergriff in dem Konflikt um Cassirers Eigenmächtigkeit Partei. »Die seltsamste Erscheinung im Berliner Kunstleben ist Cassirer sicherlich«, schrieb das *Acht-Uhr-Abendblatt* in seiner Ausgabe vom 7. Juni 1913. »Aber die Tatsache, daß ein Kunsthändler stärkster Persönlichkeit und mit eignem starken künstlerischen Fühlen und Absichten Präsident einer Künstlergenossenschaft ist, ist ungesund und höchst bedenklich.«[15]

Die zurückgewiesenen Maler wollten sich mit Cassirers Diktat nicht abfinden. So rüsteten sie zum Gegenschlag und mieteten Räume, in denen sie eine eigene Ausstellung veranstalteten. Anführer der Palastrevolte waren Max Neumann, Ernst Oppler und Adolf Herstein, die heute allerdings vergessen sind. Nur von Oppler ist bekannt, daß er später ein Porträt von Corinth malte.

Damit war der Bruch nicht mehr aufzuhalten. Nach einer stürmischen Generalversammlung traten Liebermann, Slevogt und Cassirer aus der Sezession aus, um im Februar 1914 einen eigenen Verein, die »Freie Vereinigung«, zu gründen. Corinth blieb bei der sogenannten »Rumpf-Sezession«, deren Führung er übernahm und zu der sich Maler wie sein Freund Hermann Struck, der auch als Graphiker sehr geschätzt war und der, wie Corinth schrieb, auch seinen Sinn für die Graphik gefördert hatte, und Eugen Spiro, der erste Ehemann von Tilla Durieux, bekannten. Mit der Spaltung der Sezession ging ihre Bedeutung ein halbes Jahr vor Ausbruch des Ersten Weltkrieges zu Ende.

Was sie für das nationale und internationale Kunstleben geleistet hatte, faßte der Kunsthistoriker Karl Scheffler drei Jahre später noch einmal in einer Ausgabe seiner Schriftenreihe *Kunst und Künstler* zusammen. »Die Berliner Secession«, schrieb Scheffler, »hat sich zu einer Zeit in den Dienst des Qualitätsgedankens gestellt, als dieser Gedanke in Deutschland kaum schon begriffen wurde. Sie war in ihrer besten Zeit eine fast ideale Arbeitsgemeinschaft, in der einer vom andern lernte, sie wirkte durch ihren familiären Charakter, durch ihre Inselhaftigkeit mehr als alle großen Künstlervereinigungen.«[16]

Die neue Generation von Künstlern, die sogenannten Expressionisten, unterschieden sich von den Vätern der Sezession durch ein Lebensgefühl, in dem sich die Vorstellung der Bedrohung, der Vernichtung und des Untergangs immer stärker in den Vordergrund schob. Maler wie Ludwig Meidner, der apokalyptische Landschaften und Städtebilder schuf, und Ernst Kirchner, der Mitbegründer der Künstlervereinigung »Die Brücke«, drückten in ihrem Werk schon eine Ahnung der Gewalt und Vernichtung aus, die dann mit dem Ausbruch des Krieges Wirklichkeit werden und Europa in ein Inferno verwandeln sollte.

Im April 1914, nachdem die Spaltung der Sezession vollzogen und ein wenig Ruhe zwischen den Parteien eingekehrt war, reisten die Corinths nach Rom, wo Corinth einige Gemälde – Blumenstilleben – und die Radierung »Blick auf Rom« schuf und wo sie zufällig Max Slevogt trafen, der auf der Rückreise aus Ägypten Station in Rom einlegte. Ein paar Tage nach Ostern erleidet Charlotte einen schweren Zusammenbruch mit hohem Fieber und Schüttelfrost. Der Arzt diagnostiziert eine Lungenentzündung, eine Infektion, die in der Zeit vor der Entdeckung des Penicillins akute Lebensgefahr bedeutete. Charlotte wird in ein Krankenhaus gebracht. »Ich entsinne mich noch jetzt«, schrieb sie Jahrzehnte später in ihren Erinnerungen, »wie ich delirierte und tobte und zwischen Leben und Tod in der Schwebe war.«[17]

Corinth wurde das Ausharren am Krankenbett seiner Frau von Tag zu Tag unerträglicher. Ihn zog es nach Berlin zurück, wo die Geschäfte auf ihn warteten. Die neue Sezession mußte sich organisieren, nach dem Bruch mit Paul Cassirer mußte man auch ein neues Ausstellungshaus finden. »Meine Frau ist sehr krank, sie hatte sehr hohes Fieber«, schrieb er Anfang Mai an Else Cassirer, die Frau von Bruno Cassirer, »von dem Arzt für Lungenentzündung gehalten ... daß nun der Zustand in Rom für mich nicht sehr angenehm ist, können Sie wohl sehr gut verstehen, und ich werde mich freuen, wenn ich wieder die Berliner Gasanstalten sehe anstatt hier das Colosseum,

oder das Asphalt trete anstatt hier auf dem Forum herum-
lungere.«[18]

Er überlegte hin und her, und endlich kam ihm Alice in den
Sinn. So telegrafierte er der Schwägerin und packte die Koffer,
um allein mit seinen Bildern nach Berlin zurückzukehren. Alice
kam umgehend und holte Charlotte zu sich nach Forte dei
Marmi an der Riviera, wo sie mit ihrer Familie den Sommer
verbrachte.

»Ich lag in einem großen und hohen Raum«, schrieb Charlotte. »Ich durfte nicht sprechen, und die Jalousien blieben auf
Anordnung des Arztes ständig geschlossen; Medikamente hielten mich in einem permanenten Dämmerschlaf.«[19]

Bis Corinth Mitte Juni mit den Kindern, Großmutter Berend
und anderen Sommergästen hier eintraf, hatte Charlotte das
Schlimmste überstanden und war auf dem Weg der Besserung.
Auch Max Reinhardt und sein Dramaturg Arthur Kahane kamen mit ihren Familien aus Berlin. Die Dörfer und Städtchen
an der italienischen Riviera waren, ein halbes Jahrhundert bevor
die Touristenströme aus dem Norden hereinbrechen sollten,
noch wahre Orte der Stille und Erholung.

Corinth beschrieb das kleine Seebad Forte dei Marmi später
einmal in dem Aufsatz *Italienischer Sommer*, der in seinen *Ge-
sammelten Schriften* im Verlag Bruno Cassirer erschien. »Es liegt
in einem Winkel italienischer Erde, der durch manchen ruhm-
vollen Namen der deutschen Literatur geheiligt ist. Dort sind
die ›Bäder von Lucca‹, wo Heine ... Dies ist der Boden, auf
dem Lessings ›Emilia Galotti‹ spielt ... Die italienischen Bäder
werden hauptsächlich von Italienern genutzt. Hin und wieder
verirrt sich ein Fremder dorthin ... Es gibt z.B. in diesem kleinen
Seebad eine große Anzahl von Berühmtheiten, die hier schöne
Villen erworben haben. Der berühmte Bildhauer Hildebrand

hat dort seine Villa, ebenso Gabriele d'Annuncio. Die Duse hält sich oft hier auf, auch der Tenor Caruso und der Komponist Leoncavallo; und die Schriftstellerin Alice Berend hat hier ihre vielgelesenen Berliner Romane geschrieben.«[20]

In diesem Sommer entstand der Roman, der Berends Ruhm endgültig festigen sollte: *Die Bräutigame der Babette Bomberling*. Die aus kleinen Verhältnissen stammende Anna Bomberling, Ehefrau eines reichen Berliner Fabrikanten, sucht einen Bräutigam für ihre Tochter Babette. Um den sozialen Aufstieg voranzutreiben, sollte er, so wünscht es sich Frau Anna, ein Adliger sein. Doch Babette hat ganz andere Ziele. Hinter dem Rücken ihrer Mutter lernt sie Stenografie und Schreibmaschine, sie steigt in den väterlichen Betrieb ein und angelt sich am Ende den tüchtigen Lagerverwalter. Damit hat sie sowohl die Pläne ihrer Mutter durchkreuzt als auch ihren untätigen, lethargischen Bruder ausgestochen. Und so stellte sich Babette Bomberling ihrer Leserschaft mit Erfolg als eine »Emanzipierte« vor.

»In dem mit viel Mutterwitz und Situationskomik ausgestatteten Roman bleibt die Autorin zwar dem altbewährten Schema der bürgerlichen Unterhaltungs- und Trivialliteratur treu ... doch wird die kleinbürgerliche Idylle nicht mehr sentimental nachempfunden, sondern liebevoll ironisiert und zum Mittelpunkt eines burschikos-heiteren Spiels gemacht, ohne daß sich ein Leser aus dieser sozialen Schicht verletzt oder angegriffen fühlen könnte«, heißt es in *Kindlers Literatur-Lexikon*. »Der Boden, auf dem sie sich bewegt, ist eng und begrenzt«, schrieb die *Berliner Zeitung am Mittag*, »die Früchte aber, die sie diesem Boden entringt, sind voll und saftig. Was sie schafft, ist Leben, ein Leben, das sich zwar zumeist zwischen den vier Pfählen einer bürgerlichen guten Stube abspielt, das aber an Urwüchsigkeit und Echtheit seinesgleichen sucht.«[21]

Der Kritiker Erich Everth sah sein Vorurteil widerlegt, daß Frauen kein humoristisches Talent hätten, »hier haben wir eine solche Seltenheit«, schrieb Everth in der *Gegenwart*. »Und dieser Humor ist sogar von einer besonderen Trockenheit.«[22]

Die österreichische Literaturwissenschaftlerin Christine Touaillon (1878–1928) lobte das Buch in einer Sammelbesprechung neuer Frauenromane, in der sie darauf hinwies, daß die Frau »uns desto öfter humoristische Werke schenkt, je länger die Frau sich in der Freiheit bewegen wird«.[23] Touaillon hatte über den Frauenroman des 18. Jahrhunderts geforscht. Sie war die zweite Frau in Österreich, die sich habilitierte (1921). Nachdem sie in Graz abgewiesen worden war, erhielt sie eine Stelle als Privatdozentin an der Universität Wien.

Auch Corinth arbeitete in diesem Sommer an der Riviera. Es entstanden mehrere Gemälde, darunter die »Italienische Strandszene«, in der Charlotte mit den Kindern unter einem Sonnenschirm vor ihrer Badehütte sitzt. »Wie erquickend natürlich ist der Verkehr am Strande«, schrieb Corinth. »Da ist nichts vom modernen Badeortleben. Aus den Hütten, die jede Familie sich als Ankleideraum errichten muß, geht es hinab zum Strande.«[24]

Charlotte war das Baden im Mittelmeer natürlich von den Ärzten untersagt worden, aber Corinth stürzte sich, mit einem rotweißgeringelten Badeanzug bekleidet, in die Fluten. Der Eisbär wurde zum Walroß, und er versuchte, seinen Kindern das Schwimmen beizubringen. Es war ein erholsamer, vergnüglicher Urlaub. Stundenlang wanderten sie am Wasser, später saßen sie im Sonnenuntergang auf ihrer Terrasse und tranken Wein. Am Horizont zeigten sich viele Segelschiffe und Kriegsschiffe, die den Kriegshafen La Spezia bei Genua ansteuerten. Gerüchte über den bevorstehenden Krieg wurden laut. Und doch ahnten sie nicht, daß es für mehrere Jahre das letzte Mal sein sollte, daß sie den Sommer so unbeschwert und froh verlebten.

Ende Juli beenden sie ihren Aufenthalt. Die politischen Spannungen haben inzwischen ihren Höhepunkt erreicht; an der Schweizer Grenze dürfen sie mit ihrem Wagen nicht weiterfahren. So müssen sie das Gepäck auf die Eisenbahn verladen, um weiter nach Sankt Moritz zu gelangen. Charlotte sollte in der Höhenluft der Schweizer Berge noch einmal neue Kräfte tanken. Thomas Corinth erinnerte sich, daß es in ihrem Hotel in St. Moritz nur noch eine Sorge und ein Gesprächsthema unter den Gästen gab: den Krieg!

So berichtete auch die dänische Schauspielerin Asta Nielsen, die sich im Juli zu Filmaufnahmen in Böhmen aufhielt, daß die Gerüchte über den herannahenden Krieg alle anderen Themen verdrängt und alle Kollegen bedrückt hätten. »Die deutschen Kollegen betrachteten die Lage als sehr ernst«, schrieb Nielsen, »während Gad (ihr dänischer Lebenspartner, d.V.) und ich mit dänischem Optimismus den Gedanken an etwas so Sinnloses wie einen Krieg in Europa weit von uns wiesen. Aber jeder Tag brachte neue beunruhigende Meldungen, der Ernst der Zeit bedrückte alle, selbst die Natur schien ihr Aussehen zu verändern. Die künftigen Schrecken warfen ihre Schatten voraus.«[25]

In St. Moritz versuchte Charlotte noch, ihre Kur wie geplant zu absolvieren. Thomas berichtete, sein Vater habe auf die Frage, warum ein Krieg so schlimm sei, lakonisch geantwortet, daß die Leute im Krieg keine Bilder kauften.

Am 1. August erklärte Deutschland Rußland den Krieg, zwei Tage später folgte die Kriegserklärung an Frankreich. Damit waren die Ferientage gezählt. Die Corinths packen sofort die Koffer und schließen sich dem Strom der Gäste an, die in größter Aufregung um einen Platz in einem der überfüllten Züge in Richtung Norden kämpfen.

»Tausend Schwierigkeiten türmten sich vor uns auf«, schrieb Charlotte. »Auf einem überfüllten Dampfer – wir mußten uns glücklich schätzen, Stehplätze zu ergattern – überquerten wir den Bodensee. In Lindau waren alle Hotels ausverkauft. Verzweifelt fiel ich einem Hotelier vor die Füße: ›geben Sie wenigstens meinem Mann und den Kindern eine Schlafgelegenheit!‹«[26]

Der Sommer, der so strahlend begonnen hatte, endete in Furcht und Panik. Es sei ein selten schöner und warmer Sommer gewesen, schrieb die Schriftstellerin Elisabeth Castonier, »als sollte der Menschheit noch einmal gezeigt werden, wie schön diese Welt wäre – ehe sie in Tod und Schrecken versank und mit ihr die alte, vertraute Welt«.[27]

ZWÖLFTES KAPITEL

Charlotte

Karriere im Krieg

Den Heimkehrern, die in den ersten Augusttagen beunruhigt aus der Sommerfrische eintrafen, bot die Stadt ein völlig verändertes Bild. Mit all den geflaggten Gebäuden und den jubelnden Menschenmassen, die durch die Straßen zogen, war Berlin kaum wiederzuerkennen. »In Berlin fanden wir die Stadt in tosender Aufregung«, schrieb Tilla Durieux, die ebenso überstürzt wie die Corinths von einer Auslandsreise zurückgekehrt war. Sie war mit Paul Cassirer in Paris gewesen, wo Auguste Renoir, einer der größten Vertreter des französischen Impressionismus, sie porträtiert hatte. Hier waren sie von der Kriegsnachricht überrascht worden. »Überall Knäuel von Menschen, dazu abmarschierende Soldaten, denen die Leute Blumen zuwarfen. Jedes Gesicht glänzte freudig: Wir haben Krieg! – In den Cafés, in den Restaurants spielte die Musik unablässig ›Heil Dir im Siegerkranz‹ und ›Die Wacht am Rhein‹.«[1]

Die Mobilmachung war mit Begeisterung aufgenommen worden. Frenetisch bejubelten Gruppen und Parteien, Nationalisten und Sozialdemokraten, Arbeiter und Bürger, Künstler und Frauenverbände den Krieg. Soziale und politische Gegensätze schienen sich in einem Freudentaumel aufzulösen, der fast niemanden ungerührt ließ. Die einrückenden Truppen und das jubelnde Volk glaubten an einen Blitzsieg und an eine rasche Heimkehr der Soldaten aus der Schlacht.

Asta Nielsen schilderte in ihren Erinnerungen, wie eine hysterische Menge Berlins Straßen in einen Hexenkessel verwandelte. Es wäre gefährlich gewesen, sich unter den entfesselten Patrioten als Nichtdeutsche zu erkennen zu geben, denn plötzlich entstand Ausländern gegenüber eine regelrechte Lynchstimmung. Berlin, schrieb Nielsen, glich »einem aufgewühlten Menschenmeer. Truppen marschierten in endlosen Kolonnen mit klingendem Spiel und mit Blumen an den Bajonetten an die Front. Frauen klammerten sich schluchzend den Soldaten an die Arme und schleppten sich auf dem Todesmarsch mit, soweit sie konnten. ›Deutschland über alles!‹ scholl es aus allen Kehlen. ›Gott strafe England!‹ hörte man heisere Männerstimmen brüllen ... Steine flogen in die Fenster der englischen Gesandtschaft, und die Glassplitter flogen auf die tobende, schreiende Volksmenge herunter.«[2]

Vor den Rekrutierungsbüros bildeten sich Schlangen von Freiwilligen, die sich zum Kriegsdienst meldeten oder Automobile für Hilfsdienste anboten; der Ansturm übertraf alle Erwartungen. Auch vor den Künstlern, den Malern, Bildhauern und Schriftstellern, machte die Kriegsbegeisterung keinen Halt. So ließ sich Slevogt als Kriegsmaler an die Front nach Belgien schicken. Erich Heckel und Max Beckmann meldeten sich beim Sanitätsdienst. Oskar Kokoschka kam zur österreichischen Kavallerie. Er wurde später an der Ostfront verwundet und geriet in russische Gefangenschaft. Käthe Kollwitz bat ihren Mann, auch ihrem jüngeren, nicht eingezogenen Sohn Peter die Zustimmung zu geben, als Freiwilliger ins Feld zu ziehen.

Gerade achtzehn Jahre alt, fällt Peter im Oktober an der Westfront in Flandern.

August Macke fällt im ersten Kriegsjahr, Franz Marc kommt
1916 an der Westfront zu Tode. Julius Meier-Graefe geriet in
Gefangenschaft, während er als Freiwilliger beim Roten Kreuz
arbeitete. Paul Cassirer meldete sich als Fahrer und wurde als
»Benzinleutnant« nach Belgien geschickt, während seine
Frau daheim in Berlin einen Rot-Kreuz-Lehrgang absolvierte.
Staunend konnte sie dabei beobachten, wie sich die Damen
der Berliner Gesellschaft um ein Ehrenamt in den Offiziers-
lazaretten rissen. Auch Elisabeth Castonier arbeitete als Krankenschwester in einem Lazarett. »Wie alle anderen jungen
Mädchen«, schrieb sie, »hatte ich mir die Verwundetenpflege
romantisch vorgestellt: Limonade reichen, Kissen richten,
kühle Hände auf Fieberstirnen legen, Vorlesen, mit Genesen-
den spazieren gehen – und flirten.«[3]

Die Realität hatte mit solchen Träumen nichts gemein, sie
war blutig und mörderisch. In Buch, einer der größten Anstal-
ten der Mark Brandenburg, lernte Tilla Durieux schon bald
die bittere Kehrseite des nationalen Wahns, die grausige
Fratze des Krieges mit Verstümmelungen, Folter und tau-
sendfachem Tod, kennen. Nicht selten war sie dem Zusammenbruch nahe, wenn sie bei einer Amputation assistieren
mußte.

Paul Cassirer brachte, noch während er im Feld stand, einige
Verlagsprojekte in Gang, darunter eine neue Zeitschrift, die
den Namen *Kriegszeit* hatte und dem Leser durch patriotische
Texte und martialische Darstellungen den angeblichen Sinn
des Krieges vermitteln sollte. Corinth steuerte in seinem Aufsatz *Vae victis* Durchhalteparolen bei.

»Wie wir in banger Hoffnung von unseren Kameraden, denen das Glück zu teil wurde, gegen den Feind zu gehen, Sieg und Abwehr erhofften, so waren wir auf alles gefaßt, auch auf den Abgrund und Ruin«, schrieb er. »Mit Todesmut würden alle Deutschen das frivole Spiel unserer Feinde abwehren ... Der Furor teutonicus bewies den Gegnern, daß sie nicht ungestraft unser friedliches Leben stören sollten.«[4]

Der Schriftsteller Peter Paret geht in seinem Buch über die Sezession der Frage nach, warum auch die Künstler in Scharen der Kriegsbegeisterung erlagen und sich so gut wie keine kritische Stimme erhob.

»In der Krisenzeit des Ersten Weltkriegs wurde der alte Vorwurf, der sie als unpatriotisch und sogar subversiv hinstellen wollte, endgültig durch ihr Handeln und ihre Kunst widerlegt«, schrieb Paret. »Keine Regierung hätte sich pflichtbewußtere, tatkräftigere und intelligentere Anhänger als diese Künstler wünschen können, von denen die meisten vor dem August 1914 nur wenig Interesse für Politik bekundet hatten ... Aber es mag gerade der unpolitische Charakter der von der Secession vertretenen Kunst gewesen sein, der jene Deutschen aufbrachte, die zunehmend einem Hurrapatriotismus verfielen, um ihre Ängste zu unterdrücken.«[5]

Dieser Hurrapatriotismus sollte bald in Ernüchterung und lähmendes Entsetzen umschlagen. Nach den frühen Erfolgen der deutschen Offensive im Westen brachte ein französischer Gegenangriff in der Schlacht an der Marne in Nordfrankreich Anfang September den deutschen Vormarsch zum Stehen. Der Bewegungskrieg, der einen raschen Sieg bringen sollte, verfestigte sich in den folgenden Wochen zu einem Stellungs- und Grabenkrieg, dessen Ende nicht abzusehen war. Der Krieg, der nach Corinths Meinung höchstens zwei Monate dauern sollte – so hatte er es seinem Sohn erzählt –, weitete sich aus und sollte vier hoffnungslose, elende Jahre lang die Menschen in eisernen Klauen halten.

Ende August wurde Ostpreußen zum Kriegsschauplatz. Auf ihrem Vormarsch in Richtung Königsberg griff die russische Armee auch Tapiau an. Corinths Gemälde »Die Grablegung«, das im Rathaus hing, wurde vernichtet, als das Rathaus in Flammen aufging. Sein »Golgatha-Tryptichon«, das er 1910 der Kirche geschenkt hatte, wurde dagegen gerettet. In der legendären Schlacht bei Tannenberg vom 26. bis 28. August wurde die russische Armee unter dem Oberbefehlshaber Hindenburg und seinem Generalstabschef Ludendorff geschlagen, in der ersten Septemberhälfte erlitt sie eine weitere schwere Niederlage an den masurischen Seen.

Nun bestimmte der Krieg die Themen von Corinths Malerei, und es entstanden Bilder, auf denen er sich selbst immer wieder in kriegerischer Pose, mit Rüstung und Waffen, porträtierte. 1915 entstand das Gemälde »Im Schutz der Waffen«. Ein Krieger in glänzender Rüstung hält mit erhobener Lanze Wacht, während ihm zu Füßen eine Frau mit angstverzerrtem Gesicht sich an ihn klammert. Andere Motive waren »Götz von Berlichingen« oder »Rüstungsteile im Atelier«. Corinth hatte sich bei einem Kostümverleiher ein ganzes Arsenal von Rüstungen, Lanzen, Bannern und Helmen besorgt, die sich in seinem Atelier stapelten. Krieg, wohin das Auge blickte.

Charlotte konnte den düsteren Anblick bald kaum noch ertragen, sie wollte nicht ständig an Gefahren und Vernichtung denken.

Wo konnte man jetzt Vergessen finden, bot nicht das Theater Ablenkung und Zerstreuung? Charlotte versuchte es mit einem Abonnement. Aber was war das für ein Programm, das jetzt auf den Bühnen gezeigt wurde? In den dramatischen ersten Augusttagen hatten die Berliner Theater zunächst sämtliche Vorstellungen abgesagt, doch bald nach Kriegsausbruch öffneten sie wieder ihre Pforten, denn auch sie wollten ihren Beitrag für den deutschen Sieg leisten und das Geschäft mit nationalen Themen beleben. Anfang Dezember wurde das Metropol-Theater in der Behrensstraße wieder eröffnet.

Im September 1892 als Theater Unter den Linden gegründet, hatte sich das Metropol seit der Jahrhundertwende nach Pariser Vorbild zu einem Revuetheater der Spitzenklasse entwickelt. So sollte es nach dem Willen seiner Gründer, dem Aktien-Bauverein Unter den Linden, nicht »bloß Theater-Aufführungen, sondern im Wechsel damit Concertmusik und Ballett und andere für die Berliner Lebewelt berechnete Schaustellungen« bieten.[6]

Diesem Anliegen entsprach auch die Ausstattung; zwei Drittel des Parketts waren mit Stühlen und kleinen, numerierten Tischen besetzt, an denen Wein und Champagner serviert wurde. Die Jahresrevuen des Metropol waren in jedem Herbst ein gesellschaftliches Ereignis, zu dem sich das gehobene, finanzkräftige Bürgertum einfand. Weihnachten 1914 wurde die Revue »Woran wir denken – Bilder aus großer Zeit« inszeniert.

Schauspieler traten als Eisernes Kreuz, als Landwehrmann und Feldmarschall auf. Eine Neuentdeckung namens Claire Waldoff sang mit ihrem Partner Guido Thielscher im Duett: »O Waldemar! O Waldemar! – Mein süßes Miezchen! – Es liebt sich wunderbar auch in Galizien!« Und auf dem Höhepunkt des Programms trat die berühmte Soubrette Fritzi Massary als Kriegsbraut in feldgrauer Montur auf. Vor einem zu Tränen gerührten Publikum stimmte sie mit ihrem Partner im Schützengraben das Lied »Stille Nacht« an.

Fritzi Massary, 1882 als Frederike Massarik in einer jüdischen

Wiener Kaufmannsfamilie geboren, war der Star des Metropol und der Liebling des Publikums. Als junges Mädchen hatte sie gegen den Willen ihrer Eltern eine Ausbildung zur Sängerin und Tänzerin durchgesetzt. Siebzehnjährig war sie 1899 mit einer Wiener Theatergruppe auf eine Gastspielreise nach Rußland gegangen, um in Kiew, Moskau und Sankt Petersburg erste Bühnenerfahrungen zu sammeln. Nach Wien zurückgekehrt, sang und spielte sie an »Danzers Orpheum«, einem Sommertheater im Prater, wo sie 1904 von Richard Schultz, dem Direktor des Metropol, entdeckt wurde. Schultz engagierte sie nach Berlin, und in wenigen Jahren avancierte sie zum Star seiner Jahresrevuen und zum Idol. 1911 ging sie für eine Saison nach München, als Max Reinhardt sie für die Opernfestspiele an die Münchner Kammerspiele verpflichtete. Die Rolle der *Schönen Helena* in der Operette von Jacques Offenbach bedeutete für sie einen doppelten Sieg.

Sie brachte ihr den endgültigen Durchbruch als Künstlerin, und sie bescherte ihr das persönliche große Glück. Denn in der Rolle des Königs Menelaos stand ihr ein Partner gegenüber, der wie Massary aus einer jüdischen Wiener Familie stammte und der ihr Herz im Sturm eroberte. Dieser Schauspieler war Max Pallenberg, 1877 geboren und damit fünf Jahre älter als die Massary. Als Jugendlicher hatte Pallenberg die kaufmännische Ausbildung, für die ihn sein Vater bestimmt hatte, abgebrochen und sich einer Wanderbühne angeschlossen, die in den Sommermonaten durch Böhmen und Mähren tingelte. In Wirtshäusern, auf Schützenfesten und Jahrmärkten fand er sein Publikum, bis er 1904 von Josef Jarno, dem Direktor des »Theaters in der Josefstadt«, entdeckt wurde. Jarno hatte Possen, Vaudevilles und Operetten auf seinem Spielplan, aber er spielte auch schon einmal ein Stück von Ibsen, Strindberg oder

Hauptmann. Die großen Rollen hatte Jarno sich selbst reserviert, aber Pallenberg gab sich für den Anfang bescheiden. Es sollte noch einmal sechs Jahre dauern, bis er einen weiteren Schritt auf der Erfolgsleiter machen konnte. Im Sommer 1911 holte Max Reinhardt ihn für die Festspiele nach München, und so wurde *Die Schöne Helena* für Massary und Pallenberg zum Schicksal. Die beiden wurden nicht nur auf der Bühne, sondern auch im Leben ein Paar. Pallenberg war allerdings noch verheiratet. Er heiratete Massary erst 1917, nachdem er sich von seiner ersten Frau hatte scheiden lassen. Doch schon 1914 war er seiner Geliebten nach Berlin gefolgt, wo er in den nächsten Jahren zum Star des Deutschen Theaters aufstieg.

Im Januar 1915 startete er mit einer Hauptrolle in einem Stück des Österreichers Ferdinand Raimund. Reinhardt inszenierte das romantisch-komische Märchen *Der Alpenkönig und der Menschenfeind* unter dem Titel *Rappelkopf*, die Wandlung eines Bösewichts zum Menschenfreund.

Der Dramaturg Arthur Kahane schrieb, die Rolle des Rappelkopfs verlange den restlosen Einsatz »einer gleichgearteten Persönlichkeit«. »Eine souveräne Natur«, schrieb Kahane, »muß in vollster Freiheit aus dem Reichtum eines ähnlichen Erlebnisses schöpfen können. Sie muß imstande sein, eine unendliche Skala zu umspannen: von der gütigsten, fast schamhaften Weichheit bis zum borstigen Haß, von der schmerzlichsten Vereinsamung bis zu überströmendem Liebesbedürfnis, von der saftigsten Komik zu gespenstigem Grausen.«[7]

Alles das vermochte Pallenberg in seine Rolle zu legen. Acht Wochen später, im März, spielte er den Schluck in Gerhart Hauptmanns Komödie *Schluck und Jau*. Darin treibt eine Hofgesellschaft Schabernack mit zwei betrunkenen Kerlen namens

Schluck und Jau. »Über Schluck soll man lächeln, nicht lachen«, schrieb Siegfried Jacobsohn in der *Schaubühne*. »Es kommt weniger auf die Vielfältigkeit seines Witzes als auf die Einfältigkeit seines Herzens an. Pallenbergs kleines Gesicht leuchtete von einem ergreifenden Abglanz der Freude, wohlzutun und mitzuteilen und durch gute Werke Gott dem Herrn, durch ›kinstliche‹ einer gefürsteten Mäzenatenschaft zu gefallen ... Pallenbergs Menschenton kommt ganz, ganz leise wie aus der Seele selber, als hätte er die Hülfe der Sprechwerkzeuge gar nicht nötig.«[8]

Und wieder folgte ein Lustspiel aus der Feder eines Österreichers. *Der Weibsteufel*, eine Dreiecksgeschichte von Karl Schönherr (1867–1943), scheint sich an Vorbilder von Ibsen und Strindberg anzulehnen, die in ihren Stücken auch immer wieder die Leere und Ausweglosigkeit der bürgerlichen Ehe in den Mittelpunkt stellten. Pallenberg spielt einen Bauern, einen einfachen Mann, der seine Frau, gespielt von Lucie Höflich, an einen Jäger (Paul Hartmann) verliert. Kaltblütig und gerissen spielt die Frau die beiden ungleichen Partner gegeneinander aus, bis der Jäger am Ende rasend vor Eifersucht ihren Mann ersticht.

»Ein Geschöpf, das die Natur vernachlässigt«, schrieb Jacobsohn über Pallenbergs Darstellung. »Wenn es gereizt wird, beißt seine gläserne Stimme und sein gefrorener Blick dem andern förmlich ins Gesicht. Wenn es in Frieden gelassen wird, ists vor dem starken Weibe hilflos wie ein Kind.«[9]

Und in einer Kritik in der *Vossischen Zeitung* schwärmte Stefan Großmann: »Was für ein phantastischer Lichtschein glänzt über allen melancholischen Gestalten dieses jungen Meisters, der, an Reinhardts Hand, der wunderlichste Charakterspieler Deutschlands werden könnte.«[10] Alfred Polgar sah in ihm den »originellsten und amüsantesten Künstler des zeitgenössischen deutschen Theaters«.[11]

1 Selma Gumpertz, geb. Lachs,
die Großmutter

2 Julius Gumpertz, der Großvater

3 Ernst Berend, der Vater *4 Hedwig Gumpertz-Berend, die Mutter*
Berlin 1870

5 *Charlotte*
Berlin 1887

6 *Hedwig Berend und Charlotte*
Berlin 1897/98

7 *Charlotte und Lovis Corinth,*
Oktoberfest, München 1902

8 *Malklasse Lovis Corinth,*
Berlin 1902.
Charlotte hinter Corinth

9 *Charlotte Corinth*
Berlin 1904

10 *Charlotte mit Lovis Corinth und Sohn Thomas, Berlin 1905*

11 *Am Timmendorfer Strand, 1907*

12 *Charlotte und Lovis Corinth vor Corinths Gemälde*
»Das kleine Martyrium«, Berlin 1908

13 Charlotte und Lovis Corinth,
Bordighera 1912

14 Kostümfest, Berlin 1924.
Corinth in der Mitte als Rübezahl, Charlotte links neben ihm als Carmencita

15 Tod Lovis Corinths 1925, Berlin.
Thomas, Charlotte und Mine vor dem Krematorium

16 Die Ägyptenreise 1927.
Links: Charlotte in einem Dorf bei Assuan; rechts: in Luxor mit Mine

17 Vorstand der Berliner Sezession 1924.
Stehend v. li.: Steinhardt, Pechstein, Purrmann, Hartmann;
sitzend v. li.: v. König, Berend–Corinth, Spiro, Scharff

18 Alice Berend,
München 1917

19 *Café Monopol, Berlin*

20 *Romanisches Café, Berlin*

21 John Jönsson,
Alices erster Ehemann,
um 1925

22 Max Reinhardt (stehend rechts oben) im Kreis von Schauspielern
des Deutschen Theaters, um 1895 (rechts unten Friedrich Kayßler)

23 *Alice Berend, 1929.*
Aus dem Album
für S. Fischers
70. Geburtstag

24 *Elisabeth Castonier,*
1933

25 *Alice Berends Schreiberhäusle in Konstanz*
mit dem Wandbild Waldemar Flaigs

26 *Alice Berend 1912.*
Porträt von
Lovis Corinth

27 *Alice Berend 1923.*
Zeichnung von Lovis Corinth

28 *Alice Berend*
Anfang der 20er Jahre.
Zeichnung von
Benedikt Fred Dolbin

29 *Alice Berend 1929.*
Porträt von Hans Breinlinger

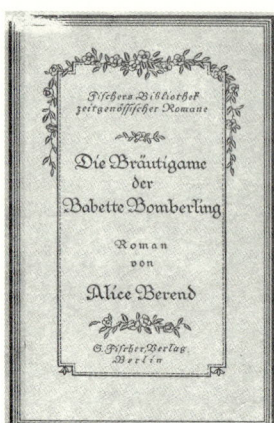

30 »Die Bräutigame der
Babette Bomberling«
S. Fischer Verlag 1915

31 »Die Bräutigame der
Babette Bomberling«
S. Fischer Verlag 1925

32 »Die Reise des Herrn
Sebastian Wenzel«
S. Fischer Verlag 1927

33 Samuel Fischer 1911

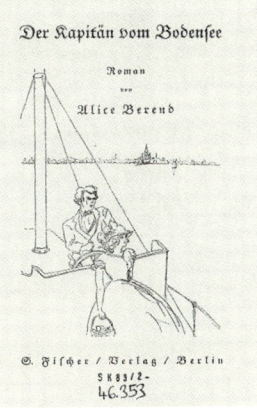

34 »Das Gastspiel«
S. Fischer Verlag 1931

35 »Der Kapitän
vom Bodensee«
Titelzeichnung von
Dolbin.
S. Fischer Verlag 1932

36 »Die Bräutigame der
Babette Bomberling«
Goldmann 1954

37 Neuauflagen dreier Bücher 1997–2001
Aviva Verlag

38 Eröffnungsfeier der Berliner Sezession, April 1925.
In der Mitte Charlotte und Lovis Corinth;
rechts im Bild Alice Berend und Hans Breinlinger

39 *Alice Berend mit Ehemann Hans Breinlinger, Possenhofen 1927*

40 *Das Grab von Alice Berend auf dem Friedhof Allori in Florenz*

19. Okt. 21
Berlin · Klopstockstr. 48

[handschriftlicher Brief in deutscher Kurrentschrift]

41 *Brief von Charlotte an Professor Paul Straßmann, 19. Oktober 1921*

ALICE BEREND

BERLIN-ZEHLENDORF
HOCHWILDPFAD 1
(U-BHF. ONKEL TOMS HÜTTE)
TEL.: G 4 ZEHLENDORF 3868

22. März 31.

[handschriftlicher Brief, überwiegend in deutscher Kurrentschrift]

Lieber Dr. Bruno Leiner,

[weiterer handschriftlicher Text, schwer lesbar]

42 *Brief von Alice an Dr. Bruno Leiner, 22. März 1931*

*45 Charlotte Berend, »Die schwere Stunde« (verschollen)
Berlin 1908*

46 *Charlotte Berend, »Die Grüne Wiese«,*
St. Ulrich 1911.
Lovis links, in der Mitte Charlotte mit Mine, Thomas rechts,
vorn ein Freund der Familie

47 *Charlotte Berend,*
Anita Berber,
Lithographie,
Berlin 1919

48 *Charlotte Berend,*
Mine Corinth mit Buch,
Zeichnung, um 1919

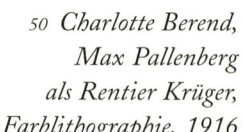

49 *Charlotte Berend,*
»Junger Ägypter«,
Kairo 1927

50 *Charlotte Berend,*
Max Pallenberg
als Rentier Krüger,
Farblithographie, 1916

51 Charlotte Berend, Selbstporträt, 1937

52 *Charlotte Berend-Corinth in ihrer New Yorker Wohnung, 1960*

Für Polgar, der selbst dem Wiener Judentum entstammte, verkörperte Pallenberg die Synthese des Jüdischen mit dem Wienerischen. Mutterwitz und Bauernschläue, Schlagfertigkeit, Tempo, Berechnung und Improvisation – das alles machte Pallenbergs Spiel zu einem einzigartigen Genuß. Alfred Kerr, der ihn für den größten deutschen Schauspieler hielt, nannte ihn »ein kraftvolles Stück Pöbel, voller Wildheit«. Und weiter schrieb Kerr: »Dieser absonderlich wunderbare Mann ist so tüchtig, daß er auch das Letzte nicht lassen kann, bis es ihn – vielleicht, vielleicht segnet.«[12]

Der Segen erfüllte sich, als Pallenberg mit einer weiteren Hauptmann-Rolle den Sprung von der Posse zum dramatischen Schauspiel schaffte. Im Januar 1916 spielte er in der Diebeskomödie *Der Biberpelz* den Rentier Krüger, einen störrischen, schwerhörigen alten Mann, dem man seinen Biberpelz gestohlen hat. Die Gaunerei bleibt ungesühnt. Das Publikum war bei der Uraufführung im September 1893 im Deutschen Theater so überrascht von dem offenen Schluß, daß es in Erwartung einer Auflösung einfach sitzenblieb.

Max Pallenberg aber erlebte mehr als zwanzig Jahre später in der Rolle des betrogenen Krüger seinen Durchbruch zum Charakterspieler, und der *Biberpelz*, der Kampf einer Arbeiterfrau um das Wohl ihrer Familie, wurde einer der größten Erfolge des Deutschen Theaters im Ersten Weltkrieg.

Das Engagement am Deutschen Theater wurde für Pallenberg zu einem einzigartigen Erfolg, aber der Erfolg strahlte auch noch weiter, und er strahlte besonders auf eine seiner Bewunderinnen ab. Charlotte Berend, die keine seiner Vorstellungen versäumte, war im Lauf des Jahres 1915 seine »Hofmalerin« geworden. Hinter den Kulissen des Deutschen Theaters begleitete sie ihn und porträtierte ihn in allen seinen Rollen. Es entstand eine Reihe farbiger Lithographien und ergänzend dazu eine Reihe Zeichnungen.

Pallenberg in der Rolle des Rentier Krüger ist ein kleiner störrischer Mann, in dessen Miene sich die Empörung und das Mißtrauen des Geschädigten spiegeln. Die kleinen Augen treten weit aus den Höhlen, seine Schwerhörigkeit wird durch den hinter das Ohr gelegten Finger verdeutlicht. Eine hohe Pelzmütze auf dem Kopf, in Mantel und Schal gemummt, verkörpert er den Typ des dümmlichen Querulanten, der mit offenem Mund einer im Bild nicht sichtbaren Amtsperson lauscht.

Im März 1916 zeichnete Charlotte Berend Pallenberg auch in der Rolle des *Eingebildeten Kranken*. Hingegossen, mit schmerzhaft verzerrter Miene, liegt der Hypochonder Argan, diese Inkarnation allen Elends, in den Polstern. Das Doppelkinn quillt aus dem Kragen eines pelzbesetzten, schweren Brokatschlafrocks, dazu drückt eine pfannkuchenartige, reich verzierte Schlafmütze ihm in die Stirn. Pallenberg wurde unter Reinhardts Regie der beliebteste Molière-Darsteller. Im April spielte er den Ergaste in *Die Lästigen* (Les Fâcheux). »Den größten Erfolg hatte Max Pallenberg«, schrieb Leopold Schmidt im *Berliner Tageblatt*. »Wie er den Ingrimm des armen getretenen Teufels auflodern läßt, das streifte fast die Tragödie und wirft ein neues Licht auf die realistische Darstellungskraft Pallenbergs.«[13]

Sein Paradestück aber wurde der Johann Nepomuk Zawadil in dem Schwank *Familie Schimek* von dem Lustspielautor Gustav Kadelburg (1851–1925), dessen Lustspiel *Im weißen Rößl* durch Ralph Benatzkys Operettenbearbeitung bekannt wurde. Die Geschichte eines kleinbürgerlichen Schurken namens Zawadil geriet zur »Pallenbergiade«. Ludwig Marcuse, der das Stück als Student in Königsberg fünfmal hintereinander

sah, rühmte ihn als einen »der vitalsten, packendsten, aufrühre-
rischsten, verwegensten Mitmenschen«.[14]

Charlotte Berends Bild zeigt Pallenberg-Zawadil als einen
häßlichen, verwahrlosten Mann in einem schäbigen Jackett. Er
hat sich ein grell gemustertes Tuch vor den Hals gebunden, darüber hebt sich ein waberndes Doppelkinn. Der Kopf scheint
riesig, er ist leicht zurückgenommen, was den Ausdruck von
Ablehnung und Boshaftigkeit in seinem Blick noch verstärkt.
Die rötlichen, struppigen Haare sind nach hinten gebürstet
und geben die hohe Stirn frei, die von einer steilen Unmutsfalte
geteilt wird. Der ablehnende Ausdruck wird noch verstärkt
durch die wulstige, frech hervorgeschobene Unterlippe, durch
die fleischige, rote Nase und zwei mißtrauisch zusammenge-
kniffene Äuglein unter buschigen Augenbrauen. Auch Tucholsky sah ihn in dieser Rolle: »Er machte die Leute lachen, daß
ihnen eine Gänsehaut den Buckel runterlief.«[15]

Auch auf der Zeichnung, die Charlotte von Pallenberg als
König Menelaos machte, ist er nichts anderes als eine Witzfigur.
Mit einer lustig-bunten Pluderhose bekleidet und einem un-
nachahmlichen Paar Plateauschuhen sieht er aus wie ein fröh-
liches Kind. Dazu hält er eine Leier in der Hand, die dünnen
Härchen flattern ihm um den Kopf.

Eine Ausnahme bildet das einzige Ölgemälde von Pal-
lenberg. Im Januar 1917 malte Charlotte ihn in der Rolle des
Figaro. Das Bild, das heute im Besitz des Jüdischen Museums
Berlin ist, zeigt ihn mit einem kobaltblauen Tuch mit goldenen
Sprenkeln. Kinn und Backenpartie sind in einem blassen, kal-
ten Violett gehalten. Die buschigen Augenbrauen, die tiefe
Falte auf der hohen Stirn, der stechende Blick, der schiefe
Mund und der goldene Ring im Ohr geben ihm eine geheim-
nisvolle, fast dämonische Aura.

In der Zeit, in der Charlotte Berend Pallenberg malte, entstand auch eine Mappe von Fritzi Massary am Metropol-Theater. Doch während die Pallenberg-Mappe komplett erhalten ist und sich heute im Besitz des Stadtmuseums Berlin befindet, müssen die Bilder von Massary als verschollen betrachtet werden. Eine Anzeige des Fritz Gurlitt Verlags aus dem Jahr 1920 weist immerhin eine Mappe von sechs Lithographien nach. Doch nur zwei Karten in Charlottes Tagebuch, das sich im Corinth-Nachlaß im Germanischen Nationalmuseum in Nürnberg befindet, können heute noch als Nachweis ihrer Arbeit mit Fritzi Massary dienen. In der Sezession wurden im Mai 1917 anläßlich der Ausstellung auch Karten von Charlottes Zeichnungen und Lithographien verkauft, und zwei von diesen Karten sind noch erhalten.

Auf diesen Karten sieht man, wie Charlotte auch hinter der Bühne arbeitete. Das Bild ist in der Mitte durch eine Kulisse geteilt. Darin steht die Massary auf Zehenspitzen, erwartungsvoll, sie scheint auf ihr Stichwort zu warten und hat dabei eine Hand leicht in die Hüfte gestützt. Sie hält den kleinen Mund gespitzt, die Augen schielen in Richtung Bühne, wo sie erwartet wird. Das Publikum ist nur aus Charlottes Perspektive sichtbar. Ihr Blick geht über den Kasten der Souffleuse und das Parkett hinweg in die oberen Ränge. In welcher Rolle mag die Massary hier in der Kulisse stehen? Die Frage bleibt unbeantwortet, ihre Rollen waren ebenso zahlreich wie die ihres Mannes.

Leo Fall schrieb ihr seine Operette *Die Kaiserin* auf den Leib, die Liebesgeschichte Maria Theresias. Sie war Léhars *Lustige Witwe* und die Adele in Johann Strauß' *Fledermaus*. Im Herbst 1916 sang sie Emerich Kálmáns' *Csárdásfürstin*, eine Budapester Chansonette, die das Herz eines reichen Grafen erobert, im September 1917 war sie die schöne Sultanstochter in Leo Falls

Rose von Stambul. Das Stück, entstanden auch unter dem Eindruck des Waffenbundes mit der Türkei, entfaltete eine exotische, üppige Haremswelt im Walzertakt und wurde ein ebenso großer Erfolg wie *Die Kaiserin.*

»Über die ›Rose von Stambul‹ ist nichts zu sagen, als daß sie, unbekümmert über die Gesetze der Botanik, drei- bis sechs- bis neunhundert Abende duften wird. Wohl aber ist zu sagen, zu singen, zu schwärmen von der Titelheldin Fritzi Massary«, schrieb Siegfried Jacobsohn in der *Schaubühne.*[16]

Umjubelt vom Publikum und von der Kritik, wurde *Die Rose von Stambul* mehr als fünfhundertmal aufgeführt. Und während die Welt auf den Schlachtfeldern und in den Schützengräben in Trümmer fiel, ließen sich die Menschen Abend für Abend in die Welt der schönen Träume entführen und von Fritzi Massarys Gesang verzaubern. Premieren mit der Massary zählten zu den Höhepunkten in jeder Saison.

Im Juni 1917 präsentierte Charlotte ihre Zeichnungen und Lithographien in der »Schwarz-Weiß-Ausstellung« der Sezession und hatte sensationellen Erfolg. Sie fanden einen solch reißenden Absatz, daß sie Corinth in den Schatten stellten.[17]

Es lag wohl auch an der bedrückenden, deprimierenden Wirklichkeit des Krieges, daß die Menschen sich lieber ihre strahlenden Bühnenhelden, denen sie so viele Stunden unbeschwerten Vergnügens verdankten und die von Charlotte zauberhaft und leicht dargestellt waren, in ihre Wohnungen hängten als Bilder mit glänzenden Rüstungen, drohend aufgerichteten Waffen und grimmigen Kriegern. Seine Frau habe »kolossal verkauft«, schrieb Corinth seinem Kollegen Hermann Struck, der als Feldwebel an der Ostfront diente. Doch er sah Charlottes Erfolg mit gemischten Gefühlen an. »Der Erfolg ist geradezu glänzend; zum ersten Mal, daß wir in dieser Branche kein Deficit zu verzeichnen haben. Dagegen habe ich in der Ausstellung nichts verkauft. Das wirft auf meine moralischen Erfolge ein recht schlechtes Licht. Nächsten Sonnabend reise ich mit Thomas zu einem mecklenburgischen See-Ort. Die andern Hälften sind in Heiligendamm.«[18]

Es war nicht nur der »kolossale Erfolg« ihrer Bilder, der Charlotte verändert hatte. Durch ihre Arbeit am Theater war sie oft tagelang nicht zu Hause. Wilhelmine erinnerte sich später einmal, daß sie ihre Mutter in dieser Zeit kaum noch zu Gesicht bekommen hatte. Den Haushalt überließ sie den Angestellten. Charlotte war von der Welt des Schauspiels fasziniert – hier lernte sie Menschen kennen, die von einem »anderen Schlag« waren als die Malerfreunde ihres Mannes. Denn während die Sezessionen traditionelle Männerbünde waren und Frauen zu den Ausnahmen zählten, waren sie auf der Bühne gleichberechtigt. Durch die Begegnung mit dem Theater schien Charlotte förmlich aufzuleben.

Zum erstenmal, seitdem sie mit Corinth verheiratet war, ging sie eigene Wege. Und es war ihr egal, was ihr Mann darüber dachte. Durch die Arbeit am Theater und die neuen Kontakte wurde sie selbständiger und selbstbewußt. Aus der »Gattin Corinths« wurde eine Malerin, die selbst Anerkennung und eigene Freunde gewann.

Corinth war es gewohnt, seine Frau für sich zu haben, und nun mußte er sich mit einer neuen Situation abfinden. Doch auch der Urlaub konnte seine Stimmung nicht bessern, zumal sich der Sommer 1917 auch noch als durchgehend naßkalt und verregnet erweisen sollte. Charlotte war vorausgefahren, und im Juli, nach dem Ende der »Schwarz-Weiß-Ausstellung«, trafen sie sich in einer kleinen Pension in Nienhagen an der Ostsee wieder. Das Wetter war trübe, und Charlotte empfand die Gäste in der Pension Erika als langweilig und spießig. Da wurde ihr bewußt, was ihr die Heiterkeit und Wärme der Riviera bedeutet hatte, und daß sie dieses Glück nun auf lange Zeit entbehren würde. Sie hielt es bald nicht mehr aus, zumal Corinth sich auch noch von seiner ungeselligen Seite zeigte.

»Offen gestanden«, schrieb sie, »sehr aufregend war's nicht. Corinth arbeitete viel, und bereits um acht Uhr abends ging er zu Bett. Als ich bei einer Konsultation des Arztes … erwähnte, ich langweile mich, weil mein Mann sich schon so früh schlafen lege, ward mir die lakonische Antwort: ›Um acht Uhr? Wie beneide ich ihn!‹ So verschieden können die Geschmäcker sein.«[19]

Doch die Langeweile sollte verfliegen, als die Schauspielerinnen Lucie Höflich und Ilka Grüning, die Charlotte während ihrer Porträtarbeiten am Deutschen Theater kennengelernt hatte, kurz darauf im benachbarten Heiligendamm eintrafen. Die Wiedersehensfreude war groß, denn nun war für Unterhaltung gesorgt. Bald holte Charlotte auch ihre Staffelei hervor und begann wieder zu malen. Es entstand ein Ölgemälde von Lucie Höflich, auf dem sie, eine Zigarette in der aufgestützten Hand, in einem Sessel auf der Terrasse ihres Hotels sitzt. Das karierte Jackett, die Krawatte, der kreisrunde Hut und der strenge Blick verleihen der Schauspielerin ein herbes, beinahe männliches Aussehen, aber sie strahlt Energie und Selbstbewußtsein aus. Im Hintergrund sieht man die langgezogene Ostseebucht. Der Strand ist menschenleer; offenbar malte Charlotte sie am frühen Morgen. Auch ein Porträt der Schauspielerin Ilka Grüning entstand, das jedoch verschollen ist. Auffällig ist, daß Charlotte, seit sie sich als Künstlerin zurückgemeldet hatte, gern Frauen malte. Aus der Nähe entstand fast immer eine enge Freundschaft. Vielleicht entstand sogar mehr, und so war Corinth in diesem Sommer bei Charlotte völlig »abgemeldet«. Spätestens Anfang der zwanziger Jahre, als Charlotte die aufregend-erotischen Bilder der Tänzerin Anita Berber malte, war nicht länger zu verheimlichen, daß sie sich sexuell auch zu Frauen hingezogen fühlte.

Corinth unternahm Spaziergänge mit seinem Sohn Thomas, wenn er gerade nicht malte. Bald hatte er die Sohlen durchgelaufen, und er beklagte sich, daß der Schuster seine Stiefel nicht reparieren konnte. Denn der Mangel war in diesem dritten Kriegsjahr überall zu spüren. Nicht nur die Lebensmittel waren rationiert, sondern alle Güter des täglichen Bedarfs, so auch das Leder, waren knapp geworden.

Den allgemeinen Mangel bekam auch Hedwig Berend zu spüren, die mit ihrer älteren Tochter und deren Familie ins Allgäu gefahren war. Aber was war überhaupt aus Alice geworden, seitdem die Schwestern sich im Juli 1914 an der Riviera Lebewohl gesagt hatten?

DREIZEHNTES KAPITEL

Alice

Berlin und Bodensee

Charlotte hatte den Gedanken an ihre Schwester verdrängt, bis zu jenem Tag im Herbst 1915, an dem Alice mit Mann und zwei Kindern plötzlich vor ihrer Tür gestanden hatte. Hals über Kopf waren sie aus Italien geflüchtet, nachdem die Hetze gegen »feindliche Ausländer« immer stärker geworden war. Doch die Zeit, die jetzt für sie begann, war nicht weniger bitter. Wo sollten vier Personen unterkommen, und mehr noch, wovon sollten sie leben? Erst einmal nahm Hedwig Berend sie auf.

Italien war durch Bismarcks Bündnispolitik seit 1882 mit Deutschland und Österreich im Dreibund vereinigt gewesen, in dem sich die Staaten gegenseitige Unterstützung bei einem Angriff auf einen der Partner zugesagt hatten. Im August 1914 zerbrach das Bündnis, als Italien sich für neutral erklärte. Aber einige Monate später, im Mai 1915, schlugen sich die Italiener auf die Seite der Ententemächte und erklärten Österreich den Krieg. Unmittelbar danach flammten die Kämpfe an der Isonzofront, so genannt nach dem slowenischen Grenzfluß Isonzo, und an der Tiroler und Kärntner Grenze auf, wo sich die Truppen für mehr als zwei Jahre, bis zum Herbst 1917, in einen hoffnungslosen Stellungskrieg manövrierten. Damit setzte in Italien auch eine Hetze gegen die im Land lebenden Ausländer ein. Die italienische Kriegserklärung an Deutschland folgte am 26. August 1916.

Im Spätsommer 1906 hatte Alice als junge Ehefrau Berlin verlassen, um im Süden eine neue Heimat zu finden. Nun kehrte sie zehn Jahre später mit drei Angehörigen, die es zu versorgen galt, in eine Stadt zurück, die von den Leiden und Entbehrungen des Krieges gezeichnet war und in der beim Kampf ums tägliche Überleben jeder sich selbst der nächste war. Der Mangel, ausgelöst durch die englische Seeblockade im ersten Kriegswinter, ließ keinen unberührt. Lebensmittel waren rationiert, die Not wuchs mit jedem Tag. Stundenlang mußten Frauen, alte Leute und Kinder anstehen, um einen Laib Brot oder etwas Fett zu ergattern. Nach und nach verschwanden fast sämtliche Nahrungsmittel aus den Läden. Produkte wie Seife und Papier, Kohlen, Kleidung, Wäsche und Schuhe waren rationiert. Der Schwarzhandel blühte, und nur wer etwas zu tauschen hatte, konnte die größte Not lindern.

»Einmal gelang es mir, einem Feldwebel eine Gans abzukaufen und ein Säckchen Mehl«, schrieb Tilla Durieux. »Nach der Bezahlung fragte ich ihn, wie ich mich außerdem dafür erkenntlich zeigen könnte, worauf er den Wunsch aussprach, etwas ›in Öl‹ für das Wohnzimmer zu bekommen. Darauf ging ich in den Keller des Geschäftes und holte eines der Bilder hervor, die ehemals von Paul als Aufmunterung für Künstler gekauft wurden und mit einer Mark zu Buch standen. Ich ahnte nicht, daß diese Tat böse Folgen haben sollte.«[1]

Auch Elisabeth Castonier machte Erfahrungen mit dem Tauschhandel. »... die Bauern forderten mehr und mehr ›Sachwerte‹. Ein Großbauer zeigte mir zwei Klaviere, eine Sitzbadewanne, drei Silberbecher, ein häßliches Bild in breitem Gold-rahmen, auf das er besonders stolz war. Mein Angebot, ein Pfund Butter für ein schon etwas schlaffes Kostüm zu geben, lehnte er hochmütig als ›G'lump‹ ab.«[2]

Ihren dramatischen Höhepunkt erreichte die Verelendung im Winter 1917, dem »Steckrübenwinter«, in dem außer den gelben Steckrüben kaum noch anderes auf den Tisch kam. Liebermann hatte seinen Garten am Wannsee umpflügen lassen, um Kohl anzubauen. »Es gab nichts Eßbares außer großen weißen Rüben, die man Wrucken nannte«, schrieb Tilla Durieux. »Man aß sie als Marmelade zum Frühstück, als Schnitzel zu Mittag und als Gemüse abends. Und in der Nacht wurde einem schlecht.«[3]

In diesem Jahr starben in Deutschland eine Viertelmillion Menschen an Hunger, das entsprach fast der Hälfte der Gefallenen in dieser Zeit. Elisabeth Castonier sah eines Abends auf dem Weg in die Münchner Kammerspiele eine Frau auf der Straße zusammenbrechen. »Wir schafften die Federleichte in den nächsten Hausflur. Ein Polizist und ein Arzt kamen. Der Arzt sagte bloß ›Hungertod‹ – und wir gingen in eine herrliche Strindberg-Inszenierung von Falckenberg.«[4]

Wer Wertsachen hatte und sich auf den Tauschhandel verstand, brauchte keine Not zu leiden. So gelingt es Charlotte, kurz vor dem Weihnachtsfest, bei einem Händler unglaubliche fünfzig Pfund Butter einzutauschen.[5]

Was aber machte sie mit dieser Menge, die sie ja unmöglich allein verzehren konnte? Natürlich gab sie einen Teil davon ab, so daß auch ihre Mutter etwas von der kostbaren Lieferung bekam. Aber dann geschah etwas, was bei Hedwig und Alice tiefe Ratlosigkeit, ja Verbitterung auslöste. Charlotte, so schrieb ihre Tochter Wilhelmine, sei ärgerlich geworden, als Hedwig die

Butter an ihre ältere Tochter weitergab. Wenn sie das wollte, hätte sie ihre Mutter angefahren, könnte sie es selbst Alice geben. Sie wollte es aber nicht. Die Eifersucht ging so weit, daß Charlotte jedes Maß verloren hatte.

Weihnachten stellten sie ein Bäumchen in den Salon, Kerzen gab es nicht mehr. »Das grämte Minchen sehr«, schrieb Charlotte. »Sie entdeckte unter dem Weihnachtskram noch 8 kleine Lichtstümpfchen von früher, die sie sorglich und vorsichtig am Baum befestigte.«[6]

Alice aber war durch die Feindseligkeit ihrer Schwester so vor den Kopf gestoßen, daß sie immer häufiger daran dachte, Berlin wieder zu verlassen. Und so streckte sie ihre Fühler nach Bayern aus. Am Bodensee hatten Freunde während des Krieges eine Zuflucht gefunden. Und vielleicht gab es dort einen Platz, wo auch sie wieder in Frieden leben und arbeiten konnte.

»Eine staunenerregende Entwicklung erlebte auf geistiger Bahn das spießige Konstanz«, schrieb Norbert Jacques, der 1880 in Luxemburg geboren war und der mit einem einzigen Roman, dem *Doktor Mabuse*, in den zwanziger Jahren berühmt wurde. »In ihm dehnte sich die Inflation auch auf das Gebiet des Intellektuellen aus ... Mit dem Kriegsende ... war es, die Musen hätten ihm mit einem Zauberstab über die Augdeckel gestrichen, und da sei es zu einem wundervollen Leben der Kultur und der Künste, der Schöngeistigkeit und des Geistes erwacht. Die Maler bekamen Aufträge, die Dichter Verleger, die Musiker Konzerte. Da gingen absonderliche Dichter durch die Gassen. Ich erinnere mich an Dietrich den Gotiker, der seine hohen Träume und seinen dickbeknauften Stock durch die alten Winkel trug, als sei er von Raabe erfunden und nicht von der Zeit in dieses neue Schwabing, auf diesen alemannischen Montmartre gesetzt worden.«[7]

Seit der Jahrhundertwende hatte die Ursprünglichkeit und Unberührtheit des Bodensees immer wieder Künstler angezogen, so daß am See eine kleine »Literaturlandschaft« entstanden war. 1904 ließ sich Hermann Hesse in Gaienhofen auf der Halbinsel Höri nieder. Norbert Jacques lernte ihn in einer feuchtfröhlichen Faschingsnacht kennen. Er sei in dieser Zeit, als er noch nicht von »brahmanischer Weisheit« durchflutet wurde, mit einer Gruppe rauher Gesellen über die Dörfer gezogen. »In jener Nacht des Konstanzer Karnevals ... war Hesse noch mit ungeteilter Freude bei der Übereinstimmung der Forderungen der Welt mit denen der eigenen Seele, denn er führte sozusagen den Taktstock über das Ausgelassenheitskonzert«, schrieb Jacques.[8]

1912, zwei Jahre vor Kriegsausbruch, gab Hesse das Domizil am See wieder auf. »Die Landschaft des Untersees wird mir zeitlebens fehlen«, schrieb er seinem Freund, dem elsässischen Dichter Max Picard.[9]

Auch andere Orte wie das Fischerdorf Uttwil, zwischen Konstanz und Romanshorn auf dem Schweizer Ufer, wurden »intellektuelle Inseln«. Im Februar 1920 kam der Dramatiker Carl Sternheim mit seiner Frau Thea von St. Moritz nach Uttwil. Er übernahm das Haus des Schriftstellers René Schickele und machte es zu einem Künstlertreffpunkt. Der belgische Maler Frans Masereel, der 1916 in die Schweiz emigriert war, und sein Landsmann Henry van de Velde, Klaus und Erika Mann fanden sich in Uttwil ein. Später kam Frank Wedekinds Tochter Pamela dazu, die bald in Sternheims Haus einzog und nach dessen Scheidung 1930 seine dritte Frau wurde.

Hugo Ball, der Begründer das Dadaismus und des Züricher »Cabaret Voltaire«, hatte sich 1919 mit seiner Frau Emmy Hennings und seinem Freund, dem Schriftsteller Leonhard Frank, das Dörfchen Ermatingen als Refugium ausgesucht, wo der Gasthof »Adler« schon seit Hermann Hesses Zeiten einen Künstlerstammtisch führte. In den dreißiger Jahren fanden auch Lesungen von Thomas Mann im »Adler« statt.

Seit ihrer Rückkehr nach Deutschland hatte Alice mehrfach ihren Urlaub im Allgäu und am Bodensee verbracht, und im Winter 1919/20 entschloß sie sich, nach Konstanz überzusiedeln. Einer der ersten, der sie hier begrüßte, war der Schriftsteller und Philosoph Fritz Mauthner. Berend hatte ihn in den neunziger Jahren beim *Berliner Tageblatt* kennengelernt, wo Mauthner der führende Theaterkritiker war. Mauthner hatte in unmittelbarer Nachbarschaft von Corinth in der Klopstockstraße gewohnt, und er erwarb sein 1901 entstandenes »Selbstporträt mit Modell«, das Corinth als Maler im bürgerlichen Habitus, mit Hut, Überzieher und Uhrenkette, und mit einer lächelnden jungen Frau an seiner Seite zeigt.

1905 war Mauthner nach Freiburg übergesiedelt, wo er Mathematik studierte und mit seinem *Wörterbuch der Philosophie* ein grundlegendes Werk schuf. 1910 zog er sich mit seiner Lebensgefährtin, der Ärztin Hedwig Straub, in das Meersburger »Glaserhäusle« zurück. Hoch über dem See an einem Steilhang errichtet und nur über eine Hängebrücke zugänglich, war es sein Ruhesitz und zugleich ein Treffpunkt für seine Freunde.

Alice Berend habe mit diesem »Nestor der Schriftsteller« eine tiefe Freundschaft verbunden, schrieb ihr Freund Bruno Leiner, der in Konstanz eine Apotheke führte und nebenbei als Leiter des Stadtmuseums tätig war. »Oft führte sie der Weg über den See und hinauf durch die Meersburger Rebhänge zu dem einsamen Glaserhäusle, das so still über dem Wasser lag und doch so vieles hätte erzählen können. Der achtzigjährige Hausherr mit den scharf geschnittenen Gesichtszügen und dem wallenden weißen Haupt- und Barthaar ... rühmte sich, wohl der einzige Mensch zu sein, zu dessen Schreibzimmer eine Zugbrücke führe, doch für Alice Berend war diese Brücke stets herabgelassen.«[10]

Wie eng ihre Beziehung war, läßt sich auch daran ersehen, daß Alice ihren Freund im Frühjahr 1923 mehrere Wochen lang aufopferungsvoll pflegte. Mauthner starb am 29. Juni 1923 und wurde auf dem kleinen evangelischen Friedhof in Meersburg beigesetzt. Er hatte an Asthma gelitten, und dies war auch der Grund gewesen, weshalb er sich schon frühzeitig für das milde Klima des Bodensees entschieden hatte. Doch lebte er mit einem Teil seines Herzens immer in Berlin, schrieb sein Freund, der Dramaturg Arthur Kahane.

Die Kahanes hatten im August 1914 auf dem Rückweg von der Riviera ebenso wie die Corinths zu Fuß die Schweizer Grenze passieren müssen. Auf der Fahrt mit dem Dampfer über den Bodensee hatten sie sich in die Landschaft verliebt, und so kamen sie bis Mitte der zwanziger Jahre immer wieder hierher zurück.

»Ich erinnerte mich nicht«, schrieb Kahane, »in Deutschland einen Flecken zu kennen, der mir besser gefallen, stärker zu meiner Phantasie gesprochen hätte.«[11] Und sein Sohn Ariel ergänzte: »Es berührte uns, die wir den künstlerischen Großbetrieb der Reichshauptstadt gewohnt waren ... wie eine Überraschung, daß es dort ein regionales Kulturleben gab, lebhaft und selbständig, wie man es sich vielleicht für die Renaissancezeit vorgestellt hätte. Vielseitig, reich und intensiv, unsensationeller als in den Zentren, ohne Politik und Extremismen, bei gegenseitigem Bestehenlassen.«[12]

Dennoch habe Mauthner dringend das Bedürfnis nach »Berliner Luft« verspürt, schrieb Kahane, und er habe mit ihm selbst, mit Alice Berend und anderen Künstlern die Erinnerungen »an Theater, an Gedrucktes, an Menschen, an Freunde und Feinde, an Freundschaften und Fehden« stets wachgehalten. Mauthners Zimmer, von dem aus der Blick über den See bis zur Insel Mainau ging, habe sich dann mit vertrauten Figuren gefüllt, »und Blumenthal und Lindau, Brahm und Schlenther feierten eine fröhliche Auferstehung«.[13]

Die Kahanes brachten auch Else Heims, Reinhardts Ehefrau, und ihre Söhne Gottfried und Wolfgang mit. Nur Reinhardt selbst ließ sich nie mehr sehen; er lebte bereits mit der Schauspielerin Helene Thimig zusammen.

Max Reinhardt, der Else Heims im Juli 1910 im englischen Maidenhead geheiratet hatte, versuchte die Scheidung jahrelang gegen ihren erbitterten Widerstand und unter mehrfacher Verlegung seines Wohnsitzes durchzufechten. »Helene Thimig und Edmund (Reinhardts Bruder, d.V.) haben sich hundert Listen ausgedacht, um meiner Mutter die Scheidung abzuringen«, schreibt ihr Sohn Gottfried verbittert in seinen Erinnerungen. »Max Reinhardt verklagte sie von Riga bis Reno, mit Zwischenstationen in Berlin, Wien, Prag und Preßburg. Er wechselte seinen rechtlichen Wohnsitz und seine Staatsangehörigkeit je nachdem, wo gerade der Gerichtsstand günstig schien. Er ließ sie – und sie ließ Frau Thimig – von Detektiven beschatten ... Kaum ein Angehöriger der Berliner Gesellschaft war ... davor sicher, als Ehestörer bei Prozessen und in Zeitungen genannt zu werden.«[14]

Mehr als fünfzehn Jahre sollte sich der »Rosenkrieg« hinziehen, bis die Scheidung 1935 in Hollywood rechtskräftig wurde.

Norbert Jacques, der 1914 das *Bodenseebuch*, einen literarischen Almanach, gegründet hatte, meinte zu Beginn der zwanziger Jahre, »halb Deutschland« am Bodensee wiederzufinden. »Nicht nur die Magie des Schweizer Frankens zog die Menschen an. Die Magie der Nähe der Grenze war nicht weniger wirksam, denn die Angst trieb sie her, die Angst vor Spartakus und Genossen. Das Reich wird in den Höllenschlund von Revolution und Kommunismus hinabgerissen werden.«[15]

Auf einmal waren die Dörfer und Städte am Bodensee zu Beginn der zwanziger Jahre von Grundstückskäufern und Spekulanten überlaufen. Jacques und Berend konnten jeder für sich eben noch einen Zipfel »freien Besitzes« ergattern. Anfang 1920 erwarb Jacques ein Bauerngut bei Lindau, und während er auf den Einzug in das noch nicht fertiggestellte Anwesen wartete, schrieb er in wenigen Wochen seinen *Doktor Mabuse*. Darin versucht ein Verbrecher namens Mabuse, der in wechselnden Verkleidungen auftritt und über hypnotische Fähigkeiten verfügt, die Herrschaft über eine Kette von Spielsalons an sich zu reißen. Ein Staatsanwalt will ihn überführen, sieht sich aber bald einer Geheimorganisation gegenüber, die von Mabuse geführt wird. Der ehrgeizige Staatsanwalt gibt den Kampf nicht auf, und mit Beharrlichkeit und der Hilfe einer Frau, der es gelingt, sich aus ihrer Hörigkeit von Mabuse zu befreien, kann er dem verbrecherischen Treiben ein Ende bereiten. Der Roman, der stark mit Klischees arbeitet und in schwülstigem Stil geschrieben ist, wurde von Fritz Lang verfilmt zum Welterfolg. Der Kritiker Kurt Pinthus sagte ihm einen großen Erfolg voraus, »weil viele Millionen Menschen, die dunkel das Tohuwabohu der Ausgeburten unserer Zeit fühlen, hier den Zusammenbruch-Wahnsinn ... erblicken«.[16]

Zum Kreis um Mauthner und Berend zählte auch der Schriftsteller Wilhelm von Scholz, Sohn eines ehemaligen preußischen Ministers, der das bei Konstanz gelegene Gut Seeheim erworben hatte. Scholz, Mitglied der Preußischen Akademie, schrieb Dramen, Novellen und Gedichte im neoklassizistischen Stil. Sein Drama *Der Jude von Konstanz*, das die Konversion des Juden Nasson zum Christentum behandelte, wurde in der Tradition von Lessings Nathan gesehen. Doch 1939 erklärte Scholz plötzlich, er habe, als er 1905 das Werk geschrieben habe, »die jüdische Vorherrschaft« noch nicht gesehen, und distanzierte sich nun von seinem eigenen Werk. Auch 1923 hatte er diese Gefahr nicht erkannt, da widmete er nämlich sein Buch *Minnesänger der Schweiz* seiner Freundin Alice Berend. Doch dann übernahm er drei Jahre später den Vorsitz in der Sektion Dichtkunst bei der Preußischen Akademie der Künste, und dort zählte er dann mit Ina Seidel, Walter von Molo und Hermann Stehr zu jener nationalkonservativen Gruppe, die 1933 die »Säuberungen von der jüdischen Gefahr« begrüßte und die nach dem Zweiten Weltkrieg noch bis in die sechziger Jahre hinein eine treue Anhängerschaft in der Bundesrepublik fand.

Zur Konstanzer Avantgarde, die über das Regionale hinausragte, zählte auch die Malerin Kasia von Szadurska. In Moskau als Tochter einer polnisch-litauischen Adelsfamilie geboren, hatte Szadurska in Berlin und München Malerei studiert und eine Zeitlang für den *Simplicissimus* gearbeitet. 1910 heiratete sie den Meersburger Redakteur Otto Ehinger und folgte ihm an den Bodensee. »Leichter sich sie zu denken in einer Bohemen-Mansarde der Großstadt als in einer Meersburger Villa als Gattin einer Stütze der Gesellschaft«, schrieb John Jönsson mit feinem Spott in einem Beitrag für das *Bodenseebuch*. »Kasia von Szadurska hat Rasse im Leibe – aber welch eine ganz andre, fremdartige Rasse als die der schwerfälligen Bauernsöhne des Alemannengeschlechts.«[17]

Als Jönsson diese Zeilen schrieb, lebte er schon einige Jahre in der Villa in der Konstanzer Eichhornstraße, die seiner Frau gehörte. 1922 war im Konstanzer Verlag Reuss & Itta sein Roman *Der Zufall* erschienen. Die Geschichte eines Bauernsohnes, der sich zum Künstler berufen fühlt und sein Elternhaus verläßt, um in der Großstadt das Leben eines Bohemiens zu führen, war seiner Frau Alice Berend gewidmet. »Im Elternhaus, im Existenzkampf des Zwanzigjährigen, in der Ehe des Dreissigjährigen, im jüdischen Literatenkaffee, in den Malerateliers der Großstadt und schliesslich in der Todesstunde des einsam Gescheiterten singt und klingt etwas von der Melodie unseres müden und wahnsinnigen Jahrhunderts«, stand in der Verlagsanzeige. Die *Berliner Nationalzeitung* und die *Heilbronner Sonntagszeitung* stellten Jönssons scharfe Beobachtungsgabe und seine Leidenschaftlichkeit heraus. »Ein Dokument aus den Passionsspielen der Menschlichkeit«, schrieb die Literaturkritikerin Ellen Kay. »Die Sprache ist eigen und kräftig«, lobte die *Heilbronner Sonntagszeitung*.[18]

Ein anderer wichtiger Verlag war der des Elsässers Oskar Wöhrle, der im Frühjahr 1920 nach Konstanz gekommen war und ein Haus in der Hussenstraße erworben hatte. Hier eröffnete er eine Buchhandlung mit Buch- und Kunstantiquariat, und er gründete einen Verlag, der bedeutende Werke des Expressionismus herausgab. Neben den Werken von Johannes R. Becher, Rudolf Leonhard, Upton Sinclair und Jack London erschienen auch die Romane des dänischen Arbeiterdichters Andersen-Nexö, der sieben Jahre, von 1923 bis 1930, in Konstanz lebte und den Norbert Jacques nicht ungeschoren ließ:

»Auch Andersen Nexö hatte wie Dietrich der Gotiker einen Stock mit einer ansehnlichen Kugel als Knauf«, schrieb Jacques, »schieres unkommunistisches mit 900 gestempeltes Silber ...

Von den Malern, Dichtern, Kunstfreunden, aus welchen sich die Konstanzer Nachkriegs-Kirmes zusammensetzte, hatten die einen Talent, die anderen schöne Frauen, die dritten Geld, die vierten guten Willen, was aber alle hatten, das war: Zeit.«[19]

Alice Berend aber hatte nur wenig Zeit. Sie mußte arbeiten, um nach finanziellen Einbußen wieder Geld für ihre Familie zu verdienen. 1919 war ihr Sohn Nils-Peter an Tuberkulose erkrankt, seine Kuraufenthalte im schweizerischen Arosa, zu denen sein Vater ihn begleitete, hatten hohe Kosten verursacht. Fast jedes Jahr kam ein neues Buch heraus. Es waren Romane, die nach bewährtem Muster immer wieder die kleinbürgerliche Idylle zum Thema machten, wie in *Die zu Kittelsrode*, wo sie das Schicksal des Kriegsinvaliden Michael Buntschuh erzählt, der sich aus verletztem Stolz von der Welt und von seiner Verlobten Ursula zurückzieht. Doch das tüchtige Bauernmädchen setzt sich über alle Schranken und Vorbehalte hinweg und führt ihren Michael mit Liebe und Klugheit zum Happy-End.

Im Sommer 1921 kaufte Alice Berend am Rande der Stadt, in der Eichhornstraße, ein Grundstück und ließ ein Haus bauen. Mit seinem hohen Giebel und dem tief herabgezogenen Dach entsprach das »Schreiberhäusle«, wie es schon bald genannt wurde, ganz der bayrischen Landhausarchitektur. Große Fenster und eine Glastür ließen großzügig Licht hinein, und von ihrem Schreibtisch ging der Blick über die Veranda in den großen Garten. Den Eingang verzierte der Konstanzer Maler Waldemar Flaig mit einem expressionistischen Wandgemälde, auf dem ein Reiter auf einem riesigen Tintenfaß den Bodensee überquert. Nun traf sich die Boheme zu Geselligkeit und Lesungen nicht mehr nur im Malerhaus des Apothekers und Kunstfreundes Bruno Leiner, sondern auch im »Schreiberhäusle« von Alice Berend. Und häufig schloß sich ihnen dann ein Künstler an, der durch eine auffällige Wandbemalung am Haus seines Freundes, des Verlegers Oskar Wöhrle, bekannt geworden war.

Hans Breinlinger, am 8. Juli 1888 in Konstanz geboren, stammte aus einer bäuerlichen Familie, die aus Oberschwaben zugewandert war. Er machte eine Ausbildung als Fotograf und Retuscheur, gelegentlich verdingte er sich dabei als Statist am Stadttheater. Nach Abschluß seiner Lehre unternahm er Studienreisen, die ihn über Nürnberg und Freiburg, über Lausanne und Boulogne nach Paris führten. 1910 besteht er die Aufnahme an der Großherzoglich-Badischen Akademie der Bildenden Künste in Karlsruhe, wo er Schüler von Wilhelm Trübner wird. Trübner (1851–1917) hatte in Karlsruhe und München studiert, wo er zum Leibl-Kreis gehörte und sich 1892 der Sezession angeschlossen hatte. Nach einem Lehrauftrag am Städelschen Kunstinstitut in Frankfurt/Main hatte er 1903 eine Professur in Karlsruhe angenommen. 1911 wurde eine Werkschau zu seinem sechzigsten Geburtstag ein großer Ausstellungserfolg.

Breinlingers Bilder aus seiner Zeit in Karlsruhe zeigen Figuren und Szenen aus dem dörflichen Leben wie Bäuerinnen, Marktfrauen oder ein Kirchweihfest, außerdem malte er Landschaften und Stilleben. 1914 wurde seine Ausbildung durch den Ersten Weltkrieg unterbrochen, in dem er als Soldat an die Front kam. Während er verwundet in einem Lazarett liegt, wendet er sich auch religiösen Themen zu. 1918 kehrt er als freier Maler in seine Heimatstadt zurück. Er hat Ausstellungen in Konstanz, und 1922 wird sein Name bekannt, als er das dreistöckige Verlagshaus seines Freundes Oskar Wöhrle in der Hussenstraße mit einer expressionistischen Wandmalerei verziert. Die großflächigen, stilisierten Figuren, die sich wie ein

Reigen zwischen den Etagen des Hauses hinziehen, sind in erdigen Braun- und Grüntönen gemalt. Die neue Fassadenkunst fand jedoch nicht die ungeteilte Zustimmung der Konstanzer Bürger. So urteilte die städtische Denkmalkommission in einem Gutachten: »Fragliche Fassadenmalerei scheint mir ein Dokument unserer Zeit und ihrer grellen Zerrissenheit, künstlerisch interessant, aber ein Schlag ins Gesicht dem bürgerlichen Gemeinschaftsgefühl.«[20]

Auf seinem »Selbstbildnis an der Staffelei«, entstanden in den zwanziger Jahren in Berlin, porträtierte sich Breinlinger im Malerkittel, mit Farbpinseln in der rechten Hand, eine schlanke Gestalt, ein scharf geschnittenes, markantes Gesicht mit freier Stirn und hohem Haaransatz und offenem Blick. Er hat eine energische, kraftvolle Ausstrahlung. In einem Beitrag für das Bodenseebuch beschreibt John Jönsson Breinlinger als eines der »stärksten Talente am Bodensee«, als ein »bedeutendes Stück Rohmaterial«.

»Es fließt Farbe in seinen Adern, Licht springt ihm aus dem Auge und er ist somit der geborene Maler – er denkt und dichtet und badet in Farbe: es ist ein Genuß eine so reine und ursprüngliche Farbenfreude mitzuerleben ... er geht aufs Ganze hinaus und eine Gefahr sich in Details zu verstricken ist wahrhaftig nicht vorhanden ... Bewegung und Ausdruck ... tragen die stärksten Leistungen Breinlingers«, schreibt Jönsson.[21]

Als diese Zeilen erschienen, war Jönssons Ehe längst zerbrochen und das Schreiberhäusle verwaist. Denn Alice hatte ungefähr zwei Jahre nach ihrer Ankunft in Konstanz eine Beziehung mit Breinlinger begonnen. Der Freund Bruno Leiner, in dessen Haus sie sich getroffen hatten, ergreift in dem Konflikt für sie Partei. Alices Ehe sei nicht glücklich gewesen, Jönsson habe ein sprunghaftes Wesen gehabt und zu Affekten geneigt. Alice

Berend sei dann vor seiner Eifersucht geflüchtet und habe sich an verschiedenen Orten versteckt gehalten. So lebte sie eine Zeitlang in Dachau im Nordwesten von München. Um weiteren Konflikten aus dem Weg zu gehen, machte sie sich erneut unsichtbar und nahm ihren Geliebten auf längere Reisen in die Schweiz, nach Italien, England und Holland mit.

»Zu einer Offenbarung wird aber eine Reise nach Holland, auf der er Alice Berend begleitet«, schreibt der Kunsthistoriker Hans Albert Peters in einem Katalog über Breinlinger.[22]

Alice Berend habe ihn an vielem teilhaben lassen, habe ihm Bücher über die Kunst der Gegenwart nahegebracht und ihm trotz Wirtschaftskrise und Geldknappheit Reisen im In- und Ausland ermöglicht, auf denen er Zutritt zu berühmten Kunstsammlungen erhielt, wie zum Beispiel in Den Haag zur Sammlung Kröller, die 91 Gemälde und über 150 Zeichnungen aus allen Schaffenszeiten van Goghs umschloß.

Über ein Jahr verbringen sie auf Reisen, ehe sie Ende 1924 in Berlin eintreffen, wo sich für Breinlinger eine neue Welt öffnet, denn Alice hat Möglichkeiten, einen jungen, unbekannten Künstler in Kreise einzuführen, in denen der Name Corinth Türen öffnet. Charlotte aber hörte die Nachricht von der Rückkehr ihrer Schwester mit Befremden, ja, mit Fassungslosigkeit. Sie hatte Alice im Gegensatz zu der Mutter Hedwig nicht ein einziges Mal in Konstanz besucht, obwohl sie ihren Urlaub zuvor stets in Bayern verbracht hatte. Es war nicht allein die Sorge um Corinth, es war wohl auch »diese Sorte von Künstlern« gewesen, die Charlotte von einem Besuch abgehalten hatte.

VIERZEHNTES KAPITEL

Charlotte

Walchensee und noch einmal Schall und Rauch

Denn nicht nur Alice, auch Charlotte besaß ein Haus in Bayern, an dessen Bau sie selbst mitgearbeitet hatte. Dorthin konnte man sich zurückziehen vor den politischen Unruhen und der wirtschaftlichen Not, die am Ende des Krieges in Berlin herrschten. Nach dem deutsch-russischen Separatfrieden, der im März 1918 in Brest-Litowsk unterzeichnet worden war, wurde im Juli eine erneute Westoffensive von den Alliierten gestoppt und das deutsche Heer weiter zurückgedrängt, so daß der Zusammenbruch in greifbare Nähe rückte. In der Hauptstadt breiteten sich Elend und Verzweiflung aus. Die Hungersnot wuchs, Bettler und Kriegsinvaliden bestimmten das Straßenbild. »Malen und arbeiten will ich«, schrieb Corinth, »wo kann man das noch?«[1]

Im Frühjahr 1918 hatte Ilka Grüning Charlotte das Dorf Urfeld am Walchensee für die Sommerfrische empfohlen. Der kleine oberbayrische See gehörte mit dem Staffelsee und dem Kochelsee zu den touristisch noch wenig erschlossenen Gebieten. Zwanzig Kilometer südlich vom Starnberger See, auf halber Strecke zwischen München und Innsbruck, lag er malerisch auf einer Höhe von achthundert Metern mit einer überwältigenden Aussicht auf das Massiv des Wettersteins und auf das Karwendelgebirge. Im Juli 1918 kamen Corinths zum erstenmal hierher.

Von Kochel, wo die Eisenbahn endete, ging es in Serpentinen mit dem Pferdefuhrwerk nach Urfeld hinauf. »Die Kunststraße vom Kochel- zum Walchensee windet sich am Kesselberg empor, bis wir endlich auf dem höchsten Punkt angekommen sind«, schrieb Corinth. »Hier zeigt sich auch zum erstenmal der See. Von dieser Höhe geht es jäh herunter. Das Gefährt schlängelt sich, mit Vorsicht gestoppt, eine schön gepflegte Straße in zahlreichen Windungen herab, bis hart zum Ufer des Walchensees, wo auch das Dörfchen Urfeld beginnt. Dieses Urfeld ist ein ganz winziger Ort, es gibt dort eine Post, zwei Gasthäuser, aber weder Schuster noch Schneider. Einige Villen, ebenfalls im Liliputanerstil, leuchten unter schwarzen Tannen hervor.«[2]

Der See und der Ort in seiner schönen und abgeschiedenen Lage und die Ferienstimmung brachten die Corinths auf den Gedanken, sich hier ein Refugium zu schaffen. Von einer Mißstimmung, wie sie ihren letzten Urlaub an der Ostsee bestimmt hatte, war keine Spur mehr.

»Wir beide vergaßen ganz und gar, daß Corinth jemals krank gewesen war«, schrieb Charlotte. »Corinth unternahm weite Spaziergänge mit der Familie oder auch allein ... Die mittägliche Hitze trieb ganze Schweißbäche hervor, die Kleider klebten am Körper fest – das alles machte uns nichts aus. Wir lachten und kalberten wie vor vielen Jahren in Brunshaupten und Horst; alles Leid, das unsere Herzen seither beschwert hatte, war ausgelöscht.«[3]

Sie beschlossen, ein Grundstück zu kaufen und ein Haus zu bauen. Die Initiative ging von Charlotte aus, schrieb auch Wilhelmine. Sie wollte für sich und Corinth einen beständigen Platz zum Malen finden. »... man müßte dann nicht mehr ständig diese entsetzlich schweren Leinwände samt Malkasten und Staffelei herumschleppen.«[4]

Der Kauf erwies sich aber auch aus einem anderen Grund als eine kluge Entscheidung. Als wenige Jahre später riesige Summen in Deutschland der Inflation zum Opfer fielen, hatten die Corinths ihr Vermögen sicher angelegt. Und sie waren nicht die einzigen, die so dachten. So kauften Fritzi Massary und Max Pallenberg in Garmisch, eine Tageswanderung von Urfeld entfernt, in dieser Zeit ebenfalls eine Villa, mit Blick auf die Zugspitze.

Das Grundstück war bald gefunden, doch Charlotte zögerte noch mit dem Bau. Man habe das Haus erst nach der Spartakus-Zeit errichten können, schrieb sie, »welche es sonst leicht zerstört haben möchte«.[5]

Spartakus – das war der Schrecken des Winters 1918/19 geworden. Ausgehend von einer Meuterei der Matrosen auf der Hochseeflotte in Kiel, hatte sich Anfang November die Revolution in wenigen Tagen über Deutschland ausgebreitet. In Berlin erlebten die Corinths am 9. November den Umsturz: die Abdankung des Kaisers und die Ausrufung der Republik. Auf dem Brandenburger Tor und dem Stadtschloß wurden rote Fahnen gehißt, das Kaiserreich hat aufgehört zu existieren. In den folgenden Monaten bestimmten die Spaltung der Linken in SPD, USPD und Spartakusbund/KPD und der Kampf zwischen den revolutionären und bürgerlichen Parteien die Politik. Am 12. Januar läßt Reichswehrminister Gustav Noske einen Aufstand von Berliner Arbeitern, die die Verlagshäuser Mosse, Scherl und Ullstein besetzt halten, niederschlagen. Drei Tage später werden die Spartakus-Führer Karl Liebknecht und Rosa

Luxemburg von Freikorpssoldaten ermordet. Die Arbeiterräte reagieren mit einem Generalstreik, der in Straßenschlachten mit Erschießungen von Beteiligten und Unbeteiligten mündet. Auch in München kam es zum Aufstand von Spartakus, nachdem am 21. Februar 1919 Ministerpräsident Kurt Eisner (USPD) ermordet worden war. Die blutigen Auseinandersetzungen endeten Anfang Mai, als die bayrische Räterepublik von Regierungstruppen liquidiert wurde. Der Krieg war zu Ende, aber der Friede war nicht in Sicht.

Es gehörte Mut dazu, in einer Zeit, die von Aufruhr und Unsicherheit geprägt war, die Rolle der Bauherrin zu übernehmen. Corinth hatte zur Bedingung gemacht, daß er selbst von allen Arbeiten verschont blieb und Charlotte den Hausbau allein organisierte. So kehrte sie im Sommer 1919 nach Urfeld zurück, und sie ließ sich weder durch den Kampf mit der Münchner Behörde noch durch Schwierigkeiten bei der Materialbeschaffung abschrecken. Es gelang ihr, Zement, Bauholz und andere nötige Materialien zu beschaffen und nicht zuletzt einen Trupp Bauarbeiter anzuheuern.

»Bald hatten wir uns aneinander gewöhnt«, schrieb Charlotte. »Sie kamen jeden Tag, und die Arbeit schritt flott voran.«[6]

Ende September, in nur zwei Monaten, war das Haus fertiggestellt; zur Einweihung schwebte Corinth mit einem Zeppelin ein, der in München landete. »Ich liebte das Haus«, schrieb Charlotte. »Oft habe ich das glatte, schöne Holz mit meinen Wangen liebkost. Corinth nützte seine Zeit. Er zeichnete, radierte und malte.«[7]

Mit dem Walchensee, den Corinth in den nächsten Jahren auf über zweihundert Bildern – Ölgemälden, Radierungen und Aquarellen – verewigte, fand er »sein Objekt«, das ihn noch einmal zu einem Höhepunkt seiner Kunst führte. In der Kunstgeschichte sollte sich der Walchensee später untrennbar mit seinem Namen verbinden.

»Der See ... wechselt in rätselhaften Farben und Stimmungen«, schrieb Corinth. »Bald blitzt er wie ein Smaragd, bald wird er blau wie ein Saphir und dann glitzern Amethyste im Ring mit der gewaltigen Einfassung von alten, schwarzen Tannen, die sich noch schwärzer in dem klaren Wasser spiegeln ... Diese ganze Pracht ist so schön, daß sich die Feder, wenn sie nicht schon an und für sich so widerborstig wäre, sträuben würde, all das Schöne niederzuschreiben.«[8]

Doch Charlotte stand wieder einmal mit leeren Händen da. Schenkt man der Tochter Wilhelmine Glauben, so hatte Corinth seiner Frau beim Einzug in das Haus »strikt verboten«, jemals dort die Landschaft zu malen. Überhaupt sollte sich in Urfeld bald alles nur noch um seine Malerei drehen. Einmal, so schrieb Wilhelmine, habe Corinth sogar einen Baum vor dem Haus gefällt, der ihm die Aussicht für ein Bild, das er malen wollte, versperrte. Auf Charlottes Bitte, ihr den Baum doch zu lassen, habe er schroff entgegnet: »Du hast hier nichts anzuordnen. Das ist meine Landschaft. Ich will dieses Bild malen und da kann ich den Zweig nicht gebrauchen.«[9]

Da begriff Charlotte, daß ihr Mann in ihr immer eine Konkurrentin sehen würde und daß sie ihr Talent auf ein Gebiet lenken mußte, auf dem sie ihm nicht »in die Quere« kam. Und sie wandte sich noch einmal der Welt des Theaters und des Kabaretts zu, das in der Weimarer Republik einen neuen Aufschwung nahm und politisch, ja revolutionär wurde.

Im Herbst 1919 hatte Max Reinhardt seine ehemalige Varietébühne »Schall und Rauch« zu neuem Leben erweckt. Im Souterrain des Großen Schauspielhauses an der Weidendammer Brücke fand er Platz für ein Kabarett mit Tanzmatineen,

Travestien, Rezitationen, Parodien und Chansons. Die Zeit war reif für ein solches Unternehmen. Seit der Rat der Volksbeauftragten die Zensur abgeschafft hatte, durfte jede Institution, jede Person und jede Partei nach allen Regeln der Kunst attackiert und parodiert werden. Zur Eröffnung am 8. Dezember begrüßte »Schall und Rauch« das Publikum mit einem temporeichen Programm, das unsentimental und aggressiv, sarkastisch und frivol daherkam. Der Schauspieler Gustav von Wangenheim, der für den Aufbau eines proletarischen Theaters kämpfte, eröffnete den Abend mit einer Reihe von Pierrot-Liedern. Am Flügel führte der Komponist Friedrich Holländer durch das Programm, in dem auch seine Muse Blandine Ebinger mitwirkte, die »Lady des Berliner Chansons«, der junge Autoren wie Walter Mehring, Kurt Tucholsky, Ringelnatz und Klabund ihre Texte auf den Leib schrieben. Die Graphiker und Bühnenbildner George Grosz und John Heartfield hatten Marionetten für ein politisches Puppenspiel von Walter Mehring geschaffen. Der Schriftsteller Klabund, der ein halbes Jahrzehnt die Kleinkunstbühne in Berlin mitbestimmen sollte, las aus seinen Gedichten. Die berühmte Schauspielerin Gertrud Eysoldt sang Chansons mit Heinrich von Twardowski, einem Rezitator, der gewöhnlich im Duett mit dem Schauspieler Hubert von Meyerinck auftrat. Twardowski und Meyerinck waren ein bekanntes Gespann auf Vortragsabenden. Beide waren sie Söhne von preußischen Offizieren, und beide waren sie durch den Krieg zu Rebellen gegen ihre Klasse geworden. Ein Star des Abends war auch Gussy Holl, die aus Frankfurt nach Berlin gekommen war und die später die Frau des Schauspielers Emil Jannings wurde. Von der Kritik als Primadonna des Kabaretts gerühmt, machte sie vor allem in Männerrollen Furore. Kurt Tucholsky, der Texte für sie schrieb, schwärmte im *Berliner*

Tageblatt: »Frankfurt hat zwei große Männer hervorgebracht: Goethe und Gussy Holl.«[10]

Und nicht zuletzt konnte man hier auch den als »Quasselstrippe« und »Kodderschnauze« gerühmten Schauspieler Paul Graetz hören, wie er den kleinen Mann von der Straße parodierte, den von Arbeitslosigkeit, Hunger und Wohnungsnot gebeutelten Kleinbürger, der tapfer und vergebens gegen das Schicksal kämpft. Graetz, geboren 1890 in Berlin, spielte seit 1916 am Deutschen Theater, doch seinen Durchbruch erlebte er beim Kabarett. Er wurde der Star von »Schall und Rauch« und der Lieblingsinterpret von Tucholsky, der für ihn den Sketsch *Herr Wendriner geht ins Theater* und das Chanson *Immer raus mit der Mutter* schrieb. Graetz »machte« den Taxichauffeur und Hotelportier, den Zigarettenverkäufer, Zeitungsboten, Hausierer und Vagabunden. Holländer nannte ihn einmal in Anspielung auf seine Figur »die ungeheuerlichste Berliner Schnauze im schmächtigsten Körper«.[11]

Für Walter Mehring war er der letzte aus dem Geschlecht des Eckenstehers Nante. Ganze Romane konnte seine Quasselstrippe in zehn Minuten zusammendrängen. Charlotte Berend beobachtete und malte den kleinen, schmächtigen »Paule«, wie ihn seine Freunde nannten, später in einer seiner Bühnenrollen. Das Bild, ein Ölgemälde in blassen Grün- und Blautönen, zeigt ihn an einem Tisch sitzend, auf dem noch Weinflaschen, Gläser und Teller und ein Stück Brot als Reste von einem Souper übriggeblieben sind. Der ovale Kopf mit der breiten Stirn und dem kleinen Kinn ist zur Seite geneigt. Offenbar unterhält »Paule« Charlotte mit Anekdoten und Witzen bei der Arbeit, denn sein Gesicht ist spitzbübisch verzogen. Die Augen sind nur noch Schlitze, die Mundwinkel nach oben gezogen. Die linke Hand steckt lässig in der Hosentasche, während die

rechte gestikulierend durch die Luft fährt und seine Impro-
visationen untermalt. Viele Jahre hing das Bild (unter dem In-
tendanten Boleslaw Barlog) im Schillertheater, heute ist es im
Besitz des Jüdischen Museums Berlin. Lothar Schirmer, der
die Abteilung Theater und documenta artistica beim Stadtmuseum Berlin leitet und dem ich die Entdeckung des Bildes verdanke, vermutet, daß Charlotte Berend den Schauspieler hier
in der Rolle des Studenten Andreas aus *Hoffmanns Erzählungen* von Jacques Offenbach porträtierte.

Neue Bühnen schossen jetzt überall wie Pilze aus dem Boden.
Schon im September 1919 hatte Karl-Heinz Martin, ein Mitstreiter Erwin Piscators, mit Rudolf Leonhard die »Tribüne«
eröffnet, um die »unaufschieblich notwendige Revolution des
Theaters« einzuleiten.[12]

Sie begannen mit Einaktern von Walter Hasenclever, und
dann folgte die Uraufführung von Ernst Tollers *Die Wandlung*,
wo ein Soldat durch die Erfahrung des Krieges die Seite wechselt und zum Revolutionär wird. Der Schriftsteller Toller, der
für die Münchner Räterepublik gekämpft hatte und seit deren
Niederwerfung in Festungshaft saß, wurde über Nacht mit dem
Stück bekannt – ebenso wie Fritz Kortner, der darin auftritt und
an der Konzeption der »Tribüne« beteiligt gewesen sein soll.
Das Stück, das wie kaum ein anderes die Erfahrung einer durch
den Krieg verführten und betrogenen Generation spiegelte,
wurde eines der am häufigsten gespielten Stücke der frühen
Weimarer Zeit. Der vierte Akt spielt zwischen Drahtverhauen,
in denen Opfer des Krieges als Skelette aufgehängt sind. Es
werden Gräber lebendig, Soldatenskelette steigen heraus, halten Zwiesprache, tanzen und geistern wie toll in einem gespen-
stischen Totenreigen. Eines der Skelette, ein junges Mädchen,
das durch Vergewaltigung von Soldaten ums Leben gekommen

ist, wurde von einer Schauspielerin namens Valeska Gert gespielt. Hubert von Meyerinck tanzte als Skelett an ihrer Seite.

»Ein nahezu genialer Totentanz«, urteilte die *Tägliche Rundschau* vom 1. Oktober, und Alfred Kerr schrieb im *Berliner Tageblatt*: »Ob Skelette je auf einer Attrappenbühne so stark wirkten, noch für den vordersten Sperrsitz, bleibt fraglich. Herr Martin, mit dem freundlichen Vornamen Karl-Heinz hat in der Theatergeschichte hier einen Schritt vorwärts getan.«[13]

Der vielgelobte Anfang der »Tribüne« fand mit dem Fortgang von Martin ein rasches Ende. Sein Nachfolger Eugen Robert inszenierte »übliches Theater«, wie Paul Fechter in der *Deutschen Allgemeinen Zeitung* vom 29. Dezember schrieb. Übliches Theater – war damit auch Frank Wedekinds Stück *Franziska* gemeint, das im Dezember auf dem Spielplan stand? Als »Tragikomödie einer resignierenden Suche nach der wahren Form erotischer Bindung« und als »Parodie auf die Emanzipation« bezeichnet *Kindlers Literatur-Lexikon* das Stück, in dem sich die Heldin Franziska, ohne ein festes Ziel und ohne Halt im Leben, gleichgültig und lasziv dem Genuß und den Wünschen ihres Liebhabers ausliefert. Doch während sich der junge Mann Franziskas Liebe vollkommen sicher wähnt, verläßt sie ihn und wendet sich einem anderen zu. Im Schlußakt erscheint sie als Frau mit Mann und Kind in einer behäbigen Familienidylle, die ihrem früheren Leben Hohn zu sprechen scheint. Die Sehnsucht nach Freiheit und Selbstbestimmung, so suggeriert das Stück, endet mit der Anpassung an die tradierte Rolle der Frau.

Fast ein halbes Jahr blieb *Franziska* auf dem Spielplan der »Tribüne« und erlebte in dieser Zeit den sensationellen Erfolg von über einhundertundfünfzig Aufführungen. Und auch die Darstellerin einer Nebenrolle, die Alfred Kerr im *Berliner Tageblatt* vom 29. Dezember erwähnte, sorgte für Aufsehen. »Dann ein Fräulein Valeska Gert. Sie gab nur ein Tanzmädel. Früher hätte derlei die Zensur verboten. Es war bezaubernd. Nichts was an Berufstanzerei denken ließ. Nur Gliederschleudern ... und lockendes, zufälliges Dabeisein.«[14]

Die Wegbereiterin des modernen Ausdruckstanzes, der den romantisch-gemüthaften Stil ablöste, war die Amerikanerin Isadora Duncan gewesen, die Anfang des Jahrhunderts auch in Berlin gastiert hatte. 1903 hatte sie in ihrem Manifest *Der Tanz der Zukunft* über die neue Tänzerin geschrieben: »Sie wird keine Feentänze zu tanzen suchen, noch Nixen darstellen oder kokette Frauen, sondern sie wird als das Weib in seiner größten und reinsten Erscheinung tanzen ... Sie wird die Freiheit des Weibes in ihrem Tanz ausdrücken ... Sie wird den Frauen eine neue Erkenntnis der möglichen Kraft und Schönheit ihrer Leiber bringen.«[15]

In Deutschland hielt der moderne Ausdruckstanz während des Krieges Einzug auf den Bühnen, als das Fräulein Valeska Gert, mit bürgerlichem Namen Gertrud Valesca Samosch, 1890 in einer jüdischen Berliner Kaufmannsfamilie geboren, ihre künstlerische Laufbahn begann. Die Fabelwesen und Prinzessinnen, die bis dahin das Ballett und die Konzertsäle beherrscht hatten, wurden durch Choreographien abgelöst, die Ereignisse und Figuren aus dem wirklichen Leben auf die Bühne brachten. Das bedeutete auch, daß die Mimik in den Tanz mit einbezogen wurde; bis dahin war das Gesicht der Tänzerin auf den süßlich-starren Ausdruck von »Anmut« beschränkt gewesen. Valeska Gert, die ihre Ausbildung in den Tanzschulen von Rita Sacchetto und Maria Moissi, der Frau des Reinhardt-Schauspielers Alexander Moissi, absolviert hatte, begann eine eigene, noch nie zuvor gesehene Ausdrucksform zu erarbeiten, die sie selbst als »Tanzsatire« bezeichnete und die zu ihrem Markenzeichen wurde. Rita Sacchetto, die in einer Villa im Grunewald wohnte, hatte zwei Brüder, die Maler waren. Sie entwickelte die Idee, lebende Bilder nach Gemälden zu stellen. Ihre Elevinnen, zu denen auch Hansi Burg, die spätere Frau von Hans Albers, gehörte, gestalteten Bilder wie »Dantes Begegnung mit Beatrice« und »Frühlingsreigen« nach Boticelli.

Otto Falckenberg, der Direktor der Kammerspiele, holte Valeska Gert im Herbst 1916 nach München, wo sie in dem verheerenden Hungerwinter in Wedekinds *Marquis von Keith*, in Shakespeares *Wie es euch gefällt* und *Madame Legros* von Heinrich Mann auftrat. Nach Berlin zurückgekehrt, wendet sie sich an den Dramaturgen Arthur Kahane. Sie spricht Reinhardt vor und wird engagiert, so daß sie im Herbst 1919 mit ihrer Doppelbegabung am Deutschen Theater und der neugegründeten »Schall und Rauch«-Bühne beginnt, wo sie ein eigenes Programm entwirft. Die Themen ihrer Tanzpantomimen findet sie im Alltag der Großstadt mit seinen raschen und oft dramatischen Veränderungen. So tanzt sie den *Verkehr* an einer Straßenkreuzung mit hin- und hereilenden Passanten, mit Autos, Droschken und dem Berliner Schupo. Sie tanzt das *Kino* mit Wochenschau, Militärparade und der Ankunft einer Filmdiva. Ein anderes Thema ist der Sport. Der Boxsport stand ganz oben auf der Beliebtheitsskala, und Valeska Gert kreierte in Sportschuhen und Shorts die Tanzpantomime *Boxkampf*. Immer häufiger waren es die unteren Schichten, die Verlierer und die Vergessenen, die in den Mittelpunkt des Interesses rückten.

Auch andere Künstler und Schriftsteller hatten die Welt der Außenseiter, in der Korruption, Laster und Verbrechen gediehen, entdeckt. Hier fanden sie die Themen für ihre Werke, so wie Alfred Döblin, der in *Berlin Alexanderplatz* den ebenso tapferen wie aussichtslosen Kampf seines Helden Franz Biberkopf schildert, der nichts anderes als ein anständiger Mensch sein will und doch ein Opfer seines Milieus bleibt. Maler wie George Grosz und Otto Dix stellten in ihren Werken die großstädtische Nachkriegswelt der Schieber und Kuppler, der Dirnen und Süchtigen dar. Ihre sozialkritischen Bilder zeigen den Menschen, der Armut, Gewalt und Tod ausgeliefert ist. Auch Brecht arbeitete mit Valeska Gert zusammen. In der *Roten Zibebe*, einer »Improvisation«, die er 1922 mit Karl Valentin in den Münchner Kammerspielen aufführte, spielte Gert neben einem »Abnormitätenwirt« und einem »Virginiaraucher« eine »Kanaille«. Wie kaum ein anderer hatte Brecht eine Vorliebe für die Welt des »Verruchten«, er machte die Außenseiter, das Lumpenproletariat, zu den Protagonisten seiner frühen Stücke. In seinem Songspiel *Mahagonny* spielte Lotte Lenya eine Prostituierte, die sich einer Gruppe trinkfester Kerle anschließt. Brecht war auch an einer weiteren Zusammenarbeit mit Valeska Gert interessiert und wollte sie für ein Filmprojekt gewinnen. Zwar wurde das Projekt nicht verwirklicht, doch fand sich in Brechts Nachlaß ein Exposé von Valeska Gerts Hand mit dem Titel *Das häßliche Mädchen*. Darin gerät eine Tochter aus gutbürgerlichem Hause immer weiter ins Verderben, bis sie buchstäblich in der Gosse landet und keinen anderen Ausweg mehr sieht, als Gift zu nehmen.

Prostituierte und Kuppler, Schieber und Landstreicher waren Valeska Gerts »Objekte«. »Und weil ich den Bürger nicht liebte«, schrieb sie in ihren Erinnerungen, »tanzte ich die von ihm Verachteten, Dirnen, Kupplerinnen, Ausgeglitschte und Herabgekommene.«[16]

Ihre Studien trugen Namen wie *Verzweiflung, Nervosität, Kupplerin* und *Canaille*. Tucholsky schrieb in der *Weltbühne*: »In den Lichtbogen schlurcht eine Schlampe in Schwarz, der rote Halsbesatz deckt den Kopf ab – einen verluderten, unfrisierten Kopf. Wer ist das? Was ist das für ein Gesicht? ... gleichgültig schiebt sich das gemietete Stück Fleisch aus der Auslage durch die Straße. Und wird von einem Kerl ergriffen – und produziert das Frechste, was wohl je auf einer Bühne gemacht worden ist ... Wer sich je bei den ›berüchtigten berliner Nackttänzen‹ nach dem Laster gesehnt hat: hier ist es.«[17]

Man kann heute nicht mehr nachvollziehen, wie Charlotte Berend »das Frechste, was wohl je auf einer Bühne gemacht« worden war, darstellte, denn die Skizzen, die Valeska Gert in ihren verschiedenen Rollen zeigen, sind bis auf eine Ausnahme verschollen, und diese eine Ausnahme ist überhaupt nicht frech und lasterhaft, sondern im Gegenteil zärtlich und verträumt.

Charlotte war mehr als ein Jahr mit der Planung und Bauleitung in Urfeld beschäftigt gewesen und dem Großstadtleben vielleicht ein wenig entrückt, als sie im Oktober 1919 nach Berlin zurückkehrte. All die vergangenen Monate war ihre Energie in das Haus in Urfeld geflossen, der Wunsch, für sich und Lovis ein zweites Zuhause zu schaffen, hatte ihr Kraft gegeben und ihren Alltag bestimmt. Sie hatte gelernt, sich bei der Baubehörde durchzusetzen, mit Lieferanten zu verhandeln und mit Bauarbeitern auszukommen. Das alles hatte sie ganz auf sich gestellt, ohne Corinth, bewältigt. Die Zeit in Urfeld hatte sie verändert, sie war selbständiger und sicherer geworden. Solange der Hausbau ihren ganzen Einsatz verlangte, hatte sie die Stadt offenbar nicht vermißt. Dann, im Oktober 1919, kehrte sie nach Berlin zurück. Corinth, der bereits seit August wieder in Berlin war, hatte alle Hände voll zu tun. Er war mit der Radierungsserie seines »Götz von Berlichingen« beschäftigt und mit der Eröffnung der Winterausstellung in der Sezession, für die er diesmal auch den norwegischen Zeichner Olaf Gulbransson gewinnen wollte, der zu dieser Zeit auf dem Höhepunkt seines Ruhmes stand.

Wie konnte Charlotte nun eine neue Aufgabe, wie konnte sie nach monatelanger Abstinenz wieder Anregungen und neue Modelle finden? Wohin sollte sie die Aufmerksamkeit richten? War nicht das Theater schon einmal, vier Jahre zuvor, der Anlaß für ein begeistertes Schaffen und ein überragendes Werk gewesen?

Die Theatersaison war in vollem Gang. Charlotte hat nicht erzählt, wann und wo sie Valeska Gert zum erstenmal auf der Bühne gesehen hat. Am Deutschen Theater hatte sie mehrere kleine Rollen, so einen Küchenjungen in Reinhardts Molière-Inszenierung *Der Bürger als Edelmann,* einen Papagei in Oskar Kokoschkas *Hiob* und die Ilse in Wedekinds *Frühlings Erwachen* gespielt. Im Winter 1919 spielte sie außerdem an der neueröffneten »Tribüne« in Walter Hasenclevers Einakter *Der Retter.*

Für Charlotte wurde die Begegnung mit Valeska Gert zur Offenbarung und Gert ihr Modell. Die Mappe, die in der Spielzeit 1919/20 entstand, muß dem Umfang ihrer Pallenberg-Mappe entsprochen haben, denn Thomas Corinth erwähnt in seiner Dokumentation eine Mappe farbiger Lithographien, die Charlotte im Sommer 1920 mit nach Urfeld und von dort zu dem Münchner Verleger Bischoff nahm. Heute gibt es nur noch die farbige Zeichnung, die die Tänzerin liegend, mit nacktem Oberkörper, zeigt, und die eine große, intime Nähe der Malerin zu ihrem Modell offenbart. Kindlich zart, ja androgyn wirkt Gert mit dem schlanken, knabenhaften Körper. Der Kopf, mit einem schwarzen Turban verhüllt, ruht auf den verschränkten Armen, die Augen sind geschlossen, und um die Hüfte ist ein schwarzes Tuch geschlungen.

Was sich in dem Bild von Valeska Gert nur in sparsamen Tönen andeutet –, Hingabe, Verführung und Erotik –, ist wenige Monate später in den Bildern der Tänzerin Anita Berber ein Stück greifbarer und vordergründiger geworden. Sehr wahrscheinlich war es Valeska Gert, die die beiden Frauen zusammenbrachte; sie hatte Anita Berber drei Jahre zuvor während ihrer Ausbildung in der Tanzschule von Rita Sacchetto kennengelernt und stand seitdem mit ihr in Kontakt. Vielleicht nahm Gert Charlotte Berend nach einem ihrer Auftritte oder einer Modellsitzung auch einfach in eines jener »verruchten« Lokale mit, die seit Kriegsende um den Nollendorfplatz aus dem Boden geschossen waren und Treffpunkte für Frauen, lesbische vor allem, wurden. »Ausgerechnet der Krieg, bisher Inbegriff des Mannestums, hatte die traditionelle Männlichkeit vom Sockel gestürzt«, schreibt Ute Scheub in ihrem Buch *Verrückt nach Leben* über das Berlin der zwanziger Jahre. »Plötzlich gab es eine weibliche Mehrheit: auf 100 Männer kamen nunmehr 110 Frauen. Und plötzlich gab es eine ganz neue weibliche Bewegungsfreiheit: beruflich, privat, erotisch.«[18]

Anita Berber habe eine große Ausstrahlung gehabt, sie sei spontan, hemmungslos und naiv gewesen und habe Männer und Frauen gleichermaßen in ihren Bann gezogen, schreibt die Schriftstellerin Dinah Nelken, die während des Krieges zusammen mit Anita Berber und Valeska Gert die Tanzschule von Rita Sacchetto besucht, sich dann aber gegen eine Karriere als Tänzerin entschieden hatte. Claire Waldoff, die aus Gelsenkirchen gebürtige Sängerin der Berliner Kabaretts und Nachtclubs, schilderte einen Abend im »Club Pyramide« in der Schwerinstraße, wo die Berber mit ihrer »Clique« oft noch um Mitternacht eintraf. »Man mußte durch drei Haustore gehen, bis man ins verschwiegene Eldorado der Frauen kam«, schrieb Waldoff,

»Entrée 30 Pfennig. Vier Musiker mit Blasinstrumenten spielten die verbotenen Vereinslieder. Ein Saal mit Girlanden geschmückt, bevölkert von Malerinnen und Modellen. Von der Seine sah man bekannte Maler, schöne elegante Frauen, die auch mal die Kehrseite von Berlin, das verruchte Berlin kennenlernen wollten; und verliebte kleine Angestellte ... Zwischendurch erschienen mit großem Hallo begrüßt die Koryphäen der damaligen Zeit: die hinreißende Tänzerin Anita Berber und Celly de Rheidt und die schöne Susi Wanowski und ihre Corona.«[19]

Celly de Rheidt, die mit bürgerlichem Namen Cäcilie Schmidt hieß und aus dem rheinischen Rheidt stammte, war die Begründerin des ersten sogenannten Berliner Nacktballetts, das im Nelsontheater am Kurfürstendamm auftrat. Und Susi Wanowski, eine von Berbers Geliebten, war ihre Managerin, die ihre Auftritte organisierte und für sie die Verträge abschloß.

Anita Berber war 1899 in Leipzig geboren worden. Sie war die Tochter des Professors Felix Berber, der als Erster Geiger im Leipziger Gewandhaus-Orchester spielte, und der Sängerin Lucie Berber, die in Kabaretts wie dem »Chat noir« in der Passage Unter den Linden und dem »Linden-Kabarett« Erfolge feierte. Sie hatten geheiratet, weil ein Kind unterwegs war, ließen sich aber bald nach der Geburt der Tochter wieder scheiden. Anita wuchs bei ihrer Mutter in Berlin auf, wo sie früh mit der Welt der Revuetheater und Kabaretts in Berührung kam. Mitten im Ersten Weltkrieg beginnt sie ihre Karriere. Mit fünfzehn Jahren meldet sie sich in der Tanzschule Rita Sacchetto an, schon im Frühjahr 1916 wird sie am Apollo-Theater engagiert. In ihrer Ausgabe Nr. 3 aus dem Jahr 1917 hebt die Modezeitschrift *Elegante Welt* ihren außergewöhnlich herben Ausdruck hervor. Sie sei von aller Süßlichkeit weit entfernt, wirke immer ein wenig knabenhaft, und man möchte ihr wünschen, daß sie sich diese herbe Schlankheit der Erscheinung und vor allem der Empfindung erhalten könne, schreibt die Kritik. Es folgten Auftritte in den bekanntesten Vergnügungspalästen, so im Nelsontheater am Kurfürstendamm und im »Wintergarten«, in den Kabaretts »Weiße Maus« und »Schall und Rauch«. Ihren endgültigen Durchbruch erlebte sie jedoch, als sie sich dazu entschloß, die Hüllen fallen zu lassen. Ihre Auftritte als »Nackttänzerin« wurden die Sensation, die sich kaum ein Berliner Bohemien entgehen ließ. Der Kritiker Felix Salten schrieb: »Eine Gegenwart, die keine Illusionen hat, nimmt auch den Frauenkörper ohne Verschleierung als öffentliches Schaustück an. So ist es immer gewesen in allen Zeiten der Revolution oder der gesellschaftlichen Umwühlung.«[20]

Und so begannen Kabarett und Nackttanz, Glücksspiel, Alkohol und Kokain zu Beginn der zwanziger Jahre die Sinne der Nachtschwärmer zu beherrschen, während das Bürgertum den rapiden Verfall der alten Ordnung beklagte. »Alle Werte waren verändert«, schrieb der Schriftsteller Stefan Zweig, »und nicht nur im Materiellen; die Verordnungen des Staates wurden verlacht, keine Sitte, keine Moral respektiert. Berlin verwandelte sich in das Babel der Welt. Bars, Rummelplätze, Schnapsbuden schossen auf wie Pilze.«[21]

Im Winter 1919/20 hielt Charlotte Berend Anita Berber in einer Serie von acht Lithographien fest. Mit kaum mehr als einem Schultertuch, einem Strumpfband, Hut oder Schal angetan, mit einer Kette um den Hals oder einer Zigarette in der Hand, präsentierte sich die Tänzerin in einem Sessel lehnend oder hoch aufgerichtet in herausfordernder, aufreizender, sexuell stimulierender Pose. Einmal hat sie ihre Beine gespreizt, sie hält den Kopf zur Seite gewandt und die Augen geschlossen, während sie ihr Geschlecht berührt. Ein anderes Mal sitzt sie mit gestreckten Beinen, das um die Hüfte gelegte Tuch läßt den Blick auf ihr Geschlecht frei. Ein helmartiger Hut verdeckt das halbe Gesicht. In der rechten Hand hält sie eine Zigarette, mit der anderen greift sie an die Schulter. Wiederum auf einem anderen Bild sieht man sie, wie sie einen Cancan tanzt, das linke Knie bis zur Schulter hochgezogen, nur mit einem Paar schwarzer, hauchdünner Strümpfe bekleidet. Ein Bild weiter sieht man sie hoch aufgerichtet, ihre aufregend langen, schönen Beine erscheinen überproportional groß im Verhältnis zum Rumpf. Nachlässig hat sie einen dünnen schwarzen Strumpf über das eine Knie gerollt. Die Hüfte leicht vorgeschoben und die Hand darauf gestützt, den Kopf erhoben und dem Gegenüber zugewandt, ein provokantes, fast aggressives Werben in der Haltung. Ein Hintergrund ist auf keinem der Bilder zu sehen; es ist anzunehmen, daß diese sehr intimen Bilder in Anita Berbers Wohnung entstanden.

Doch dann sei sie auf einmal mit dem Ergebnis nicht einverstanden gewesen, schreibt Lothar Fischer, der eine Mappe mit acht Lithographien und das Anita-Berber-Archiv in Berlin besitzt, die auch in seinem Buch über die Tänzerin abgedruckt sind. Der Grund läßt sich leicht erraten, es ist besonders die Darstellung des Gesichtes, die stört. Wie Lothar Fischer berichtet, hatte Anita Berber sogar mit einer Verfügung gedroht. Der Kammersänger und Schauspieler Michael Bohnen versuchte zu vermitteln. Charlotte hatte Bohnen, einen bekannten Sänger, der sogar an der Metropolitan Opera New York gastierte, im Kreis der Künstler vom Deutschen Theater kennengelernt. In Urfeld, wo er sie besuchte, hatte Charlotte ihn im Tiroler Trachtenanzug gemalt. Der Streit wurde schließlich beigelegt, und die Mappen wurden verkauft. Offenbar hatte Anita Berber Geldforderungen gegen Charlotte Berend durchsetzen wollen, denn sie war, schreibt Fischer, stets in finanziellen Schwierigkeiten. Unabhängig davon, ob sie dann noch ein Honorar erhielt – mit dem Streit war die Freundschaft der beiden unwiderruflich beendet. Charlotte zog sich zurück. Und während ihr Flirt mit der Welt der Liebe und des Lasters hier endete, führte Anita Berbers Weg fortan durch eine Kette von Exzessen, durch Bühnenskandale und Erniedrigungen, durch Schlägereien und Drogenmißbrauch unaufhaltsam in den Abgrund. Champagner reichte als Stimulans längst nicht mehr aus, Kokain wurde die Modedroge der zwanziger Jahre. Unter ihrem Einfluß steigerte sich die Berber in ein rauschhaftes Schaffen und gefährliche Krisen. Mit ihrem zweiten Mann, dem Tänzer Sebastian Droste, schuf sie Choreographien, die sie zusammen tanzten, die *Tänze des Grauens, des Lasters und der Ekstase*. Die darin enthaltenen Einlagen hießen *Selbstmord, Morphium, Cocain, Märtyrer* oder *Haus des Irren*. Anita Berber, schrieb der Schriftsteller und Dramaturg Leo Lania, der ihr in seinem biographischen Roman *Der Tanz ins Dunkel* ein Denkmal setzte, habe sich dem Rausch bedenkenlos, mit Haut und Haaren preisgegeben, so daß sich die Grenzen zwischen ihren Inszenierungen und ihrem wirklichen Leben mehr und mehr verwischten. Eine Gastspielreise im Herbst 1922 gerät zum Skandal, als ihr Mann in Wien mit gefälschten Unterschriften ein Darlehen erschwindeln will. Anita Berber wird verhaftet, ihr Mann aus Österreich ausgewiesen. Sie tritt daraufhin allein auf, provoziert das Publikum bis zum Ausbruch von Prügeleien und wird ebenfalls ausgewiesen. Durch Alkoholismus, Spiel- und Morphiumsucht geriet sie immer tiefer in Abhängigkeit und Schulden. Ihre provozierenden Auftritte führten dazu, daß sich auch die letzten Freunde, die ihr trotz ihrer Skandale die Treue gehalten hatten, von ihr abwandten. Um die Mitte des Jahrzehnts wurden die Provokationen der frühen Zwanziger von der Kühle und Strenge der »Neuen Sachlichkeit« abgelöst, die in der Kunst die möglichst exakte Wiedergabe der Wirklichkeit anstrebte. Als sich 1924 die Wirtschaft stabilisierte und die Inflation gedrosselt wurde, begann das Interesse an Inszenierungen nachzulassen, die auf Skandale und Exhibitionismus setzten. Das Experiment der Selbsterfahrung und der Kult der Nacktheit, lesbische Frauenclubs und Rauschgiftorgien paßten nicht mehr zu dem Wunsch nach Nüchternheit und zu der Hoffnung, vom wirtschaftlichen Aufschwung und der Rückkehr zur politischen und gesellschaftlichen Normalität zu profitieren. Der Rausch verflog, dadaistisch-groteske Choreographien und pornographische Tänze waren nicht mehr gefragt. Doch es sollte noch einmal fast ein Jahrzehnt dauern, bis sie sich im Gleichschritt einer anderen Zeit endgültig verloren.

Auch Charlotte Berend hatte sich nach ihrer Verzauberung und dem kühnen Experiment in der Welt der erotischen Tänze und der lesbischen Liebe wieder in ihre geordnete Bürgerlichkeit zurückgezogen. Doch war sie selbstbewußter und mutiger geworden, und so gelang es ihr Schritt für Schritt, aus dem Schatten ihres Mannes herauszutreten.

Im Frühjahr 1925 begibt sie sich zum erstenmal auf eine Studienreise ins Ausland. Allein reist sie bis Paris, wo sie mit Paul Paeschke, einem Maler der Sezession, der in diesem Frühjahr mehrere Bilder in der Sezession ausgestellt hatte, und seiner Frau zusammentrifft. Gemeinsam setzen sie die Reise nach Spanien fort. Anfang Mai schreibt ihr Corinth nach San Sebastian, daß nach ihrer Abreise zwei ihrer Aquarelle verkauft worden seien. »Das schreibe ich Dir als gute Vorbedeutung für das

Land Spanien mit den Castanien; also gratuliere. Nun da ich
Dir so was Gutes geschrieben habe, kann ich Dir über mich
recht Schlechtes schreiben. Ich bin immer stark deprimiert; es
ist nischt. Der ›Uhu‹ von Dir ist da. Ich habe ihn gelesen; Deine
Alte auch. Sie sagt, Du wärst so außerordentlich fleißig und so
begabt. Ich sagte ihr: ›Die Mutter der Gracchen‹, und das war
ihr wieder nicht recht.«[22]

Der *Uhu* war ein Ullstein-Magazin, in dem Charlotte einen
Artikel über Corinth mit eigenen Illustrationen veröffentlicht
hatte. Die »Mutter der Gracchen« war die Römerin Cornelia,
die wie Hedwig Berend zwei berühmte Kinder hatte, Söhne
allerdings, die Volkstribunen wurden.

Wie Corinth vorausgeahnt hatte, wurde die Reise, die zunächst nach Madrid und Toledo und von dort Mitte Mai weiter nach Málaga an die Costa del Sol führte, ein Erfolg. »Du
wirst ja nun entschieden eine ganze Masse gescheiter geworden sein, weil Du nun den Prado kennst«, schrieb er ihr nach
Sevilla. »Wie Deine Alte habe ich mir dieses auch schon immer
gewünscht; aber der Mensch muß sich auch beherrschen können ... Die Tizians und die Rubens sollen doch ganz großartig
sein –, na, Du wirst ja alles erzählen.«[23]

Aber Charlotte erzählte nicht nur, sie brachte auch eine
große Anzahl Ölgemälde wie »Toledo« und »Alhambra« mit
nach Hause, von denen einige auch in ihrem Buch *Reisetage in
Spanien* abgedruckt wurden, das 1926 bei Reclam in Leipzig
erschien und von dem heute kein Exemplar mehr nachweisbar
ist. Die Gemälde wurden, wie ihr Sohn Thomas schrieb, im
UFA-Palast am Zoo ausgestellt und von dort sämtlich an Privatsammler verkauft. Wo mögen sie sich heute wohl befinden, wenn sie nicht dem Krieg zum Opfer fielen? Wie so vieles
aus Charlottes Schaffen, sind auch die Bilder aus Spanien ver-

schollen und existieren heute nur noch in der Erinnerung von Angehörigen und in Fußnoten zum Werk und Leben ihres Mannes. Das einzige noch erhaltene Zeugnis ihrer Spanienreise, das Ölgemälde »Toledo«, ist im Besitz der Nationalgalerie in Berlin. Von einer Bergeshöhe schaut man auf den Fluss Tajo hinab, der sich im Tal windet und von einem Aquädukt überspannt wird. Rechts im Bild sind die Überreste einer Festung zu erkennen, auf der linken Seite wird das Aquädukt von einem Wehrturm begrenzt, und im Hintergrund erstrecken sich Hügelketten endlos bis zum Horizont. Seine Spannung bezieht das Landschaftsbild aus dem Einklang einer gewaltigen Kulisse mit antiker Architektur.

Corinth brach zwei Wochen nach Charlottes Rückkehr, am 16. Juni 1925, zu einer Reise nach Holland auf. Er wollte das Rijksmuseum in Amsterdam besichtigen und auch selbst skizzieren. »Am Abreisetag in Berlin war mein Vater schon früh am Morgen gestiefelt und gespornt, seine Koffer fertig gepackt«, schrieb Thomas Corinth, »und sagte mir mit kräftigem Händedruck ›au revoir‹. Danach sah er sich etwas eigentümlich in seinem Zimmer um, als ob er das Gefühl hätte, nicht mehr von dieser Reise zurückzukehren.«[24]

Aus den Briefen, die Charlotte aus Amsterdam erreichen, sprechen Begeisterung und Optimismus. Corinth lebte förmlich auf. Der Maler Leo Michelsohn, der ihn begleitete und den Charlotte später porträtierte, berichtete, es sei »wie eine Heimkehr« gewesen. Corinth habe vor Erinnerungen gesprudelt und unaufhörlich erzählt, wie es vor vierzig Jahren ausgesehen, was er damals gesehen und erlebt habe und wie er in den Kneipen der Kalverstraat versackt sei. Sie besuchten das Rijksmuseum, das vor vierzig Jahren noch nicht existiert hatte. Damals hatten die Bilder, die er jetzt wiedersah, in kleinen und schlecht erleuchteten Räumen gehangen. Corinth, schrieb, Michelsohn, »konnte noch mit größter Genauigkeit von den seinerzeit gesehenen Bildern sprechen«.[25]

Der Direktor selbst führte sie durch die noch nicht eröffnete Rembrandt-Ausstellung. Die »Nachtwache« hatte damals einen stärkeren Eindruck auf ihn gemacht. Amsterdam sei teuer und interessant, schrieb er an Charlotte, und der Höhepunkt sei ohne Frage der Rembrandt. »Das sind freilich Bilder, die bewundernswert sind. Es ist doch erstaunlich, daß keiner von den Rindsviechern sie damals erkannt hat. Ich werde wohl auch einen Artikel losschlagen, um Geld zu finden ... Morgen Sonntag werden wir nach Haarlem fahren, um Frans Hals zu sehen, und Montag nach dem Haag, und dann nach Deutschland.«[26]

Ganz erstaunt habe er vor der »Salome« des Fabritius gestanden, die er bis dahin nicht gekannt hatte und die ihn durch die große Ähnlichkeit mit seiner eigenen »Salome« überraschte.

Er sah auch noch den Frans Hals, aber nach Deutschland sollte er nicht mehr zurückkehren. Zwei Tage nach diesem letzten Brief erkrankt Corinth. Im Hotel in Zandvoort, wohin man ihn des günstigeren Klimas wegen noch gebracht hatte, erleidet er einen schweren Zusammenbruch. Charlotte läßt auf die Nachricht hin alles stehen und liegen und eilt mit schlimmsten Befürchtungen an sein Krankenbett. Sie ist bei ihm, als er am Nachmittag des 17. Juli stirbt. Nach seiner Überführung nach Berlin und der Totenfeier in der Sezession wird seine Urne im November auf dem Friedhof der Gemeinde Stahnsdorf vor den Toren Berlins beigesetzt.

Monatelang lebte Charlotte einsam und zurückgezogen, unfähig, eine neue Arbeit aufzunehmen oder mit Freunden in Verbindung zu treten. Sie hatte eines seiner drei letzten Aquarelle – »Häuser in Amsterdam« – mit nach Hause gebracht und eine Zeitlang in ihrem Zimmer hängen. »Ich erlebte beim Betrachten Corinths visionäre Entrückung nach und fühlte, wie seine Hand beim Malen von außer- und übermenschlichen Mächten geleitet wurde«, schrieb sie in ihr Tagebuch. »Der Schmerz, der mich angesichts dieses Aquarells immer wieder erfaßte, war so überwältigend und so lähmend, daß ich mich, um mir meine Kräfte zu erhalten, zur Trennung entschließen mußte. Es ist unheimlich und schön, daß ein Kunstwerk den Atem und das Leben eines Menschen zu bewahren vermag. Ja, es liegt etwas Göttliches in diesem Phänomen.«[27]

FÜNFZEHNTES KAPITEL

Alice

Noch einmal Berliner Luft

Es waren die Jahre zwischen 1924 und 1930, denen das Jahrzehnt das Attribut der »Goldenen Zwanziger« verdankt und die den Mythos von einem »Goldenen Zeitalter« begründeten. Die Wirtschaft begann sich dank des Dawes-Planes, der von dem amerikanischen Wirtschaftspolitiker Charles Dawes begründet und auf der Londoner Konferenz im August 1924 verabschiedet worden war, zu erholen und zu stabilisieren. Der Plan legte eine Neuregelung der Reparationen fest. Deutschland erhielt zur Stabilisierung seiner Währung eine Anleihe von 800 Millionen Mark, eine Finanzspritze, die sich belebend auf Privatunternehmen und auf die öffentliche Hand auswirkte. Nun begann ein Strom ausländischen, vor allem amerikanischen Kapitals nach Deutschland zu fließen, der bis 1929 auf die Rekordsumme von 21 Milliarden Mark ansteigen sollte.

Als Alice Berend 1924 mit ihrem Geliebten nach Berlin zurückkehrte, fand sie wieder einmal eine veränderte Stadt vor, eine Stadt, die sich nach dem Chaos und der Depression der Wirtschaftskrise zu erholen, zu Normalität, Nüchternheit und Stabilität zurückzukehren versuchte. »Die Rentenmark war eingeführt worden«, schrieb Tilla Durieux, »die Inflation beendet. Viele reiche Familien zählten zu den Opfern. Die ›Neureichen‹ dominierten. Auch auf den Kunsthandel wirkte sich dieser Umschwung aus.«[1]

Berend mietete eine Wohnung in der Sophienstraße. Sie bemühte sich, ihre alten Verbindungen wiederaufleben zu lassen und Breinlinger den Einstand in die Kunstszene der Hauptstadt zu ermöglichen – in eine Szene, die in den Jahren nach dem Weltkrieg revolutioniert worden war. »Paul konnte sich nicht damit abfinden«, schrieb Tilla Durieux. »War früher der Kunsthändler auch zugleich Mäzen und Sammler gewesen, glitt er nun ganz zum reinen Händler ab ... Paul, der Kämpfer, hatte nichts mehr zu kämpfen, das Geldverdienen allein machte ihm keinen Spaß. Mit der ganz jungen Generation der Maler konnte er sich nicht so rasch befreunden und ließ diesen Teil des Kunsthandels ganz in den Händen von Alfred Flechtheim. Kriegsgewinnler legten sich Sammlungen an, und nur selten gab es darunter einen, der auch an den Bildern Freude hatte.«[1]

Alfred Flechtheim, geboren 1878 in Münster in einer jüdischen Familie, hatte sich in den Jahren vor dem Ersten Weltkrieg durch die Organisation von Ausstellungen der französischen und deutschen Impressionisten in Düsseldorf und Köln einen Namen gemacht. Nach der Eröffnung von Galerien in Köln, Frankfurt/Main und Wien gründete er 1927 einen Kunstsalon in Berlin, mit dem er in die Nachfolge von Paul Cassirer trat und neben Galeristen wie Fritz Gurlitt, van Diemen, Fritz Goldschmidt und Karl Nierendorf zu einem der führenden Kunsthändler der Stadt aufstieg, bis die Nationalsozialisten ihn 1933 zur Aufgabe seines Salons zwangen.

Durch Vermittlung von Corinth und Cassirer nahm Flechtheim, der als Förderer von Max Beckmann galt, im Herbst 1924 auch Breinlinger in seine Galerie auf. Stolz und überglücklich meldet Alice ihren Freunden in Konstanz, »daß unser Malersmann auch hier mit seinen Arbeiten gleich Bewunderung erregte bei den Fachleuten, Ausstellungen haben wird bei Gurlitt«.[2]

Breinlingers Arbeiten zeigen eine starke Prägung durch die neue Umgebung. »Straßenszene« und »Jockey« sind die Titel von Bildern; Motive aus der Welt der Arbeit treten in den Vordergrund, wie der »Lastträger«, der 1928 auf der juryfreien Kunstschau ausgestellt wurde. Darauf balanciert ein Arbeiter mit zurückgebogenen Armen ein Faß auf dem Rücken. Die tief in den Höhlen liegenden Augen und der offene Mund verstärken den Eindruck von Anstrengung, die die gedrungene Gestalt vom nackten Oberkörper bis in die gewinkelten Beine durchzieht. Dieser Lastträger wirkt »wie mit grobem Messer aus hartem Holz geschnitzt«, schreibt Hans Albert Peters.[3]

Mit Bildern wie »Tote«, »Arbeitslose« und »Waisenkinder« bezieht Breinlinger Partei für die Armen und Schwachen, für die Ausgegrenzten der Gesellschaft, wenn auch niemals auf diese herausfordernd anklagende Art, wie Otto Dix oder Käthe Kollwitz es taten. Das Gemälde »Arbeitslose«, in kühlen Blauweißtönen gehalten, zeigt eine Gruppe von Männern, die sich hinter ihrem Wortführer verschanzt hat, der mit starrer Miene, leeren Augen und ans Herz gepreßter Hand den Betrachter anschaut. Auf dem Bild »Der Streik« versperrt eine Gruppe von Arbeitern mit entschlossener Miene und angewinkelten Armen einem Fabrikanten mit Bouwler und Stehkragen den Weg. Mit diesem Bild, in dem kräftige Blaugelb- und Orangetöne vorherrschen, schreibt Hans Albert Peters, erreiche Breinlinger die Intensität seines Vorbildes Ludwig Kirchner (1880–1938), dessen Berliner Straßenbilder durch spitze Formen und leuchtende Farben hervorstechen. »Der Streik« wurde 1929 auf der juryfreien Kunstschau gezeigt.

In diesem Jahr war auch das Bildnis von Alice Berend entstanden, auf dem sie mit einer gelben Bluse und schwarzen Krawatte, eine Zigarette in der Hand, in einem Sessel lehnt. Sie sieht entspannt und selbstbewußt aus. Man sieht in das Gesicht einer Frau, die etwas erreicht hat, die mit beiden Beinen im Leben steht und so viel Energie hat, daß sie nun auch noch die Regie für das Leben ihres Mannes übernehmen konnte. Das Bild strahlt eine Atmosphäre von Wohlstand und Optimismus aus. Charlotte hielt sich wie gewöhnlich zurück, doch der Neffe Thomas besuchte sie in ihrer neuen Wohnung und schilderte seine Eindrücke:

»Alices Kinder Nils Peter und Carlotta lebten bei ihr und Breinlinger. Hans Breinlinger malte Carlotta, war aber auch ein strenger Hausvater; er achtete darauf, dass Peter, welcher als Diplom-Landwirt arbeitete, zu den Wohnungskosten beisteuerte. Die wenigen Male, wo ich Breinlingers besuchte, fand ich eine angenehme Stimmung: Er wohlwollend und unbekümmert, meine Tante liebreich mit verständnisvollem Interesse und lächelndem Humor, ein kluger interessanter Mensch. Es schien eine glückliche Zeit für das Ehepaar. Alice fühlte sich wieder jung. Oft wurde das Grammophon in der Wohnung angedreht, und sie tanzte mit Breinlinger ihren Lieblingstango ›Ramona‹, welcher damals ein Schlager war.«[4]

Und dabei arbeitete sie ohne Unterbrechung, so daß Jahr für Jahr ein neuer Roman herauskam. 1926 erschien *Fräulein Betty, die Witwe*, eine Verwechslungskomödie. Die Protagonistin, ein tugendhaftes Fräulein namens Betty, nimmt einen Untermieter auf. Zum erstenmal in ihrem Leben wohnt sie mit einem Mann unter einem Dach, und das weckt ganz neue Gefühle in ihr. Ob-

wohl dieser Herr Munkelt ihr nicht den geringsten Anlaß dazu
gibt, bildet sie sich bald ein, daß er ihr vom Schicksal bestimmt
sei, und beginnt, Pläne über eine gemeinsame Zukunft zu
schmieden. Das Erwachen aus den schönen Träumen ist grausam und komisch zugleich. Der Untermieter entpuppt sich als
eine junge Dame. Als Mann getarnt, hatte sie Bettys Zimmer
benutzt, um für eine Weile unterzutauchen, um die Heirat mit
ihrem Auserwählten zu erzwingen. Was konnte die arme, an der
Nase herumgeführte Betty tun? Sie macht gute Miene zum
bösen Spiel und trägt die Täuschung mit Fassung und Humor.
»Die Leute nannten sie die Witwe von Herrn Munkelt. Schon
nach wenigen Jahren wußte kaum einer noch, woher diese Wür-
denbezeichnung stammte. Es war durchaus kein Spott mehr mit
dieser Benennung verbunden«, heißt es am Schluß.[5]

Wie sah die Literaturlandschaft Ende der zwanziger Jahre
aus? Auf den Expressionismus folgte die Neue Sachlichkeit. In
der Lyrik gaben Autoren wie Kästner, Mehring und Ringelnatz
mit zeitkritischer Satire den Ton an, um die die Kabaretts sich
geradezu rissen. Die Bühne wurde von den Zeitstücken Ödön
von Horvaths, Marieluise Fleißers und Carl Zuckmayers geprägt. Thomas Manns *Buddenbrooks* erzielte bis 1933 eine Auflage von über einer Million, und auch der *Zauberberg* konnte hohe Auflagen verbuchen. Heinrich Manns Roman *Der
Untertan*, eine Satire auf den wilhelminischen Untertanengeist,
wurde zu einem Plädoyer für die Demokratie. Aber die Literatur der Weimarer Republik war nicht nur die Avantgarde wie
Alfred Döblin mit *Berlin Alexanderplatz*, Robert Musil mit
dem *Mann ohne Eigenschaften* oder Erich Maria Remarque, der
mit seinem Antikriegsroman *Im Westen nichts Neues* einen der
spektakulärsten Erfolge und eine Auflage von einer Million erzielte.

Denn quantitativ bestimmte die sogenannte Heimat- und Trivialliteratur den Buchmarkt der Weimarer Republik. Da gab es Hedwig Courths-Mahler (1867–1950) und Ludwig Ganghofer (1855–1920), die meistgelesenen Autoren der damaligen Zeit, die die Sehnsucht nach der untergegangenen Welt des Kaiserreiches verkörperten. Courths-Mahler, die zwischen 1924 und 1930 allein neunundfünfzig Romane veröffentlichte, die in der Gesellschaft der Aristokratie und des Großbürgertums angesiedelt waren, erzielte bis 1941 eine Gesamtauflage von rund dreißig Millionen Exemplaren. Ebenso verzeichnete Ganghofer mit seinen volkstümlichen Romanen wie *Der Herrgottschnitzer von Oberammergau* und *Der Jäger von Fall* große Erfolge. Seine Helden verkörpern den »Seelenadel«, sie stehen für Natur und Volk, das »Gesunde, Echte und Wahre«, während ihre Gegenspieler der »Genußsucht und Dekadenz« der modernen Gesellschaft zum Opfer fallen. In *Die letzten Tage der Menschheit* karikierte Karl Kraus Ganghofer als jodelnden Kriegspropagandisten.

Als Courths-Mahler 1925 in einem Interview der *Literarischen Welt* zu Jakob Wassermann und Thomas Mann befragt wurde, antwortete sie, sie halte sie für außerordentlich begabt, aber sie fände etwas Krankhaftes in ihrem Wesen. Dies sei überhaupt der Zug, der durch die ganze neue Literatur ginge. Mit Dostojewskij habe das begonnen. Ein Roman, so Courths-Mahler, solle »erquicken« und nicht krank und nervös machen.[6]

Für die neue Leserschicht der Angestellten, der Verkäuferinnen, Kassiererinnen, Stenotypistinnen und Sekretärinnen kam eine solche Erquickungs- und Erbauungsliteratur natürlich nicht infrage. Für sie wurde der neue Frauenroman geschrieben mit der modernen, emanzipierten Frau als Vorbild, die materiell unabhängig und sexuell befreit ihr Leben führte. Mitte der zwanziger Jahre gab es ungefähr einenhalb Millionen weiblicher Angestellte, dreimal mehr als vor dem Ersten Weltkrieg. Fritz Croner, Funktionär des Allgemeinen Freien Angestelltenbundes, hielt die Eroberung der Büros durch die Angestellten für die größte Eroberung in der sozialen Stellung der Frau. Die Frauen selbst sahen das weniger euphorisch; so gab die Psychologin Alice Rühle-Gerstel ein schonungsloses Bild der Frauen, die zwischen Warenhausregalen, Registrierkassen und Schreibmaschinengeklapper ihren Lebensunterhalt verdienen mußten. »Ein halbseidener Beruf, halbseiden wie die Strümpfe und Hemdchen der Ladenfräuleins, halbseiden wie ihr Gemüt und ihre Gedankenwelt«, schrieb sie.[7]

Nicht »halbseiden«, sondern »kunstseiden« war Doris, Irmgard Keuns Protagonistin aus dem *Kunstseidenen Mädchen*. Keun hatte als Kontoristin im Betrieb ihres Vaters begonnen, wo sie den Alltag einer Büroangestellten kennenlernte. Auch Gilgi aus *Gilgi – eine von uns* arbeitet als Angestellte in einem Büro und träumt dabei wie Tausende ihrer Gefährtinnen den Traum von einer Karriere und einem reichen Ehemann. Für Tucholsky war Keun »eine schreibende Frau mit Humor«, und so hätte er sicher auch Alice Berend genannt.

In Berends Roman *Der Herr Direktor*, der in der Familie des Fabrikanten Bohlen spielt, ist es die Tochter Ortrud, die das Beispiel einer emanzipierten Frau gibt, aufgeschlossen, selbstbewußt, ein Sport-As. »Ortrud ritt im Tattersall, im Tiergarten und im Grunewald. Sie spielte Tennis und Golf, sie schwamm und focht und nahm in vielen dieser Fakultäten an Turnieren teil ... Außerdem studierte Ortrud Musik an der Hochschule, Geige und Gesang. Sie nannte das ihr Brotstudium, von dem sie sobald als möglich selbständig leben wollte. Sie verachtete Familienanhang und damit natürlich auch des Vaters Geld.«[8]

Immerhin aber leistet sie sich von Vaters Geld ein schnittiges Automobil, mit dem sie schneller als ihre Freundinnen zum Sportpalast flitzt, um ihrem Freund, dem stadtbekannten Rennfahrer Bert Lücke und Sieger im Sieben-Tage-Rennen, zuzujubeln. Mit *Der Herr Direktor* war der Verfasserin ein temporeiches Berlin-Porträt gelungen, das das Lebensgefühl der jungen Generation, sportliche Herausforderung, sexuelle Freiheit und Unabhängigkeit treffend und humorvoll beschrieb. Um die Mitte der zwanziger Jahre hatte Berend mit ihren heiteren Romanen eine Spitzenstellung im Programm des S. Fischer Verlages erreicht. Mehr als zweihunderttausendmal waren die *Bräutigame der Babette Bomberling* verkauft worden, und *Frau Hempel* und *Sebastian Wenzel* hatten ähnliche Auflagen. Berends Bücher hätten selbst für heutige Begriffe Spitzenauflagen erzielt, schreibt Peter de Mendelssohn in seiner Untersuchung über den S. Fischer Verlag, die »dem ganzen Unternehmen zweifellos eine überaus kräftige wirtschaftliche Grundlage gaben«.[9]

Wie groß ihre Bedeutung war, läßt sich auch daran erkennen, daß sie Silvester 1928 vom *Berliner Tageblatt* als einzige Frau mit einer Reihe von Schriftstellern und Kritikern wie Alfred Polgar, Oskar Lörke, Alfred Döblin und Arnold Zweig zu einer »Dichterstafette auf dem Autobus« eingeladen wird. Jeder hatte einen Text beizusteuern, der einem Abschnitt auf der Omnibusstrecke zwischen dem Brandenburger Tor und Halensee galt. Während Döblin natürlich den Alexanderplatz wählte und Alfred Polgar den mondänen Kurfürstendamm, schilderten Oskar Lörke das Lützowufer und Arnold Bronnen die Prachtstraße Unter den Linden. Und Alice Berend beschrieb mit lakonischem Witz und einem geschärften Blick für das Großstadtleben die Tauentzienstraße, den prächtigen Einkaufsboulevard, der auf die Kaiser-Wilhelm-Gedächtniskirche mündet. Hier pulsierte der Verkehr, hier blinkten Reklamelichter und Verkehrsampeln, hier schrien Zeitungsverkäufer um die Wette, drängten sich Menschen und Automobile. Hier lagen Glanz und Elend so dicht beieinander, waren arm und reich so nah zusammen, daß man die Sprengkraft sozialer Gegensätze förmlich spürte.

»Der Kaufpalast blendet vom Dachfirst bis zum Keller. Knäul auf Knäul Kaufwütiger stürzt sich in den Glanz der Wohlfeilheit. Kinos künden erste Vorstellungen an. Halbe Pärchen warten vor ihren Toren auf Vervollkommnung. Blinder und Hund appellieren schweigend an wettergeschützte Herzen. Ergraute Musiklehrerin, aus Zeiten, wo noch in Häuslichkeiten Platz und Gehör für Klavierübungen war, bietet gekrümmt Postkarten an, auf denen durch Berliner Strassen noch die Pferdebahn zuckelt. Alter Mann im benagten Pelz versucht eleganten Vorübergehenden die Frage zuzuflüstern, ob sie alte Kleidungsstücke verkaufen wollen. Ein feldgraues Etwas liegt wie ein vergessener Klotz geflüchteter Gewissen regungslos neben der Hast, eine Hand droht mit Zündholzschachteln in das Vorwärtsdrängen.«[10]

Im Oktober 1929 löste der Börsenkrach an der New Yorker Wallstreet, der »Schwarze Freitag«, den Beginn einer Wirtschaftskrise aus, die weltweit zu spüren war, die zu Arbeitslosigkeit von mehr als dreißig Millionen Menschen führte, und die überall radikalen Bewegungen und Parteien Auftrieb gab. Auch in Deutschland kam es zu gesellschaftlichen Umstürzen und Umwälzungen. Konkurse und Kriminalität, Hunger und Obdachlosigkeit breiteten sich aus. Und während das Geld durch die Inflation aufhörte, überhaupt einen Wert zu haben, das Oberste zuunterst gekehrt wurde, begann der Aufstieg neuer, noch weit gefährlicherer Kräfte. Radikal-nationalistische und »völkische« Gruppierungen beherrschten mit Demagogie und Terror die Straße, aber für das Noch-nie-Dagewesene reichte die Phantasie nicht aus, schrieb Carola Stern in ihrer Biographie über Fritzi Massary. »Man freute sich des Lebens und hoffte, daß die heraufziehenden Schatten sich bald verflüchtigen würden. Man war abwechselnd sorgenvoll und sorgenlos.«[11]

Abwechselnd sorgenvoll und sorgenlos waren auch die Gratulanten, die am 24. Dezember zur Feier von Samuel Fischers siebzigstem Geburtstag erschienen. Fischer war eine Institution im kulturellen Leben Berlins, auch Reichskanzler Hermann Müller (von der SPD) schloß sich dem Kreis der Gratulanten an. Und als besondere Ehrung zu seinem siebzigsten Geburtstag erhielt Fischer die Einladung, zum erstenmal in seinem Leben im Rundfunk zu sprechen. In der Funkstunde hielt er einen Vortrag mit dem Titel: *Von meiner Arbeit als Verleger.* Einen Monat zuvor hatte Thomas Mann für seinen Roman *Die Buddenbrooks* den Literaturnobelpreis erhalten, und diese Ehrung hatte auch dem Verleger Erfolg beschieden.

Am Abend des 24. Dezember 1929 fand sich Berlins literarische Welt in seiner Grunewald-Villa in der Erdener Straße ein. Neben Ernst Rowohlt und Felix Holländer, neben Oskar Lörke, Felix Salten, Thomas Mann und Arthur Holitscher erschienen Alice Berend und die Sängerin Rose Walter. Weiter gehörten Arthur Schnitzler und Bernard Shaw, Rudolf Kayser und der Kritiker Max Osborn zu den Gästen. Die Autoren hatten ihre Glückwünsche in ein Album auf Bütten geschrieben. »... der allen gleich knapp bemessene Platz verhinderte seitenlange Dissertationen und selbstgefälliges Geschwafel und schuf schöne Einheitlichkeit«, schrieb Peter de Mendelssohn.[12]

Was Alice Berend ihrem Verleger in das Gratulationsbuch

schrieb, läßt sich heute nicht mehr feststellen. Doch hat sich ihre Fotografie erhalten, die sie zu diesem Anlaß in einem Studio machen ließ. Das Gesicht ist darauf im Halbprofil zu sehen, der verschleierte Blick in die Höhe gerichtet, die Haare zu Dauerwellen gelegt. Sie sieht weich, etwas verträumt aus und hat so gar nichts von der männlichen Robustheit, mit der sie so oft charakterisiert wurde.

Bernard Shaw schrieb in seiner Gratulation für Fischer: »Warum bestehen die Deutschen eigentlich darauf, die Leute zu ihrem siebzigsten Geburtstag zu beglückwünschen? Mich haben sie damit beinahe umgebracht ... Es ist wahr, unser Haar wird weiß. Aber ist es höflich, daß ganz Europa mit dem Finger darauf zeigt?«[12]

So wurde das Weihnachtsfest 1929 eingeläutet. Eine Woche später reisten die Fischers in die Winterferien nach St. Moritz.

Das neue Jahr begann mit einem bösen Vorzeichen. Im Januar kam es in Thüringen zum erstenmal zu einer Beteiligung der NSDAP an einer Landesregierung. Im März wurden dreieinhalb Millionen Arbeitslose gemeldet. Im selben Monat trat das Kabinett der Großen Koalition aus SPD, DVP und Zentrum unter Reichskanzler Hermann Müller zurück. Nach der Ernennung des Zentrum-Abgeordneten Heinrich Brüning zum Reichskanzler begann die Zeit der Präsidialdiktaturen, in der Notverordnungen zum eigentlichen Regierungsinstrument wurden und die Demokratie Stück für Stück ausgehöhlt wurde.

Am 11. August 1930 stirbt Hedwig Berend im Alter von sechsundsiebzig Jahren in ihrer Wohnung in der Joachim-Friedrich-Straße. Charlotte, die zum Malen an die dänische Ostsee gefahren war, kehrte zurück, und auch Thomas brach seinen Aufenthalt in London ab. Doch wer nicht kam, war

Alice. Sie war in Florenz und kehrte erst nach der Beerdigung ihrer Mutter nach Berlin zurück. Für Charlotte war das eine unentschuldbare Brüskierung, ja eine Sünde, die sie ihr, so schrieb Wilhelmine, niemals verziehen habe. Daß Breinlinger ihr beistand, konnte Alices Benehmen nicht vergessen machen. Aber auch Wilhelmine kam nicht zur Beerdigung der Großmutter, sie zog es vor, ihren Urlaub an der Riviera fortzusetzen.

»Das Leben spannt sich jetzt für mich intensiv schon in die Vergangenheit zurück«, schrieb Charlotte ein paar Tage nach der Beisetzung in ihr Tagebuch. »O Gott sei Dank, daß noch Menschen auf dieser Erde leben, die ich liebe! ... Corinth stand sich sehr gut mit seiner belle-mère, er hat sie in sein Werk mit hineingezogen ... Corinth hat ein wundervolles Bild von ihr gemalt, mit Mine zusammen ... und dann ihr Porträt in der rosa Matinée. Das malte er in ihrer kleinen Wohnung. Dorthin pilgerte er mit seinen Malsachen. Noch vor wenigen Tagen bat ich sie, ihre Erinnerungen an Corinth aufzuschreiben. Der Gedanke erfreute sie, aber mein Vorschlag kam zu spät.«[13]

Als Alice einige Zeit später aus Florenz zurückkehrte, fiel Charlottes Begrüßung eisig aus. Und so fehlte sie natürlich auch, als Alice im darauffolgenden Frühjahr ihr neues Haus einweihte. In Zehlendorf, am Hochwildpfad, hatte sie ein Grundstück erworben. »Wir zogen bei vollem Frühlingswetter ein und Sie sehen der Schreibtisch steht schon wieder fest«, schrieb sie im März an ihren Freund Bruno Leiner. »Es ist wunderschön und wir hoffen, dass Sie bald herkommen.«[14]

Hier in ihrem Haus entstand Anfang der dreißiger Jahre ein kleiner Salon. Wie zuvor schon in Konstanz, machte Alice ihr Haus auch jetzt wieder zum Mittelpunkt eines intellektuellen Kreises, zu dem die Schriftstellerinnen Elisabeth Castonier, die aus Rheinhessen stammende Elisabeth

Langgässer und Ilse Langner gehörten, die 1928 die Sowjetunion bereist und darüber Reportagen geschrieben hatte. Der Berliner Schriftsteller Georg Hermann schloß sich an. Hermann hatte als Journalist begonnen. Berühmt geworden war er als Fünfunddreißigjähriger 1906 mit seinem ersten Roman *Jettchen Gebert*, der Geschichte einer jüdischen Familie im Biedermeier. Bis zum Beginn des Nationalsozialismus zählte er zu den Erfolgsschriftstellern. In dem Roman muß das Waisenkind Jettchen, das bei seinem Onkel Salomon und seiner Tante Rike aufgewachsen ist, seiner Liebe zu einem Mann aus christlichem Hause entsagen. Wie Jettchen an ihren Vetter Julius Jacoby verheiratet wird, der sich als gute Partie ausgibt, in Wirklichkeit aber ein windiger Geschäftsmann ist, das erzählt Hermann mit Liebe zum jüdischen Milieu und einer zuweilen ironischen Zeichnung der Personen.

Auch Alices Lektor Rudolf Kayser und der Maler Max Pechstein gehörten zu ihrem Kreis. Pechstein hatte den Dresdner Künstlerverein »Die Brücke« mitbegründet und sich 1910 der Neuen Sezession unter Lovis Corinth angeschlossen, er unterrichtete an der Berliner Akademie der Künste. Elisabeth Castonier erinnerte sich daran, daß sich regelmäßig »ein Kreis von dichtenden und malenden Menschen« bei Berend traf. »Alice Berend war wieder ... nach Berlin übergesiedelt und lud mich oft in ihr schönes Haus in Zehlendorf. Sie hatte einen viel jüngeren Mann geheiratet, einen Maler, der sich im Dritten Reich von ihr scheiden ließ ... Es gab Teenachmittage, die sich oft bis spät nachts hinzogen, bis zur letzten Trambahn, denn Autos besaßen damals nur die ›Raffkes‹, neureiche Großindustrielle und Filmstars.«[15]

Ihr Haus sei wundervoll behaglich, Sonne überall, alle bewunderten es, und keiner ahne, wieviel Mut sie in die Mauern gesteckt habe, schrieb Alice an Bruno Leiner, denn sie balanciere augenblicklich »nur auf dem Füllfederhalter«.

Oft verabredete sich der literarische Kreis auch im Romanischen Café an der Ecke Tauentzien- und Budapester Straße, einen Steinwurf von der Gedächtniskirche entfernt. Hier konnte man, wenn man Glück hatte, die gesamte Boheme vereint bewundern: Schriftsteller und Schauspieler, Sänger und Kritiker, Maler, »Salonkommunisten« und, wie Walter Laqueur schrieb, »eine ganze Anzahl von Originalen, die nie ein Buch veröffentlichten, im Café zeichneten oder eine Sonate komponierten, trotzdem aber einigen Einfluß auf die zeitgenössische Literatur, Musik und Malerei hatten«.[16]

Zu Beginn der dreißiger Jahre konnte auch Breinlinger erstmals Anerkennung verbuchen. 1931 wurde er eingeladen, sich mit einem Wandbild an der Berliner Architektur- und Bauausstellung zu beteiligen. Durch seinen Beitritt zur »Arbeitsgemeinschaft katholischer Künstler« kam er außerdem in den Genuß von Aufträgen für Kirchenbilder.

Alice Berend gehört in diesem Frühjahr mit den Schriftstellern Ina Seidel und Alfred Döblin, mit dem Lektor Rudolf Kayser und der Frauenrechtlerin Gertrud Bäumer zu der Jury für den Literaturpreis, den der Verband Deutscher Staatsbürgerinnen vergibt, der 1865 von Louise Otto gegründet worden war. Der Preis war für junge Schriftstellerinnen bestimmt, für »die Generation, die ihr Weltbild in den Inflationsjahren geformt hat, deren Berufs- und Lebensschicksal durch die Zerstörung des Besitzes maßgebend beeinflußt worden ist«.[17]

Der Preis ging je zur Hälfte an Elisabeth Langgässer für ihre Novelle *Proserpina* und die Hamburgerin Käte Biel für *Alle Wege führen zu Franz*. Der Roman handelt von der frühreifen Irma, einem fast verwahrlosten Mädchen, das in den Tag hineinlebt und wahllos die Liebhaber wechselt. »Ihre Gewöhnlichkeit und unbewusste Verruchtheit ist von einer seltenen Kraft und Vitalität, die nicht klein zu kriegen ist«, schreibt die Schriftstellerin Gertrud Isolani, die Tochter des Theaterkritikers Eugen Isolani, in einer Besprechung des *Berliner Tageblatt.* »Es ist charakteristisch, dass in dem Preisrichterkollegium des Staatsbürgerinnenverbandes, das der Autorin Käte Biel ... den Literaturpreis zuerkannte, Dichter wie Alice Berend und Alfred Döblin sassen, denn in ihrem Zeichen, in dem des Humors und der sozialen Not, steht dieses radikale und unbekümmerte Erstlingsbuch. Humor ist in der modernen Literatur, und speziell in Büchern von Frauen ausserordentlich selten geworden, und Alice Berend ist vielleicht überhaupt die einzige, die den Humor heute noch literaturfähig zu machen imstande ist.«[18]

Alfred Döblin schrieb in der *Frankfurter Zeitung* unter der Überschrift »Das Ewig-Weibliche meldet sich«: »Besonders rumort es gewaltig bei den Frauen, den jungen, die auch Geist haben. Ihre ›Emanzipation‹ hat besonders den Charakter, Wahrhaftigkeit in das psychosexuelle Leben des Menschen von heute zu tragen, die Verfinsterung hat sie ja am meisten betroffen, wir leben in Männerstaaten, und manche wissen, daß es sich für die Frau um den Kampf von entscheidenden Werten handelt.«[19]

Angesichts der sich verschärfenden politischen Lage klang dies wie eine Ahnung. Aus den Reichstagswahlen vom 31. Juli 1932 ging die NSDAP mit siebenunddreißig Prozent der Stimmen als stärkste Fraktion hervor. Im Sommer 1932 fühlten sich die Nationalsozialisten schon fest im Sattel, und kaum mehr verging ein Tag, an dem es nicht zu öffentlichen Bedrohungen und Beleidigungen Andersdenkender kam. SA-Trupps marschierten zu Störungen bei Theater-, Kino- und Kabarettvorstellungen auf. Schon im Dezember 1930 war nach tagelangem Terror der SA, bei dem Mäuse im Kinosaal ausgesetzt worden waren, der nach dem Roman von Remarque gedrehte Film *Im Westen nichts Neues* im Kinotheater »Mozartplatz« abgesetzt worden. Jetzt nahm der Druck auf Personen und Gruppen, die politisch links oder jüdischer Abstammung waren, mit jedem Tag zu.

An der Verleihung eines anderen Literaturpreises zeichnete sich das Dilemma ab, in dem auch die Literatur steckte. Diesmal ging es um den Kleist-Preis, einen der angesehensten Literaturpreise, der im Herbst 1932 je zur Hälfte an Richard Billinger und Else Lasker-Schüler ging. Der Österreicher Billinger schrieb Dramen und Gedichte, die in der völkischen Ideologie wurzelten. In krassem Gegensatz zu ihm, dem Vertreter einer Blut-und-Boden-Epik, stand Else Lasker-Schüler mit ihrem lyrischen Werk, das durch eine bildhafte Sprache und die Kulisse eines imaginären orientalischen Reiches spielerisch-verträumt und exotisch wirkte. In ihrer Begründung stellte die Jury den »überzeitlichen Wert« ihrer Verse heraus, »der den ewiggültigen Schöpfungen unserer größten deutschen Meister ebenbürtig ist«.[20]

Der Dichter Gottfried Benn sah den Kleist-Preis durch Lasker-Schüler geadelt. Und was bedeutete die Verleihung an Billinger? Der *Völkische Beobachter* empörte sich in seiner Ausgabe vom 18. November darüber, daß »die Tochter eines Beduinenscheichs« den Kleist-Preis erhielt: »Wir meinen, daß die rein hebräische Poesie der Else Lasker-Schüler uns Deutsche gar nichts angeht.«[21]

Auch die *Deutsche Zeitung* beschwerte sich in ihrer Ausgabe vom 12. November darüber, daß »uns wesensfremde Erscheinungen wie Zuckmayer, Horváth und Else Lasker-Schüler« gefördert würden, während die Dichter, die »aus Blut und Erde eine Poesie der völkischen Weltanschauung« machten, leer ausgingen.[21]

Alice Berend äußerte sich nicht zu dieser Preisverleihung, doch sie hatte wenige Monate zuvor Lasker-Schülers Buch *Konzert* besprochen, einen Essayband, der auch Biographisches enthielt, wie Erinnerungen an den Vater und an den Sohn Paul, der 1927 im Alter von achtundzwanzig Jahren an der Tuberkulose gestorben war.

»Man muss zu diesem Konzert der Zeitlosigkeit die Posaune des Tages blasen, denn es darf nicht ungehört verhallen in dieser Zeit der Nöte, für die auf Seiten dieses Buches Trost und Erhebung in Bereitschaft ist«, hatte Berend am 21. Juni im *Berliner Tageblatt* geschrieben. »Aus diesen Lebensstücken klingt, lächelt, weint das Menschentum selbst. Diese seltsame Frau, die verdammt oder ausersehen ist, als Bohemien zu leben, jungenhaft als Prinz ohne Heimat, gefolgt von einer sich immer erneuernden jungen Anhängerschar, trägt heimlich die Dornenkrone der Mutter, die den geliebten Sohn hergeben musste, als er ihres Herzens Stütze hätte werden können ... Wahre Gläubigkeit verbindet Else Lasker-Schüler mit dem Kosmos und seinen Geheimnissen ... Lange noch, nachdem man sich von dem Buch getrennt, bleibt der unerhört schöne Sprachklang dieser Seiten zurück wie eine grosse Melodie.«[22]

Bald aber sollte nichts mehr zurückbleiben als Blut und Erde, die die *Deutsche Zeitung* eingefordert hatte und für die die Billingers standen.

1932 spürte auch die berühmte Alice Berend, wie die Bedrängnis zunahm, doch es erschien noch einmal ein Buch von ihr im S. Fischer Verlag: *Der Kapitän vom Bodensee*, ein Roman, mit dem sie der Stadt Konstanz und ihrem berühmtesten Sohn ein Denkmal setzte. Der Held der Geschichte ist Ferdinand

Graf von Zeppelin, der Erfinder des Luftschiffs, der 1838 in Konstanz geboren worden war. 1863 war Zeppelin als Beobachter des nordamerikanischen Sezessionskriegs mit einem Fesselballon aufgestiegen, und von da an hatte er sich der Idee verschrieben, ein Ballonflugschiff zu bauen. Nach einer Kette technischer und finanzieller Pannen, die ihn fast in den Ruin trieben, war sein viertes Luftschiff im Juli 1908 zu einem Rundflug über die Schweiz gestartet, und von da an war der Erfolg ihm treu geblieben. Das erste Passagierluftschiff der Welt, die 148 Meter lange »Deutschland«, startete 1910, und in den nächsten Jahren waren dann insgesamt sechs Luftschiffe für den Verkehr zwischen deutschen Städten im Einsatz. (Auch Corinth flog ja 1919 mit einem Zeppelin nach Bayern.) In den Jahren vor dem Ersten Weltkrieg wurde Zeppelin durch seine Erfindung und die Beharrlichkeit, mit der er seine Idee durchsetzte, zu einem der populärsten Männer in Deutschland, gleich nach Bismarck.

Berends Roman behandelt die Jugend des Grafen und seine Liebe zu der Winzerin Balbine, die er bei einer Konstanzer Fastnacht kennenlernt. Doch seinem Traum vom Fliegen steht die Liebe zu Balbine im Weg. Er trennt sich von ihr, und sie tröstet sich mit dem Nachbarn. Sie wandert mit ihm nach Amerika aus, um im sonnigen Kalifornien Wein anzubauen. Um ihren Roman möglichst nah an den historischen Ereignissen zu schreiben, hatte Berend ihren Freund Leiner um Chroniken, Kalender und Material gebeten, das ihr eine Anschauung von Konstanz im Jahr 1859 geben sollte. »Alles was den Hauch jener Jahre zurückrufen hilft, Wetterberichte, Winzerberichte, Fischzug, Dampferverkehr, je realer, um so besser«, schrieb sie ihm.[23]

Die Illustrationen zu dem Roman machte der Zeichner Fred

Dolbin. Das Titelblatt zeigt den »Kapitän vom Bodensee« am Steuer eines Schiffes, an seiner Seite lehnt die schöne Winzerin. Im Hintergrund erhebt sich die Kulisse von Konstanz. Der Österreicher Dolbin, der auch Alice Berend porträtierte, galt als einer der fleißigsten und originellsten Karikaturisten der zwanziger Jahre. Es gab wohl kaum einen Schauspieler, Schriftsteller oder Maler, der nicht das Opfer seiner Feder wurde. Von Carl Sternheim bis Alfred Kerr, von Bertolt Brecht bis Otto Dix, Peter Lorre und Marlene Dietrich – Dolbin zeichnete sie alle und brachte ihr Wesen mit wenigen prägnanten Strichen auf den Punkt. Er habe in der »allnächtlichen Kirmes« von Berlin wie ein »Jäger im Anstand« gelauert und »von jedem Opfer Rache für die eigene Häßlichkeit« genommen, schrieb Norbert Jacques.[24] Doch er schrieb nicht, ob er selbst auch zu den »Opfern des Jägers« zählte.

In einer Besprechung des Berliner Rundfunks vom 26. August 1932 schrieb Kurt Pinthus über Alice Berend: »Ihre Bücher sind nicht nur reich an froher Bejahung der Lebenstüchtigkeit, sondern ebenso reich an gesunder Lebensweisheit. Man kann sie als eine Schülerin und Fortsetzerin Theodor Fontanes bezeichnen, der den eigentlichen Berliner Roman begründet hat ... Ihr neuer Roman ist eine Frucht dieser süddeutschen Landschaft, deren helle Heiterkeit der Natur Alice Berends sehr entgegenkommt ... Es gibt kaum eine deutsche Erzählung, die so ganz und gar in der deutschen Landschaft wurzelt, wie diese Idylle vom Bodensee.«[25]

Konnte es ein besseres Argument gegen die schwülstigen Blut-und-Boden-Poeten geben als diesen Roman, der auf leichte, heitere Weise die Menschen beschrieb, wie sie durch ihre Umgebung und Landschaft seit Generationen geprägt waren?

Im Januar 1933, unmittelbar vor der Machtergreifung, fährt Alice noch einmal nach Konstanz. Fast zehn Jahre hatte sie die Stadt nicht mehr gesehen, jetzt war sie zu einer Lesung eingeladen. Nirgendwo ist festgehalten, ob einer der alten Freunde sich am Abend des 12. Januar im Hotel Halm einfand; die *Konstanzer Zeitung* schrieb: »Alice Berend nimmt innerhalb der Literatur eine Sonderstellung ein, ist sie doch in des Wortes tiefster Bedeutung als die einzige wirkliche Humoristin anzusprechen. Ihr Humor ist eine Form höchster Lebensweisheit ... Ihrem letzten Buch ›Der Kapitän vom Bodensee‹ dankt der See und insbesondere Konstanz die jüngste und eine der schönsten dichterischen Verklärungen seiner Vergangenheit, seiner Romantik und landschaftlichen Schönheit. Nicht am See geboren, gehört sie ihm von Herzen und durch ein Auge zu, das das Wesen gerade des deutschen Südens tief in sich aufgenommen und begriffen ... hat.«[26]

Doch zwischen all dem Lob erklangen diesmal auch kritische Töne. Die *Literarische Welt* sah den Roman als eine »ein wenig zu dünne Plauderei« an. Axel Eggebrecht schrieb in seiner Besprechung: »Einst erfreuten die Bräutigame der Babette Bomberling und Frau Hempels Tochter eine ausgedehnte Leserschaft. Heute wirkt die nette und gewichtslose Art, unverbindliche Privata in flotte, kleine Dialoge und kurzweiligmuntere Stimmungsmalerei aufzulösen, beinahe bedrückend unzeitgemäß ... Die kleinen, schmerzlosen Bosheiten eines solchen Buches können wohl nur der Leserschaft bürgerlich gesicherter Zeiten Spaß machen. Heute wird es nur noch ganz wenige geben, die der Wirklichkeit so weit zu entfliehen vermögen. Die behagliche, gewiß nicht unsympathische Humorigkeit Alice Berends gehört einer endgültig vergangenen Welt an.«[27]

Zwei Wochen nach Alices Rückkehr, am 30. Januar, wird Hitler in Berlin zum Reichskanzler ernannt. Mit der Reichstagsauflösung, der »Verordnung zum Schutz von Volk und Staat« und dem von den Nationalsozialisten inszenierten Reichstagsbrand schreitet die Konsolidierung der neuen Machthaber rasch voran. Ende März zeigt der Titania-Filmpalast *Ich will Dich Liebe lehren,* mit Trude Hesterberg und Gerhard Bienert in den Hauptrollen. Regisseur war Heinz Hilpert, der ein Jahr später die Leitung des Deutschen Theaters übernehmen sollte. Der Film handelt von einem Musiker, der sich, um überleben zu können, in drittklassigen Rollen durchs Leben schlägt, als Geiger in einem Promenadenorchester, als Friseur oder als Zirkusclown. Am Ende wird er für eine Karriere entdeckt und gewinnt auch noch das Herz einer schönen Frau. Das Drehbuch für den Film hatte Alice Berend nach ihrem Roman *Herr Fünf* geschrieben, der 1930 bei Fischer erschienen war.

Romanzen wie diese standen jetzt hoch im Kurs, Lilian Harvey und Willy Fritsch wurden das Kino-Traumpaar der dreißiger Jahre. Kritische Filme wurden aus dem Programm genommen. In derselben Woche, in der Hilperts Filmkomödie die Besucher anlockte, wurde Fritz Langs *Testament des Doktor Mabuse* von der Filmprüfstelle Berlin verboten.

Auch Alice Berend steht auf der Liste des undeutschen Schrifttums, als am 10. Mai unter den Trommelwirbeln der SA und dem Beifall der Menge überall in Deutschland die Bücher auf den Scheiterhaufen lodern. In Berlin leitete Josef Goebbels, der Minister für Volksaufklärung und Propaganda, die Säuberung der Literatur, die vor mehr als vierzigtausend Zuschauern auf dem Opernplatz stattfand. Kapellen von SA und SS spielten Marschmusik, während Vertreter der Studentenschaft die Scheiterhaufen in Brand setzten. Mehr als zwölftausend Titel wurden in den folgenden Wochen aus Bibliotheken und Buchhandlungen entfernt, um Platz für die Werke der völkischen Weltanschauung zu machen. Welche Genugtuung mußte das Autodafé jenen Schriftstellern bereiten, die sich durch das jüdische Geistesleben verdrängt und ausgegrenzt gefühlt hatten, wie Berends alter Freund Wilhelm von Scholz.

»Ich wähnte mich im äußeren Geltungskampf den auf der Bühne und in der Presse stets vorgezogenen jüdischen Schriftstellern mit meiner langsameren, tiefgründigeren, schwereren Art nicht gewachsen«, schrieb er, »und hatte wie das häßliche graue Entlein das unbestimmte Gefühl, diese sogenannte ›moderne‹ Manier, mit der man dort den Erfolg machte, nicht zu können.«[28]

Mit Genugtuung begrüßte Scholz den Ausschluß der jüdischen Schriftsteller aus der Sektion Dichtkunst in der Preußischen Akademie der Künste, wo er im März die Loyalitätserklärung für Hitler geleistet hatte. Nun waren die grauen Entlein unter sich.

Nicht nur Alice Berend, auch ihr Verlag war durch die Verordnungen der Reichsschrifttumskammer um die Existenz in Deutschland gebracht. Samuel Fischer, der das Erbe in die Hände seiner Tochter und seines Schwiegersohnes Bermann-Fischer gelegt hatte, mußte es nicht mehr erleben, wie die Nationalsozialisten sein Lebenswerk zerschlugen, er starb im Jahr 1934.

Im Frühjahr 1935 erzielte Bermann-Fischer eine Vereinbarung mit dem Propagandaministerium, das sich an dem nichtjüdischen Teil des Verlages als »kulturellem Aushängeschild« interessiert zeigte. Die Nationalsozialisten waren bereit, die unerwünschten, inzwischen verbotenen Schriftsteller unter der Bedingung für die Ausreise freizugeben, daß die Familie Fischer ihnen die verbleibenden, erwünschten Teile verkaufte. Aber wie konnte man einen Käufer finden, der den Verlag vor nationalsozialistischem Einfluß bewahrte? Es dauerte mehr als ein Jahr, bis Peter Suhrkamp eine Finanzierung auf die Beine gestellt hatte, mit der unter dem Namen S. Fischer Verlag eine Kommanditgesellschaft gegründet wurde. Als persönlich haftender Gesellschafter übernahm Suhrkamp die Leitung des neuen Verlages, der von Hedwig Fischer die Verlagsrechte für den nichtjüdischen Teil erwarb, insgesamt sechs Zehntel des Bestandes. Die verbleibenden vier Zehntel, für die eine Ausreiseerlaubnis erteilt wurde, waren der Grundstock, auf dem Bermann-Fischer den Verlag im Ausland fortführen konnte. »Die ganze Nacht verfolgte mich die ... Nachricht Ihrer Loslösung von dem Verlag«, schrieb Martin Beradt an Hedwig Fischer. Beradt zeigte sich erschüttert über den Verlust von Beziehungen, »die für die Ewigkeit zu bestehen schienen«. Sein Trost war, daß der Name erhalten blieb, »daß das Licht weiter leuchten wird«.[29]

Alice Berend aber wandte sich nun in ihrer Not und in größter Eile an ausländische Verlage, wie so viele deutsche Schriftsteller. Tatsächlich konnten 1935 noch zwei Bücher von ihr gedruckt werden. Es erschienen *Ein Hundeleben* im Julius-Kittl-Verlag im tschechischen Mährisch-Ostrau und *Rücksicht auf Marta* im Verlag Rascher in Zürich. Doch der Wettlauf mit der Zeit war verloren, denn in Deutschland durften ihre Bücher schon nicht mehr ausgeliefert werden. Keine Leser mehr zu haben, das bedeutete, vergessen zu werden, und so ein Vergessen sollte Jahrzehnte wirken und den Namen der Erfolgsschriftstellerin im Gedächtnis der Literatur auslöschen.

Wie lebten die Ausgestoßenen und Verfemten, die weder den Verhaftungen zum Opfer gefallen noch in die Emigration gegangen waren? Daß man jüdische Freunde und Nachbarn nicht mehr kannte, daß man ihnen aus dem Weg ging, gehörte jetzt zum Alltag in Deutschland.

»Meine Eltern und die Scholzens luden sich bis 1932 gegenseitig ein«, erzählte der ehemalige jüdische Gemeindevorsteher von Kreuzlingen 1989 in einem Interview mit der *Badischen Zeitung*. »Nachher war der Dichter einer der allerersten, die uns nicht mehr kennen wollten.«[30]

Dieses Schicksal teilte er mit den Juden im ganzen deutschen Reich. »Von einem Tag auf den anderen haben mich meine Freunde nicht mehr gekannt«, sagte auch der in Amerika lebende Drehbuchautor und Filmregisseur Curt Siodmak in einem Interview mit der Fotografin Herlinde Koelbl. »Wenn sie mich sahen, gingen sie auf die andere Straßenseite. Zwischen 1929 und 1933 habe ich für die UFA gearbeitet und vierzehn Romane veröffentlicht. Plötzlich bekam ich einen Brief von dem ›Verband deutscher Schriftsteller‹, der mir verbot in Deutschland zu arbeiten ... ich war nun schuldlos ein Paria.«[31]

Doch nicht nur Nachbarn und Freunde, auch die engsten Angehörigen wandten sich ab. Mit ohnmächtiger Verzweiflung mußten Juden erleben, wie ihre »arischen« Partner sich von ihnen lossagten.

»Denunziantentum galt jetzt als Dienst am Vaterland«, schrieb Elisabeth Castonier. »Und Alice Berends Bemerkung, daß die Menschen mit einem Mal wie Köchinnen redeten, bewahrheitete sich. Man denunzierte jüdische Verwandte, jüdische Ehefrauen oder Ehemänner, um sich bei dem neuen Regime beliebt zu machen.«[32]

In seinem Werk *Ehescheidung in Deutschland* geht der Jurist Dirk Blasius auch auf den »Scheidungsboom« deutsch-jüdischer Ehen ein, der unmittelbar nach der Machtergreifung einsetzte. »Diese Politik der Ausgrenzung hinterließ auch im

Scheidungsgeschehen deutliche Spuren«, schreibt Blasius. »Der dem Bürgerlichen Gesetzbuch fremde Begriff der ›Rassenmischehe‹ spielte in der Eherechtsprechung der Jahre 1933–35 eine unheilvolle Rolle. Im Vorgriff auf die Regelungen des Ehegesetzes v. J. 1938 legte die Justiz, oft ohne die geringsten Skrupel, das geltende Recht ›judenfeindlich‹ aus: eine beschämende (Entrechtung durch Richterspruch).«[33]

An Beispielen dafür mangelte es nicht. So erzählt die Opernsängerin Gitta Alpar, die wie Fritzi Massary in den zwanziger Jahren ein Star der Berliner Operette gewesen war und in zweiter Ehe den Schauspieler Gustav Fröhlich geheiratet hatte, wie ihr Mann sie mit dem ungeborenen Kind verstieß, um seine Karriere nicht zu gefährden. Während eines Empfangs bei Goebbels läßt ihr Mann sie stehen, damit er sich, unbelastet von einer jüdischen Ehefrau, dem Kreis der Macht nähern kann. Sie aber muß durch die Hintertür verschwinden. Für Alpar bedeutete die öffentliche Brüskierung höchste Gefahr. »Andere haben zu mir gehalten«, sagt sie Herlinde Koelbl. »Mein Mann war der erste, der mir einen Tritt gegeben hat.«[34]

Auch Valeska Gert, die 1918 einen jungen Verehrer, den Studenten Helmuth von Krause, Sohn eines Staatssekretärs, geheiratet hatte, wurde geschieden. Als der *Völkische Beobachter* ein Bild von Gert auf der Titelseite brachte, verlor Krause die Nerven. Es ist bewegend und erschütternd zu lesen, wie Gert seinen Verrat mit äußerem Gleichmut, ohne Haß und Bitterkeit, in zwei Sätze faßt. »Er wurde unruhig, hatte Angst und ließ sich von mir scheiden. Nun baumelte ich in der Luft.«[35]

Auch Norbert Jacques ließ sich von seiner Frau, der Schriftstellerin Grete Samuely, scheiden, die mit Franz Werfel und Arthur Schnitzler befreundet gewesen war und jahrelang Artikel und Erzählungen geschrieben hatte, die Jacques dann unter seinem Namen veröffentlichte. »Meine Ehe war auf Grund der antijüdischen Gesetze geschieden worden«, schreibt Jacques in einem unveröffentlichten Manuskript. »Das Gericht in Kempten gab eine Begründung, die sich von diesen Gesetzen distanzierte und seinem Urteil eine force majeur unterlegte. Als ich die Ehe eingegangen, seien Karakter und Gefahr der jüdischen Rasse nicht bekannt gewesen. Ich sei ein Schriftsteller von ausgesprochenem Betätigungsdrang und würde durch das Aufrechterhalten der Ehe in meinem Beruf lahmgelegt und im Kern meines Wesens getroffen.«[36]

Grete Samuely aber mußte in der »Reichskristallnacht« im November 1938 um ihr Leben zittern, als eine Gruppe aufgebrachter Bürger sich vor ihrem Haus zusammenrottete und die Scheiben einwarf. Zusammen mit ihrer Schwester gelang ihr die Flucht nach Luxemburg und von dort weiter nach Amerika. Norbert Jacques ging bald nach der Scheidung eine neue Ehe ein, mit einer fünfunddreißig Jahre jüngeren »arischen« Frau.

Auch Breinlinger ließ sich von seiner Frau scheiden, »in tiefer Niedergeschlagenheit und unter dem Druck der damaligen Verhältnisse«, wie sein Neffe Siegfried beschönigend und beschwichtigend schreibt. »Nach Jahren geringer öffentlicher Resonanz und kaum nennenswertem finanziellen Erfolg geht es offensichtlich aufwärts ab 1933«, schreibt Hans Albert Peters. »Seine Teilnahme an der Ausstellung in Chicago dürfte dazu beigetragen haben.«[37]

Dort war er 1933 in der Abteilung der Weltausstellung über religiöse Kunst mit zwei Kreuzwegstationen vertreten gewesen, was ihm mehrere Aufträge für Kirchen in Berlin und Brandenburg eingebracht hatte. 1938 erhielt er den Auftrag für ein Gemälde auf der Bau- und Siedlungsausstellung in Frankfurt/Main. Für die Halle des Reichsstandes des Deutschen Handwerks sollte er ein Wandbild schaffen, und man kann sicher sein, daß ein solcher Auftrag nicht dem Mann einer Jüdin erteilt worden wäre. Im selben Jahr entstand auch das Bild »Altes oberschlesisches Bauernpaar«, das in seiner sentimentalen und idealisierten Darstellung einem Realismus entspricht, wie er von den Reichskunstwarten geschätzt und gefördert wurde. »Bedenklich nahe« sieht Peters das Bild an jener völkisch-sentimentalen Malerei, wie sie jetzt propagiert wurde. »Nutzt er die Tarnfarbe der Anpassung, ohne seine Überzeugung zu verraten?« fragt er.[38] In diesen Zusammenhang fügt sich dann auch ein Briefwechsel mit Bruno Leiner, in dem Breinlinger dem Konstanzer Freund von seinem Besuch in der Ausstellung »Entartete Kunst« in Berlin berichtet. Er habe seine Ansicht bestätigt, antwortet Leiner ihm und erinnert »an Gespräche über Nolde, Kirchner, u.a. mehr«. Er fährt fort: »Wir waren uns damals schon klar und einig, daß der Tamtam, der in Berlin um viele Zeitgrößen gemacht wurde, einfach unberechtigt war.« Persönlich schmerze es ihn, fährt Leiner fort, daß in der Ausstellung »Entartete Kunst« auch Maler von ruhigen, sachlichen Werken wie zum Beispiel Hofer gezeigt würden, die nicht in diesen »Wirrwarr« gehörten.[39]

Wirrwarr und Tamtam – dies entsprach durchaus dem Sprachgebrauch, mit dem die Machthaber die Maler der Moderne verhöhnten und mit Berufsverbot belegten. Viele unersetzliche Werke, die damals aus Museen entfernt, auf Auktionen verramscht oder vernichtet wurden, sind heute nur noch als Titel, als Abdruck oder durch eine Fotografie bekannt, ihre Bedeutung und Wirkung läßt sich nur erahnen. Auch ein Werk von Charlotte Berend mit einem ungewöhnlichen Thema, »Der Boxer«, gehört dazu.

SECHZEHNTES KAPITEL

Charlotte

Todessehnsucht und Quellen des Lichts

Ihre Mutter sei nach Corinths Tod eine gebrochene Frau gewesen, schrieb Wilhelmine. Corinth war ihr Leben gewesen, jahrelang war sie mit ihm wie zu einer Einheit verschmolzen. Ohne ihn hätte sie keinen Sinn mehr in ihrem Leben gesehen und in den düstersten Stunden sogar daran gedacht, ihm freiwillig in den Tod zu folgen. Auf einem Foto der Trauerfeier geht Charlotte, eingerahmt von ihren Kindern, tiefverschleiert, in einem unförmigen schwarzen Kostüm und mit gesenktem Kopf. »Wenn ich auf das Foto schaue ... dann erschrecke ich zutiefst bei unserem Anblick«, schrieb Wilhelmine.[1]

Sie selbst und ihre Mutter hätten unförmige schwarze Säcke, zu große Strümpfe und ausgetretene Schuhe getragen. Thomas steckte in einem geborgten und zu engen Cut. So boten sie das Bild einer Familie, der bei dem schweren Schicksalsschlag der Gedanke an ihre eigene Erscheinung vollkommen unwichtig geworden war.

Zwanzig Jahre war Charlotte »die Gattin Corinths« gewesen. Sie hatte seinen Aufstieg an die Spitze der deutschen und europäischen Kunst unterstützt und dafür ihre eigene Karriere zurückgestellt. Um den tiefen Verlust und den Schmerz zu bewältigen, begann sie ein Tagebuch zu führen, in dem sie täglich Zwiesprache mit ihrem Mann hielt.

»Und mein innerer Schwur heißt, mein Leben dir so lange und so weit zu weihen, wie es nach allen Richtungen hin notwendig ist; um hier das alles zu erhalten, was dein Lebenswerk ausgemacht hat. Alle Tage bin ich vom frühen Morgen an in deinem Atelier und habe damit begonnen, deinen Zeichenschrank zu ordnen. Ich habe zuerst die Handzeichnungen von den Lithographien getrennt. Dann allmählich habe ich die Zeichnungen geordnet ... Meist war mir zumute, als wärst du um mich ... mein Geliebter du, mir war's, als täten wir's gemeinsam, nach deinem Wunsch und deinem Sinn. Dann wieder ... hörte ich auf und schloß deinen Schreibtisch auf.«[2]

In diesem Schreibtisch lagen die Hefte mit Corinths biographischer Hinterlassenschaft. Charlotte begann die Fragmente zu ordnen und die Texte zu redigieren, um die Herausgabe vorzubereiten. Eine weitaus umfangreichere Arbeit, die sich noch jahrelang hinziehen sollte, war der Werkkatalog mit sämtlichen Gemälden, Graphiken und Radierungen von Corinth, die über unzählige Privatsammler, Galerien und Museen im In- und Ausland verstreut waren. Da das Dritte Reich und der Krieg diese gewaltige Arbeit unterbrachen, konnte der Katalog, ein grundlegendes Werk für die Kunstgeschichte, erst 1958 in München erscheinen. Und so bewältigte Charlotte die Zeit ihrer Trauer, indem sie Corinth durch das Erfassen und Ordnen seines Nachlasses, durch den Erhalt seines Andenkens, in Gedanken täglich nahe war. Zwei Jahre vergingen, bis sie selbst wieder als Malerin an die Öffentlichkeit trat. Im Juni 1927 veranstaltete das Künstlerhaus in der Bellevuestraße die Ausstellung »Die schaffende Frau in der Bildenden Kunst«.

»Wenn das auch ein bißchen großartig klingt«, schrieb die *Vossische Zeitung*, »so verbirgt sich dahinter doch eine mit Geschick und Kunstverstand aufgereihte Sammlung.«[3]

Neben Malerinnen wie Käthe Kollwitz, Paula Modersohn-Becker und Eva Stort stellte Charlotte Berend aus. »Im Hauptsaal regiert ... Charlotte Berend mit der ›Schweren Stunde‹, die vor zwanzig Jahren auf der Sezession Stürme heraufbeschwor«, schrieb die *Vossische Zeitung*, »mit dem ausgezeichneten Porträt des Malers Michelsohn und einem neuen Bildnis von plastischer Schlagkraft ... Man kann nicht alle nennen, auch wenn es Damen sind.«

Im *Berliner Tageblatt* vom 1. Juni 1927 schreibt der Kritiker Adolph Donath: »Während sie in der an sich künstlerisch wertvollen ›Schweren Stunde‹ ... noch unter dem Einfluß ihres unvergeßlichen Lovis Corinth steht, wirkt sie im Porträt des Malers Leo Michelsohn ... freier und eigenartiger, und ihr jüngstes Bildnis von 1927, der lachende Helmuth Jaro-Jaretzki, beweist schon einen ganz rapiden Fortschritt in ihrer Kunst.«[4]

Wenige Wochen nach dieser Ausstellung bricht Charlotte zu ihrer bis dahin größten Reise auf. Mit den Kindern begibt sie sich auf eine Fahrt in den Orient, der mit seiner Wärme und lichten Weite, mit seiner exotischen Atmosphäre und den offenen Horizonten seit Beginn des Jahrhunderts Ziel zahlreicher Künstler geworden war. Der fast unbegrenzte »Freilicht-Impressionismus« und die Begegnung mit der jahrtausendealten Kultur der Antike hatte Maler wie Wassily Kandinsky und seine Gefährtin Gabriele Münter schon kurz nach der Jahrhundertwende in Bann gezogen, beide zählten mit Franz Marc, August Macke und Paul Klee zur Künstlergruppe »Der Blaue Reiter«, einer Gruppe, die unter Kandinskys Führung zur Abstraktion tendierte. Auch Macke und Klee waren im Frühjahr 1914, wenige Monate vor Kriegsausbruch, nach Tunis gereist. Für Klee, in dessen Frühwerk noch die Schwarzweißzeichnungen dominierten, bedeutete die Begegnung mit dem Orient den Durchbruch zur Farbe. August Macke, der wenige Wochen nach Kriegsausbruch, nur siebenundzwanzig Jahre alt, in Frankreich fiel, hinterließ Aquarelle von blühender Farbigkeit.

In seinen Erinnerungen schreibt Janos Plesch, der Arzt von Max Slevogt, auch Slevogt habe lange vor seiner Reise vom Orient geträumt – »einzig und allein wegen des Phänomens, daß der Schatten in der Wüste manchmal heller erscheint als die beleuchteten Dinge«. Und damit hätte Slevogt recht gehabt, fährt Plesch fort, »denn wie Einstein uns erklärte, bekommt der Schatten von überall her sein Licht und kann daher heller sein als ein dunkler belichteter Felsen, wie er in Ägypten zu finden ist«.[5] So ist im Orient der Himmel auch an sonnigen Tagen oft der dunkelste Teil einer Landschaft, die gewohnten Verhältnisse sind auf den Kopf gestellt.

Nach Ägypten reisten auch die Bildhauerin Clara Westhoff und die Malerin Ida Gerhardi, die aus dem westfälischen Hagen stammte und an der Pariser Académie Cola Rossi studiert hatte. Sie hatte zum Künstlerkreis des Café du Dôme gehört und in den Ballsälen und Cafés des Montmartre und Quartier Latin gearbeitet. Ihre Bilder von Tanzlokalen und Varietébühnen wie »Can-Can-Tänzerinnen bei Bullier« sind von leuchtender Farbkraft, spiegeln Rhythmus, Licht und Atmosphäre. Gerhardi, die auch in der Berliner und Münchner Sezession ausstellte, kam Anfang 1914 nach Ägypten. »Hier ist alles gewaltig, so wie diese alten Götter«, schrieb sie ihren Eltern, »Apfelsinen u. Mandarinen ohne Übertreibung noch mal so groß wie das, was zu uns kommt, u. die Wärme ist eben auch ›afrikanisch‹ – sie tut mir gut ... mit Sonnenuntergang gehe ich etwas an die

Landstraße, wo dann die Frauen in schwarzen u. blauen Ge-
wändern so geheimnisvoll daherschreiten, u. *wie* diese jungen
Eselburschen reiten! Einfach herrlich elegant – alles ist so schön
in diesem Lande.«[6]

Slevogt reiste im Februar 1914, begleitet von seinen Freunden, den Schriftstellern Johannes Guthmann, Emil Wald-
mann und Eduard Fuchs, dem »Packesel«, nach Ägypten. Von
einem solchen Luxus konnte Charlotte Berend nur träumen,
als sie Anfang September 1927 aufbrach. Sie war ihr eigener
»Packesel«, und nur die Kinder begleiteten sie auf dieser Reise,
die zuerst mit dem Zug nach Triest ging und von dort weiter
mit einem Fährschiff die dalmatische Küste hinab. Es sollte
keine klassische Bildungsreise werden, ihr Interesse galt der
Gegenwart, der Landschaft und den Menschen. »Wie ich so
auf dem schönen Schiff ›Semiramis‹ saß, nachts im Schein des
Vollmondes, der über dem Meer gleißte, dachte ich, was Lovis
hier wohl alles gemalt haben würde«, schrieb sie in ihr Tagebuch.[7]

Durch den Golf von Patras fuhr sie zwischen dem nordgrie-
chischen Festland und dem Peloponnes dahin. »Wir Corinths«,
schrieb Wilhelmine, »schipperten also durch den Kanal von
Korinth, der wirklich so eng ist, so daß wir damals fürchteten,
das Schiff würde die Passage nicht schaffen.«[8]

Charlotte prägte sich der Isthmus unauslöschlich ein. »Von
allem, an dem das Schiff vorüberglitt, begeisterte mich der Anblick der Küste am Golf von Korinth. Diese mürbe, zarte
Lehmfarbe, das smaragdene Wasser, die feine Zeichnung eines
Hauses, eines Esels, einer Ziege. Auch die edlen hohen Lehmwände des engen Golfes. Für unsichtbare Geisterhände zum
Bemalen!«[9]

Wilhelmine behielt nicht nur die interessante Route, sondern auch das Verhalten ihrer Mutter in Erinnerung. Verwundert stellte sie fest, daß Charlotte von Tag zu Tag mehr aufblühte, an Lebenslust und Temperament gewann. »Auf dem Schiff versammelten sich die interessantesten Typen um sie«, schrieb Wilhelmine. »Und wenn wir in einem Café saßen, gesellte sich mancher junge Mann zu uns. Sie wollten alle partout ihre Bekanntschaft machen. Manchmal lernte sie sie auch nur kennen, weil sie mit ihrer Staffelei irgendwo stand und vielleicht ein bißchen kokettierte … sie hat sie angelockt, und es waren meistens hochinteressante Leute.« (S.125)

Wie Charlotte dreißig Jahre zuvor mit ihrem Temperament und ihrer Zeichenkunst ihre ältere Schwester mühelos überflügelt und »ausgestochen« hatte, so spielte sie jetzt ihre eigene Tochter an die Wand – ein junges Mädchen, das darauf brannte, von den Herren endlich beachtet und bewundert zu werden. Wilhelmine kochte vor Eifersucht. Sie habe überhaupt nicht begreifen können, schrieb sie, warum sich die Männer um eine alte Frau rissen und nichts von ihr wissen wollten. In ihrem Hotel in Konstantinopel, wo Charlotte wieder einmal alle Blicke auf sich zog, hielt Wilhelmine es nicht länger aus. Als einer der Herren sie auch noch wie ein Kind behandelt, flüchtet sie schluchzend auf ihr Zimmer. »Ich wollte den Kerl umbringen. Wieviel Jahre sollte ich denn noch warten?« (S.125) Charlotte aber strahlte und genoß die lang entbehrte Aufmerksamkeit. Eine Fotografie, die im späteren Verlauf dieser Reise entstand, erklärt, warum Wilhelmine gegen die Mutter keine Chance hatte. Auf diesem Foto, aufgenommen vor den Tempelanlagen in Luxor, sieht man Charlotte, locker und fast kokett, an eine Sphinx gelehnt. Sie sieht jungendlich und frisch aus, während Wilhelmine, ein pummeliger Backfisch, steif und linkisch neben ihr steht. Doch die Männer, die alle ihre Mutter bevorzugten, waren nicht das einzige Ärgernis für Wilhelmine. Auch »diese ewige Schlepperei, dieses ewige Wuchten von schwersten Gegenständen«, war ihr ein Dorn im Auge. »Man war nicht nur bepackt, sondern kam völlig erschöpft dort an, wo man schließlich sein Motiv gesucht und gefunden hatte«, klagte sie in ihren Erinnerungen. »Fast noch unangenehmer erschien mir, daß man ständig vollgeschmiert war mit Farbe, nie ein anständiges Kleid anziehen konnte und wie ein Handwerksbursche herumlaufen mußte.« (S.123)

In Konstantinopel besichtigten sie die Hagia Sophia, sie fuhren ans Marmara-Meer und genossen in den Restaurants die Köstlichkeiten der orientalischen Küche. Hier habe sie zum erstenmal auch eine Wassermelone gegessen, schrieb Wilhelmine.

Nach einigen Tagen ging es weiter nach Beirut, Damaskus und Kairo. Da saßen sie dann auch einmal in den prächtigen Kaffeehäusern, betört von der Vielfalt der Stimmen, Farben und Gerüche, und schlürften den süßen, starken Mocca, »der so schwer war und so dick vom Zucker, daß der Löffel darin steckengeblieben ist«. (S.124)

Mit einem uralten, klapprigen Taxi unternahmen Charlotte und Wilhelmine einen Ausflug in die Wüste. Unterwegs begegneten ihnen Karawanen. Beduinen mit herrlichem Kopfschmuck, eingehüllt in weiße Gewänder, ritten vorüber. Das Hotelpersonal habe die Hände über dem Kopf zusammengeschlagen und sie für verrückt erklärt. »Zwei Frauen allein im Taxi! Und irgendwohin, wo man sich nicht auskannte! Aber wir hatten weder Angst, noch das Gefühl, etwas Gefährliches unternommen zu haben.« (S.126) Optimismus und Vertrauen blieben ihnen auf ihrer ganzen Reise treu.

Nach einer Überfahrt auf einem einfachen, primitiven Dampfer, der »dreckig und ungepflegt, ohne sanitäre Anlagen«

war (S.127), erreichten sie Alexandria, und von dort ging es auf dem Landweg weiter nach Kairo. »Kairo ist in seinen ursprünglichen Teilen eine ganz tolle Stadt«, hatte Slevogt geschrieben, »u. keine Beschreibung reicht aus, die Fremdartigkeit all dieser hunderte von Racen u. Färbungen, Trachten einigermaßen zu schildern. Der Europäer verschwindet ganz in seinem Hotel, u. das ganze Leben ist 1001 Nacht u. unverändert, nur durch die englische Verwaltung gesichert! ... Die Kalifengräber, Moscheen unglaublich schön, – der Bazar u. das abends etwas verrufene Viertel, der sog. Fischmarkt, mit den Kaffeehäusern, Tänzerinnen, Musikanten. Vermutlich ganz einzig auf der Welt, so unverfälschter Orient ... Mittendrin die ägyptische Polizei, die sehr acht giebt, – u. von Zeit zu Zeit englische Soldaten zu Pferde in roten Röcken als Patrouille: wundervoll!«[10]

Charlotte besichtigte die Pyramiden und stand staunend vor der Sphinx, der größten Darstellung dieses Fabelwesens aus Löwenleib und Menschenhaupt. Sie warf einen Blick auf die Totenstadt, eine Siedlung am Rande der Wüste, die nur noch von streunenden Katzen belebt war. Besonders beeindruckt war sie immer wieder von den Menschen. Die schönen Gesichter, die braune Hautfarbe und die stolze Haltung regten sie zum Malen an, doch die natürliche Scheu der Einheimischen den Fremden, zumal Frauen gegenüber und die Gebote des Islam erschwerten die Arbeit. Mit ein paar Piastern ließen sie sich dann doch »überreden«, wie der Liftboy, den sie auf dem Balkon ihres Hotels malte. Das Porträt zeigt einen »Jungen Ägypter« mit wulstiger Unterlippe, mit breiten, glänzenden Nasenflügeln und einem Turban um den Kopf. Die Augen verschwinden zwischen den Lidspalten, scheu hält er den Blick gesenkt. In der Tiefe zeichnet sich ein Straßencorso ab, an dessen Ende Palastmauern und ein Minarett aufragen.

Das letzte Ziel ihrer Reise war das Tal der Könige im oberen Niltal. Mit dem Nachtzug fuhren sie nach Luxor, wo sie am frühen Morgen eintrafen. Hier in Luxor entsteht das Gemälde »Palmenwald«, das die üppige Natur einer Oase zeigt mit ein paar Frauen, die zum Wasserholen kommen. Das Bild bezieht seine Spannung aus dem Kontrast zwischen den riesigen, schlanken Stämmen mit Palmwedeln, die sich in der Höhe zu einem Dom verdichten, und den schwarzgekleideten Frauen und Kindern, die scheu und mißtrauisch im Vordergrund hocken und im Verhältnis zu der gewaltigen Natur winzig, ja schutzbedürftig wirken. Die meisten Frauen, schrieb Wilhelmine, »scheuten sich von uns (sic) gemalt zu werden. Auch fotografieren war nicht möglich. Jedesmal, wenn Mutti versuchte, näher heranzukommen, sind sie meist in großer Aufregung auf und davongelaufen.« (S.128)

Die Gräber des Tutenchamun hätten sie »sozusagen noch jungfräulich« (S.128) gesehen, schrieb Wilhelmine. Fünf Jahre zuvor, im November 1922, hatte der britische Archäologe Howard Carter das nahezu unberührte Grab des Tutenchamun im Tal der Könige entdeckt. Ein unermeßlicher Schatz kam ans Tageslicht, darunter ein vergoldeter Holzschrein, ein vergoldeter Thronsessel, Königsstatuen und Statuetten und mehr als zweitausend goldene Figuren, Masken und Juwelen. Dabei war Tutenchamun, unter dessen Herrschaft die Residenz der Pharaonen in das südlich von Kairo gelegene Memphis verlegt wurde, nicht einmal einer der bedeutenden Pharaonen gewesen. Die Besichtigung der Grabkammern wurde ein einzigartiges, überwältigendes Erlebnis. Die Hieroglyphen und Wandmalereien, schrieb Wilhelmine, »sahen so frisch aus, als seien sie gerade erst entstanden«. (S.128)

Von Assuan fuhren sie auf die Halbinsel Elefantine, wo Charlotte ihre Staffelei noch einmal aufbaute, um die Landschaft hier im äußersten Süden des Landes zu malen. Ende Dezember mußte sie ihre Bilder für die Heimreise ordnen und in Kisten verpacken. Niemand hat diese Bilder gezählt, weder in Alexandria noch in Berlin, so daß man auf eine Schätzung angewiesen ist, will man sich eine Vorstellung von dem Ergebnis der Reise machen. Wenn man bedenkt, daß im Frühjahr 1925 während der vier Wochen in Spanien so viele Bilder entstanden waren, daß Charlotte damit eine eigene Ausstellung bestreiten konnte, muß die Ausbeute dieser vier Monate, in denen sie auf allen Stationen Land und Leute porträtierte, enorm gewesen sein. Und was blieb von der Reise übrig? Der »Junge Ägypter« und der »Palmenwald« sind noch als Abbildungen in einem Katalog von 1976 erhalten. Das Bild »Araberinnen mit Karawane«, entstanden in Damaskus, ist im Besitz der Berlinischen Galerie, wo es allerdings nicht ausgestellt ist. Und der »Neger bei der Dattelernte« gehört zur Stiftung Pommern, die sich in dem im Jahr 2000 gegründeten Pommerschen Landesmuseum in Greifswald befindet. Es ist das halbfigurige Bild eines kräftigen, jungen Fellachen. Mit breiten Schultern, die Ärmel seines Kaftans über die Ellbogen gerollt, und einem aufmerksamen, fragenden Blick tritt er plötzlich aus dem Dickicht eines Palmenhains hervor. Harte Arbeit und die Kargheit der Bedürfnisse charakterisieren dieses Leben, dem sich Charlotte mit Faszination und Achtung nähert.

Hätte Charlotte Berend das Interesse eines finanzkräftigen Sammlers oder eines Museumsdirektors geweckt, müßte man den Verlust ihres »Ägypten-Zyklus« heute nicht beklagen und könnte ihn, vielleicht in einem Museum in Greifswald oder Berlin, als Dokument einer kunstgeschichtlichen Epoche und als Beispiel eines mutigen Aufbruchs einer begabten Frau würdigen. Doch obwohl Charlotte die Grenzen gesprengt hatte, die ihre Zeit einer Frau gezogen hatte, reicht sie an das Selbtbewußtsein und die Entschlossenheit eines Slevogt nicht heran. Dieser ließ sowohl seine Freunde, die »sprungbereit auf ihre Beute lauerten«, als auch den Berliner Bankier Karl Steinbart, den »wildesten und zielbewußtesten aller Slevogt-Sammler«[11], leer ausgehen, um sich mit seinen Bildern einen Platz in der Kunstgeschichte zu schaffen. 1915, ein Jahr nach seiner Rückkehr, erwarb die Königliche Gemäldegalerie in Dresden Slevogts ägyptische Sammlung. Welche Bedeutung dies für ihn selbst hatte, zeigte sich noch einmal neun Jahre später. Da strengte er eine Klage an, als die Galerie sein Gemälde der russischen Tänzerin Anna Pawlowa ankaufte und mit drei Bildern aus der ägyptischen Sammlung bezahlte. Der Rechtsstreit ging im Frühjahr 1924 für Slevogt erfolglos aus. Doch die sechzehn erhaltenen Bilder, ein Höhepunkt in seinem Schaffen, sind bis heute ein zentraler Bestandteil der Dresdner Gemäldegalerie. Darunter auch der »Palmengarten in Luxor«, dessen schlanke Palmen an einem von Licht durchfluteten Ort eine verblüffende Ähnlichkeit aufweisen mit jenem Gemälde von Charlotte Berend, das denselben Titel trägt und das, so suggerieren es die Bilder, aus derselben Perspektive entstanden ist.

SIEBZEHNTES KAPITEL

Alice

Die letzten Dinge. Flucht und Tod im Exil

Als im September 1935 auf dem Parteitag der Nationalsozialisten in Nürnberg die »Rassegesetze zum Schutz der deutschen
Ehre und des Blutes« verkündet wurden, war dies für die deutschen Juden, die ein Jahrhundert zuvor ihre Gleichberechtigung
erkämpft hatten, die seit Generationen in Deutschland ansässig
waren, die die Sitten und Gebräuche ihres Landes angenommen, seine Wirtschaft mit aufgebaut, seine Kultur geprägt und
seine Söhne im Ersten Weltkrieg geopfert hatten, das Ende
ihrer Existenz in Deutschland. Nach der Machtergreifung wurden nun die Rassengesetze zum zweiten großen Auslöser für
eine gewaltige Welle der Emigration. Als die Juden aus Berlin
flüchteten, hatte Alice Berends kleiner Salon in Zehlendorf
schon lange aufgehört zu existieren.

Niemand weiß, was in ihren letzten Monaten in Berlin geschah, wie es in ihr aussah, wie sie den beschwerlichen Alltag
meisterte und ob noch jemand zu ihr stand. Alice hat aus dieser
Zeit nichts Schriftliches hinterlassen, nicht einmal Zeugnisse
von Freunden sind überliefert. Denn wenn sie nicht sofort nach
der Machtergreifung ins Ausland geflohen waren, befanden sie

sich selbst ja auch in größter Gefahr. Der Schriftsteller Georg Hermann war nach Holland geflüchtet, dort wurde er 1943 verhaftet und für die Deportation nach Auschwitz bestimmt. Max Pechstein, Elisabeth Langgässer und Elisabeth Castonier hatten Berufsverbot. Castonier ging 1935 nach Wien, wo sie sich noch eine Zeitlang mit Beiträgen für Zeitungen wie *Das neue Wiener Tageblatt* und die *Neue Freie Presse* über Wasser halten konnte.

Auch Alice Berend habe noch bis 1935 in Berlin »durchgehalten«, schreibt Manfred Bosch in *Bohème am Bodensee*. Daß so ein »Durchhalten« für die Juden ein ständiges Spießrutenlaufen, ein grausames Wechselbad von Demütigungen und Todesangst bedeutete, hat Valeska Gert eindringlich in ihren Memoiren geschildert. »Die deutschen Juden erstickten in einer Flut von giftigen und gemeinen Beleidigungen. Die drohenden Hakenkreuzfahnen, die engen gefährlichen schwarzen Uniformen der SS, die plumpen lauten Schritte der SA, die Überschriften im ›Völkischen Beobachter‹ und im ›Angriff‹, man konnte ihnen nicht entgehen.«[1]

Man konnte ihnen nur entgehen, wenn man den Besitz zurückließ und, ohne sich noch irgendwo zu verabschieden, über Nacht ins Ausland floh. Irgendwann im Herbst 1935 muß auch Alice Berend Berlin verlassen haben. Ihre Tochter Carlotta, Halbjüdin, fünfundzwanzig Jahre alt, ging mit ihr ins Exil. Dreißig Jahre zuvor war Florenz in den Hügeln der Toskana das Ziel ihrer Sehnsucht gewesen, und sie verdankte dieser Stadt die wohl schönsten Jahre ihres Lebens, in denen sie unermüdlich schaffend an die Spitze der deutschen Unterhaltungsliteratur aufgestiegen war. Jetzt sollte die Stadt ihre letzte Zuflucht sein.

Florenz war kein Zentrum der Emigration wie andere euro-

päische Städte, wie Prag und Wien, London, Zürich und Paris
es in den Wochen und Monaten nach der Machtergreifung
geworden waren, doch auch hier hatte sich eine Flüchtlings-
kolonie gebildet. Italien lag, was die Zahl der Emigranten
betraf, hinter anderen Aufnahmeländern wie Großbritannien,
Frankreich, Holland und der Schweiz zurück. Seine Bedeutung
lag vor allem in seiner Rolle als Transitland, in dessen Häfen sich
Zehntausende von Flüchtlingen einschifften, um nach Palästina
und Südamerika zu gelangen. Der Grund, weshalb Italien trotz
seines politischen Systems als Zufluchtsland zunächst infrage
kam, lag vor allem in der Tatsache, daß der Faschismus lange
Zeit nicht antisemitisch geprägt war und den Juden in Italien
die Rechte nicht beschnitten worden waren. Mussolini selbst
machte keinen Hehl daraus, daß er die nationalsozialistische
Rassenpolitik für überzogen hielt. So konnte Italien den aus
Deutschland geflohenen Juden bis zur Einführung der faschisti-
schen Rassegesetze im Herbst 1938 noch Aufnahme gewähren.
Ausgeschlossen waren allerdings ehemalige Mitglieder von de-
mokratischen Parteien und Organisationen der Weimarer Republik. Alle anderen Emigranten aus Deutschland wurden wie
Ausländer behandelt, konnten ihren Wohnsitz frei wählen und
mußten binnen einer Frist von drei Tagen nach der Einreise eine
Aufenthaltserklärung bei der örtlichen Polizei abgeben.

Wer waren die Emigranten, die sich hierhergerettet hatten?
Da war der Verleger Kurt Wolff, ein Förderer bedeutender
Autoren wie Heinrich Mann, Else Lasker-Schüler und Franz
Werfel. 1930 hatte er den Kurt Wolff Verlag verkauft und sich
mit dem Erlös in Südfrankreich niedergelassen. 1935 siedelte er
von Nizza nach Florenz über. In dem Dorf Lastra a Signa vor
den Toren der Stadt erwarb er eine Villa mit Terrasse, Wirt-
schaftsgebäuden und eigener Landwirtschaft. In dieser ländli-

chen Umgebung führte er das Leben eines Privatiers, empfing Besucher und nahm Gäste auf. 1936 fand sein Freund, der Schriftsteller Walter Hasenclever, Zuflucht unter seinem Dach. Hasenclever war in der Weimarer Republik als Verfasser expressionistischer Dramen bekannt gewesen, die den Protest gegen die Enge der wilhelminischen Epoche und den Krieg zum Ausdruck brachten. Seine Werke wurden von den Nationalsozialisten verboten und fielen der Bücherverbrennung zum Opfer. Bevor er im April 1936 in Florenz eintraf, hatte er schon eine Odyssee über Paris, London, Nizza und Dubrovnik hinter sich. Wolff verhalf Hasenclever zum Erwerb eines Landgutes, das er sich mit noch einem Emigranten, dem Schriftsteller Philipp Hergesell, teilte. Auch Hergesell, der in Berlin die Literaturzeitschrift *Jung Deutschland* herausgegeben und 1933 den Schutzverband deutscher Schriftsteller mitbegründet hatte, war aus London gekommen. Er ging später wieder nach England zurück. Bekannt wurde er nach dem Krieg mit seinem Roman *Der Hund von Baskerville*.

In Florenz bauten Hergesell und Hasenclever mit dessen Gefährtin Edith Schäfer Wein und Getreide, Kartoffeln, Obst und Gemüse an. Sogar eine Kuh, einen Esel und Kaninchen hielten sie sich. In einem Brief an seinen Bruder Paul blickt Hasenclever wehmütig auf die Zeiten zurück, als er »noch ein Schriftsteller war, des Grabens, Säens und Pflanzens unkundig, der Weinreben nicht teilhaftig ...«[2]

Als ein weiterer Schriftsteller von Rang lebte Karl Wolfskehl in ihrer Nähe. Wolfskehl, geboren 1869 in einer alteingesessenen jüdischen Familie in Darmstadt, war mit Stefan George befreundet, und um die Jahrhundertwende war sein Haus in München der Sammelpunkt des George-Kreises gewesen. Wolfskehls Briefe aus Neuseeland, wohin er 1938 auswanderte, gelten als literarisches Zeugnis des Exils. Mit Hasenclever und Wolff zählte er zu den Wohlhabenden, die ihr Vermögen meist unter Umgehung der Devisengesetze gerettet hatten und auch im Exil nicht darben mußten. So berichtet zum Beispiel Hasenclevers Frau Edith, daß Wolffs Hauskauf über ein ausländisches Konto abgewickelt wurde, was nach den italienischen Gesetzen nicht legal war.[3]

Die Kluft zwischen arm und reich wuchs im Exil, denn die meisten Emigranten waren von Einkünften und Besitz abgeschnitten und auf Unterstützung von Gefährten oder auf Hilfsfonds wie den American Guild angewiesen, an den sich der Lektor Max Krell in größter Verzweiflung wandte: »Ich bitte herzlichst: helfen Sie! Kabeln Sie Hilfe! Es handelt sich längst nicht mehr um Existieren, kaum noch um Vegetieren.«[4] Krell, der Lektor bei Ullstein und Leiter des Propyläen-Verlags gewesen war, war im Winter 1935/36 nach Florenz gekommen.

Wie lebte man, wenn das Geld für das Nötigste kaum reichte? Die gewöhnliche Form des Wohnens war die Untermiete. Hier gab es armselige, feuchte und dunkle Zimmer in Hinterhöfen, die kaum beheizt werden konnten und deren Zahl gegen Ende der dreißiger Jahre immer mehr zunahm. Meist teilten sich mehrere Emigranten eine Wohnung. Oder man teilte sich ein Zimmer in einer der kleinen Pensionen am Arno. Um sich die endlos quälenden Stunden der Untätigkeit zu vertreiben, um Schach zu spielen oder Zeitungen zu lesen, traf man sich in den Cafés rund um die Piazza della Repubblica. Man saß herum, man wartete auf Nachrichten, und zuweilen ließen die Atmosphäre, die Kultur und das einzigartige Gepräge der Stadt die Nöte des Exils sogar für kurze Zeit vergessen.

»Es war eine glückliche Zeit, aus der wir ununterbrochen aufgeschreckt und aufgejagt wurden«, schreibt die Schriftstellerin

Hilde Domin, die 1933 mit ihrem Mann, einem Kunsthistoriker, nach Italien gekommen war und 1935 an der Universität Florenz in Politikwissenschaft promovierte, ehe sie über England weiter nach Santo Domingo emigrierte. »Objektiv und von außen gesehen, war es eine Hundezeit. Im Politischen wie im Ökonomischen. Aber nur von außen. Nur objektiv.«[5]

Alice Berend hatte im Frühjahr 1936 eine Unterkunft in der Via Bellusguardo, einer ruhigen Gegend am Südufer des Arno, gefunden. Doch den Mittelpunkt ihres Lebens bildete nicht die Kolonie der Emigranten, sondern der Dom von Santa Maria del Fiore, das religiöse Zentrum der Stadt, wo sie im Juni 1936 durch den Bischof von Florenz die Taufe empfing. Das »einschneidendste Erlebnis« ihres Lebens nannte sie es in ihrem Brief an Bruno Leiner. »Ich erhielt allein für mich, bei für andre geschlossenen Türen, die heil. Taufe im Baptisterium ... Dieses und die Busszeit vorher bringt soweit an die letzten Dinge heran, dass wenn man es überlebt, was mir nicht immer gewiss gewesen, man sich sehr weit entfernt von seinem früheren Ich und dessen Irrtümern ... Man wird bang, und zugleich gefestigt, aber ich stehe durch alles in einer Krise meines Schaffens und da steht man allein für sich, und muss sich selbst wieder auf seinem Schaffensweg zurecht zu finden suchen.«[6]

Tapfer bemühte sie sich um Haltung, doch die Verzweiflung ließ sich nicht unterdrücken. Noch hatte sie Möglichkeiten und Mittel zum Reisen, und so verbringt sie den Winter 1936/37 bei ihrer Tochter Carlotta, die mit ihrem Mann, einem Bühnenbildner, im schweizerischen Schaffhausen, in unmittelbarer Nähe der deutschen Grenze, lebt. Am 3. Oktober 1936 ist ihre Tochter auf die Welt gekommen, und die »süße Susanna« lenkt Alice ein wenig von den Sorgen ab. Weihnachten kommt auch ihr Sohn Peter, der inzwischen in Dresden lebt, der als Halbjude keine Anstellung mehr findet und sich mit gelegentlichen Tätigkeiten über Wasser hält.

Sie seien wieder Nachbarn, nur ein schmaler Strich trenne sie, schreibt Alice im Januar 1937 an Leiner. »Was Sie und die Ereignisse zwischen mir und Brlg. betrifft, lieber Dr. ... Ich weiss genau ... dass Sie keinesfalls die Wahrheit dieser Angelegenheit erfahren haben, ich überlasse es dem Leben selber Sie über diesen Freund aufklären zu wollen oder nicht.«[6]

Von Schaffhausen reist sie auch einige Male in das einhundert Kilometer entfernte Basel an der deutsch-französischen Grenze. Otto Kleiber, der Feuilletonchef der *Basler Nationalzeitung*, war in den Jahren nach der Machtergreifung eine Anlaufstelle für emigrierte Schriftsteller geworden. »Wenn Du nach Basel fährst, solltest Du Kleiber sehn. Er ist reizend: still, bescheiden«[7], hatte René Schickele im Februar 1935 an Annette Kolb geschrieben. Kleiber, der mit vielen seiner Autoren auch in persönlichem Briefwechsel stand, hatte stets ein offenes Ohr für ihre Nöte, die er, so gut er es vermochte, mit zu lindern half.

Schriftsteller wie René Schickele, Annette Kolb und Alice Berend waren nicht die einzigen, die Verbindung mit ihm aufnahmen, auch Bertolt Brecht und Lion Feuchtwanger, Elisabeth Castonier und Mascha Kaléko schickten Beiträge an die Redaktion. Artikel von mehr als fünfzig Emigranten, die in der ersten Hälfte der dreißiger Jahre erschienen, sprechen für ein außergewöhnliches Engagement der *Basler Nationalzeitung*, die internationales Ansehen genoß, mit dem *Berliner Tageblatt* der Weimarer Republik zu vergleichen war und ihrer Konkurrentin, der *Neuen Zürcher Zeitung*, kaum nachstand. Die Eindeutigkeit, mit der sie von Beginn an den Nationalsozialismus abgelehnt hatte, trug ihr die Wertschätzung von Lesern wie Thomas und Erika Mann, Hermann Hesse und Kurt Tucholsky ein. Alice Berends Kontakt zur *Basler Nationalzeitung* bestand seit Mitte der zwanziger Jahre, wie aus einer Liste des *Jahrbuches für Exilforschung* (1984) hervorgeht. Nun übernahm die Redaktion ihren Roman *Ein Spießbürger erobert die Welt*, der in Fortsetzungen erschien und der ihr ein kleines Einkommen verschaffte.

Im März 1938 sah Hitler den Moment für die Annektion Österreichs gekommen. Die österreichische Bevölkerung, schrieb Tilla Durieux, die zu dieser Zeit in Wien in Gorkis *Nachtasyl* auftrat, habe sich »in nervöser Stimmung« befunden. »Sehr erstaunt war ich, als meine alten Bekannten sich für das Regime in Deutschland begeisterten und unbedingt für den Anschluß waren, von dem sie sich ein Aufblühen der österreichischen Wirtschaft erhofften. Stundenlang redete ich auf sie ein.«[8]

Dann fuhren sie weiter nach Prag, wo die Durieux die Hauptrolle in Karel Čapeks *Die Mutter* spielen sollte.

Tilla Durieux hatte 1930 noch einmal geheiratet. Ihr dritter Mann war der jüdische Unternehmer Ludwig Katzenellenbogen, der 1927 Erwin Piscators Theater am Nollendorfplatz mitfinanziert hatte und der sie häufig auf ihren Gastspielreisen begleitete. Katzenellenbogen wurde bei Kriegsbeginn in Italien verhaftet und starb 1943 im KZ Oranienburg.

Am 11. März zwang Hitler den österreichischen Kanzler Schuschnigg unter Androhung eines Einmarsches dazu, den Nationalsozialisten Seyß-Inquart zum Innenminister zu ernennen; am 12. März marschierten deutsche Truppen in Österreich ein. Zwei Tage später verkündete Hitler in Wien die »Heimkehr« ins Deutsche Reich. Fassungslos und entsetzt hörte die Durieux Hitlers Rede und den Jubel der Bevölkerung, als sie in Prag vor dem Radio saß.

»Wir zitterten vor Aufregung«, schrieb sie, »und meine
Freunde erklärten, das sei ihr Tod ... Sie erkannten früher als
die meisten, daß der Eroberer sich nicht mit Österreich begnügen würde.«[8]

In aller Eile packen sie ihre Koffer und kehren zurück, um mit
dem Strom von Flüchtlingen, die in Panik, Hals über Kopf,
Österreich verlassen, über die Schweiz nach Italien zu gelangen.
»Die Italiener ließen uns stundenlang auf die Erledigung der
Paßkontrolle warten«, schrieb sie, »und ich bebte vor Angst,
daß man uns die Ausreise verweigern würde. Endlich konnten
wir, halbtot vor Aufregung, weiter.«[8]

Auch Elisabeth Castonier gelang am 15. März die Flucht mit
dem letzten Zug, der den Wiener Südbahnhof vor Unterbrechung des Bahnverkehrs verließ. Am nächsten Tag traf sie
in Florenz ein, wo sie sich, mit Vorräten bepackt, auf die Suche
nach ihrer Freundin machte. »Es war ein herrlicher, warmer
Sommertag, aber die jähe Stille, dies Befreitsein vom Heulen
entfesselten Pöbels und Furcht hatte noch immer etwas Un-
wahrscheinliches, als müßten jeden Augenblick wieder Musik,
Heilrufe und Marschtritte erklingen.«[9]

Als sie das Haus am Stadtrand nach langem Suchen erreicht,
muß sie feststellen, daß die Mühe vergeblich gewesen war. Carlotta fängt die Besucherin vor dem Haus ab und erklärt ihr, daß
sie sie nicht zu ihrer Mutter lassen kann. Alice, die ihr Leben
lang nie auf Hilfe angewiesen war, die stets alles für ihre Familie gegeben hatte, wollte in ihrem Elend von niemandem be-
mitleidet werden. Nicht nur Armut und Krankheit hatten ihr
das Herz gebrochen, das Schweigen, die Kälte ihrer Schwester
trugen mit dazu bei, daß sie jeden Lebensmut verloren hatte.

Auch Charlotte lebte in Italien, doch waren ihre Lebensum-
stände mit denen ihrer Schwester nicht zu vergleichen. Wäh-

rend Alice nicht einmal die Mittel für dringend benötigte Arzneien aufbringen konnte, reiste Charlotte sorgenfrei zwischen Venedig und Rom, zwischen Neapel und Sizilien. Sie malte, traf Freunde und machte sogar eine Ausstellung an ihrem Wohnsitz in Alassio. Für Ali, wie Charlotte ihre Schwester als Kind genannt hatte, gab es keinen Platz in diesem Leben.

Elisabeth Castonier fuhr weiter nach Positano am Golf von Neapel. »Positano«, schreibt sie, »war die letzte Station für Emigranten, und für maskuline Frauen und effeminierte Jünglinge. Es nahm das von Capri angeschwemmte Strandgut menschlicher Existenzen auf, die wie ich nicht genau wußten, was aus ihnen werden sollte.«[10]

Als man ihr auf dem Postamt einen Brief aushändigt, kann sie den traurigen Inhalt schon ahnen. Zwei Wochen nach ihrer Abreise aus Florenz war Alice Berend am 2. April mit zweiundsechzig Jahren gestorben. Auch der immer bemühte Max Krell, der als letzter den Weg zu ihr gesucht hatte, war vergeblich gekommen.

Im Juni 2000 schrieb mir Horst Dedecke, Honorarkonsul in Florenz, daß amtliche Unterlagen über Alice Berend möglicherweise bei der großen Überschwemmung des Jahres 1966 verlorengegangen sind. Einen positiven Bescheid könne er mir jedoch geben. »Das Grab der Alice Berend befindet sich auf dem Friedhof ›Degli Allori‹ in Via Senese.«

Die schwäbische Dichterin Isolde Kurz, die Ende des 19. Jahrhunderts in Florenz lebte, hat diesen Friedhof an der Straße nach Certosa in einer ihrer Geschichten beschrieben. »›Degli Allori‹ (bei den Lorbeeren), so lautet sein Name nach einem Lorbeerhain, der früher dort gestanden, zufällig, aber bedeutungsvoll, diese Herberge, wo manches ruhmgekrönte Haupt deutschen Stammes seine letzte Schlafstätte gefunden hat. Der

Ort ist nicht weihevoll, wie der unvergleichliche Friedhof bei der Cestiuspyramide; er hat nichts von dem übermächtigen Naturleben, das dort die Schläfer so versöhnend einspinnt; nur den Ruhm seiner Anwohner hat er mit jenem gemein.«[11]

Hier ruhen Arnold Böcklin, der Maler italienischer Landschaften und antiker Mythen, und Karl Stauffer-Bern, ehemaliger Mitstreiter von Lovis Corinth. Der Altertumsforscher Theodor Heyse, ein Onkel des Nobelpreisträgers Paul Heyse, hat hier die letzte Ruhestätte, und die Schriftstellerin Ludmilla Assing, eine Nichte August Varnhagens, die nach Rahels Tod ihren Salon geführt und sich 1862 in Florenz niedergelassen hatte.

»Starr, regelrecht und schnurgerade ist die Anlage, die an den Grundriß eines Theaters erinnert«, schreibt Isolde Kurz. »Als regelmäßiges Rechteck, das mit seiner Vorderseite die Straße säumt, schmiegt sich der Friedhof den flachen Hügel hinan ... kein Baum, kein Halm unterbricht den kalten, weißen, harten Glast, und im blendenden Sonnenschein wie im trübseligen Winterregen bleibt der Ort immer gleich phantasielos, nüchtern und unerträglich.«[11]

Der Geistliche und Carlotta waren allein an jenem Tag, als Alice hier die letzte Ruhe fand.

»Für manchen bedeutete Exil endgültiges Vergessen«, schrieb Peter Härtling 1976 in einem Nachwort zu Berends Roman *Spreemann & Co*, in dem sie den Aufstieg einer Berliner Kaufhausdynastie über mehrere Generationen beschreibt. »Für Alice Berend bestimmt. Das ist kein Ruhmesblatt für die gelehrte Welt. Denn die hat nicht einmal gewogen, um das Werk womöglich zu leicht zu finden. Sie kennt es nicht.«[12]

»Die Welt hat Alice Berend, ich habe meine Mutter verloren«, hatte Carlotta in ihrem Brief an Elisabeth Castonier geschrieben. Doch die Welt, die im April 1938 nach Italien blickte, nahm keine Notiz von einer vertriebenen, todkranken Schriftstellerin. Die Welt sah in diesen Tagen auf Hitler, der zu Verhandlungen mit Mussolini kam. Der Staatsbesuch sollte der Weltöffentlichkeit die Verbundenheit der beiden Diktatoren demonstrieren. So erlebten Rom, Neapel und Florenz in der Woche vom 3. bis 9. Mai eine pompöse Abfolge von Aufmärschen, Paraden, Kundgebungen und Empfängen.

Zu den Vorbereitungen dieses Staatsbesuches zählten auch die Verhaftungen zahlreicher Regimegegner. Ungefähr fünfhundert Emigranten, darunter hauptsächlich Juden, wurden für zwei bis drei Wochen inhaftiert. Gleichzeitig setzte eine antisemitische Hetze ein, die ihren Höhepunkt dann im Herbst mit dem Erlaß von Rassengesetzen nach deutschem Vorbild finden sollte. Das Dekret vom 7. September 1938 drohte allen eingewanderten Juden die Ausweisung an, falls sie das Land nicht binnen sechs Monaten verließen.

Ende März war auch Hasenclever festgenommen worden. Allerdings hatte sich die Gefahr schon einige Zeit vorher unter den Emigranten herumgesprochen, so daß einige Vorkehrungen treffen konnten. Kurt Wolff wurde von dem Bürgermeister seiner Gemeinde gewarnt. Er beschaffte sich ein Visum und fuhr mit seiner Familie für ein paar Wochen nach Frankreich.

Im Sommer rettete Hasenclever sich auf ein Schiff nach England. »Ich werde wohl hier aufs Land gehen müssen und Salat pflanzen«, schrieb er seinem Bruder Ende August aus London. »Inzwischen dürfte Europa langsam, aber sicher untergehen.«[13]

Zwei Jahre später wird er in Frankreich interniert. Am 20. Juni 1940 nimmt er sich im Lager Les Milles bei Aix-en-Provence mit einer Überdosis Veronal das Leben. Alice Berend, schrieb Peter Härtling in seinem Nachwort, war vertrieben worden »aus ihrem Land, das sie das Fürchten lehrte«. Und die Furcht, die kein Ende mehr nahm, brachte den Tod.

Charlotte

Die Wunde des Jahrhunderts

Am 12. Dezember 1999 berichtete der Berliner *Tagesspiegel* über eine Ausstellung, die wenige Tage zuvor im Jüdischen Museum in New York eröffnet worden war. Das Thema der Ausstellung war der Beitrag, den das Judentum ein Jahrhundert zuvor zu den Anfängen der Moderne in Deutschland geleistet hat. In über 250 Objekten, die die Zusammenarbeit der Berliner Kunstwelt der Jahrhundertwende mit der internationalen Szene dokumentierten, vertrat die Ausstellung die These, »dass deutsche Juden sich in diesen ›alternativen‹ Bereichen öffentlich betätigten, weil sie von offiziellen Domänen ausgeschlossen waren«. Mit Liebermann und Cassirer, mit Meidner, Struck, Reinhardt und Lubitsch wurde die große Leistung des Judentums repräsentiert, deren Ursprung und Zentrum Berlin war. In seinem Artikel schreibt der Autor Thomas Eller, daß die Präsenz der nach Amerika geflohenen Juden und ihrer Kinder bis heute, vor allem in New York, die Vielfalt des gesellschaftlichen und kulturellen Lebens prägt und daran erinnert, »was Deutschland durch den Holocaust verloren und selbst vernichtet hat«.[1]

Charlotte Berend erscheint nicht in dieser Ausstellung, aber sie gehört ohne Frage dazu. Ihre lithographischen Mappen und ihre Ölporträts repräsentieren die Vielfalt des Berliner Judentums und ihres eigenen Schaffens, das mit ihrem Weggang aus Berlin sein Zentrum verlor.

Als Charlotte Berlin im Sommer 1932 verließ, ahnte noch kaum einer, daß sich nur wenige Monate später gewaltige Flüchtlingsströme durch ganz Europa in Bewegung setzen würden. Es waren keine politischen, es waren persönliche Gründe, die sie dazu bewogen, den Wohnsitz in Deutschland aufzugeben. Im Lauf von sechs Jahren hatte sie ihre Familie und damit ihr Zentrum verloren. Ihre Mutter war im August 1930 gestorben, fünf Jahre nach Corinth. Thomas war 1931 zum Studium nach New York gegangen. Wilhelmine, das »enfant terrible«, hatte mit Schauspielunterricht begonnen, nachdem es mit der Malerei nicht geklappt hatte. Sie bekam ein Engagement am Theater in Darmstadt, wo sie in kleinen Rollen auftrat und wo sie frei und ungezwungen leben konnte, so wie es ihrem kapriziösen Wesen entsprach.

Die Familie war für Charlotte der Mittelpunkt ihres Lebens gewesen. Jetzt, da sie allein dastand, wurde ihr die leere Wohnung unerträglich. Sie ging wieder auf Reisen – nach Monte Carlo, in die Bretagne, nach Rom, Neapel und Sizilien. Und dann, im Herbst 1932, beschloß sie, sich endgültig in Italien niederzulassen. Sie mietete eine Villa am Meer, begann im Land zu reisen, Landschaften zu malen, und eines Tages verliebte sie sich wieder. Eine Zeitlang lebte sie mit dem Mann, von dem nicht mehr als sein Name – Fernando – und ein Ölgemälde überliefert sind, ein schmucker Dandy mit schwarzen Locken und Schnauzbart, Pfeife rauchend in einem Strandcafé.

Im Frühjahr 1933 wird sie aus der Sezession ausgeschlossen, als die Listen von den jüdischen Mitgliedern »gesäubert« werden.

Auf einer Versammlung am 2. Mai wird die Neugründung beschlossen. Der Vorsitzende Emil van Hauth begründet den Schritt mit markigen Worten, mit denen die angeblich zu kurz Gekommenen jetzt das deutsche Geistesleben für sich reklamieren und sich auf die völkische Ideologie ausrichten. »Wir wollen auf ganz neuer Grundlage die Secession aufbauen. Wir wollen ein Stoßtrupp deutscher Kunst werden, anschließend an die hohe Tradition der Berliner Secession. Wir Künstler sind verpflichtet, die Konsequenzen der neuen Staatsidee vorausschauend zu erkennen und voranzutragen ... Die Berliner Secession nimmt die Verantwortung auf sich, durch die ernste Arbeit ihrer Mitglieder mit zur Klärung dessen beizutragen, was künftig unter deutscher Kunst verstanden werden soll.«[2]

Auch Charlottes Arbeiten sollten jetzt nicht mehr als »deutsche Kunst« verstanden werden, wie das Schicksal ihres Gemäldes »Der Boxer« bewies, das 1933 als »entartet« beschlagnahmt und ausgestellt wurde.

Exil, das bedeutete ja einen vollkommenen Verlust. Mit der Möglichkeit zu arbeiten verloren die Künstler das Publikum und damit die Wirkungskraft. Man verlor, so wie Charlotte, die Welt, aus der die Ideen für das Werk geflossen waren. In den Jahren, die sie in Italien verbrachte, malte sie Landschaften und Stilleben, nur selten einmal ein Porträt. Sie malte den Comer See und den Vesuv, Landschaften im Mondschein und Segelboote vor der Küste, antike Ruinen und das Meer bei Neapel. Und sie fürchtete, daß sie durch die immer wiederkehrenden und sich erschöpfenden Motive ihren künstlerischen Anspruch verlieren könnte. »Ich male keine würdigen Bilder«, schrieb sie niedergeschlagen, voller Selbstzweifel, in ihr Tagebuch, »auf so kleine Stücke Papier male ich ein paar braune Kühe, verschneite Berge, eine smaragdgrüne Wiese – einen Mond.«[3]

Sie genoß die Landschaft und das Klima des Südens, doch um noch einmal an ihre großen Leistungen anzuknüpfen, mangelte es ihr in ihrer Wahlheimat Italien an großen Themen und Anreiz. Das sollte sich erst wieder ändern mit der Emigration nach Amerika.

1931 war Thomas Corinth nach New York gegangen, um an der Columbine University sein Studium als Ingenieur abzuschließen. Er spezialisierte sich auf den Flugzeugbau und gründete später sogar eine eigene Firma, die Flugzeugteile baute und exportierte. Von New York aus hatte er voller Sorge die Entwicklung in Deutschland verfolgt. Doch seine Mutter wollte Europa zunächst nicht verlassen und wähnte sich in Italien in Sicherheit. Seit Mitte der dreißiger Jahre hatte Thomas immer wieder versucht, sie zur Ausreise nach Amerika zu bewegen, aber erst, als sich im Lauf des Jahres 1938 mit der Annexion Österreichs, dem Münchner Abkommen und der Pogromnacht im November die politische Lage verschärfte, begriff Charlotte, daß auch ihr Leben in Gefahr war. »In diesem Frühjahr (1939, d.V.) fiel die Entscheidung für Mutti, Europa zu verlassen«, schrieb Wilhelmine. »Thomas war es, der in sie drang ... Mutti ließ sich überzeugen.«[4]

So beantragte Thomas in New York die Einreiseerlaubnis und bemühte sich um eine Schiffspassage. Er erledigte alle Formalitäten, so daß Charlotte wochenlange und demütigende Behördengänge und Bittgesuche erspart blieben, wie Hunderttausende Emigranten sie jetzt täglich erlebten und wie Alma Mahler, die mit ihrem Mann Franz Werfel einige Monate später in Südfrankreich um die Ausreise kämpfte und dabei von einem Hafen zum anderen irrte, sie in ihrem Tagebuch beschrieben hat. Der Ansturm auf Fährschiffe, die Europa verließen, überstieg alle Vorstellungen. In den italienischen, spanischen und französischen Häfen drängten sich die Flüchtlinge, die noch auf einen Platz hofften und ums Überleben bangten. Anna Seghers hat in ihrem Roman *Transit* das Schicksal dieser Verzweifelten beschrieben.

Im Frühjahr 1939 wartete Charlotte im schweizerischen Ascona am Lago Maggiore, wo sie bei Freunden wohnte, auf die erlösende Nachricht aus New York. In Ascona wohnte auch der Schriftsteller Emil Ludwig, ein alter Freund der Familie Corinth und Verfasser von Biographien, der Charlotte nach dem Krieg bei der Herausgabe ihres Tagebuches unterstützte und das Vorwort dazu schrieb.

Doch obwohl Thomas für alles sorgte und sie sich selbst um nichts kümmern mußte, ging die Aufregung zuletzt doch nicht spurlos an Charlotte vorüber. Im Mai erlitt sie eine Herzattacke, und auf diese Nachricht hin beschloß Thomas, nun selbst in die Schweiz zu kommen und ihr während der Ausreise beizustehen. Ende Juni verlassen sie Ascona. Über Zürich, Basel und Paris erreichen sie Cherbourg im äußersten Zipfel der Normandie, wo sie im Juli, wenige Wochen vor Ausbruch des Zweiten Weltkrieges, eines der letzten Fährschiffe erreichen, das Europa verläßt. Anfang August kommt Charlotte in New York an.

Schreckenskammer in Nürnberg

Nicht nur das Schicksal ihrer Schwester Alice, auch ihr Judentum und die Vertreibung aus Deutschland sind ein Tabu bei Charlotte und ihren Kindern. Sowohl über ihre Abstammung als auch über die Gründe ihrer Flucht wird eisernes Schweigen bewahrt. Nur einmal erwähnt Wilhelmine in ihrem Buch das Schicksal einer »nichtarischen« Freundin, über die sie schreibt:

»In Ascona lebte eine gute Freundin meiner Mutter, eine Deutsche, die, wie man in diesem gräßlichen Nazideutsch sagte, nichtarisch war.«[5]

Es ist das einzige Mal, daß das Rassenproblem erwähnt wird, und dabei nicht bezogen auf die eigene, sondern auf eine andere Person, die nicht einmal mit ihrem vollständigen Namen genannt wird. Bei einem unbefangenen Leser wird so der Eindruck erweckt, als sei diese Ulli eine Ausnahme im Freundeskreis der Familie gewesen. Doch das Gegenteil war der Fall; Corinths Freunde stammten zum größten Teil aus traditionsreichen und angesehenen jüdischen Familien. Jüdische Maler, Galeristen und Mäzene, Schriftsteller und Schauspieler saßen für Lovis Corinth und Charlotte Berend Modell. Konnte diese ruhmreiche Vergangenheit in den wenigen Jahren seit der Machtergreifung so vollkommen aus dem Bewußtsein gelöscht sein? Wilhelmines »Randnotiz« über die »nichtarische Freundin« verdeutlich die Angst und Scham, die der nationalsozialistische Terror bewirkt hatte. Die Juden mußten ihre Abstammung verleugnen und verdrängen. »Nichtarisch«, so drücken Wilhelmines Worte es aus, die Entrechteten und Verfolgten, das waren die anderen. Man selbst gehörte nicht dazu.

Als im Juli 1937 im Münchner »Haus der Deutschen Kunst« die Ausstellung »Entartete Kunst« eröffnet wurde, war dies zweifellos der Höhepunkt der nationalsozialistischen Kampagne gegen die moderne Kunst. Die Ausstellung präsentierte mehr als 650 Objekte – Gemälde, Skulpturen und Bücher –, die in deutschen Museen beschlagnahmt worden waren, um sie öffentlich zu brandmarken und dem Publikum zu zeigen, welche Kunst als »undeutsch« und »wertlos« zu gelten hatte. Das Spektrum der rund 120 Künstler, die vertreten waren, reichte vom Impressionismus bis zu Dada, vom Expressionismus über Bauhaus und Neue Sachlichkeit bis zur Abstraktion. In den vier Monaten, in denen »Entartete Kunst« in München gezeigt wurde, kamen mehr als zwei Millionen Besucher. Im Durchschnitt kamen jeden Tag zwanzigtausend Menschen in die Ausstellung, der Eintritt war kostenlos. Die Resonanz war selbst für das Propagandaministerium überwältigend. Bis März 1939 hatten sich nicht weniger als 65 Städte um die Ausstellung beworben. In den nächsten Jahren wurde sie durch Deutschland und Österreich geschickt und zog nochmals ein Publikum von einer Million Menschen an. »Keine Ausstellung der modernen Kunst habe je so einen Popularitätserfolg gehabt«, schreibt Stephanie Barron in dem Katalog *Entartete Kunst*. 1991 waren im Los Angeles County Museum of Art noch einmal Teile der Ausstellung zu sehen. Vorläufer der Münchner Ausstellung hatte es in vielen deutschen Städten schon seit 1933 gegeben. Hauptsächlich auf Betreiben der neuen Museumsleiter, die von lokalen nationalsozialistischen Gruppen unterstützt wurden, kam es in zahlreichen Städten wie Stuttgart, Mannheim und Karlsruhe, Dresden, Chemnitz und Dessau zu Sonderausstellungen, die offiziell als »Schreckenskammern der Kunst« oder »Schandausstellungen« bezeichnet wurden und die bereits die Dramaturgie der großen Münchner Ausstellung vorwegnahmen und vorbereiteten. Eine solche »Schreckenskammer« wurde am 17. April 1933 in der Städtischen Galerie in Nürnberg von dem stellvertretenden Direktor Emil Stahl eröffnet. Die Ausstellung zeigte Otto Dix' Gemälde von Anita Berber, das die Tänzerin in einem leuchtend roten Kleid, eng anliegend wie eine zweite Haut, mit maskenhaft geschminktem Gesicht und starren Augen zeigt und das heute als Leihgabe der Otto-Dix-Stiftung in der städtischen Galerie Stuttgart hängt. Neben dem Bild von Anita Berber hing Charlotte Berends Gemälde »Der Boxer«. Wie Wilhelmine berichtet, stellt es einen in den zwanziger Jahren berühmten Champion mit Namen Wigand dar. Charlotte malte ihn halbfigurig mit Boxhandschuhen und Shorts in der Pose des Kampfes, das Schicksal des Bildes ist unbekannt. Es gibt nur ein Foto von Charlotte, auf dem man im Hintergrund den »Boxer« sieht, der Erinnerungen an einen berühmten anderen Boxer, den von Otto Dix gemalten Max Schmeling, weckt.

»Ich möchte heute aufschreiben, daß ich mein neues Bild ›Die Hängematte‹ ... verkauft habe und den ›Boxer‹, jenes schwierige Bild, an das Museum von Nürnberg, was mich aufrichtig freut«, hatte Charlotte im August 1928 in ihr Tagebuch geschrieben.[6]

Mehr als zehntausend Besucher strömten im April und Mai 1933 in die Städtische Galerie Nürnberg, wo sie das Bild als ein Beispiel »deutscher Verfallskunst« (Goebbels) sahen. Die Ausstellung war so erfolgreich, daß man sie zwei Jahre später anläßlich des Reichsparteitages, auf dem die Nürnberger Gesetze verkündet wurden, noch einmal wiederholte.

Von Lovis Corinth wurden sieben Gemälde in der Münchner Ausstellung gezeigt, darunter zwei Walchensee-Landschaften. In seinem Buch *Mythus des zwanzigsten Jahrhundertes* schrieb der nationalsozialistische Ideologe Alfred Rosenberg, Corinth habe in seinem Spätwerk die »schleimige, bleiche Rassenvermischung des neusyrischen Berlin« verkörpert.[7]

An der Wand, an der Corinths Bilder hingen, prangte die Inschrift: »Dekadenz, für literarische und kommerzielle Interessen ausgebeutet«.

In New York war von den Schreckenskammern nie die Rede. Mit keinem Wort erwähnte Charlotte jemals dieses düsterste Kapitel deutscher Ausstellungsgeschichte und das Ausmaß an

Schmähungen und Kunstvernichtung. Die »Femeausstellungen« kommen in ihren Tagebüchern und Memoiren nicht vor. Charlotte blieb nicht lange in New York, schon kurz nach ihrer Ankunft beschloß sie, nach Kalifornien weiterzuziehen. »Die Stadt war ihr zu hektisch, sie konnte nicht recht Fuß fassen. Auch mit dem Malen klappte es nicht so, wie sie es sich vorgestellt hatte«, schrieb Wilhelmine.[8]

So setzte sie ihre Hoffnung auf Kalifornien, auf jenes Land, das in den dreißiger Jahren zu einer der größten deutschen Kolonien in Amerika wurde. Etwa dreißigtausend Emigranten lebten hier, Wissenschaftler, Intellektuelle, Künstler. In unmittelbarer Nachbarschaft von Theaterleuten wie Max Reinhardt und Leopold Jessner, Schauspielern wie Fritz Kortner, Albert Bassermann und Conrad Veidt, in der Nähe von Schriftstellern wie Bertolt Brecht, Thomas Mann und Bruno Frank fühlte man sich zuweilen in die Berliner Kunstwelt der zwanziger Jahre zurückversetzt. Ein »neues Weimar am Pazifik« war entstanden, wie der Schriftsteller Ludwig Marcuse die deutsche Kolonie in Amerika nannte.

Dreitausend Kilometer lagen zwischen New York und der warmen, sonnigen Ostküste. Der Expreßzug durchquerte die endlosen Wüsten und streifte den Grand Canyon, bis nach vier Tagen und Nächten das fruchtbare Kalifornien mit seinen Orangenhainen und Zypressenwäldern, den Pfefferminzsträuchern und Eukalyptusbäumen in Sicht kam. Charlotte mietete ein kleines Holzhaus mit Blick auf den Ozean; schon frühmorgens konnte sie direkt vor ihrem Haus ins Meer springen. Die Lust an körperlicher Betätigung hatte sie sich seit ihrer Kindheit bewahrt. Und auch an Geselligkeit mangelte es ihr nicht. Eine große Freude bereitete ihr das Wiedersehen mit Fritzi Massary und Ilka Grüning. Massary war Anfang 1939 zu ihrer Tochter

Liesel übergesiedelt, die mit ihrem Ehemann, dem Schriftsteller Bruno Frank, in Beverly Hills lebte.

Nur wenige Emigranten interessierten sich für die Geschichte und Kultur ihres neuen Landes. Obwohl es lange als fraglich galt, ob sie jemals wieder in ihre Heimat zurückkehren würden, kultivierten viele ein Gefühl des Ausgeschlossenseins und der Fremdheit wie zum Beispiel Alfred Polgar, der sich selbst einen »unheilbaren Europäer« nannte.[9] Solche Gefühle teilte Charlotte nicht, im Gegenteil, sie war aufgeschlossen für ihr Gastland, neugierig, offen für neue Erfahrungen und Begegnungen und bereit, sich auf das Abenteuer Amerika einzulassen.

»Sie liebte Amerika vom ersten Tage an«, schrieb Wilhelmine. »Ihr gefiel die Atmosphäre.«[10]

Ihr gefiel vor allem die ungezwungene amerikanische Lebensart, an die sie sich bald gewöhnt hatte. Und es war nicht ihre Art, Verlorenem nachzutrauern, vielmehr nahm sie die Bedingungen in Amerika vorurteilsfrei an. Manchmal erzählte sie ihren Besuchern, wie einfach und unkompliziert das Leben für sie geworden sei, seitdem sie sich von den Mengen an Geschirr, an Tafelsilber und Kristallgläsern getrennt hatte, ohne die die Führung ihres vornehmen Hauses in Berlin einst undenkbar gewesen war. Das Wichtigste aber war, daß sie durch die Kontakte mit alten und neuen Freunden wieder zum Reisen und zum Malen angeregt wurde. So entstand in den nächsten Jahren eine Vielzahl an Stilleben und Landschaften wie der Hafen von Santa Barbara, der Central Park in New York, Fischerboote in Marthas Vineyard, ein Bergsee in Kanada. Und es entstanden einige große Porträts von Emigranten, von denen das Bild des in seine Arbeit vertieften Albert Einstein wohl das bekannteste und auch anrührendste ist.

Einstein, der 1921 den Nobelpreis für Physik erhalten hatte, war 1933 in die USA emigriert und acht Jahre später amerikanischer Staatsbürger geworden. Während seiner zweiten Lebenshälfte, schreibt Paul Strathern, wurde Einstein zu einer Art Institution, dem »größten Genie der Welt«. Er habe diese Überhöhung zu einer lebenden Legende mit Würde und Humor getragen und Besucher stets mit großer Freundlichkeit empfangen. Als Charlotte ihn in Princeton aufsuchte, entstand eine Reihe von Zeichnungen, von denen nur noch eine erhalten ist. Sie zeigt Einstein vor einer Bücherwand, wie er ein Manuskript auf den Knien hält, mit einem Federkiel in dem Text arbeitet und dabei nachdenklich an seiner Pfeife zieht. Die kleine Szene in Einsteins Arbeitszimmer vermittelt eine vertraute, fast intime Atmosphäre.

Charlotte lernte auch die Sopranistin Lotte Lehmann kennen, eine der berühmtesten Sängerinnen ihrer Zeit, die, obwohl nicht aus Wien gebürtig, in der Opernwelt als die »wienerischste aller Sängerinnen« galt und bei ihren Auftritten in Berlin und Dresden, in Stockholm, Wien und Salzburg gefeiert wurde. Nach dem Anschluß Österreichs war Lehmann mit ihrem Mann, einem jüdischen Arzt, nach Amerika emigriert. Schon seit 1934 hatte sie an der Metropolitan Opera in New York gastiert, wo sie vor allem in der Rolle der Marschallin in Richard Strauss' *Rosenkavalier* Triumphe feierte. In dieser Rolle malte Charlotte sie dann auch nach einem Konzert. Mit vorgestreckter Brust und geöffnetem Mund steht Lehmann an der Bühnenrampe, sie hält die rechte Hand auf das Herz gepreßt, und der Blick aus ihren großen, verklärten Augen geht über den Betrachter hinweg.

Charlotte schloß Freundschaft mit Franz Werfel und Alma Mahler, die 1940 in Kalifornien ankamen und sich in Charlottes Nähe, in Beverly Hills, niederließen. Die 1879 in Wien als

Tochter des Malers Emil Schindler geborene Alma war mit zahlreichen Künstlern ihrer Zeit befreundet gewesen. 1902 hatte sie Gustav Mahler geheiratet, für den sie ihre Ausbildung als Komponistin aufgab. Nach Mahlers Tod und einer Liebesbeziehung mit dem Maler Oskar Kokoschka heiratete sie 1915 den Architekten Walter Gropius, den späteren Begründer des Bauhauses. Nach der Scheidung von Gropius wurde Franz Werfel 1929 ihr dritter Ehemann. Als Werfel im August 1945, wenige Wochen nach Kriegsende, einer schweren Krankheit erlag, stand Charlotte der Freundin in ihrem Schmerz bei. Dies führte die beiden Frauen, die ein ähnliches Schicksal teilten, eng zusammen. Was lag da näher, als daß auch Alma mitging, als Charlotte einige Monate später beschloß, wieder nach New York zurückzukehren. In der 66. Straße, Ecke 3rd Avenue, nahm sie eine Wohnung. Ein paar Schnappschüsse, die das Corinth-Archiv in Nürnberg bewahrt, zeigt die beiden Damen mit Sektkelchen in der Hand in angeregtem Gespräch. Charlotte, elegant im »kleinen Schwarzen«, mit einer Orchidee an der Schulter und weißen Glacéhandschuhen, wirkt zierlich und schlank gegen die stattliche, ja walkürenhafte Alma in einer aufwendigen, glitzernden Seidenrobe. Sieht man Charlotte so lebhaft, ja quicklebendig mit ihrer Freundin im Gespräch, mag man kaum glauben, daß dieses Foto an ihrem 80. Geburtstag entstanden ist. An der Wand hinter ihr hängen ihre Gemälde; die Galerie Kendy in der Madison Avenue hatte an ihrem Ehrentag eine Ausstellung mit ihren Werken eröffnet. Auch der New Yorker Galerist Kurt Valentin, ein gebürtiger Berliner, stellte Charlottes Werke in seinem Salon aus. Und hier traf Charlotte eines Tages einen alten Freund aus Berlin wieder; es war der Maler Lyonel Feininger.

Feininger, 1871 in New York als Sohn einer deutschen Musikerfamilie geboren, war mit sechzehn Jahren nach Deutschland gekommen. Er hatte an der Königlichen Kunstakademie in Berlin und an der Académie Cola Rossi in Paris studiert. Nach Berlin zurückgekehrt, begann er als Karikaturist für den *Ulk*, die humoristische Beilage des Berliner Tageblatts, und die *Lustigen Blätter*. Seit 1901 hatte er mit seinen Zeichnungen an den Ausstellungen der Sezession teilgenommen, wo er Charlotte Berend das erste Mal begegnet war. Später hatte er sich der Malerei zugewendet, wobei er in seinen Architekturbildern, besonders von gotischen Städten und Kirchen, und seinen Meerlandschaften mit Segelbooten einen charakteristischen Stil entwickelte. Diese Bilder zeichnen sich durch eine strenge Raumgeometrie, durch die Transparenz der Flächen und zarte, pastellige Farbigkeit aus. 1919 war Feininger, der auch mit dem »Blauen Reiter« ausstellte, von Walter Gropius an das Bauhaus nach Weimar berufen worden. Als das Bauhaus, das 1925 nach Angriffen durch den Thüringer Landtag nach Dessau verlegt worden war, im Herbst 1932 von dem nationalsozialistischen Gemeinderat aufgelöst wurde, kehrte er nach Berlin zurück und entschloß sich 1937, Deutschland endgültig zu verlassen. Mit seiner Frau Julia kehrte er im Juni 1937 nach New York zurück. 1939 erregt er Aufsehen mit drei Wandgemälden für die Weltausstellung in New York, 1947 wird er zum Präsidenten der Vereinigung amerikanischer Maler und Bildhauer gewählt. In Amerika traf Feininger Walter Gropius wieder, und auch das Wiedersehen mit Charlotte Berend war eine große Freude für ihn. Beide stellten sie ihre Werke in der Curt Valentin Gallery aus.

Charlotte überlebte sowohl Feininger, der 1956 starb, als auch Alma Mahler, die 1964 starb. Aber ihre Freundschaft mit Feininger und seiner Frau Julia sollte noch eine besondere

Bedeutung über ihren Tod hinaus behalten. Am 10. Januar 1967 starb sie im Alter von sechsundachtzig Jahren. Auf der Suche nach einer Grabstätte wandten sich ihre Kinder an die Witwe von Feininger, der 1956 auf dem Mount Hope Cemetary in Hastings-on-Hudson in New York begraben worden war. Und durch Julia Feiningers Vermittlung fand Charlotte ihre letzte Ruhestätte in unmittelbarer Nähe des Freundes.

1967, in ihrem Todesjahr, veranstaltete die Berliner National-galerie eine Ausstellung ihrer Werke. Dieser letzte Triumph, ihre Bilder in den Räumen zu sehen, in denen vierzig Jahre zuvor die Bilder ihres Mannes gehangen hatten, das war ihr nicht mehr vergönnt. So blieb die Einladung nach Berlin auf ihrem Tisch in New York liegen.

»Was man in beiden Städten nicht sofort erkennt, ist das Vakuum, das der Holocaust hinterließ«, schreibt Thomas Eller in seinem Artikel über die Ausstellung in New York, »in Berlin, weil man es nicht mehr anders kennt; in New York, weil man es sich nicht vorstellen kann. Die Ausstellung zeigt so eine Wunde des Jahrhunderts.«[11]

Peter Härtling schließt sein Nachwort zu Alice Berends Roman *Spreemann & Co.* mit diesen Worten: »In der Literatur gibt es keine Wiedergutmachung. Das schlechte Gewissen liest gemeinhin nicht. Es gibt nur gelesene und ungelesene Bücher. Dieses Buch soll gelesen werden.«[12]

Was bleibt von den Schwestern Lotte und Ali, die vor mehr als einem Jahrhundert aus der Welt der »Philister« ausbrachen, um mit Leidenschaft und Talent am Aufstieg der Moderne mitzuwirken? Es bleibt dies: Bilder, die man sehen – Bücher, die man lesen soll.

Danksagung

Am 31. Mai starb Wilhelmine Corinth-Klopfer, wenige Tage vor Vollendung ihres 92. Lebensjahres, in New Haven, Connecticut/USA. Mit ihr starb die letzte Zeitzeugin, die in diesem Buch zu Wort kommt, und die letzte Trägerin des Namens Corinth.

Um die Geschichte der Familie Gumpertz-Berend-Corinth erzählen zu können, waren Nachforschungen in mehreren Archiven notwendig. Für die Benutzung von Akten der Familie Gumpertz danke ich Frau Spahn vom Brandenburgischen Landeshauptarchiv Potsdam und Frau Jude vom Sächsischen Staatsarchiv Leipzig. Jürgen Sielemann vom Staatsarchiv Hamburg half mir bei meinen Nachforschungen über den Zweig der Berends, der in den Dokumenten der jüdischen Gemeinde Hamburg erfaßt ist. Sabine Hank von der Stiftung Neue Synagoge Berlin – Centrum Judaicum verdanke ich den Hinweis auf die Grabstätte der Familie Berend, die auf dem jüdischen Friedhof in Berlin-Weißensee liegt.

Der Nachlaß Corinth befindet sich im Archiv für Bildende Kunst des Germanischen Nationalmuseums Nürnberg. Hier ermöglichte mir Claus Pese mit freundlicher Unterstützung die Arbeit in seinem Archiv.

In Berlin halfen mir Felicitas Rink vom Verein der Berliner Künstlerinnen und Lothar Schirmer von der Stiftung Stadtmuseum, Lothar Fischer vom Anita Berber-Archiv und Maiken Schmidt von der Berlinischen Galerie mit Informationen zu Charlotte Berends künstlerischer Laufbahn. Christine Kreß-Lindenberg in Kiel gab mir Auskunft über die Gemälde der Stiftung Pommern, die während der Arbeit an diesem Buch von Schloß Rantzaubau in das neu gegründete Pommersche Landesmuseum Greifswald überstellt wurden.

Daß sich die Quellenlage zu Alice Berend ungleich komplizierter gestaltete, war nicht allein der Tatsache geschuldet, daß sie ein Leben lang im Schatten der jüngeren Schwester stand, sondern auch durch die dramatischen Umstände, nämlich die Vernichtung von Dokumenten, an ihrem letzten Wohnsitz in Florenz. Ich bin Lars Rumar vom Reichsarchiv Stockholm zu besonderem Dank verpflichtet, denn nur mit seiner Hilfe war es möglich, Auskünfte über die schwedischen Angehörigen von Alice Berend zu erhalten. Auf diesem Wege erfuhr ich dann auch, daß der Nachlaß Alice Berends während des Krieges verlorengegangen ist. In ihrem Briefwechsel mit Wilhelm Sternberg, dem Leiter des Deutschen Exilarchivs, berichtet Alices Tochter Carlotta, daß der Nachlaß ihrer Mutter in Florenz gestohlen wurde und daß alle ihre Versuche, ihn nach dem Krieg wieder aufzufinden, vergeblich waren.

Horst Dedecke, Honorarkonsul der Bundesrepublik Deutschland in Florenz, war so freundlich, Anfragen für mich sowohl an das Einwohnermeldeamt als auch an das Staatsarchiv der Stadt zu richten. Der Bescheid war jedoch jedesmal negativ; hier besteht die Annahme, daß die entsprechenden Unterlagen durch höhere Gewalt, d. h. bei der großen Überschwemmung der Stadt Florenz im Jahre 1966, verlorengegangen sind. Ich danke Herrn Dedecke auch für die Auskunft über die Grabstätte Alice Berends auf dem Friedhof »Degli Allori«.

Sylvia Asmus vom Deutschen Exilarchiv Frankfurt und Hildegard Dieke vom Deutschen Literaturarchiv Marbach stellten die in ihren Archiven vorhandenen Rezensionen und Briefwechsel zur Verfügung. Manfred Bosch aus Lörrach gab mir Einblick in sein Privatarchiv über Alice Berend, in Konstanz halfen der Galerist Frieder Knittel und Waltraud Gut vom Stadtarchiv mit Auskünften und Material. Ergänzende Informationen steuerten Günther Scholdt vom Literaturarchiv Saar-Lor-Lux-Elsaß der Universität Saarbrücken und Wolfgang Kloft vom Archiv des S. Fischer Verlages in Frankfurt bei. Helga Schalkhäuser, der Herausgeberin von Wilhelmine Corinths Memoiren, verdanke ich wertvolle Ergänzungen zum Leben und zur Persönlichkeit der einzigen Corinth-Tochter.

Ein solches Buch kann nicht entstehen ohne die Hilfe einer Bibliothek am Ort. In den zwei Jahren meiner Arbeit haben mich Frau Esselmann, Frau Schwarz-Kaufmann und Frau Wuest, Herr Rudolph und Herr Obsen von der Stadtbibliothek Bremen bei allen Anfragen und Suchaktionen stets ideenreich und mit großer Freundlichkeit unterstützt. Auch ihnen sei an dieser Stelle ein herzlicher Dank für das Gelingen des Buches gesagt.

Bremen, im Juli 2001

Anmerkungen

VORWORT

1 Edwards, Amelia. Bilder aus Kairo. In: *Kairo. Die Mutter aller Städte.* Frankfurt a. M. 1983. 1. Auflage. S. 250

2 Berend-Corinth, Charlotte. *Mein Leben mit Lovis Corinth.* Hamburg 1947. S. 166

3 Roland, Berthold (Hrsg.). *Max Slevogt. Ägyptenreise 1914.* Ausstellungskatalog Landesmuseum Mainz. Mainz 1989. S. 14

4 1915 erwarb die Königliche Gemäldegalerie Dresden 20 der insgesamt 21 Ölgemälde von Slevogt. Durch die Veräußerung von drei Gemälden im Tausch für Slevogts Ölgemälde der Tänzerin Anna Pawlowa und den Verlust eines Bildes im Zweiten Weltkrieg umfaßt der Zyklus heute noch 16 Gemälde.

5 Berend-Corinth. *Mein Leben.* A.a.O. S. 234

ERSTES KAPITEL

1 Schnee, Heinrich. *Die Hoffinanz und der moderne Staat.* Berlin 1953. S. 78

2 *Juden in Preußen. Ein Kapitel deutscher Geschichte.* Katalog der Ausstellung »Juden in Preußen«, 1981. Hrsg. Bildarchiv Preußischer Kulturbesitz. Dortmund 1981. S. 132

3 Heinrich Schnee (s.o.) hat darauf hingewiesen, daß auch der Schrift-steller Ludwig Börne, der vor seiner Taufe Löb Baruch hieß, ein Nach-komme der Familie Gumpertz ist.

4 Akte über die Konzessionierung des Schutzjudensohnes David Gum-pertz. Brandenburgisches Landeshauptarchiv Potsdam. Akten Rep. 3B I Kom Nr. 1918 und I Pol Nr. 1106

5 Frau SH Jeanette Spahn, Brandenburgisches Landeshauptarchiv Pots-dam. Schreiben vom 23.02.2000

ZWEITES KAPITEL

1 Berend-Corinth, Charlotte. *Als ich ein Kind war*. Hamburg 1950. S. 109f.

2 Das Tagebuch der Hedwig Gumpertz, aus dem in diesem Kapitel zi-tiert wird, ist abgedruckt in: *Lovis Corinth. Eine Dokumentation*. Hrsg. Thomas Corinth. Tübingen 1979. S. 18-21

3 Andersen-Nexö, Martin. Deutschlandbriefe. In: Glatzer, Ruth. *Das Wilhelminische Berlin*. Berlin 1997. S. 35

4 Sternheim, Carl. *Gesamtwerk*. Band 6. Zeitkritik. Neuwied und Berlin 1966. S. 145

5 Berend-Corinth. *Als ich ein Kind war*. A.a.O. S. 11

6 Ebda, S. 12

7 Corinth, Wilhelmine. *Ich habe einen Lovis, keinen Vater*. München 1990. S. 100f.

8 Berend-Corinth. *Als ich ein Kind war*. A.a.O. S. 7

DRITTES KAPITEL

1 Berend-Corinth, Charlotte. *Lovis*. München 1958, S. 110

2 Charlottes Erinnerungen, aus denen nachfolgend zitiert wird, sind er-schienen in: Berend-Corinth, Charlotte. *Als ich ein Kind war*. Seiten-angaben in Klammern.

3 *Lovis Corinth. Dokumentation*. A.a.O. S. 364

4 Ebda, S. 39

5 Ebda, S. 45

6 Glatzer, Dieter und Ruth. *Berliner Leben 1900-1914*. Band I. Berlin 1986. S. 677

7 Braun, Lily. *Memoiren einer Sozialistin*. Band 1. München 1909. S. 497f.

8 *Lovis Corinth. Dokumentation*. A.a.O. S. 47

9 Ebda, S. 364. Gemeint war Kurfürst Friedrich Wilhelm von Hohenzollern (1620–1688), der Urgroßvater Friedrichs des Großen. Sein Biograph Hans-Joachim Neumann beschreibt ihn als hochgewachsen und kräftig mit einem grobgeschnittenen Gesicht und einer auffälligen Höckernase.

10 Andreas-Salomé, Lou. *Lebensrückblick*. Frankfurt a. M. 1979. S. 96f.

11 Corinth, Wilhelmine. Typoskript im Besitz der Autorin

VIERTES KAPITEL

1 Das Wartburgfest war eine Studentenfeier auf der Wartburg am 18. und 19. Oktober 1817 zum Gedenken an das Reformationsjahr 1517 und die Völkerschlacht bei Leipzig 1813. Das Fest wurde eine Demonstration für die deutsche Einheit.

2 Braun, Lily. *Die Frauenfrage*. Bonn 1979. S. 110

3 Lange, Helene. Lebenserinnerungen. In: Glatzer, Ruth. *Das Wilhelminische Berlin*. Berlin 1997. S. 294

4 Schlüter, Anne (Hrsg.). *Pionierinnen. Feministinnen. Karrierefrauen. Zur Geschichte des Frauenstudiums in Deutschland*. Pfaffenweiler 1992. S. 15

5 Henke, Christiane. *Anita Augspurg*. Reinbek 2000. S. 21

6 The collected papers of Albert Einstein. Vol. I. The early years 1879–1902. Princeton University Press 1987. In: Schlüter, Anne. *Pionierinnen*. A.a.O. S. 31

7 Rühle-Gerstel, Alice. Das Frauenproblem der Gegenwart. In: Schmidt, Maruta und Kristine von Soden. *Neue Frauen. Die Zwanziger Jahre*. Berlin 1988. S. 119

8 Krempel, Ulrich und Susanne Meyer-Büser. *Garten der Frauen. Wegbereiterinnen der Moderne in Deutschland*. Hannover 1996. S. 82

9 *Die Kunstauktion* 3. Nr. 4 vom 27.01.1929. S. 8. In: Krempel, Ulrich. *Garten der Frauen*. A.a.O. S. 214

FÜNFTES KAPITEL

1 Die Zitate aus Lovis Corinths Biographie in diesem Kapitel sind sämtlich entnommen: Corinth, Lovis. *Selbstbiographie*. Leipzig 1926. Die
entsprechenden Seitenzahlen sind jeweils in Klammern angegeben.

2 *Lovis Corinth. Dokumentation*. A.a.O. S. 193

3 Einjähriger: Die preußische Verordnung über den einjährig-freiwilli-
gen Dienst gestattete es den Wehrpflichtigen, die sechs Oberschul-
klassen absolviert hatten, einen verkürzten, also einjährigen Wehr-
dienst zu absolvieren.

4 *Lovis Corinth. Dokumentation*. A.a.O. S. 29

5 Paret, Peter. *Die Berliner Secession*. Berlin 1981. S. 71f.

6 Berend-Corinth, Charlotte. *Lovis*. München 1958. S. 114f.

7 In der nahezu unüberschaubaren Corinth-Literatur wird immer wieder die schwere Krankheit des Vaters erwähnt. Da ist von »unruhigen
Schatten im Antlitz« und dem »hell leuchtenden Rot im rechten Auge«
die Rede, einen Namen für die Krankheit gibt es aber nicht.

8 *Marianne Werefkin. Gemälde und Skizzen*. Wiesbaden 1980. S. 18f.

9 Mann, Thomas. *Vorträge in München, Zürich, Lübeck 1875-1975*. Hrsg.
von Bludau, Beatrix et. al. Frankfurt a. M. 1977. S. 17

10 Mann, Thomas. Gladius Dei. In: *Novellen*. Erster Band. Berlin 1922.
S. 207

SECHSTES KAPITEL

1 Paret, Peter. *Die Berliner Secession*. Berlin 1981. S. 32

2 Ebda, S. 41

3 Ebda, S. 20f.

4 Fahr-Becker, Gabriele. *Jugendstil*. Köln 1996. S. 256

5 Paret. *Berliner Secession*. A.a.O. S. 85

6 Fahr-Becker. *Jugendstil*. A.a.O. S. 256

7 Paret. *Berliner Secession*. A.a.O. S. 70

8 Durieux, Tilla. *Meine ersten neunzig Jahre*. München 1971. S. 75f.

9 Paret. *Berliner Secession*. A.a.O. S. 104

10 Möhrmann, Renate. *Tilla Durieux und Paul Cassirer*. Berlin 1997. S. 74f.

11 Paret. *Berliner Secession.* A.a.O. S. 118

12 Ebda, S. 121

13 *Lovis Corinth. Dokumentation.* A.a.O. S. 57

14 Paret. *Berliner Secession.* A.a.O. S. 146

15 *Lovis Corinth. Dokumentation.* A.a.O. S. 61

16 Stümcke, Heinrich. BüWe. In: *Berlin – Theater der Jahrhundertwende.* Tübingen 1986. S. 425

17 *Lovis Corinth. Dokumentation.* A.a.O. S. 64

18 Ebda, S. 64

19 Durieux. *Meine ersten.* A.a.O. S. 82

20 Ebda, S. 83

21 Bussmann, Georg. *Lovis Corinth. Carmencita.* Frankfurt a. M. 1985. S. 25f.

22 Corinth, Wilhelmine. *Ich habe einen Lovis.* A.a.O. S. 151

23 Durieux. *Meine ersten.* A.a.O. S. 92f.

24 *Lovis Corinth. Dokumentation.* A.a.O. S. 67

25 Berend-Corinth. *Lovis.* A.a.O. S. 13

SIEBTES KAPITEL

1 Berend-Corinth. *Lovis.* A.a.O. S. 16. Alle folgenden Zitate, bei denen nur die Seitenangabe in Klammern steht, sind diesem Band entnommen.

2 *Lovis Corinth. Dokumentation.* A.a.O. S. 107

3 Ebda, S. 69

4 Ebda, S. 107f.

5 Ebda, S. 73

6 Ebda, S. 69

7 Lovis Corinth. *Gemälde und Druckgraphik.* München 1975. S. 142

8 *Lovis Corinth. Dokumentation.* A.a.O. S. 76

9 Ebda, S. 75

10 Ebda, S. 75

11 Ebda, S. 79

12 Ebda, S. 81

13 Ebda, S. 86f. Mit »Dampfpaddeln« ist der Besuch eines Dampfbades

gemeint. Corinth ging gern mit Freunden ins Dampfbad. Das Café Josty am Potsdamer Platz war ein beliebter Künstlertreffpunkt.

14 Berend-Corinth. *Mein Leben.* A.a.O. S. 37

15 Corinth, Wilhelmine. *Ich habe einen Lovis.* A.a.O. S. 191

ACHTES KAPITEL

1 Corinth, Wilhelmine. *Ich habe einen Lovis.* A.a.O. S. 202f.

2 Ebda, S. 203

3 Kraus, Elisabeth. *Die Familie Mosse.* München 1999. S. 182

4 Landshoff-Yorck, Ruth. *Klatsch, Ruhm und kleine Feuer.* Frankfurt a. M. 1997. S. 66 u. 69

5 Morgenstern, Christian. *Ein Leben in Briefen.* Wiesbaden 1952. S. 115

6 *Berliner Tageblatt.* Standort: Zeitungsarchiv der Universität Bremen

7 Morgenstern. *Ein Leben.* A.a.O. S. 117

8 John Hertz in: *Svenska Dagbladet,* Stockholm. Nr. 264. 03.10.1902. In: Huesmann, Heinrich. *Welttheater Reinhardt.* München 1983. S. 13

9 *Lovis Corinth. Dokumentation.* A.a.O. S. 74

10 Kühn, Volker. *Die zehnte Muse. 111 Jahre Kabarett.* Köln 1993. S. 56

NEUNTES KAPITEL

1 Berend-Corinth, Charlotte. *Lovis.* A.a.O. S. 153

2 Durieux. *Meine ersten.* A.a.O. S. 110

3 Ebda, S. 111

4 *Lovis Corinth. Dokumentation.* A.a.O. S. 91

5 Corinth, Wilhelmine. *Ich habe einen Lovis.* A.a.O. S. 178

6 Ebda, S. 178

7 Ebda, S. 180

8 Ebda, S. 185f.

9 *Lovis Corinth. Dokumentation.* A.a.O. S. 98

10 Corinth, Wilhelmine. *Ich habe einen Lovis.* A.a.O. S. 183

11 *Lovis Corinth. Dokumentation.* A.a.O. S. 102

12 Der Brief befindet sich im Nachlaß Corinth im Künstler-Archiv des Germanischen Nationalmuseums Nürnberg. Teil 1. IC 1

13 *Lovis Corinth. Dokumentation.* A.a.O. S. 103f.

14 Nachlaß Corinth. Künstlerarchiv. A.a.O. Teil 1, IC 2
15 *Lovis Corinth. Dokumentation.* A.a.O. S. 105

ZEHNTES KAPITEL

1 *Verlagsanzeige Reuss & Itta.* Konstanzer Zeitung. 1923. Genaues Datum nicht zu ermitteln. Kopie im Besitz der Autorin
2 Berend-Corinth, Charlotte. *Als ich ein Kind war.* A.a.O. S. 137
3 Ebda, S. 138
4 *Lovis Corinth. Dokumentation.* A.a.O. S. 101
5 Goethe, Johann Wolfgang. Italienische Reise. In: *Sämtliche Werke.* Bd. 11. Zürich 1977. S. 306
6 von Merveldt, Erika (Hrsg.). *Reise Textbuch Florenz.* München 1989. S. 264f.
7 Thoma, Ludwig. *Die schönsten Romane und Erzählungen.* München 1978. Band 6. S. 151
8 Berend, Alice. *Die Reise des Herrn Sebastian Wenzel.* Berlin 1927. S. 77, 84 u. 175
9 Alle Besprechungen sind abgedruckt in den Ausgaben von Alice Berends Romanen. Standort: Magazin der Universitätsbibliothek Bremen
10 Mendelssohn, Peter de. *S. Fischer und sein Verlag.* Frankfurt a.M. 1970. S. 525
11 Kloft, Wolfgang. *Archiv S. Fischer Verlag.* Schreiben vom 15.12.1999
12 *Lovis Corinth. Dokumentation.* A.a.O. S. 114

ELFTES KAPITEL

1 *Lovis Corinth. Dokumentation.* A.a.O. S. 375
2 Lasker-Schüler, Else. Die schwere Stunde. 1911. In: *Herr im Hause. Prosa von Frauen zwischen Gründerzeit und erstem Weltkrieg.* Berlin 1989. S. 402
3 *Lovis Corinth. Dokumentation.* A.a.O. S. 118
4 Berend-Corinth, Charlotte. *Lovis.* A.a.O. S. 129
5 *Lovis Corinth. Dokumentation.* A.a.O. S. 112
6 Corinth, Wilhelmine. *Ich habe einen Lovis.* A.a.O. S. 21

7   Corinth, Lovis. *Selbstbiographie.* A.a.O. S. 123
8   Berend-Corinth, Charlotte. *Lovis.* A.a.O. S. 132
9   Ebda, S. 133
10 Durieux. *Meine ersten.* A.a.O. S. 202
11 Ebda, S. 204
12 *Lovis Corinth. Dokumentation.* A.a.O. S. 158
13 Berend-Corinth, Charlotte. *Lovis.* A.a.O. S. 152
14 Corinth. *Selbstbiographie.* A.a.O. S. 154
15 *Lovis Corinth. Dokumentation.* A.a.O. S. 174
16 Paret. *Die Berliner Secession.* A.a.O. S. 335
17 Berend-Corinth, Charlotte. *Lovis.* A.a.O. S. 171
18 *Lovis Corinth. Dokumentation.* A.a.O. S. 187
19 Berend-Corinth, Charlotte. *Lovis.* A.a.O. S. 172
20 *Lovis Corinth. Dokumentation.* A.a.O. S. 191
21 Die Besprechung wurde abgedruckt in weiteren Auflagen des Romans.
22 Everth, Erich. Neue Erzählkunst. In: *Die Gegenwart. Wochenschrift für Literatur, Kunst und öffentliches Leben.* Berlin. 44. Jg. Bd. 87. Nr. 27
23 Bosch, Manfred. *Bohème am Bodensee.* Lengwil 1997. S. 441
24 *Lovis Corinth. Dokumentation.* A.a.O. S. 191
25 Nielsen, Asta. *Die schweigende Muse.* Berlin 1977. S. 242
26 Berend-Corinth, Charlotte. *Lovis.* A.a.O. S. 177
27 Castonier, Elisabeth. *Stürmisch bis heiter.* München 1964. S. 96

ZWÖLFTES KAPITEL

1   Durieux. *Meine ersten.* A.a.O. S. 212f.
2   Nielsen, Asta. *Die schweigende Muse.* A.a.O. S. 242f.
3   Castonier. *Stürmisch bis heiter.* A.a.O. S. 101
4   Corinth. *Selbstbiographie.* A.a.O. S. 125
5   Paret. *Die Berliner Secession.* A.a.O. S. 341
6   Freydank, Ruth. *Berliner Theater.* Berlin 1987. S. 303
7   Schack, Ingeborg. *Max Pallenberg.* Frankfurt a. M. 1980. S. 30
8   Melchinger, Siegfried. *Max Reinhardt. Sein Theater in Bildern.* Hannover 1968. S. 65

9 Schack. *Pallenberg.* A.a.O. S. 32

10 Ebda, S. 32

11 Ebda, S. 11f.

12 Ebda, S. 12

13 Ebda, S. 34

14 Ebda, S. 46

15 Ebda, S. 46

16 Stern, Carola. *Die Sache, die man Liebe nennt. Das Leben der Fritzi Massary.* Berlin 1998. S. 116

17 Die Ausstellung nannte sich »Schwarz-Weiß«, weil die »Zeichnenden Künste« ausstellten.

18 *Lovis Corinth. Dokumentation.* A.a.O. S. 223

19 Berend-Corinth, Charlotte. *Lovis.* A.a.O. S. 191

DREIZEHNTES KAPITEL

1 Durieux. *Meine ersten.* A.a.O. S. 252

2 Castonier. *Stürmisch.* A.a.O. S. 116

3 Durieux. *Meine ersten.* A.a.O. S. 252

4 Castonier. *Stürmisch.* A.a.O. S. 117

5 Aus dem Tagebuch, das Charlotte für ihren Sohn Thomas führte: »8. Dezember 1917. Um 7 Uhr kam mein Schmuggler aus München, der mir 50 Pfund Butter à 20 Mark brachte. Ich überlegte gerade mit Papa, ob man das schöne Geld wirklich dafür hingeben sollte, als Fräulein kam und sagte: ›Der Thomas liegt seit Nachmittag auf seinem Bett ...‹ Es ist gleich am nächsten Tag gut gewesen.« *Lovis Corinth. Dokumentation.* A.a.O. S. 230

6 Ebda, S. 230

7 Jacques, Norbert. *Mit Lust gelebt.* Hamburg 1950. S. 367f.

8 Ebda, S. 111

9 Bosch, Manfred. *Bohème.* A.a.O. S. 39

10 Leiner, Ulrich. Alice Berend und Konstanz. In: *Konstanzer Almanach.* Konstanz 1962. S. 103

11 Kahane, Arthur. *Tagebuch des Dramaturgen.* Berlin 1928. S. 175

12 Kahane, Ariel. Waldemar Flaig und sein Meersburger Kreis. In: *Gla-*

serhäusle. *Meersburger Blätter für Politik und Kultur.* Meersburg 1984. Heft 6. S. 5

13 Kahane, Arthur. A.a.O. S. 180
14 Reinhardt, Gottfried. *Der Liebhaber.* München 1973. S. 111
15 Jacques. *Mit Lust.* A.a.O. S. 355
16 Dr. Mabuses Welt. In: *Der Zeitgenosse. Kurt Pinthus zum 85. Geburtstag.* Marbach 1971. S. 185
17 Jönsson, John: Neue Kunst. In: *Bodenseebuch.* Meersburg 1925. S. 43
18 Texte im Archiv Manfred Bosch, Lörrach
19 Jacques. *Mit Lust.* A.a.O. S. 368
20 Bosch. *Bohème.* A.a.O. S. 436
21 Jönsson. Neue Kunst. A.a.O. S. 42
22 Knittel, Frieder und Hans Albert Peters. *Der Maler Hans Breinlinger.* Konstanz 1985. S. 179

VIERZEHNTES KAPITEL

1 Corinth. *Selbstbiographie.* A.a.O. S. 141
2 Timm, Werner (Hrsg.). *Lovis Corinth. Die Bilder vom Walchensee.* Katalog. Regensburg 1986. S. 23
3 Berend-Corinth, Charlotte. *Lovis.* A.a.O. S. 201
4 Corinth, Wilhelmine. *Ich habe einen Lovis.* A.a.O. S. 33
5 *Lovis Corinth. Walchensee.* A.a.O. S. 55
6 Berend-Corinth, Charlotte. *Lovis.* A.a.O. S. 205
7 Ebda
8 *Lovis Corinth. Walchensee.* A.a.O. S. 23
9 Corinth, Wilhelmine. *Ich habe einen Lovis.* A.a.O. S. 190
10 Kühn, Volker. *Die zehnte Muse. 111 Jahre Kabarett.* Köln 1993. S. 54
11 Ebda, S. 54
12 Peter, Frank-Manuel. *Valeska Gert.* Berlin 1985. S. 22
13 Ebda, S. 23
14 Ebda
15 Schmidt, Maruta und Kristine von Soden. *Neue Frauen.* Berlin 1988. S. 154f.
16 Peter. *Valeska Gert.* A.a.O. S. 44

333

17 Ebda, S. 45
18 Scheub, Ute. *Verrückt nach Leben.* Hamburg 2000. S. 15
19 Fischer, Lothar. *Anita Berber. Tanz zwischen Rausch und Tod.* Berlin 1988. S. 23
20 Ebda, S. 25
21 Ebda, S. 27
22 *Lovis Corinth. Dokumentation.* A.a.O. S. 329
23 Ebda, S. 329
24 Ebda, S. 331
25 Ebda, S. 333
26 Ebda, S. 332
27 Berend-Corinth, Charlotte. *Lovis.* A.a.O. S. 273

FÜNFZEHNTES KAPITEL

1 Durieux. *Meine ersten.* A.a.O. S. 309
2 Bosch. *Bohème.* A.a.O. S. 442
3 Knittel, Frieder und Hans Albert Peters. *Der Maler Hans Breinlinger.* Konstanz 1985. S. 160
4 Typoskript im Besitz der Autorin
5 Berend, Alice. *Fräulein Betty, die Witwe.* Berlin 1926. S. 107f.
6 Graf, Andreas. *Hedwig Courths-Mahler.* München 2000. S. 138
7 Rühle-Gerstel. *Frauenproblem.* A.a.O. S. 26
8 Berend, Alice. *Der Herr Direktor.* Berlin 1999 (zuerst 1929). S. 6
9 Mendelssohn, Peter de. *S. Fischer und sein Verlag.* A.a.O. S. 527
10 Berend, Alice. Tauentzienstraße. In: *Berliner Tageblatt.* 01.01.1929. Standort: Zeitungsarchiv Universität Bremen. Sig: FA 116
11 Stern, Carola. *Fritzi Massary.* A.a.O. S. 257
12 Mendelssohn, Peter de. *S. Fischer.* A.a.O. S. 1196
13 Berend-Corinth, Charlotte. *Mein Leben.* A.a.O. S. 181f.
14 Bosch. *Bohème.* A.a.O. S. 443
15 Castonier. *Stürmisch.* A.a.O. S. 169
16 Laqueur, Walter. *Weimar.* Frankfurt a.M. 1976. S. 283
17 *Berliner Tageblatt* v. 26.06.1931. Zitiert nach: Müller, Karlheinz. *Elisabeth Langgässer.* Darmstadt 1990. S. 41f.

18 *Berliner Tageblatt* vom 12.06.1932. Standort: Zeitungsarchiv der Universität Bremen. Sig: Fa 116

19 Döblin, Alfred. In: *Manifeste und Dokumente zur deutschen Literatur 1918–1933*. Hrsg. Anton Kaes. Stuttgart 1983. S. 355

20 Klüsener, Erika. *Lasker-Schüler*. Reinbek 1980. S. 108f.

21 Hessing, Jacob. *Else Lasker-Schüler*. München 1992. S. 326

22 Berend, Alice. Else Lasker-Schülers ›Konzert‹. In: *Berliner Tageblatt* 21.06.1932, Zeitungsarchiv UB Bremen.

23 Bosch. *Bohème*. A.a.O. S. 443

24 Jacques, Norbert. *Mit Lust*. A.a.O. S. 379

25 Pinthus, Kurt. *Der Kapitän vom Bodensee*. Typoskript. Deutsches Literaturarchiv Marbach

26 *Konstanzer Zeitung*, 12. 01. 1933. Archiv Manfred Bosch

27 Axel Eggebrecht. In: *Die literarische Welt*, Nr. 8, Heft 31. Archiv Manfred Bosch

28 Bosch. *Bohème*. A.a.O. S. 452

29 Mendelssohn, Peter de. *S. Fischer*. A.a.O. S. 1323f.

30 Bosch. *Bohème*. A.a.O. S. 453

31 Koelbl, Herlinde. *Jüdische Portraits*. Frankfurt a. M. 1998. S. 312

32 Castonier. *Stürmisch*. A.a.O. S. 232

33 Blasius, Dirk. *Ehescheidung in Deutschland 1794–1945*. Göttingen 1987. S. 190f.

34 Koelbl. *Porträts*. A.a.O. S. 9

35 Gert, Valeska. *Ich bin eine Hexe*. Reinbek 1979. S. 65

36 Jacques, Norbert. Unveröffentliches Manuskript. S. 954f. Nachlaß N. Jacques. Literaturarchiv Saar-Lor-Lux-Elsaß. Universität Saarbrükken.

37 Knittel, Frieder und Hans Albert Peters. *Der Maler Hans Breinlinger*. A.a.O. S. 170

38 Ebda

39 Brief im Archiv Manfred Bosch

SECHZEHNTES KAPITEL

1 Corinth, Wilhelmine. *Ich habe einen Lovis.* A.a.O. S. 66
2 Berend-Corinth, Charlotte. *Mein Leben.* A.a.O. S. 13
3 *Vossische Zeitung.* 17.06.1927. Abendausgabe. Die Artikel befinden sich im Archiv des Vereins der Berliner Künstlerinnen e.V.
4 Jaro-Jaretzki war ein bekannter Rundfunksprecher in Berlin.
5 Roland (Hrsg.). *Max Slevogt.* A.a.O. S. 9
6 Rittmann, Annegret (Hrsg.). *Briefe Ida Gerhardi.* Münster 1993. S. 307
7 Berend-Corinth, Charlotte. *Mein Leben.* A.a.O. S. 165
8 Corinth, Wilhelmine. *Ich habe einen Lovis.* A.a.O. S. 123. Die weiteren Seitenangaben in Klammern sind sämtlich diesem Buch entnommen.
9 Berend-Corinth, Charlotte. *Mein Leben.* A.a.O. S. 166
10 Roland (Hrsg.). *Max Slevogt.* A.a.O. S. 33f.
11 Ebda, S. 17f.

SIEBZEHNTES KAPITEL

1 Gert. *Ich bin eine Hexe.* A.a.O. S. 65
2 Hasenclever, Walter. *Ich hänge, leider, noch am Leben.* Göttingen 1997. S. 73
3 Voigt, Klaus. *Zuflucht auf Widerruf. Exil in Italien 1933–1945.* Bd.1. Stuttgart 1989. S. 418 u. 584
4 Ebda, S. 429
5 Domin, Hilde. *Von der Natur nicht vorgesehen.* München 1974. S. 77
6 Berend, Alice. Briefe. Archiv Manfred Bosch
7 Geoffroy, René. Ernst Glaeser und der »Schweizer Schutzengel«. In: *Exilforschung: Ein internationales Jahrbuch.* Bd. 2. München 1984. S. 358
8 Durieux. *Meine ersten.* A.a.O. S. 344f.
9 Castonier. *Stürmisch.* A.a.O. S. 298
10 Ebda, S. 302f.
11 Kurz, Isolde. *Florentinische Erinnerungen.* München 1910. S. 66
12 Härtling, Peter. Nachwort. In: Alice Berend. *Spreemann & Co.* Frankfurt a. M. 1976. S. 286
13 Hasenclever. *Ich hänge, leider, noch am Leben.* A.a.O. S. 86

1 Eller, Thomas. Wunde des Jahrhunderts. In: *Der Tagesspiegel.* 15.10.1999
2 Frister, Roman. *Ascher Levys Sehnsucht nach Deutschland.* Berlin 1999. S. 273
3 Berend-Corinth, Charlotte. *Mein Leben.* A.a.O. S. 234
4 Corinth, Wilhelmine. *Ich habe einen Lovis.* A.a.O. S. 250
5 Ebda
6 Berend-Corinth, Charlotte. *Mein Leben.* A.a.O. S. 169
7 Barron, Stephanie (Hrsg.). *Entartete Kunst. Das Schicksal der Avantgarde in Deutschland.* München 1992. S. 220
8 Corinth, Wilhelmine. *Ich habe einen Lovis.* A.a.O. S. 278
9 Stern. *Die Sache.* A.a.O. S. 230
10 Corinth, Wilhelmine. *Ich habe einen Lovis.* A.a.O. S. 278
11 Eller. Wunde des Jahrhunderts. A.a.O.
12 Härtling, Peter. Nachwort. In: Alice Berend. *Spreemann & Co.* Frankfurt a. M. 1976. S. 287

Kommentiertes Personenregister

Andreas-Salomé, Lou. 1861–1937. Schriftstellerin und Psychoanalytikerin. Tochter des russischen Generals von Salomé aus Sankt Petersburg. Studium der Theologie, Philosophie und Kunstgeschichte in Zürich. 1882 Begegnung mit Nietzsche. 1887 Heirat mit dem Iranisten Friedrich Carl Andreas. Seit 1897 Freundschaft mit Rilke, mit dem sie 1899 und 1900 nach Rußland reiste. Seit 1911 Anschluß an die Wiener psychoanalytische Schule und Studium bei Sigmund Freud. 1915 Eröffnung einer psychoanalytischen Praxis in Göttingen. 1922 Mitglied der Psychoanalytischen Vereinigung. 1923 als Analytikerin an der Königsberger Internistenklinik. Freundschaft mit Anna Freud. Nach dem Tod von Friedrich Andreas 1930 Niederschrift ihres *Lebensrückblicks*, den sie Freud widmete.

Barlog, Boleslaw. 1906–1999. Regisseur und Intendant. Regieassistent bei Karlheinz Martin und Heinz Hilpert an der Berliner Volksbühne. 1945 Leitung des Schloßpark-Theaters. 1950–1972 Intendant des Schillertheaters. Barlog war einer der ersten, der Beckett für die deutsche Bühne entdeckte.

Berber, Anita. 1899–1928. Tänzerin und Schauspielerin. Aufgewachsen in Dresden und Weimar, lebte sie seit 1915 in Berlin. Tanzunterricht in der Schule von Rita Sacchetto. Karriere als Solistin in Revuen und Kabaretts.

Ihre Spezialität war der Nackttanz. Die Karriere zerbrach an Exzessen, ausgelöst durch Alkohol- und Kokainsucht. Charlotte Berend traf Anita Berber Anfang der zwanziger Jahre und schuf eine Lithographien-Mappe von ihr.

Billinger, Richard. 1890–1965. Österreichischer Schriftsteller der »Blut-und-Boden«-Dichtung. Erhielt 1931 für sein Drama »Rauhnacht« den Kleistpreis, der zur Hälfte an Else Lasker-Schüler ging. Die Preisvergabe löste in der völkischen Presse Angriffe auf Lasker-Schüler aus.

Böcklin, Arnold. 1827–1901. Schweizer Maler. Studium in Düsseldorf, Genf und Paris. Maler antiker Mythen und italienischer Landschaften, über denen oft eine melancholische Stimmung hängt. Von seinem populärsten Werk, der »Toteninsel«, schuf er fünf Fassungen. Lebte seit 1874 überwiegend in Italien, starb 1901 in Fiesole bei Florenz.

Brahm, Otto (d.i.: O. Abrahamsohn). 1856–1912. Kritiker und Theaterleiter. Vorkämpfer des Realismus und Naturalismus. Begann 1881 als Theaterkritiker der *Vossischen Zeitung* in Berlin. 1889 Mitbegründer und Vorsitzender des Vereins »Freie Bühne Berlin«, Herausgeber der gleichnamigen Zeitschrift. Leitete 1894–1904 das Deutsche Theater und seit 1904 das Lessingtheater. Uraufführungen bzw. deutsche Erstaufführungen zahlreicher Werke von Ibsen, Strindberg, Hauptmann und Schnitzler.

Cassirer, Bruno. 1872–1941. Verleger schöngeistiger Literatur und Kunst und erster Geschäftsführer der Berliner Sezession. 1889 Eröffnung eines Verlages und Kunstsalons. 1902–1933 Herausgeber der Zeitschrift *Kunst und Künstler*. Besitzer des Rennstalls »Klausner« in Ruhleben bei Berlin. 1938 Emigration nach England.

Cassirer, Paul. 1871–1926. Kunsthändler und Mäzen. Vetter von Bruno Cassirer, mit dem er die Geschäftsführung der Berliner Sezession innehatte. Herausgeber der Kunstpresse *Pan*. 1910 Heirat mit der Schauspielerin Tilla Durieux. Nahm sich 1926, unmittelbar bevor die Scheidung ausgesprochen werden sollte, in seiner Wohnung das Leben.

Castonier, Elisabeth. 1894–1975. Schriftstellerin. Wuchs als Tochter des Malers Felix Borchardt in Dresden, Paris und Berlin auf. Nach einer Tätigkeit als Krankenschwester im Ersten Weltkrieg wandte sie sich der Schriftstellerei zu. Für den Verlag Kurt Wolff war sie als Übersetzerin tätig, als Journalistin arbeitete sie für das *Tagebuch*, die *Weltbühne* und die *Vossische Zeitung*. 1923 Heirat mit dem dänischen Tenor Paul Castonier. 1932 Dichterpreis des Verbandes der deutschen Staatsbürgerinnen für ihr Romanmanuskript »Angèle Dufour«. Das daraus entstandene Schauspiel »Die Sardinenfischer« wurde im Februar 1933 an der Berliner Volksbühne uraufgeführt. Die Aufführung ihres zweiten Stückes kam durch die Emigration von Leopold Jessner, der es angenommen hatte, nicht mehr zustande. 1935 Flucht nach Wien, 1938 nach Florenz, von dort weiter nach London. Mitte der vierziger Jahre siedelte sie auf eine Farm in Hampshire über. Hier entstanden ihre heiteren Romane über das Leben in England und ihre Memoiren.

Döblin, Alfred. 1878–1957. Arzt und Schriftsteller. Stammte aus einer assimilierten jüdischen Familie in Stettin. Seit 1888 in Berlin. Medizinstudium. 1911 Niederlassung als Nervenarzt, Militärarzt im Ersten Weltkrieg. Mitbegründer und Mitarbeiter der expressionistischen Zeitschrift *Der Sturm*. 1915 Kleist- und Fontane-Preis für »Die drei Sprünge des Wanglun«. 1928 Wahl in die Sektion Dichtkunst der Preußischen Akademie der Künste. Freundschaft mit Brecht, Loerke, Heinrich Mann u.a. Mit *Berlin Alexanderplatz*, einem Hauptwerk der Neuen Sachlichkeit, wurde er 1929 international berühmt. 1933 Emigration nach Paris. 1936 Verleihung der französischen Staatsbürgerschaft. 1940 Emigration nach New York. 1945 Rückkehr nach Deutschland und Leiter des Literaturbüros bei der Direction de l' Éducation publique in Baden-Baden. 1946–1951 Herausgabe der Zeitschrift *Das goldene Tor*. 1949 Mitbegründer und Vizepräsident der Mainzer Akademie der Wissenschaften und der Literatur.

Dolbin, Benedikt Fred (d.i.: B.F. Pollak). 1883–1971. Österreichischer Schriftsteller, Komponist und Karikaturist. Aus einer jüdischen Familie in Wien gebürtig. 1906 Sänger im Kabarett »Nachtlicht« und 1908–09 Komponist bei Arnold Schönberg. 1924 Pressezeichner der Wiener Zeitung *Tag*.

1925 Übersiedlung nach Berlin. Pressezeichner bei den Verlagen Mosse, Scherl und Ullstein, beim *Berliner Tageblatt*, der *BZ am Mittag*, der *Literarischen Welt*, dem *Sturm* u.a. Tätig auch als Bühnenbildner und Feuilletonist. Porträt-Zeichnungen in Cafés und Kabaretts, Theatern und Konzertsälen. Außerordentlich vielseitiger und produktiver Künstler mit einer »tierischen Fähigkeit zu treffen« (Karl Kraus). Galt als Starzeichner und »Kopfjäger« der Berliner Boheme. Zeichnete auch Alice Berend und illustrierte 1932 ihren Roman *Der Kapitän vom Bodensee*. 1935 Berufsverbot und Emigration in die USA. Bühnenbildner für »The Eternal Road« von Franz Werfel/ Kurt Weill. Einen Teil seiner »gezeichneten Reportagen« publizierte er in dem Buch *Die Gezeichneten des Herrn D.*, mit einem Vorwort von Alfred Polgar. Mitarbeit bei zahlreichen Zeitungen und Zeitschriften, u.a. dem *Aufbau*.

Dumont, Louise. 1862–1932. Schauspielerin und Intendantin. Geboren in einer Kölner Kaufmannsfamilie. 1879 Schauspielunterricht in Berlin. Engagements an Berliner Vorstadtbühnen und am Stadttheater Hanau in Hessen. Seit 1884 am Deutschen Theater in Berlin. Engagements am Burgtheater in Wien und Hoftheater in Stuttgart. 1901 Rückkehr an das Deutsche Theater Berlin. Freundschaft mit Reinhardt und Mitarbeit bei seinem Revuetheater »Schall und Rauch«. 1905 Gründung des Düsseldorfer Schauspielhauses mit ihrem Mann Gustav Lindemann, das sie bis zu ihrem Tode 1932 leitete.

Duncan, Isadora. 1877–1927. Tänzerin. Geboren in San Francisco. Ihre Mutter Dora gründete 1880 nach der Scheidung von ihrem Mann eine Tanzschule, um sich und ihre vier Kinder durchzubringen. 1894 beginnt auch Isadora als Tanzlehrerin zu arbeiten. Seit der Jahrhundertwende Tourneen nach London, Paris, Budapest, München und Berlin. 1903 erscheint das Buch *Der Tanz der Zukunft*, ihr Programm für den modernen Tanz. 1904 Eröffnung einer Tanzschule in Berlin und Tournee nach Rußland. Ihre drei Kinder, die sie zwischen 1906 und 1914 bekommt, sterben im Kindesalter. 1921 Einladung in die Sowjetunion durch die sowjetische Regierung. 1922 Heirat mit dem Dichter Sergej Jessenin, mit dem sie eine Tournee nach Amerika unternimmt und von dem sie sich 1925 wieder scheiden läßt. Duncan stirbt am 14. September 1927 bei einem Autounfall in Nizza, als sich ihr Schal im Speichenrad ihres Bugatti verfängt.

Durieux, Tilla (d.i.: Ottilie Godefroy). 1880–1971. Schauspielerin. Nach Schauspielunterricht in Wien erste Engagements in Olmütz und Breslau. Seit 1903 in Berlin, wo sie ihre Karriere am Deutschen Theater unter Reinhardt begann. Spielte 1911–1914 am Lessingtheater und ab 1915 am Königlichen Schauspielhaus, wo sie als Interpretin großer Rollen wie der Eboli, der Salome, Maria Stuart und Lady Macbeth Triumphe feierte. Später trat sie auch in Rollen von Schnitzler und Wedekind auf. Gastspiele führten sie in zahlreiche europäische Hauptstädte und nach New York. War in erster Ehe mit dem Maler Eugen Spiro und in zweiter Ehe mit Paul Cassirer verheiratet. 1930 Heirat mit dem Bankier Ludwig Katzenellenbogen. 1933 Emigration nach Agram in Kroatien. Katzenellenbogen wurde verhaftet und starb 1944 im KZ Oranienburg. Tilla Durieux überlebte den Zweiten Weltkrieg in Agram und kehrte 1952 zur deutschen Bühne zurück. Sie spielte in Berlin, Bremen und München, übernahm Rollen beim Film und feierte 1967 in Münster ihr 65jähriges Bühnenjubiläum als Mrs. Higgins in »My fair lady«.

Edwards, Amelia. 1831–1892. Schriftstellerin und Frauenrechtlerin. Unternahm zahlreiche Reisen durch Europa und in den Orient. Ihr Buch *A thousand miles up the Nile* wurde posthum ein Bestseller.

Ehinger, Otto. 1882–1981. Schriftsteller und Redakteur. Zählte in Konstanz zum Freundeskreis von Alice Berend. Verheiratet mit der russischen Malerin Kasia von Szadurska.

Einstein, Albert. 1879–1955. Physiker. Studium in Zürich. 1902–1909 Angestellter beim Patentamt in Bern. 1905 Promotion und 1909 Professur in Zürich. 1914 Direktor des Kaiser-Wilhelm-Instituts für Physik in Berlin. Begründung der Allgemeinen Relativitätstheorie. 1921 Nobelpreis in Physik für seine Arbeit auf dem Gebiet der Quantentheorie. 1933 kehrt er von einer Gastvorlesung in den USA nicht mehr nach Deutschland zurück. Professur am Institute for Advanced Studies in Princeton. Erhält 1941 die amerikanische Staatsbürgerschaft. Charlotte Berend besuchte ihn in Princeton, wo sie ihn in seinem Arbeitszimmer porträtierte.

Feininger, Lyonel. 1871–1956. Amerikanischer Maler deutscher Abstammung. Studium in Hamburg, Berlin und an der Académie Cola Rossi in Paris. Begann als Karikaturist und Pressezeichner, bevor er sich ab 1907 ganz der Malerei zuwandte. Ausstellungen in der Berliner Sezession. Charakteristisch sind seine Architekturbilder und Meerlandschaften, die sich durch strenge Raumgeometrie und Transparenz der Flächen auszeichnen. 1919–1933 Lehrauftrag am Bauhaus in Weimar und Dessau. Von den Nationalsozialisten als »entartet« diffamiert, kehrte er 1936 nach Amerika zurück. Gehörte in den vierziger Jahren in New York zum Freundeskreis von Charlotte Berend. Begraben auf dem Mount Hope Cemetery in Hastings-on-Hudson, N.Y., wo auch Charlotte Berend ihre letzte Ruhestätte fand.

Fischer, Samuel. 1859–1934. Verleger aus einer jüdischen Familie in St. Miklós, Ungarn. Nach einer Buchhändler-Lehre in Wien gründete er 1886 in Berlin den S. Fischer Verlag, in dem die bedeutendsten Werke des Naturalismus erschienen. Mit Otto Brahm Herausgeber der Theaterzeitschrift *Freie Bühne*. Bis 1933 stieg der Fischer Verlag zum führenden deutschen Literaturverlag auf, in dem Ibsen, Tolstoi und Dostojewski, Zola, Hesse, Kafka und Mann erschienen. 1935 teilte er sich unter dem Druck der Nationalsozialisten in die S. Fischer KG Berlin und den von Fischers Schwiegersohn Gottfried Bermann geführten Verlag, der zuerst nach Wien und von dort nach Stockholm übersiedelte.

Flechtheim, Alfred. 1878–1937. Kunsthändler. Geboren in Münster. 1910–1913 Organisation von großen Ausstellungen deutscher und französischer Impressionisten in Köln und Düsseldorf. Kunsthandlungen in Wien, Köln und Frankfurt. 1927 Eröffnung einer Galerie in Berlin, mit der er in die Nachfolge von Paul Cassirer trat. Herausgeber der Kunstzeitschrift *Der Querschnitt*. 1933 Emigration nach London.

Gert, Valeska (d.i.: Valeska Gertrud Samosch). 1892–1978. Tänzerin und Schauspielerin. Bedeutende Vertreterin des expressionistischen Ausdruckstanzes. Während des Ersten Weltkrieges Unterricht in den Tanzschulen von Maria Moissi und Rita Sacchetto. Freundschaft mit Anita Berber. 1917 Engagement an den Münchner Kammerspielen und ab 1919 an Reinhardts zweiter Schall-und-Rauch-Bühne. In den zwanziger Jahren europaweite Gastspiele. Gründete in Berlin das Kabarett »Der Kohlkopp«. Mehrere Filmrollen, u. a. »Die freudlose Gasse«, »Tagebuch einer Verlorenen« und »Die Dreigroschenoper« von Georg Pabst. 1934 Emigration nach England, 1938 nach New York, wo sie die »Beggar Bar« gründete. 1949 nach Berlin zurückgekehrt, führte sie das Kabarett »Hexenküche« und ab 1956 den »Ziegenstall« in Kampen auf Sylt. Filmrollen unter Fellini und Schlöndorff.

Graetz, Paul. 1890–1937. Schauspieler und Kabarettist. Kam über das Neue Theater Frankfurt 1916 an das Deutsche Theater Berlin, wo er in der Reinhardt-Inszenierung »Der Kaufmann von Venedig« debütierte. Wurde seit 1919 mit Stücken von Kurt Tucholsky und Walter Mehring zum Star in Reinhardts zweitem Schall-und-Rauch-Theater, wo er den Typ »Berliner Schnauze« begründete. Nach Ausscheiden aus dem Deutschen Theater seit 1925 freier Schauspieler und Kabarettist. Sang und spielte 1931 noch einmal in der Reinhardt-Inszenierung von »Hoffmanns Erzählungen« im Großen Schauspielhaus. Charlotte Berend malte ihn in dieser Rolle. 1933 Emigration nach England. Von dort 1935 weiter in die USA. Kleinere Filmrollen in Hollywood.

Hasenclever, Walter. 1890–1940. Schriftsteller. Verfasser von Romanen, Dramen und Erzählungen. 1914 Kriegsfreiwilliger. Nach Kriegsende in Berlin Freundschaft mit Kurt Pinthus, Kurt Wolff und Franz Werfel. 1933 Ausbürgerung und Emigration nach Frankreich. 1937–1939 in Florenz. 1939 in Südfrankreich verhaftet und interniert. Selbstmord im Juni 1940 im Lager Les Milles bei Annäherung der deutschen Truppen.

Hauptmann, Gerhart. 1862–1946. Aus Schlesien gebürtig. Hauptvertreter des deutschen Naturalismus. Nach dem Besuch der Kunstschule in Breslau und einem Studium an der Kunstakademie in Dresden seit 1885 als freier Schriftsteller in Berlin. Anschluß an den Friedrichshagener Dichterkreis und den Kreis der »Freien Bühne« um Otto Brahm. 1889 Durchbruch mit dem sozialkritischen Drama »Vor Sonnenaufgang«. Weitere wichtige Werke: »Die Weber« (1892), »Der Biberpelz« (1893), »Rose Bernd« (1903) und

»Die Ratten« (1911). Erhielt 1912 den Nobelpreis für Literatur. Hauptmann galt, auch bei seinen Auslandsreisen, als führender Vertreter der deutschen Literatur und Nachfahre Goethes. Nach 1933 lebte er zurückgezogen
und enthielt sich jeder politischen Stellungnahme, um sein Werk nicht zu
gefährden.

Hergesell, Philipp. 1875–1962. Schriftsteller. Herausgeber der literarischen Monatsschrift *Jung Deutschland*. 1933 in Berlin Mitbegründer des
Schutzverbandes Deutscher Schriftsteller und noch im selben Jahr Emigration nach England. 1936–1938 in Florenz, von dort wieder nach England
zurück. Sein bekanntestes Werk ist *Der Hund von Baskerville*.

Hermann, Georg (d.i.: Georg Hermann Borchardt). 1871–1943. Schriftsteller. Studium der Philosophie und Kunstgeschichte in Berlin, u.a. bei
Simmel. Kunstkritiker beim Ullstein-Verlag. Erzielte 1906 einen durchschlagenden Erfolg mit *Jettchen Gebert* und *Henriette Jacoby*, einer Roman-
folge über eine jüdische Familie in der Biedermeierzeit. Auch seine anderen
Romane spielen im jüdischen Milieu und sind häufig autobiographisch
gefärbt. Zählte in den zwanziger Jahren in Berlin zum Freundeskreis von
Alice Berend. 1933 Mitbegründer und Vorsitzender des Schutzverbandes
Deutscher Schriftsteller und im selben Jahr Emigration in die Niederlande.
1943 Verhaftung. Am 19. November Tod während der Deportation nach
Auschwitz.

Hilpert, Heinz. 1890–1967. Schauspieler, Theaterleiter und Regisseur.
1919 holte Friedrich Kayßler ihn an die Volksbühne. Anfang der zwanziger
Jahre arbeitete er unter Louise Dumont in Düsseldorf und Frankfurt. 1926
holt Reinhardt ihn an das Deutsche Theater. 1932–1943 Direktor der Volksbühne, 1934–1944 gleichzeitig Intendant des Deutschen Theaters als Nachfolger Reinhardts. 1938–1944 Intendanz für das Theater in der Josefstadt
Wien. Nach 1945 am Schauspielhaus Zürich und 1950–1966 am deutschen
Theater in Göttingen.

Hodler, Ferdinand. 1853–1918. Schweizer Maler. Studierte in Genf, wo er
auch überwiegend tätig war. Mit seiner flächenhaften, symbolistischen Ma-

lerei und seiner schwingenden Linienführung näherte er sich dem Jugendstil. Mitglied der Berliner Sezession. Hier lernte er Charlotte Berend kennen, mit der er 1906 eine Affäre unterhielt. 1914 wurde er wegen seiner
Kritik an der Kriegspolitik des deutschen Kaiserreiches von allen deutschen
Kunstverbänden ausgeschlossen.

Hofer, Karl. 1878–1955. Studierte in Karlsruhe bei Thoma. Lehrte 1919–
1936 an der Berliner Kunstakademie. Während des Dritten Reiches als
»entartet« verfemt, wurde er 1945 Direktor der Hochschule für Bildende
Künste in Berlin. Zahlreiche Mädchenfiguren mit einem herben, spröden
Ausdruck.

Höflich, Lucie. 1883–1956. Schauspielerin, Lehrerin und Theaterleiterin.
Spielte 1903–1932 unter Reinhardt am Deutschen Theater Charakterrollen
wie Fausts Gretchen, Cordelia in König Lear, Käthchen von Heilbronn, Emilia Galotti u.a. Sie war mit Charlotte Berend befreundet, und Berend porträtierte sie 1917 während ihres Urlaubs an der Ostsee. 1933 Direktorin der
Staatlichen Schauspielschule Berlin. Bis 1940 Gastspiele an der Volksbühne
und am Schillertheater. 1946–1950 Schauspieldirektorin in Schwerin.

Jacques, Norbert. 1880–1954. Schriftsteller, Redakteur und Weltreisender,
gebürtig aus Luxemburg. Gehörte in Berlin zum Freundeskreis von Alice
Berend und in den zwanziger Jahren zur Konstanzer Boheme. Sein Roman
Doktor Mabuse der Spieler wurde in der Verfilmung von Fritz Lang zum
Welterfolg.

Katzenellenbogen, Ludwig. 1877–1944. Industrieller. Aus einer jüdischen
Familie in Posen gebürtig. Als Direktor der Schultheiss-Brauerei Berlin fi-
nanzierte er Erwin Piscators Theater am Nollendorfplatz. 1930 Heirat mit
Tilla Durieux, mit der er 1933 nach Kroatien emigrierte. 1943 von der Ge-
stapo verhaftet und in das KZ Oranienburg deportiert.

Kayser, Rudolf. 1889–1964. Publizist. 1922–1932 Redakteur der *Neuen
Rundschau* und Lektor für den Fischer-Verlag, wo er Alice Berend kennenlernte. 1933 Emigration. Weitere Daten waren nicht auszumachen.

346

Kayßler, Friedrich. 1874–1945. Schriftsteller und Schauspieler. Philosophiestudium in Breslau und München. Begann seine Laufbahn 1894 am Deutschen Theater unter Otto Brahm. Charakterdarsteller unter Reinhardt. War 1903 Mitbegründer von Reinhardts erster Schall-und-Rauch-Bühne.

Kerr, Alfred. 1867–1948. Essayist und Kritiker. Studium in Breslau und Berlin. Theaterkritiker, der sich früh für Ibsen und Hauptmann einsetzte. Seit 1900 Theaterkritiker beim Berliner *Tag*, ab 1919 beim *Tageblatt*. Virtuoser, manierierter und pointierter Stil. Erhob die Kritik zur eigenen Kunstform. Emigrierte 1933 über die Schweiz und Frankreich nach England und starb kurz nach seiner Rückkehr 1948 in Hamburg.

Krell, Max. 1887–1962. Schriftsteller und Theaterkritiker. Arbeitete in den zwanziger Jahren als Lektor beim Ullstein-Verlag. Freundschaft mit Alice Berend. Emigrierte 1935 nach Florenz, wo er 1962, ein Jahr nach dem Erscheinen seiner Memoiren, starb.

Lang, Fritz. 1890–1976. Regisseur. Architekturstudium in Wien und München. Seit 1918 als Regisseur und Drehbuchschreiber bei der Filmgesellschaft Decla in Berlin. 1921 entstanden »Der müde Tod« und der Zweiteiler »Doktor Mabuse, der Spieler« nach dem Roman von Norbert Jacques. 1930 dreht er für die Nero-Film seinen ersten Tonfilm, das Meisterwerk »M«, in dem ein psychopathischer Mörder zugleich von der Polizei und der Unterwelt gejagt wird. Als »Das Testament des Doktor Mabuse« 1933 verboten wird, emigriert er über Paris und London nach Hollywood, wo er hauptsächlich Western und Thriller inszeniert. Nach dem Krieg Rückkehr nach Berlin, wo er seine Exotik-Filme »Das indische Grabmal« und »Der Tiger von Eschnapur« dreht.

Langner, Ilse. 1899–1987. Schriftstellerin und Redakteurin. Aus Breslau gebürtig. Verfasserin von sozialkritischen Dramen und Hörspielen sowie Reiseberichten. 1928 bereiste sie als Korrespondentin des Berliner Scherl-Verlages für sieben Monate die Sowjetunion. 1929 fand im Theater Unter den Linden die Aufführung ihres Antikriegsstückes »Frau Emma kämpft im Hinterland« statt, das die Rolle der Frau und ihre wachsende Selbständigkeit thematisiert. Langner zählte zum Freundeskreis von Alice Berend. Nach der Machtergreifung wurde sie mit Aufführungsverbot belegt. Sie unternahm eine Weltreise, die sie über China und Japan nach Amerika führte. Nach dem Krieg entstand ein umfangreiches Werk, das Dramen, Gedichte, Reiseberichte und Hörspiele umfaßte und für das sie mehrfach ausgezeichnet wurde. 1974 erhielt sie das Bundesverdienstkreuz, 1984 wurde ihr die Goethe-Medaille des Landes Hessen verliehen.

Lasker-Schüler, Else. 1869–1945. Schriftstellerin. Aus einer assimilierten jüdischen Familie in Wuppertal stammend, lebte sie seit Mitte der neunziger Jahre als Bohemienne in Berlin. Von dem Dichter Peter Hille als »der schwarze Schwan Israels« gefeiert, zeichnet sich ihre Dichtung durch eine bildhafte Sprache und eine farbenreiche orientalische Mythenwelt aus. 1899 wurde ihr Sohn Paul geboren, der 1927 an Tuberkulose starb. Sie schrieb zahlreiche Gedichtbände, 1909 das Schauspiel »Die Wupper«, 1911 eine Besprechung von Charlotte Berends Gemälde »Die schwere Stunde«. 1933 emigrierte sie in die Schweiz, von dort 1939 weiter nach Palästina. 1945 starb sie verarmt in Jerusalem.

Lehmann, Lotte. 1888–1976. Sängerin. Studium in Berlin und Hamburg. 1914 Berufung an die Wiener Hofoper, wo sie ihre künstlerische Heimat fand und Triumphe in Rollen von Richard Strauss und Puccini feierte. 1922 unternahm sie eine Tournee durch Südamerika. Gastspiele an der Covent Garden Opera in London. 1927 sang sie an der Grand Opéra Paris in einer Vorstellung zum 100. Todestag von Beethoven und bei der Eröffnung des neuen Festspielhauses in Salzburg die Leonore in Fidelio. 1934 Berufung an die Metropolitan Opera New York, wo sie bis 1945 eines der prominentesten Mitglieder blieb. Nach der Annexion Österreichs löste Lehmann, die mit einem jüdischen Arzt verheiratet war, ihren Vertrag mit der Wiener Staatsoper und blieb in den USA. 1945 sang sie an der Metropolitan als Abschiedsrolle die »Marschallin« im Rosenkavalier, in der Charlotte Berend, die mit ihr befreundet war, sie malte.

Liebermann, Max. 1847–1935. Bedeutendster Vertreter des deutschen Impressionismus neben Slevogt und Corinth. Stammte aus einer jüdischen großbürgerlichen Familie in Berlin. Gab sein Philosophiestudium auf, um in Berlin und Weimar Malerei zu studieren. Reisen nach Paris und Holland. Von 1878 bis 1884 lebte Liebermann in München. Rückkehr nach Berlin, wo er 1898 mit Walter Leistikow die Berliner Sezession gründete, deren Präsident er von 1899–1911 war. Seit 1920 war er Präsident der Preußischen Akademie der Künste, 1933 wurde er aus seinem Amt entlassen.

Massary, Fritzi (d.i.: Frederike Massarik). 1882–1969. Schauspielerin und Sängerin. Aus Wien gebürtig. Um die Jahrhundertwende erste Auftritte in Wien und Linz und auf einer Rußland-Tournee. 1901–1904 Engagement an Danzers Orpheum, einem Sommertheater im Wiener Prater. Von dort wird sie an das Berliner Metropoltheater engagiert, wo sie zur gefeierten Soubrette aufsteigt. Komponisten wie Leo Fall und Oscar Strauss schreiben ihr die Rollen auf den Leib. 1917 Heirat mit dem Reinhardt-Schauspieler Max Pallenberg. 1933 Emigration nach Österreich. Nach Pallenbergs Tod (1934) emigrierte Fritzi Massary 1937 nach England und von dort 1939 zu ihrer Tochter Liesl und dem Schwiegersohn Bruno Frank nach Amerika. Massary konnte im Exil nicht wieder an ihre Karriere anknüpfen. Charlotte Berend lernte sie während des Ersten Weltkrieges kennen, als sie eine Lithographien-Mappe von ihr schuf.

Mauthner, Fritz. 1849–1923. Schriftsteller und Philosoph aus einer jüdischen Familie in Böhmen. Kindheit und Jugend in Prag. Seit 1876 Jurastudium in Berlin, hört nebenbei auch Vorlesungen über Philosophie, Archäologie, Theologie und Medizin. 1889 Mitbegründer der »Freien Bühne«. Theaterkritiker beim *Berliner Tageblatt*. Sein dreibändiges Werk *Beiträge zu einer Kritik der Sprache* beeinflußte die sprachphilosophische und literarische Moderne, u.a. Hugo von Hofmannsthal. 1905 Übersiedlung nach Freiburg und von dort 1909 nach Meersburg am Bodensee. Mit Alice Berend befreundet, die er beim *Berliner Tageblatt* kennengelernt hatte.

Morgenstern, Christian. 1871–1914. Schriftsteller. Aus einer Münchner Künstlerfamilie gebürtig. Studium der Ökonomie in Breslau. 1894 Übersiedlung nach Berlin. Übersetzer von Ibsen und Strindberg. 1898–99 Reise nach Norwegen, wo er Ibsen traf. Mitarbeit an Reinhardts erster Schall- und

Rauch-Bühne. Verfasser von Lied- und Gedicht-Sammlungen mit hintergründigem Humor. 1905 erschienen die *Galgenlieder*, die Fortsetzung war *Palmström*. Lektor im Verlag Bruno Cassirer. Reisen durch Norwegen und Ungarn. Nach langjähriger Tuberkulose-Krankheit Tod während eines Kuraufenthaltes in Meran.

Pallenberg, Max. 1877–1934. Schauspieler. Geboren in Wien, Sohn eines jüdischen Branntweinschänkers. Nach Bühnenerfahrungen bei der Schmiere spielte er seit 1904 in Wien und München, wo er von Reinhardt entdeckt wurde. Stieg am Deutschen Theater in Rollen von Hauptmann und Molière zum Charakterdarsteller auf. Charlotte Berend schuf eine Lithographien-Mappe von ihm. 1933 ging er mit Fritzi Massary, die er 1917 in zweiter Ehe geheiratet hatte, nach Wien. Ein Jahr später kam er bei einem Flugzeugabsturz in der Nähe von Prag ums Leben.

Pechstein, Max. 1881–1955. Maler und Grafiker. Seit 1900 Studium an der Kunstgewerbeschule in Dresden. 1902–1906 an der dortigen Kunstakademie. 1906 trat er der Künstlervereinigung »Die Brücke« bei. 1914 unternahm er eine Reise zu den Palauinseln (Inselgruppe im Pazifik, östlich der Philippinen). Es entstanden Figuren- und Landschaftsbilder mit kräftigen Farben und Holzskulpturen, in denen sich die Begegnung mit den Insulanern niederschlug. In den zwanziger Jahren zählte er in Berlin zum Freundeskreis von Alice Berend. 1933 als »entartet« diffamiert und Ausstellungsverbot. 1945 wurde er zum Professor der Berliner Kunstakademie ernannt.

Reinhardt, Max (d.i.: Max Goldmann). 1873–1943. Schauspieler, Regisseur und Theaterleiter. Einer der maßgeblichen und vielseitigsten Regisseure des deutschen Theaters, der die Bühne in einen impressionistisch-magischen Raum verwandelte. Geboren in Baden bei Wien. Seit 1894 am Deutschen Theater Berlin unter Otto Brahm. 1900 erste Regiearbeit mit Ibsens »Komödie der Liebe«. 1901 Gründung der Schall-und-Rauch-Bühne, später in Kleines Theater umbenannt. 1902 übernahm er das Deutsche Theater, ein Jahr später auch das Neue Theater am Schiffbauerdamm. Wie kaum ein anderer verknüpfte er seine künstlerische Vision mit Theaterorganisation und -geschäft und baute ein wahres Imperium auf. 1906 gliederte er dem Deutschen Theater die Kammerspiele an. 1915–1918 übernahm er die Leitung der Berliner Volksbühne. 1920 Rückzug aus Berlin und Inszenierung der Salzburger Festspiele. 1924 eröffnete er die Komödie in Berlin und das Theater in der Josefstadt in Wien und übernahm noch einmal die Direktion des Deutschen Theaters. 1933 Emigration. Gastregisseur in London, Paris und Hollywood. 1937 endgültiges Exil in Amerika. 1938 Gründung einer Schauspielschule. Seine Bemühungen, ein neues Ensemble und Repertoire aufzubauen, scheiterten.

Scholz, Wilhelm von. 1874–1969. Schriftsteller. Geboren in Berlin. Sein Vater war der preußische Finanzminister Adolf von Scholz. Nach dessen Rücktritt siedelte die Familie Ende der achtziger Jahre nach Konstanz über. 1925–1926 gab W. v. Scholz den Almanach *Das Bodenseebuch* heraus. Mitglied in der Sektion Dichtung der Preußischen Akademie der Künste. Mit seinen neoklassizistischen Dramen, Novellen und Gedichten zählte er mit Schriftstellern wie Ina Seidel und Walter von Molo zu jener national-konservativen Gruppe, die nach 1933 die Sektion Dichtkunst in der Preußischen Akademie beherrschten. Zählte in den zwanziger Jahren zum Freundeskreis von Alice Berend, von der er sich jedoch nach 1933 distanzierte.

Slevogt, Max. 1868–1932. Neben Liebermann und Corinth einer der Hauptvertreter des deutschen Impressionismus. Geboren in Landshut an der Isar. Studium an der Münchner Akademie und der Académie Julian in Paris. Seit 1896 als Zeichner für die *Jugend* und den *Simplicissimus* tätig. 1901 ging er nach Berlin, wo er sich der Sezession anschloß. Im Frühjahr 1914 Ägyptenreise, im August zog er als Freiwilliger in den Krieg. 1917 Leiter eines Meisterateliers an der Preußischen Akademie der Künste in Berlin. Neben Landschaften und Stilleben schuf er Bühnenbilder. Bedeutend ist auch sein graphisches Werk. Illustrationen für die Zauberflöte, Märchen aus Tausendundeiner Nacht, den Lederstrumpf, Faust II und Macbeth.

Stauffer-Bern, Karl. 1857–1891. Schweizer Maler. Studium an der Münchner Akademie. 1880 Übersiedlung nach Berlin, Kontakt mit Corinth. Mitglied der Sezessionen in München und Berlin. Lehrer von Käthe

Kollwitz. Berühmt für seine Porträts von Künstlern, u.a. Ferdinand Meyer, Gottfried Keller und Gustav Freytag.

Stern, Katharina. 1897–1984. Tänzerin. Ihre Eltern waren Lise, die Schwester von Käthe Kollwitz, und der jüdische Ingenieur Georg Stern, ein Direktor der AEG. Sie machte als Katta Sterna Karriere, u.a. als Partnerin des ungarischen Tänzers Ernst Matray, der ihre jüngere Schwester Maria heiratete. Ihre ältere Schwester Hanna war mit dem Schauspieler Fritz Kortner verheiratet. Charlotte Berend malte Katta Sterna in ihrer Rolle als Tänzerin Ling Sing in Hofmannsthals »Die grüne Flöte«.

Stort, Eva. 1855–1935. Malerin und Grafikerin. Ausbildung am Kunstgewerbemuseum und in den Malschulen von Karl Stauffer-Bern und Max Liebermann. Malte Landschaften und Stilleben. Mitglied im Reichsverband bildender Künstlerinnen, im Frauenkunstverband und dem Berliner Lokal-Verein der Deutschen Kunstgenossenschaft. Sie war Charlotte Berends Zeichenlehrerin an der Charlottenschule und stellte in der Sezession aus. Werke hängen u.a. in der Staatsgalerie Stuttgart.

Szadurska, Kasia von. 1889–1942. Geboren in Moskau. Stammte aus einer baltisch-litauischen Adelsfamilie. Studium der Malerei in Düsseldorf, Hamburg und München, wo sie auch für den *Simplicissimus* tätig war. 1910 Heirat mit dem Schriftsteller Otto Ehinger, mit dem sie an den Bodensee zog. Eigenes Atelier in Konstanz, wo sie zum Freundeskreis von Alice Berend zählte. Ihre Bilder hängen in der Städtischen Galerie des Neuen Schlosses Meersburg.

Van de Velde, Henry. 1863–1957. Architekt. Geboren in Antwerpen. Nach einer Ausbildung zum Maler wandte er sich ab 1893 dem Kunstgewerbe und der Architektur zu. 1902 wurde er an den Großherzoglichen Hof nach Weimar berufen, wo er eine Kunstgewerbeschule gründete, deren Leitung er bis 1914 innehatte. Enge Verbindung mit der Berliner Sezession, wo er den Kunstsalon Cassirer einrichtete. Als Architekt und Ausstatter gilt Van de Velde als einer der vielseitigsten Künstler des Jugendstils, der Geräte, Möbel, Innenräume und auch Bucheinbände entwarf.

352

Wöhrle, Oskar. 1890–1946. Autor und Verleger. Geboren im elsässischen St. Ludwig. Gründete 1920 in Konstanz den Verlag Oskar Wöhrle, den einzigen bedeutenden Verlag am Bodensee, in dem er Schriftsteller wie Andersen-Nexö und Johannes Becher, Jack London, Upton Sinclair und Paul Verlaine herausbrachte. 1925 Aufgabe des Verlages wegen wirtschaftlicher Schwierigkeiten.

Wolff, Kurt. 1887–1963. Verleger. Gründete 1913 in Leipzig den Kurt Wolff Verlag, der zu einem bedeutenden Verlag des Expressionismus wurde. 1930 Verkauf des Verlages an Rowohlt und Übernahme des Kunstverlags Panthéon in Florenz, wo er sich 1936 nach Aufenthalten in London, Paris und Nizza niederließ. 1941 Emigration in die USA, wo er in New York Panthéon Books weiterführte. 1959 kehrte Wolff nach Europa zurück und ließ sich in der Schweiz nieder.

Wolfskehl, Karl. 1869–1948. Lyriker und Essayist. Stammte aus einer alteingesessenen, großbürgerlichen jüdischen Familie in Darmstadt, deren Geschichte bis in die Zeit Karls des Großen zurückreichte. Studium der Germanistik in München. Prägend wurde die Aufnahme in den Kreis von Stefan George, mit dem ihn seine Neigung zum Magisch-Mystischen verband. Wolfskehls Schwabinger Wohnung wurde zum Künstlertreffpunkt. 1899–1903 verband sich Wolfskehl u.a. mit dem Philosophen Ludwig Klages zu einer neuromantisch-mystisch orientierten »Kosmischen Runde«. Bis 1925 schrieb er hauptsächlich Lyrik, danach wandte er sich auch der Prosa zu. 1933 Flucht in die Schweiz, von dort weiter nach Florenz. 1938 emigrierte er nach Neuseeland, wo er 1948 in Bayswater-Auckland starb.

Bibliographie

Archive

Anita-Berber-Archiv. Sammlung Lothar Fischer. 10625 Berlin

Archiv Manfred Bosch. 79540 Lörrach

Archiv Verein der Berliner Künstlerinnen e.V. Schadowhaus, Schadow-straße 10. 10117 Berlin

Archiv für Bildende Kunst. Germanisches Nationalmuseum. Kartäusergas-se 12. 90402 Nürnberg

Brandenburgisches Landeshauptarchiv. An der Orangerie 3. 14469 Potsdam

Deutsches Exilarchiv. Die Deutsche Bibliothek. Adickesallee 1. 60322 Frankfurt am Main

Deutsches Literaturarchiv. Schiller-Nationalmuseum. Schillerhöhe 8-10. 71672 Marbach am Neckar

Landesarchiv Berlin. Kalckreuthstr. 1-2. 10777 Berlin

Literaturarchiv Saar-Lor-Lux-Elsaß. Saarländische Universitäts- und Lan-desbibliothek. Im Stadtwald. 66041 Saarbrücken

Riksarkivet Stockholm. Fyrverkarbacken 13-17. S-10229 Stockholm

Sächsisches Staatsarchiv Leipzig. Deutsche Zentralstelle für Genealogie. Schongauerstr. 1. 04329 Leipzig

Staatsarchiv Hamburg. Kattunbleiche 19. 22041 Hamburg

Stiftung Archiv der Akademie der Künste. Archivabteilung Bildende Kunst. Luisenstr. 60. 10117 Berlin
Stiftung Neue Synagoge Berlin. Centrum Judaicum. Oranienburger Str. 28-30. 10117 Berlin
Stiftung Stadtmuseum Berlin. Abteilung Theater und documenta artistica. Poststr. 13-14. 10178 Berlin

Museen

Berlinische Galerie. Landesmuseum für Moderne Kunst, Photographie und Architektur. Martin-Gropius-Bau. Stresemannstr. 110. 10963 Berlin
Jüdisches Museum Berlin. Lindenstr. 9-14. 10117 Berlin
Pommersches Landesmuseum. Theodor-Pyl-Str. 1. 17489 Greifswald
Staatliche Museen zu Berlin. Preussischer Kulturbesitz. Neue National-galerie. Potsdamer Str. 50. 10785 Berlin

Quellen

Werke von Alice Berend

Betrachtungen eines Spießbürgers. München 1924. * Neuauflage unter dem Titel Spießbürger. Zürich 1938
Bruders Bekenntnis. Roman. München 1922 *
Das Gastspiel. Roman. Berlin 1931 *
Das verbrannte Bett. Roman. Berlin 1926 *
Der Floh und der Geiger. Roman. München 1923 *
Der Glückspilz. Roman. München 1919 *
Der Herr Direktor. Roman. Berlin 1928. * Neuauflage Berlin 1999
Der Kapitän vom Bodensee. Roman. Illustrationen von B. F. Dolbin. Berlin 1932
Der Schlangenmensch. Roman. Berlin 1925

Die Bräutigame der Babette Bomberling. Roman. Berlin 1915. * Neuauflagen München 1954, Gütersloh 1961, Berlin 1997

Die Geschichte der Arche Noah. Kinderbilderbuch. Mit Bildern von E. B. Smith. Berlin 1925

Die goldene Traube. Roman. Berlin 1927 *

Die gute alte Zeit. Bürger und Spießbürger im 19. Jahrhundert. Herausgegeben aus dem Nachlaß. Hamburg 1962. * Gekürzte Ausgabe München 1966

Die kleine Perle. Ein Märchen-Bilderbuch. Mit Bildern von Karl Mühlmeister. Stuttgart 1929

Die Reise des Herrn Sebastian Wenzel. Roman. Berlin 1912 und 1927. * Neuauflage München 1956

Die zu Kittelsrode. Roman. München 1917. * Neuauflage Leipzig 1929

Dore Brandt. Ein Berliner Roman. Berlin 1909. Neuauflage 1922 und 2001

Einfache Herzen. Kurzgeschichten. Leipzig 1919

Ein Hundeleben. Die Geschichte eines Dobermanns. Leipzig und Mährisch Ostrau 1935. Neuauflage München 1954

Fräulein Betty, die Witwe. Roman. Berlin 1926 *

Frau Hempels Tochter. Roman. Berlin 1913. * Neuauflage München 1955

Herr Fünf. Roman. Berlin 1930

Jungfer Bienchen und die Junggesellen. Roman. München 1920 *

Kleine Umwege. Novellen. Leipzig 1924

Matthias Senfs Verlöbnis. Roman. München 1918. Neuauflage Berlin 1929

Muhme Rehlen. Ein Märchenbuch. Federzeichnungen von G. W. Rößner. Köln 1921

Rücksicht auf Marta. Roman. Zürich 1935

Spreemann & Co. Roman. Berlin 1916. Neuauflagen München 1955. Frankfurt 1976 mit einem Nachwort von Peter Härtling

Ti von Brinken. Roman. Berlin 1928

Zwei Kinder fahren den Rhein hinab. Erzählung für die Jugend. Illustrationen von Gertrud Colsman. Stuttgart 1934

die mit * gekennzeichneten Werke stehen im Magazin der Universitätsbibliothek Bremen

Werke von Charlotte Berend-Corinth

Reisetage in Spanien. Leipzig 1925 (verschollen)
Als ich ein Kind war. Hamburg 1950
Lovis. München 1958
Lovis Corinth. Bildnisse der Frau des Künstlers. Mit einer Einführung von Carl Georg Heise. Stuttgart 1958
Mein Leben mit Lovis Corinth. Mit einem Vorwort von Emil Ludwig. Hamburg 1947
Die Gemälde von Lovis Corinth. Werkverzeichnis. Mit einer Einführung von Hans-Konrad Röthel. München 1958. Neuauflage 1992
Lovis Corinth. *Selbstbiographie.* Leipzig 1926. Herausgegeben und mit einem Vorwort von Charlotte Berend-Corinth
Thomas Corinth (Hrsg.). *Lovis Corinth. Eine Dokumentation.* Tübingen 1979
Wilhelmine Corinth. *Ich habe einen Lovis, keinen Vater. Erinnerungen.* Aufgezeichnet von Helga Schalkhäuser. München 1990

Werke von Zeitgenossen

Andreas-Salomé, Lou. *Lebensrückblick. Grundriß einiger Lebenserinnerungen.* Aus dem Nachlaß. Frankfurt a. M. 1979
Castonier, Elisabeth. *Stürmisch bis heiter. Memoiren einer Außenseiterin.* München 1964
Castonier, Elisabeth. *Unwahrscheinliche Wahrheiten. Erlebnisse, Kurioses, Erinnerungen.* Bergisch Gladbach 1985
Domin, Hilde. *Von der Natur nicht vorgesehen. Autobiographisches.* München 1974
Durieux, Tilla. *Eine Tür steht offen. Erinnerungen.* Berlin 1965
Durieux, Tilla. *Meine ersten neunzig Jahre. Erinnerungen.* München 1971
Gert, Valeska. *Ich bin eine Hexe. Kaleidoskop meines Lebens.* Reinbek 1979
Hasenclever, Walter. *Gedichte. Dramen. Prosa.* Reinbek 1963
Hasenclever, Walter. *Ich hänge, leider, noch am Leben. Briefwechsel mit dem Bruder.* Göttingen 1997

Hermann, Georg. *Jettchen Geberts Kinder.* Roman. Berlin 1906. Neuauflage Berlin 1986

Jacques, Norbert. *Mit Lust gelebt.* Roman meines Lebens. Hamburg 1950

Jacques, Norbert. *Autobiographie.* Unveröffentlichtes Typoskript im Besitz des Gustav-Regler-Archivs. Literaturarchiv Saar-Lor-Lux-Elsaß der Universität des Saarlandes, Saarbrücken.

Kahane, Arthur. *Tagebuch des Dramaturgen.* Berlin 1928

Kollwitz, Käthe. *Briefe an den Sohn 1904–1945.* Hrsg. von Jutta Bohnke-Kollwitz. Berlin 1992

Kollwitz, Käthe. *Die Tagebücher.* Hrsg. von Jutta Bohnke-Kollwitz. Berlin 1989

Krell, Max. *Das alles gab es einmal.* Frankfurt a. M. 1961

Kurz, Isolde. *Florentinische Erinnerungen.* München 1910

Mahler-Werfel, Alma. *Mein Leben.* Frankfurt a. M. 1963

Morgenstern, Christian. *Ein Leben in Briefen.* Hrsg. von Margareta Morgenstern. Wiesbaden 1952

Nielsen, Asta. *Die schweigende Muse.* Aus dem Dänischen von H. Georg Kemlein. 1. Auflage Berlin 1977

Sahl, Hans. *Memoiren eines Moralisten.* Zürich 1983

Sahl, Hans. *»Und doch ...«* Essays und Kritiken aus zwei Kontinenten. Frankfurt a. M. 1991

Sternheim, Carl. Zeitkritik. In: *Gesamtwerk,* Band 6. Neuwied 1966

Zeitungsartikel und Aufsätze von Alice Berend

Tauentzienstraße. In: *Berliner Tageblatt.* 01. Januar 1929

Humor. In: *Die literarische Welt Nr. 11.* 15. März 1929

Else Lasker-Schülers »Konzert«. In: *Berliner Tageblatt.* 21. Juni 1932

Der Hirt vom Berge. In: *Bodenseebuch.* Kreuzlingen 1925

über Alice Berend

Besprechungen über das Kabarett Schall und Rauch und über Alice Berends Rezitationen finden sich in den Ausgaben des *Berliner Tageblatts* vom

24. Januar und vom 10., 14., 17. und 22. Oktober 1901. Standort: Zeitungsarchiv der Universität Bremen. Sig.: Fa 116

Corinth, Thomas. *Daten aus dem Leben der Schriftstellerin Alice Berend.* Unveröffentlichtes Typoskript. Kopie im Archiv der Autorin

Döblin, Alfred: Das Ewig-Weibliche meldet sich. In: *Frankfurter Zeitung* vom 24. April 1932. Literaturblatt Nr. 17. Abgedruckt in: Kaes, Anton (Hrsg.). *Manifeste und Dokumente zur deutschen Literatur 1918–1933.* Stuttgart 1983

Everth, Erich: Neue Erzählkunst. In: *Die Gegenwart.* Wochenschrift für Literatur, Kunst und öffentliches Leben. Jahrgang 44. Berlin 03. Juli 1915

Geoffroy, René. Ernst Glaeser und der »Schweizer Schutzengel«. In: *Exilforschung. Ein internationales Jahrbuch.* Hrsg. von der Gesellschaft für Exilforschung. Bd. 2. München 1984. S. 358-380

Härtling, Peter. Nachwort. In: Berend, Alice. *Spreemann & Co.* Frankfurt a.M. 1976. S. 283f.

Isolani, Gertrud. Ein preisgekrönter Frauenroman. In: *Berliner Tageblatt* vom 12. Juni 1932

John Hertz (d. i.: John Jönsson). Artikel über »Schall und Rauch« in *Svenska Dagbladet Nr. 264,* Stockholm 3. Oktober 1902. In: Huesmann, Heinrich. *Welttheater Reinhardt.* München 1983. S. 13

Jönsson, John. Neue Kunst. In: *Bodenseebuch.* Kreuzlingen 1925

Kahane, Ariel: Waldemar Flaig und sein Meersburger Kreis. In: *Glaserhäusle. Meersburger Blätter für Politik und Kultur.* Meersburg 1984. Heft 6, S. 5-10

Konstanzer Zeitung. Zum Vortragsabend von Alice Berend. 12. Januar 1933

Leiner, Ulrich. Alice Berend und Konstanz. In: *Konstanzer Almanach.* Illustriertes Jahrbuch. Konstanz 1962. S. 103f.

Mabuses Welt. In: *Der Zeitgenosse.* Kurt Pinthus zum 85. Geburtstag. Marbach 1971

Pinthus, Kurt: Alice Berend, Der Kapitän vom Bodensee. Besprechung im Berliner Rundfunk am 26. August 1932. Typoskript im Deutschen Literaturarchiv Marbach

Zeitungsartikel und Aufsätze von Charlotte Berend-Corinth

Gäste aus Asien im Atelier. In: *Sport im Bild Nr. 3*. 31. Jahrgang. Berlin 30. Januar 1925
Vom Leben und Schaffen Corinths. In: *Das Kunstblatt*. 15. Jahrgang. Berlin 1931. Neu abgedruckt in: Wingler, Hans M. *Wie sie einander sahen*. München 1957

über Charlotte Berend-Corinth

Brauer, Elise. Die gestaltende Frau. In: *Die Frau*. Organ des Bundes deutscher Frauenvereine. Jahrgang 5. Heft 2. November 1930
Glaeser, Curt. Charlotte Berend. In: *Berliner Börsen Courier*. 17. Februar 1930
Lasker-Schüler, Else. Die schwere Stunde. In: Lasker-Schüler. *Gesichte*. Leipzig 1913. Neu abgedruckt in: Kaufmann, Eva (Hrsg.). *Herr im Hause*. Prosa von Frauen zwischen Gründerzeit und erstem Weltkrieg. Berlin 1989
Osborn, Max. Künstlerinnen. In: *Vossische Zeitung* vom 17. Juni 1927
ZeitZeichen. Zum 100. Geburtstag der Malerin Charlotte Berend-Corinth. Hörspiel-Manuskript. WDR Köln 25. Mai 1880
diese und weitere Besprechungen sowie ein Teil der Korrespondenz im Archiv des Vereins der Berliner Künstlerinnen (s.o.)

andere Quellen

Brandenburgisches Landeshauptarchiv Potsdam. *Akte über die Konzessionierung des Schutzjudensohnes David Gumpertz*. Rep. 3B I Pol Nr. 1106 und Rep. 3B I Kom Nr. 1918
Jersch-Wenzel, Stefi und Reinhard Rürup. *Quellen zur Geschichte der Juden in den Archiven der neuen Bundesländer*. Band 2. Geheimes Staatsarchiv Preußischer Kulturbesitz Teil I. Ältere Zentralbehörden bis 1808/10 und Brandenburg-Preußisches Hausarchiv. München 1999

Sekundärliteratur

Bauer, Alfred. *Deutscher Spielfilm* Almanach 1929–1950. München 1976

Berger, Renate. *Malerinnen auf dem Weg ins 20. Jahrhundert.* Kunstgeschichte als Sozialgeschichte. Köln 1982

dies. (Hrsg.). »*Und ich sehe nichts, nichts als die Malerei*«. Autobiographische Texte von Künstlerinnen des 18. bis 20. Jahrhunderts. Frankfurt a. M. 1987

dies. (Hrsg.). *Liebe. Macht. Kunst.* Künstlerpaare im 20. Jahrhundert. Köln und Weimar 2000

Bernhardt, Rüdiger. *August Strindberg.* München 1999

Beyer, Ursula (Hrsg.). *Kairo. Die Mutter aller Städte.* Frankfurt a. M. 1983

Blasius, Dirk. *Ehescheidung in Deutschland 1794–1945.* Göttingen 1987

Bosch, Manfred. *Bohème am Bodensee. Literarisches Leben am See von 1900 bis 1950.* Lengwil/Schweiz 1997

Braulich, Heinrich. *Max Reinhardt. Theater zwischen Traum und Wirklichkeit.* Berlin 1966

Braun, Lily. *Die Frauenfrage. Ihre geschichtliche Entwicklung und ihre wirtschaftliche Seite.* Bonn 1979

Braun, Lily. *Memoiren einer Sozialistin.* Band 1. München 1909

Bussmann, Georg. *Lovis Corinth, Carmencita. Malerei an der Kante.* Frankfurt a. M. 1985

Fetting, Hugo (Hrsg.). *Max Reinhardt. Leben für das Theater.* Briefe, Reden, Aufsätze, Interviews, Gespräche, Auszüge aus Regiebüchern. Berlin 1989

Fiedler, Leonhard. *Max Reinhardt in Selbstzeugnissen und Bilddokumenten.* Reinbek 1975

Fischer, Lothar. *Tanz zwischen Rausch und Tod. Anita Berber 1918–1928 in Berlin.* 2. Auflage. Berlin 1988.

Frister, Roman. *Ascher Levys Sehnsucht nach Deutschland.* Aus dem Hebräischen von Antje Clara Naujoks. Berlin 1999

Freydank, Ruth. *Berliner Theater.* Berlin 1987

Glatzer, Dieter und Ruth (Hrsg.). *Berliner Leben 1900–1914.* Eine historische Reportage aus Erinnerungen und Berichten. Band 1. Berlin 1986

Glatzer, Ruth (Hrsg.). *Das Wilhelminische Berlin. Panorama einer Metropole 1890–1918.* Berlin 1997

Goethe, Johann Wolfgang. *Sämtliche Werke,* Band 11. Italienische Reise. Zürich 1977

Graf, Andreas. *Hedwig Courths-Mahler.* München 2000

Heinrich, Gerd (Hrsg.). *Handbuch der Historischen Stätten Deutschlands.* Band 10. Berlin und Brandenburg. Stuttgart 1973

Henke, Christiane. *Anita Augspurg.* Reinbek 2000

Hessing, Jakob. *Else Lasker-Schüler.* München 1992

Hilscher, Eberhard. *Gerhart Hauptmann.* Leben und Werk. Berlin 1996

Huesmann, Heinrich. *Welttheater Reinhardt. Bauten, Spielstätten, Inszenierungen.* München 1983

Irgang, Winfried et al. *Schlesien. Geschichte, Kultur und Wirtschaft.* 2. Auflage Köln 1998

Jaron, Norbert et al. (Hrsg.). *Berlin, Theater der Jahrhundertwende. Bühnengeschichte der Reichshauptstadt im Spiegel der Kritik 1889–1914.* Tübingen 1986

Kaes, Anton (Hrsg.). *Manifeste und Dokumente zur deutschen Literatur 1918–1933. Weimarer Republik.* Stuttgart 1983

Kaufmann, Eva (Hrsg.). *Herr im Hause. Prosa von Frauen zwischen Gründerzeit und erstem Weltkrieg.* Berlin 1989

Keuthen, Monika. *»Und ich male doch!« Paula Modersohn-Becker.* 2. Auflage München 2001

Klüsener, Erika. *Else Lasker-Schüler.* Reinbek 1980

Koelbl, Herlinde. *Jüdische Portraits.* Photographien und Interviews. Frankfurt a. M. 1998

Koepcke, Cordula. *Lou Andreas-Salomé. Leben, Persönlichkeit, Werk.* Eine Biographie. Frankfurt a. M. 1986

Kotschenreuther, Hellmut et al. *Kabarett mit K. Siebzig Jahre große Kleinkunst.* Berlin 1989

Krahmer, Catherine. *Käthe Kollwitz.* Reinbek 1981

Kraus, Elisabeth. *Die Familie Mosse.* München 1999

Kühn, Volker. *Die zehnte Muse. 111 Jahre Kabarett.* Köln 1993

Laqueur, Walter. *Weimar. Die Kultur der Republik.* Frankfurt a. M. 1976

Landshoff-Yorck, Ruth. *Klatsch, Ruhm und kleine Feuer.* Biographische Impressionen. Frankfurt a. M. 1997

Lusk, Irene (Hrsg.). *Die wilden Zwanziger. Weimar und die Welt* Berlin 1986

Mann, Katia. *Meine ungeschriebenen Memoiren.* Hrsg. von Elisabeth Plessen und Michael Mann. 18. Auflage Frankfurt a. M. 1998

Mann, Thomas. *Novellen.* Erster Band. Berlin 1922

Mann, Thomas. *Vorträge in München. Zürich. Lübeck. 1875–1975.* Hrsg. von Bludau, Beatrix et. al. Frankfurt a.m. 1977

Melchinger, Siegfried. Max Reinhardt Forschungsstätte Salzburg (Hrsg.). *Max Reinhardt. Sein Theater in Bildern.* Velber bei Hannover 1968

Mendelssohn, Peter de. *S. Fischer und sein Verlag.* Frankfurt a. M. 1970

Merveldt, Eka von. *Reise Textbuch Florenz.* Ein literarischer Begleiter auf den Wegen durch die Stadt. München 1989

Möhrmann, Renate. *Tilla Durieux und Paul Cassirer. Bühnenglück und Liebestod.* Berlin 1997

Müller, Karlheinz. *Elisabeth Langgässer.* Eine biographische Skizze. Darmstadt 1990

Neumann, Hans-Joachim. *Friedrich Wilhelm der Große Kurfürst. Der Sieger von Fehrbellin.* Berlin 1995

Paret, Peter. *Die Berliner Secession. Moderne Kunst und ihre Feinde im Kaiserlichen Deutschland.* Berlin 1981.

Peter, Frank-Manuel. *Valeska Gert. Tänzerin, Schauspielerin, Kabarettistin.* Eine dokumentarische Biographie. Mit einem Vorwort von Volker Schlöndorff. Berlin 1985

Pfäfflin, Friedrich. *100 Jahre S. Fischer Verlag 1886–1986.* Über Bücher und ihre äußere Gestalt. Frankfurt a. M. 1986

Pfefferkorn, Rudolf. *Die Berliner Secession.* Berlin 1972

Rittmann, Annegret (Hrsg.). *Briefe Ida Gerhardi. Eine westfälische Malerin zwischen Paris und Berlin.* Münster 1993

Reinhardt, Gottfried. *Der Liebhaber.* München 1973

Salber, Linde. *Lou Andreas-Salomé.* Reinbek 1990

Schack, Ingeborg-Liane. *Max Pallenberg.* Ein großer Schauspieler von Gnaden der Natur. Frankfurt a. M. 1980

Scheub, Ute. *Verrückt nach Leben. Berliner Szenen in den zwanziger Jahren.* Reinbek 2000

Schlüter, Anne (Hrsg.). *Pionierinnen. Feministinnen. Karrierefrauen.* Zur Geschichte des Frauenstudiums in Deutschland. Pfaffenweiler 1992

Schmidt, Jochen. *»Ich sehe Amerika tanzen.« Isadora Duncan.* München 2000

Schmidt, Maruta und Kristine von Soden (Hrsg.). *Neue Frauen. Die zwanziger Jahre.* Berlin 1988

Schmieding, Walther. *Aufstand der Töchter. Russische Revolutionärinnen im 19. Jahrhundert.* München 1979

Schnee, Heinrich. *Die Hoffinanz und der moderne Staat. Geschichte und System der Hoffaktoren an den deutschen Fürstenhöfen im Zeitalter des Absolutismus.* Berlin 1953

Schultz, Hans Jürgen (Hrsg.). *Frauen. Porträts aus zwei Jahrhunderten.* Stuttgart 1981

Seehaus, Günter. *Frank Wedekind in Selbstzeugnissen und Bilddokumenten.* Reinbek 1974

Stech, Reiner. *100 Jahre S. Fischer Verlag 1886–1986.* Kleine Verlagsgeschichte. Frankfurt a. M. 1986

Stern, Carola. *Die Sache, die man Liebe nennt. Das Leben der Fritzi Massary.* Berlin 1998

Tank, Kurt Lothar. *Gerhart Hauptmann mit Selbstzeugnissen und Bilddokumenten.* Reinbek 1988

Thoma, Ludwig. *Die schönsten Romane und Erzählungen.* Band 6. München 1978

Trbuhovic-Gjuric, Desanka. *Im Schatten Albert Einsteins.* Bern 1983

Voigt, Klaus. *Zuflucht auf Widerruf. Exil in Italien 1933–1945.* Band 1 und 2. Stuttgart 1989, 1993

Kataloge

Charlotte Berend-Corinth

Berlinische Galerie Berlin. Leo Baeck Institute New York – Jerusalem. *Jettchen Geberts Kinder. Der Beitrag des deutschen Judentums zur deutschen Kultur des 18. bis 20. Jahrhunderts am Beispiel einer Kunstsammlung.* New York. Jerusalem. London. Berlin 1985

Bezirksamt Tiergarten. Kulturamt. *Aufbrüche. Frauengeschichte(n) aus Tiergarten 1850–1950.* Ausstellung 20. August–26. September 1999. Berlin 1999

Grau, Hildegard. *Malerei und Graphik. Eine Ausstellung zum 100. Geburtstag der Künstlerin.* Kunstverein Erlangen 09.–29. März 1980.

Rodewald, Heinz. *Gemälde. Graphik.* Staatliche Museen zu Berlin. Nationalgalerie. Ausstellung Juli–August 1967. Berlin 1967

Schultzman, Monthy. *Charlotte Berend-Corinth. Eine Künstlerin unserer Zeit.* München 1966

Stiftung Pommern. Schloß Rantzaubau, Kiel. Ausstellung zum Schleswig-Holstein-Tag 7. Juni – 4. August 1985. Kiel 1985

Verein der Berliner Künstlerinnen. Profession ohne Tradition. 125 Jahre Verein der Berliner Künstlerinnen. Ausstellung 11. September – 2. November 1992. Berlin 1992

Lovis Corinth

Badischer Kunstverein. *Lovis Corinth. Das Portrait.* Karlsruhe 1996

Deecke, Thomas. *Lovis Corinth.* Ausstellung Von der Heydt-Museum Wuppertal 01. August – 19. September 1998. Wuppertal 1998

Schröder, Klaus Albrecht. *Lovis Corinth.* Ausstellung im Kunstforum der Bank Austria in Wien, 02. September – 22. November 1992. München 1992

Timm, Werner. *Lovis Corinth. Die Bilder vom Walchensee.* Vision und Realität. Ostdeutsche Galerie Regensburg. Regensburg 1986

Zdenek, Felix. *Lovis Corinth.* Ausstellung im Museum Folkwang Essen 10. November 1985–12. Januar 1986. Köln 1985

Zweite, Armin. *Lovis Corinth. Gemälde und Druckgraphik.* Städtische Galerie im Lenbachhaus 12. September – 16. November 1975. München 1975

andere

Fahr-Becker, Gabriele. *Jugendstil.* Köln 1996

Jewish Museum New York. *Berlin Metropolis. Jews and the new culture 1890–1918.* The Jewish Museum 14. November 1999–23. December 2000. Berkeley and Los Angeles 1999

Klemig, Roland. *Juden in Preußen.* Ausstellung Berlin 1981. Bildarchiv Preußischer Kulturbesitz. Dortmund 1981

Knittel, Frieder und Hans Albert Peters. *Der Maler Hans Breinlinger. Werk und Leben.* Konstanz 1985

Krempel, Ulrich und Susanne Meyer-Büser. Garten der Frauen. *Wegbereiterinnen der Moderne in Deutschland 1900–1914.* Sprengel Museum Hannover 17. November 1996–09. Februar 1997. Hannover 1996

Magistrat der Landeshauptstadt Wiesbaden. *Marianne Werefkin. Gemälde und Skizzen.* Museum Wiesbaden 28. September – 23. November 1980. Wiesbaden 1980

Roland, Berthold. *Max Slevogt. Ägyptenreise 1914.* Ausstellung Landesmuseum Mainz. Mainz 1989. 24. Juni – 27. August 1989

Schultz, Reinhard. *Tina Modotti. Photographien und Dokumente.* Aspekte Galerie. Offene Akademie der Münchner VHS. Ausstellung 22. März – 7. Mai 1996. Berlin 1996

Lexika

allgemein

Budzinski, Klaus. *Das Kabarett. Hermes Handlexikon.* Düsseldorf 1985
Read, Herbert. *Künstlerlexikon. Von der Antike bis zur Gegenwart.* Köln 1997
Rollka, Bodo. *Berliner Biographisches Lexikon.* Berlin 1993
Töteberg, Michael. *Metzlers Filmlexikon.* Stuttgart und Weimar 1995

Judentum

Encyclopaedia Judaica. Jerusalem u.a. 1971
Herlitz, Georg. *Jüdisches Lexikon.* Ein enzyklopädisches Handbuch des jüdischen Wissens in 4 Bänden. Königstein 1982
Heuer, Renate. *Bibliographia Judaica.* Verzeichnis jüdischer Autoren deutscher Sprache in vier Bänden. Frankfurt a. M. und New York 1982–1996

Lowenthal, Ernst Gottfried. *Juden in Preußen*. Ein biographisches Verzeichnis. 2. Auflage Berlin 1982

Schoeps, Julius. *Neues Lexikon des Judentums*. Gütersloh 1998

Stern, Selma. *Der Preussische Staat und die Juden*. Tübingen 1962

Tetzlaff, Walter. *2000 Kurzbiographien bedeutender deutscher Juden des 20. Jahrhunderts*. Lindhorst 1982

Walk, Joseph. Leo Baeck Institute Jerusalem u.a. *Kurzbiographien zur Geschichte der Juden 1918–1945*. Jerusalem. München. New York 1988

Künstlerinnen

Budke, Petra und Jutta Schulze. *Schriftstellerinnen in Berlin*. Berlin 1995

Dick, Jutta und Marina Sassenberg. *Jüdische Frauen im 19. und 20. Jahrhundert*. Reinbek 1993

Evers, Ulrika. *Deutsche Künstlerinnen des 20. Jahrhunderts*. Hamburg 1983

Verein der Berliner Künstlerinnen. *Käthe, Paula und der ganze Rest*. Künstlerinnenlexikon. Berlin 1992

Wall, Renate. *Lexikon Deutschsprachiger Schriftstellerinnen im Exil*. 2 Bände. Freiburg i. Brsg. 1995

Nachweis der Abbildungen

Verfasserin und Verlag danken den Erben Berend-Corinth für die
freundliche Überlassung der Fotos aus Familienbesitz.
Allen anderen danken wir für freundliche Abdruckgenehmigung.

1, 2, 3 Germanisches Nationalmuseum, Nürnberg
4, 5, 6, 7, 8, 9, 10, 11, 12, 13, 14, 15, 18, 38, 45, 46 aus: *Lovis Corinth.*
Eine Dokumentation. Hrsg. Thomas Corinth. Tübingen 1979
21, 40, 42 Archiv Manfred Bosch
22 aus: Ruth Freydank. *Theater in Berlin. Von den Anfängen bis 1945.*
Berlin 1988
25, 39 Stadtarchiv Konstanz
26 aus: Charlotte Berend-Corinth. *Die Gemälde von Lovis Corinth.*
Werkverzeichnis. München 1958. Neuauflage 1992
27 aus: *Lovis Corinth. Das Portrait.* Hrsg. Badischer Kunstverein.
Karlsruhe 1996
29 Städtische Wessenberg-Galerie Konstanz
33 aus: Reiner Stach. *100 Jahre S. Fischer Verlag 1886–1986. Kleine*
Verlagsgeschichte. Frankfurt a.M. 1986
41 Bayerische Staatsbibliothek München
47 aus: Lothar Fischer. *Anita Berber. Tanz zwischen Rausch und Tod.*
Berlin 1988
50 Stadtmuseum Berlin